欺きの仮面

サンドラ・ブラウン
林　啓恵 訳

集英社文庫

目次

欺きの仮面 ―― 7
主な登場人物 ―― 4
解説　池上冬樹 ―― 647

主な登場人物

ドレックス・イーストン…………ＦＢＩの捜査官
マイク・マロリー………………ＦＢＩの捜査官
ギフォード（ギフ）・ルイス　………ＦＢＩの捜査官
ジャスパー・フォード…………女性失踪事件容疑者として浮上した男
タリア……………………………ジャスパーの妻
イレイン・コナー………………タリアの友人
アンドリュー・フィリップス…………大学病院の手術主任医師
ビル・ラドコフスキー…………ＦＢＩの捜査官

デイブ・ロック……………………チャールストン市警察刑事
エド・メヌンデス…………………チャールストン市警察刑事
ランドル・グレイ…………………キーウエストの保安官助手

ウェストン・グレアム……………女性失踪事件の関係者でその後行方不明
ダニエル・ノールズ………………女性失踪事件の関係者でその後行方不明

リンジー・カミングス……………失踪女性
ロレッタ・ドアン…………………失踪女性
パトリシア(ピクシー)・モンゴメリー…失踪女性
マリアン・ハリス…………………殺された女性
サラ・バーカー……………………殺された女性

欺きの仮面

プロローグ

陰鬱な霧雨がビーチの死体をかすませている。

霧のせいで栈橋沿いの灯柱の周囲には暈《かさ》がかかっているものの、先着した警官たちが置いた携帯用のライトの光源はまぶしく、じゅうぶんな光量が保たれている。グロテスクにもステージ中央の人物にスポットライトをあてるがごとく、おおいのかかった死体には猛々しい光が投げかけられていた。

警察のヘリコプターが低空を飛んでいる。容赦なく明るいサーチライトが舐めるように桟橋を照らしだし、マリーナをかすめていく。混沌《こんとん》とする状況のなかで、船を揺らす波だけが妙に穏やかだった。

サーチライトの光の帯が死体を横切り、打ち寄せる波へと移っていく。ヘリコプターの吹きおろす風が、けばけばしい黄色のビニールシートの端をめくりあげ、押し固められた砂地に横たわる真っ白で動かない手があらわになった。

死体が発見されると、各種捜査機関の担当捜査員たちが現場に集結した。遭難救助ヘリコプターの色つきライトが港に低く垂れ込めている雲の下腹にあたって、ちらついている。サムター要塞の向こうでは、沿岸警備隊の巡視船がサーチライトで海面を照らしながら大西洋の波間を進んでいる。

テレビ局の衛星中継用バンが到着し、はやるリポーターたちと撮影スタッフが吐きだされた。

桟橋には避けようもなく野次馬が集まってきた。彼らはのんびり死体見物をしたり、警察やマスコミの動きが観察しやすい場所をめぐって争ったり、シートをかぶった死体を背景に入れて自撮りをしたりしている。彼らのあいだでやりとりされる情報や憶測。それによれば、夕潮に乗って死体が岸辺に打ち寄せられ、それをビーチでチョコレート色のラブラドル・レトリーバーを運動させていたある男とまだ幼いその息子が発見したらしい、と。

一見して溺死とわかるらしい。

船の事故らしい。

だが、こうした推測はどれも正しくなかった。

リードを外されたラブラドルは飼い主を置き去りにして走りだした。じつは身の毛もよだつ発見をしたのは、波打ち際でしぶきを上げていたその犬だった。

見物人が集まる桟橋には、人々が言い交わす事実やら作り話やら嘆きやらに耳を傾けつつ、ひとり黙ってほくそ笑む男がいた。

1

三週間前

空気音とともに自動ドアが開き、ドレックス・イーストンは瞬時にホテルのロビーのようすを見て取った。がらんとした空間のなか、フロントデスクにひとり、若くてきれいな娘がいた。陶器の人形を思わせる肌、艶のある黒髪のポニーテール。ドレックスを迎えるその顔には、自信のなさそうな笑みが浮かんでいる。

「おはようございます。どういったご用件でしょうか？」

ドレックスは足元にブリーフケースを置いた。「予約はしてないが、ひと部屋頼みたい」

「あいにくチェックインは二時です」

「ふむ」

「と言いますのも……お客さまにごゆっくりお支度いただけるよう、チェックアウトが十二時になっておりまして」

「ふむ」

「部屋の清掃には時間が――」

「すべて承知だ、ミズ・リー」ドレックスは栗色のブレザーにピン留めされた名札の名前を読んで、にこりとした。「そのうえで、特別扱いをお願いできないかと思ってね」

手を後ろにまわしてズボンのポケットからなにかを取りだしつつ、スーツのジャケットの前をはだけて左脇下に吊したショルダーホルスターを見せた。フロントの娘はぱちぱちとまばたきをくり返したのち、あわてて視線を彼の顔に戻し、ドレックスはその視線をしかと受け止めた。

「警戒する必要はない」静かな声で話しかけ、革のケースを開いた。FBIの特別捜査官であることを示すバッジと写真付きのIDがあらわになる。

身分証明書をひけらかすのは趣味ではないので、提示するのは、規則と形式主義を回避したいときだけだ。ミズ・リーには効果覿面《てきめん》だったらしく、たちまち協力的な姿勢になった。

「ご要望に応じられるかどうか、調べてみます」

「そうしてもらえると、とても助かる」

ほっそりした指がキーボードを叩く。「シングルとダブル、どちらがご希望ですか?」

「えり好みはしないよ」

彼女がコンピュータの画面に目を走らせた。下にスクロールして、ふたたび戻る。「これからクリーニングが入るのでよければ、快適なダブルのお部屋があります。ただ、掃除に三十分ほどかかりますが。あるいは、快適さでは劣りますけれど、シングルのお部屋ならいますぐご利用いただけます」

「快適さでは劣ってもいますぐ入れるシングルを頼む」ドレックスは花崗岩《かこうがん》のカウンターに

クレジットカードをすべらせた。

「何泊のご予定ですか、ミスター・イーストン？」

彼女は無能でない証拠に、ドレックスの名前を記憶していた。「未定なんだが。ほかにふたり、仕事仲間がこのあとすぐに来ることになってる。そのふたりと話をするまで宿泊の予定がはっきりしないんで、わかったら、連絡させてもらうよ」

「承知いたしました。出発日はあとでお知らせいただくとして、どうぞお部屋をお使いください」

「助かるよ。ありがとう」

受付係はクレジットカードを登録し、チェックインの手続きをした。用紙を示してドレックスに部屋代を確認させ、いちばん下に署名させた。そしてクレジットカードとともに部屋のカードキーを差しだした。「この鍵で二階のフィットネスセンターにも入れます」

「どうも。だが、たぶん使わない」

「お客さまの背後の階段を下った先がレストランです。朝食は――」

「朝食もいらない」ドレックスはかがんで、ブリーフケースをつかんだ。

それで察した彼女は、エレベーターを指し示した。「宿泊階に着きましたら、エレベーターを出て左手です」

「ありがとう、ミズ・リー。とても助かった」

「お仲間がいらしたら、部屋番号をお伝えしてよろしいですか？」

「こちらからメールするんで、必要ない。直接部屋に来てもらう」

「打ち合わせがうまくいきますように」

ドレックスは苦笑した。「まったくだよ」身を乗りだして、小声でつけ加えた。「そう緊張することないよ、ミズ・リー。きみはいい仕事をしてる」

彼女は悔しそうに顔をしかめた。「まだ二日めなんです。緊張してるのがどこでわかりました？」

「気づかない人のほうが多いだろう。ただ、おれの仕事は瞬時にその人の状態を読み取ることだ。今日が二日めだとしたら、めんどうな客相手にきみはとてもよくやってる」

「めんどうなんて、とんでもない」

ドレックスは物憂げにほほ笑んだ。「おれに会ったのが今日でよかった」


快適さでは劣るシングルルームという触れ込みどおり、ホテルチェーンが広告に載せたがる部屋ではないが、不足はなかった。ドレックスはデスクでブリーフケースを開け、ノートパソコンを起動した。部屋番号を知らせるメールをマイクに送り、窓辺に立つ。四階だというのに、見えるのは高速道路の立体交差ぐらいなものだった。

デスクに引き返して、受信メールをチェックした。とくに重要なメールはない。こぢんまりしたバスルームに入って、用を足した。部屋に戻るや、備えつけの電話が鳴りだした。ドレックスはデスクの受話器を取った。「はい？」

「ミスター・イーストン？」

「ミズ・リーだね」

「お仲間がいらっしゃいました」

「そうか」思っていたよりも、早い到着だ。

「キッチンからなにか運ばせましょうか？　フルーツとか、パンの盛り合わせとか？」

「いや、ありがとう、けっこうだ」

「気が変わったら、遠慮なくお申し付けくださいね」

「そうさせてもらうよ、ミズ・リー。親切にしてもらって感謝してる」

「ごゆっくりどうぞ」

カーテンを開け放った窓からたっぷりと日射しが入っているが、デスクのランプをつけ、エアコンの設定温度を少し下げた。ドレッサーの鏡をのぞいてみる。差し障りはないものの、すてきとも言えない。ここへ来る前に大急ぎでシャワーを浴びて、身支度をしてきた。

軽いノックの音がしたので、ドアまで行った。のぞき穴から外を確認してから、ドアを開けた。脇によけ、男ふたりを手振りで招き入れた。

ドレックスの前を通りすぎながら、ギフォード・ルイスが言った。「ミスター・イーストンの知り合いかと、フロントの娘に呼び止められたぞ。おまえにぞっこんのようだ」

「ミスター・イーストンのお望みなら、なんなりと」マイク・マロリーがぼそぼそ言う。

「あの口ぶりだと、フルーツやパンの盛り合わせぐらいはもらえる。いまからでも遅くない、電話しろ」

ドレックスはいつもの癖で、廊下に誰もいないのを確認してからドアを閉め、スライド錠をかけた。「明け方、まだ寝てるおれに電話してきて、〝安心して話せる場所を探せ〟と言ったのはおまえだぞ。しかも、さっさとやれとせっついた。で、仰せのとおりに場所を探して、こうして集まった。なにがフルーツやパンの盛り合わせだ。どういうことだか話せよ」

ところがふたりは顔を見あわせるばかりで、口を開こうとしない。

ドレックスはいらいらと尋ねた。「通常の連絡方法が使えないほどの秘密とはなんだ？」

ギフは壁に肩をついてもたれた。マイクはデスクの椅子を引きだして、百五十キロの巨体を左右の肘掛けのあいだに押し込んだ。

ドレックスは厳しい顔で、両手を腰にあてた。「おい、どちらかしゃべったらどうだ？」

マイクがギフに一瞥《いちべつ》を投げ、ギフは発言権を譲るようなしぐさを返した。マイクがドレックスを見あげた。「やつを見つけた」

その口調は弔いの鐘のごとき明るさだった。〝やつ〟が誰かは言うまでもない。

ドレックスは長年その知らせを待ちわびてきた。この瞬間を何万回となく想像し、なんらかの身体反応があるものと思っていた。耳鳴りとか、口の渇きとか、膝の脱力とか、呼吸困難とか、心臓破裂とか。

ところが、腰にあてていた両手をだらりと垂らしたきり、異様なほどすべてが麻痺した。

ギフとマイクも激しい反応を予測していたらしく、キツネにつままれたような顔で、押し黙って動かないドレックスを見ている。本人にとっても、不気味きわまりない状態だった。

たっぷり一分ほどしてショックによる麻痺が薄らぐと、ドレックスはふたたび窓辺に立った。天変地異は起きておらずさっきと同じ光景が広がっている。高速道路の立体交差にはいまも車が走り、大地に地割れはなく、空は天に留まり、太陽は燃え尽きていない。

ドレックスは窓に額を押しつけ、その冷たさにびくりとした。「ほんとなのか？」

「確実かってことか？　そうは言えない」マイクが答えた。「だが、データ的にはかなりの有望株だ」

「年齢は？」

「六十二。少なくともいまそいつが使ってる運転免許証にはそう書いてある」

ドレックスはふり返り、尋ねるように眉を吊りあげた。

「サウスカロライナにいる」マイクが言った。「マウントプレザントだ。近くに――」

「チャールストン郊外のだろ。知ってる。いまはなんと名乗ってる？」

「うむ、それがな」

それでドレックスは完全にマイクへと向きなおった。「なんだ？　なにが言いたい？」

答えたのはギフだ。「その名前を聞いておまえがどうするつもりかを聞いてからじゃないと、名前は明かせないってことだ」

「おれがどうするつもりかだと？　まずはチャールストンに飛ぶ」

ギフはマイクと目を見交わすと、壁から体を起こして、ドレックスを真っ向から見た。喧嘩腰ではない。たくましいドレックスにくらべて貧弱な体つきのギフがそんなことをしても、滑稽なだけだ。それでも仁王立ちになったその姿が、ドレックスの自制心はあてにならない、合理的に判断できるとは思えないと語っている。

ギフは言った。「いいから聞いてくれ、ドレックス。ここまでの道中、マイクとこの件を話しあってきた。それで思った……つまり、おれたちに忠告できることがあるとしたら……ここは賢明に立ちまわるべきで、それは——」

「なんだ？」

「ラドコフスキーに報告することだ」

「絶対にありえない」

「ドレックス——」

ドレックスは声を大きくしてくり返した。

マイクはおどけた表情でギフを見た。「ほらな」

いまになって、耳鳴りがはじまった。現実であることに合点がいき、いっきに血圧が上がったのだ。窓ガラスを冷たく感じたのも、額がほてっていたからだ。こめかみの血管がどくどくと脈打ち、髪の下で頭皮が汗ばんでいる。逆に胴体は冷えてぞくぞくした。

ドレックスはスーツのジャケットを脱いでベッドに投げ、続いてショルダーホルスターを外してジャケットの上に落とした。ネクタイをゆるめ、首元のボタンを外す。これからスパーリングでもはじめるつもりのようだ。口論が高じて、必要とあらばそうならないとも限らない。

　せめて声ぐらいはまともに出ていることを願いながら、ドレックスはもう一度、尋ねた。

「その野郎はいまなんと名乗ってる？」

「おまえは野郎と仮定してる」マイクが言った。

「野郎と仮定してるのはおまえだぞ。じゃなきゃ、おまえたちもこんな秘密めかした会合にはしなかったはずだ。そいつについてわかってることを教えろ。まずは名前からだ」

「名前は言えない」

　コンピュータで情報収集をさせたら超一流のマイク・マロリーだが、人の心に寄り添うタイプではない。仕事仲間に対する漠然とした軽蔑を隠さず、その大半をばか扱いしているが、例外的に多少は認めているのがドレックスとギフだった。

　とにかく仕事のできる男なので、ドレックスも彼の社会性に欠けた粗野な態度に耐えてきたが、ここへきて、マイクとギフの両方にあてはまる悪態をついた。ギフはこの件に関してはマイクの側についている。

「上等だ」マイクは言った。「なんとでも言え。こっちは最大限おまえを思ってのことだ」

「いらない世話を焼くな。自分のことは自分で考える」

「最後まで話を聞いたら、自分でなんとかしようなんて考えは吹き飛ぶかもしれない」

「ありえない」

　マイクは肩をすくめた。「となると、おれはおまえの葬式に出ることになる。だが、おまえの墓穴を掘るつもりも、ましてやいっしょに墓に入る気もない。あらかじめ言っておく」

「そりゃご親切に。やつの名前はおれが自分で探りだす。方向付けだけしてくれ」

マイクはうなずいた。「してやる。おれもやつを逃がしたくない。もしやつが探してる相手ならば」

少し態度を軟化させたドレックスは、肩をまわして、緊張をゆるめようとした。「その謎の男には仕事があるのか？」

「調べたかぎりじゃなかった」マイクが答える。「ただし、豪勢な暮らしぶりだ」

「だろうとも」ドレックスは小声で言った。「いつからマウントプレザントにいる？」

「そこはまだわからない。いまの住居に住んで十カ月だ」

「どんな住居だ？」

「一軒家だ」

「賃貸か？」

「持ち家だ」

「ローンか？」

「ローンがあるとしても、おれには見つけられなかった」

「だったら、現金払いってことになる」

マイクは〝かもな〟と言う代わりに、肉厚の肩をすくめた。

そこでギフが、相続したのかもしれないと口をはさんだが、三人のなかに本気でそう思う人間はいないので、それきり検討されなかった。

「どんな家だ？」

「不動産情報によると、新築ではなく中古だ」マイクが言った。「評判のいい住宅街にある。高所得者向けの」

「売買価格は？」

「百五十万ドルプラス小銭。グーグルアースで見た感じ、広々として手入れが行き届いてる。そのへんの情報はすべてここに入ってる」マイクは上着の下に手を入れて、ズボンのポケットからＵＳＢメモリを取りだした。

ドレックスはそれをもぎ取った。

「パスワードがないと開けないぞ。パスワードを教えるのは、話がすべてすんでからだ」

ドレックスはあざ笑った。「パスワードぐらい解いてやるさ。おまえぐらい〝おたく〟って言葉の似合わないやつもいないが、コンピュータ〝おたく〟がおまえだけだと思ったら大まちがいだ」

マイクは両手を上げた。「好きにしろ。別のおたくを見つけて、探らせるがいい。だがな、見つかったそのあとどうする？　見たところ遵法精神あふれるこの一市民に対するおまえの興味をどう説明する？」

「金で買われるハッカーだぞ。おれがなにに興味を持とうが、気にするものか」

「金で買われるハッカーはおまえから平然と金を受け取る。そのうえで――」

「その件を材料におまえを背中から刺す」ギフが口をはさんだ。「おまえに雇われたハッカーはサウスカロライナに住む男に電話をかけ、あんたのことを調べてる男が遠くケンタッキー州レキシントンにいる、と告げ口する」

ギフが続く。「そしてハッカーは、おまえが払った以上の金を受け取って、おまえを売る」

「となると、こんどはおまえが標的にされるぞ、イーストン特別捜査官」マイクはずんぐりした人差し指でドレックスを突いた。「おまえがこれまで民間人や犯罪者相手に行ってきたあまたの違反行為や犯罪行為が暴かれる。あげく、この件は握りつぶされ、その悪党を捕まえるという、おまえにとっては人生をかけた使命を追いかけるチャンスまで失うかもしれない」深いため息をつく。「おれの考えちがいなら、言ってくれ」

ドレックスはベッドの足元に腰掛け、腿に肘をついて、うなだれた。少しすると、顔を上げた。「わかった。ハッカーは探さず、近づき方には気をつける。これでいいか？」

ふたりは目を見交わし、ギフが言った。「くれぐれも注意して、慎重に行動すること」

「準備不足《ハーフコックド》で動くな」マイクが念を押した。

ギフがつけ加える。「おれたちが言いたいのは、それだけなんだ」

ドレックスは片手を胸にあてた。「行動するときはくれぐれも注意して慎重に。そして撃鉄を完全に起こして《フリーコックド》おく。それでいいか？」

どちらも撃鉄のくだりに反応してくれず、ドレックスの真意をはかりかねているようだった。それでもマイクは言った。「よし。つぎの質問は？」

「そいつの写真はあるのか？」

「運転免許証の写真だけだ」

「で？」

「前回、浮上したときとは、似ても似つかない」

「キーウエストだったな」思いださせてもらうまでもないのに、ギフは地名を口にした。

「同一人物だという決め手がない」マイクが言った。「つまり、見当ちがいの可能性がある」

「もしそうなら」ギフが言った。「おまえはがむしゃらに突っ込んでその男の人生を大混乱に陥れ、その件で自己嫌悪に苦しむはめになる。ラドコフスキーに嗅ぎつけられたら、ただじゃすまない」

「ラドコフスキーには自分のケツでも掘らせとけばいい」

「いや、試してみたが、うまくやれなかったと聞いたぞ」

ギフのきわどい冗談にマイクがめずらしく大笑いし、ドレックスも心ならずも頬をゆるめた。ギフは場をなごませるのがうまい。薄くなりつつある茶色の髪をした、これといって特徴のない中肉中背の男だが、その変哲のなさが隠れ蓑《みの》になる。誰にもそれと悟られたり記憶されたりすることなく人を観察することができる能力は、チームの貴重な資産になっていた。そして、いまやって見せたとおり、行動科学的な読みに長けている。

現にドレックスはさっきまで、がむしゃらに突っ込んで大混乱を起こしたがっていた。

考えをまとめる時間が欲しい。ドレックスはミニバーを指さした。「好きにやってくれ」

ベッドから立ちあがり、ベッドと窓のあいだのせまいスペースを行きつ戻りつしはじめた。

マイクとギフは飲み物を選んで、ソーダの缶を開けた。マイクはミックスナッツの瓶を取りだし、バールでもないと蓋が開かないと文句をつけ、ギフがどれ貸してみろよと瓶を受け取った。軟弱なくせに、とマイクは相棒をせせら笑った。

ドレックスはふたりの丁々発止を頭から追いだして、情報集めの対象に意識を集中した。最初に知ったときはウェストン・グレアムと名乗っていたが、それもあまたある偽名のひとつかもしれない。そして数十年にわたって捜査当局の手をのがれてきた男には、高速道路沿いの〈ウェンディーズ〉でフロスティを楽しむなり、ヒマラヤの僧院で線香を焚くなり、本人の思うがままであり、どちらであってもドレックスは驚かない。

要はカメレオンのような男だった。きわめてたくみに外見を変えて、環境に溶け込む。周囲から疑われることなく悠々自適な暮らしを送ってきた場所には、シカゴのゴールドコーストにあったペントハウス、サンタバーバラ郊外の牧場、キーウエストに係留してあったヨットなどがある。ドレックスの知るかぎりでは、それほど裕福な土地柄ではないところにも彼はなじんで暮らしていた。裕福な土地柄である必要はなかったのだ。どこに行っても儲けはたっぷりあった。

同僚ふたりの口論がひと段落すると、ドレックスは尋ねた。「サウスカロライナの男があやしいと思った理由は？」

「ずっと釣り糸を垂らしていたんだが、決め手はなんだと思う？」げっぷしつつ、マイクは答えた。「出会い系サイトだ。どこかで被害者を見繕うはずだから、念のためにちょくちょくその手のサイトをのぞいていた。それで一昨日、気になるプロフィールを見つけた。おれの記憶を揺さぶる文面だった。前に読んだ気がしたのさ。

時間は多少かかったが、前のを見つけた。身体的な特徴はべつにして、一字一句、句読点の位置まで一致した。好きなもの嫌いなもの、この五年間の目標、人生や愛についての考え方。でたらめもいいとこだ。で、なにが重要かって？　そのプロフィールはピクシーがいなくなる半年前に投稿されていたのさ」

仲間内ではピクシーの愛称で知られていたパトリシア・モンゴメリーは、タルサの大邸宅から忽然《こつぜん》と姿を消して、それきり行方不明になっている。

「偶然だ、マイク」ドレックスは言った。「話を聞いたピクシーの知人たちが言ってたろ。彼女にかぎって出会い系サイトで男探しはありえない」

「行方不明になった女性の知り合いは全員、口をそろえてそう言う。いなくなった友人には分別があった、男にだまされるはずがないとも。だが、ピクシーは失踪する数日前に株を売り払って、潤沢なオイルマネーが預金されてた銀行の口座をすべて空にしていた」

ギフが言った。「自宅から紛失してたのは、彼女のパソコンだけだ。彼女の誘惑者は何万ドルにもなる宝石類や毛皮には手をつけず、時代遅れのパソコンだけを持ち去った」

「そのせいで、オンラインでいちゃついてた証拠はない」マイクが言うと、革のシートをぎしぎし言わせて身を乗りだし、空になりかけのナッツの瓶をギフから奪った。「眉間に皺《しわ》が寄ってるぞ」マイクはドレックスに言った。

「できるもんなら大騒ぎしたいが、根拠があまりに希薄だ」

「そうだ。タマネギの皮なみの希薄さだ。それでおれはいま一度、被害者に立ち戻った。ピクシーの失踪後に消えた女性、少なくともおれたちがやつの被害者と目《もく》した女性だ」

「キーウエストのマリアン・ハリスか」

「彼女が失踪する八カ月前に同じプロフィールが投稿されていた。サイトは別だが、それもやっぱり〝本物志向の成熟した〟女性に呼びかけるものだった」

「一字一句、同じか？」ドレックスは尋ねた。

「一致すること指紋のごとし」

「笑えない冗談だな」ギフが言う。

三人が追いかけている男は過去に一度も指紋を残していなかった。残していたとしても、見つかっていない。希代の連続殺人犯テッド・バンディにも負けない悪辣《あくらつ》さだ。

マイクは瓶に残っていたナッツを直接、口に振り入れた。「やつはピッツバーグには長居しなかった」ナッツを咀嚼《そしやく》しながら言う。「やつが〝洗練されたレディ〟との〝交際〟を希望したのは、ロレッタ・ドアン失踪のわずか三カ月前だ。それから六年以上になる」

「国じゅうのその手のサイトに目を光らせてるのか？」

「そうとも。場所を変えておとなしくなるやつじゃない。むしろ環境の変化を楽しんでいるふしがある」

「最新のプロフィールがアップされたのはいつだ？」

「二カ月前だ」

ドレックスは眉をひそめた。「つぎのご婦人を物色中か」

「同感だ。そこで試運転してみた。いいカモを装って、引っかかりそうな言葉をちりばめて返事を書いたんだ。夫に先立たれた五十代の、子どもなし、安定した経済力のある自立した女性。美食とおいしいワインを好み、趣味は外国映画の鑑賞。たいがいの男はそんな女に弱い」

「おれはちがう」ギフが言った。

「おれもだ」ドレックスが続いた。

マイクはふたりに向かって中指を立てた。「やつもそうだったらしい。餌に食いついてこなかった」

ギフは思案顔で額をかいた。「盛りすぎだろ。それじゃ自信満々の、洗練されてておお利口そうな女って感じだ。やつが探してるのは多少うぶなところのある女性だぞ。おどおどした感じの。おまえはやつを追っ払ったのさ」

「あるいは」とドレックス。「おまえの選んだ特徴がぷんぷんにおって、夢のようなレディがじつは捜査中の連邦捜査官と見破ったか」

「まあな」マイクは言った。「だが、さらに可能性の高い選択肢がある。おれが恐れているのはそいつ――やつが早まった行動に出ていること、早くも女を誘っていることだ。いまの餌食をまだ厄介払いしていないから、反応しないのかもしれない」

説得力のある仮説だ。胃が締めつけられるような感覚があったので、ドレックスはその説を信じた。「おれたちがこうやって話しあってるあいだにも、その女性は死の危険にさらされてるってことになる」

「ところが、状況はさらに悪い」

「死の危険より悪い状況があるのか？」

マイクは言い渋った。

「言えよ」ドレックスはうながした。

巨漢がため息をついた。「くどいようだが、ドレックス、おれの考えちがいかもしれない」

「だが、おまえはそう思ってない」

マイクはキャッチャーミットのような両手を上げて降参を示した。

「そいつがやつだと思ったのはなぜだ？」ドレックスは尋ねた。

「約束するか――」

「約束はしない。そいつがおれたちの探してるやつだと思った決め手は？　おれの探してるやつだと？」

「ドレックス、勝手な行動――」

ギフが言った。「ラドコフスキーが――」

「いいから、言え！」ふたりの忠告をさえぎって、ドレックスはどなった。

一瞬の間をはさんで、マイクがぼそぼそ答えた。「結婚してるんだ」

ドレックスにも予想外の答えだった。「結婚？」

「結婚だ。指輪にかけて誓いを立てるあれだ。さあ、言ったぞ」

ギフが厳しい表情でうなずき、その言葉を裏付けた。

とまどったドレックスはふたりを交互に見ていたが、そのうちに首を振って、失意の苦い笑いを漏らした。「だとしたら、いまの話は全部ゴミ箱行きだ。午前中が無駄になった。急げばまだ下で朝食にありつけるぞ」ドレックスは髪をかきあげた。

「まったく！　すっかりその気になってたのに。またぞろおれたちの孤独な独身者が運命の相手探しをはじめたかと思いきや、おれたちが探してる相手じゃないとはな。やつは結婚相手を標的にしない」

「一度はしてる」ギフが訂正した。

「一度だけ、それきりだ。結婚とか、指輪に誓う式とかは、その後のやつのプロファイルにも手口にも一致しない。なにをどう考えたってありえない」

「それがそうでもないんだぞ、ドレックス」マイクは重苦しい口調だった。

「どういうことだ？」

ギフが咳払いをした。「相手が金持ちなんだ」

ドレックスはふたりの顔を交互に見た。これだけ似ていないふたりもめずらしいが、そこに浮かんだ恐怖と心労の表情はうりふたつだった。

ふたりから目をそむけると、ドレッサーの鏡に映る自分が目に留まった。自分でも、さっきより険しい顔つきをしているのがわかる。決意にぴんと張り詰め、目にはつい数分前にはなかった獰猛《どうもう》さが表れている。ひとりの女性の命が危機に瀕し、風前の灯火となったその命を救えるかどうかは、自分にかかっている。

ドレックスは声を荒らげることなく、有無を言わせぬ口調になった。「そいつの名前を教えろ」

2

「手伝えることはないかな？」

ドレックスは空の段ボールを道端に置いて、ふり返った。これが宿敵と顔を合わせる最初の機会となった。

もしこの男が本物のウェストン・グレアムだとすると、グレアムは身長百七十センチ強、六十二歳、すこぶる健康そうだった。上腕二頭筋がゴルフシャツの袖を押しあげ、ウエストラインにだぶつきはない。生え際は後退しつつあるものの、伸ばした白髪交じりの髪を後ろで無造作にたばねていた。笑顔はすっきり晴れやかで愛想がよく、その口をごま塩のひげが囲んでいる。

ドレックスは汗のしたたる額を、筋肉隆々の腕を包むたっぷりしたTシャツの袖でぬぐった。「ありがとうございます。ですが、これが最後のひと箱なんで」

「だといいなと思ってた。隣人のよしみで申しでただけなんだ」

ふたりは声をあげて笑った。

「ですが、なんならそのビールを一本もらいます」ドレックスは言った。「いただけるのであれば」

両家のあいだにある芝生を横切ってきた隣人の左右の手には、冷えたビールの瓶が一本ずつ握られていた。彼は一方をドレックスに差しだした。「ようこそご近所へ」

「どうも」

瓶をカツンと合わせて、同時に飲んだ。「ジャスパー・フォードだ」男は名乗り、ドレックスと握手を交わした。

「ジャスパーですね」ドレックスははじめて聞く名前を記憶に留めようとしているごとく、口に出して言った。実際は腕をねじあげるようにしてギフとマイクから聞きだし、この一週間はその男に関する情報を八方手を尽くして集めてきた。

「ドレックス・イーストンです」ドレックスは名乗り、男の目を見た。だが、名前を聞いてもこれといった反応を示さなかった。

ジャスパーはドレックスが道端に積みあげた空箱の山を手で指し示した。「この二日間、たいへんだったね」

「あの階段ですからね、すべてを持って上がるのは重労働です。殺人的な階段ですよ」

ドレックスは傾斜の急な外階段を顎で示した。五メートル級のモーターボートをしまえるほど広いガレージの上がアパートになっている。ガレージは隣家から二十五メートルほど離れた位置に建ち、ドレックスが思うに、オークの巨木を目隠しにするためその位置を選んだのだろう。

ドレックスは木の枝を透かすように仰ぎ見て、改めて別の角度からアパートを眺めるふりをした。「とはいえ、腰痛になっても越してきた甲斐がある。ツリーハウスに住んでるみたいだ」

「なかを見たことはないんだ」ジャスパーが言った。「いい部屋かね？」

「じゅうぶんにいい部屋です」

「部屋数は？」

「たった三部屋ですが、それだけあれば困らない」

「じゃあ、きみひとりなんだね？」

「金魚一匹いませんよ」にやりとしてみせた。「ただペット禁止ってことになってますが、猫を飼うかも。キッチンにネズミの糞が落ちてました」

「ネズミも潜り込むわけだ。所有者は寒さを避けて移動する人たちでね。ここにいるのは冬のあいだだけなんだよ」

「だそうですね。ミスター・アーノットから聞きました。感謝祭が終わるとここへ来て、六月一日までいるんだと」

「じつを言うと、アパートを貸しに出すと知って、心配してた」

「どう聞かされてたんですか？」

「聞かされてなどいないさ。きみがやってきて、箱を持って階段をのぼりはじめたんだ」

ドレックスは笑った。「で、あなたは〝なんてこった〟と思ったと？」

言葉で認める代わりに、男は笑顔で小さく肩をすくめた。「非常時用としてアーノットの番号を聞いてたんで、彼に電話したよ」

「ぼくが非常時案件？」ドレックスはぼろぼろのTシャツに汚れたショートパンツ、それにはき古したスニーカーを見おろした。「ま、わからないじゃないか。ひと目見た瞬間、〝えらいのが来たぞ〟と思ったわけだ」にこっと笑みを浮かべた。「身ぎれいにすると約束します」

ジャスパー・フォードは気持ちのよい笑い声を響かせた。「用心するに越したことはないからね」

「ごもっとも」

「親しき仲にも垣をせよ、という諺《ことわざ》もある」

「ここに垣根はないにしろ」ドレックスはふたつの地所を区切ることなく広がっている芝生の土地を見渡し、ジャスパー・フォードの黒い瞳に目を戻した。「無礼な態度は境界線のこちら側だけにしますよ。それであなたの目に触れることはない」

ジャスパーは笑顔になったものの、なにか言う暇もなく彼の携帯電話からメールの着信音がした。「失礼」シャツのポケットから携帯を取りだした。

ドレックスはメールを読む彼の傍らで背中をそらし、痛みに眉をしかめてから、もうひと口ビールを飲んだ。

「妻からだ」ジャスパーはメールを読み終わると言った。「悪天候で飛行機が遅れて、オヘア空港で足止めされてる」

「気の毒に」

「なに、よくあることでね」ジャスパーは言いながら、なにげなく背後の自宅を見やり、ふたたびドレックスに視線を戻した。「魚介類と肉はどうだい？」

「はい？」

「クラブケーキは揚げるばかりだし、ステーキ肉がマリネしてある。その半分を無駄にするのはばかげてる」

「ご迷惑はかけられませんよ」

「迷惑だったら、招待してないさ」

「そうですか……」ドレックスは無精ひげの生えた頬をかきながら、迷っているふりをした。

「まだ食品の買い出しをしてなくて、ファストフードで食いつないでるんです」

ジャスパーが喉の奥で笑う。「だったら、わたしの料理のほうがましだ。夕暮れどきに来てくれ。ポーチで一杯やろう」彼は手を伸ばして、ドレックスが持っていたビール瓶を受け取った。「これはわたしが捨てておく」


ドレックスはシャワーを出て、鳴り響く携帯電話に手を伸ばした。洗面台の縁にそっと置いておいたのだ。かけてきた相手を確認してから、電話に出た。「よお」

「調子はどうだ？」マイクだった。

「いまはいい調子だぞ。裸で濡れたままシーリングファンの下に立ってるからな」

「ファンがキーキーうるさいが、これでも、ここへ来ていちばんの涼しさだ。エアコンがついてないことをなぜ黙ってた？」

「なにが言いたい？」

「訊かれなかった」

ジャスパー・フォードの捜査を行うべきだという点で三人の意見がまとまるや、ドレックスはチャールストンに飛び、すかさずマウントプレザントまで車を走らせて、フォードの家を突き止めた。

実物はグーグルアースで見るより、はるかに立派だった。白く塗装された煉瓦造りの二階屋。むかしながらの南部様式で、家のぐるりに奥行きのあるポーチが造り付けになり、二本の柱にはさまれた玄関の艶のある黒い扉には、パイナップルの形をした真鍮《しんちゅう》のノッカーがついている。周囲には芝生の庭が広がり、月日を重ねた木々が木陰をもたらしていた。

住み手の息吹を感じる家だ。どの花壇でも花々が咲きほこり、ポーチには青々としたシダ、軒にはアメリカ国旗が掲げてある。日々届けられる新聞と郵便物。

それにくらべると隣家にはそこまでの愛情がかけられていないようだった。ドレックスは三日にわたってその家を観察した。同じ時間に明かりがつき、同じ時間に消えた。決まった時間についたり消えたりするようになっている。花もシダも郵便物もなし。

いったんレキシントンに戻ったドレックスは、マイクとギフと相談し、マイクに頼んでフォード家の隣家の持ち主を探ってもらうことにした。セカンドハウスか、そうでないにしてもたまにしか使われていないようだ。

勤勉さを発揮したマイクは、納税記録からその家の所有者の名前と連絡先を探りだした。

ここからはドレックスの仕事だった。ミスター・アーノットにお願いの電話をかけた。アーノットは妻とともに一年の半分をペンシルベニアで過ごしつつ、引退後に購入したサウスカロライナの家を寒さと雪からの避難先にしていた。

ドレックスは自分の状況として完全なるでっちあげを大げさに語ったうえで、話の核心に入った。チャールストン内かその近くに仮の住まいを探している、と。適当な物件がないかと下見に出かけたとき、クーパー川を渡ってマウントプレザントに入った。あたりを偵察しようと車で流していたら、ガレージ上のアパートが目に入った。奥まっていて静かで理想的。〝森の一軒家〟のよう。あたり一帯、安全そうで景観がいいのも気に入った。

アパートでも、あれぐらいの広さがあれば事足りる。ひとり暮らしで、ペットはいない。非喫煙者。なんなら母屋の見守りもする。

「正直に言いますが、ミスター・アーノット。もしぼくが空き巣なら、お宅を選びますよ。留守宅なのは一目瞭然ですからね」

それでもアーノットが渋ったときは、ＦＢＩのバッジをちらつかせたくなった。だが、隣に連邦捜査官が引っ越してくるとジャスパー・フォードに告げ口されると困るので、架空の推薦状を何通も渡した。どれもギフが偽造した書類で、アーノットは実際、彼のところに問い合わせの電話をかけて推薦の弁に虚偽がないかどうか確かめた。マイクのところにも、彼がサインした推薦状の裏付けをとる電話がかかってきた。ふたりはドレックス・イーストンは、本人の申告どおり、善良にして健全な精神の持ち主だと請けあった。

こちらの要望どおり三カ月の賃貸が認められたけれど、ドレックスが実際に滞在するのは、あてがわれた休暇期間にあたるわずか二週間の予定であり、その用途を知っているのはマイクとギフだけだった。決定打がつかめるまでは、ほかの誰にも知らせない。

また三カ月借りたいと申しでることで話の信憑性《しんぴょうせい》が高まり、より安定していて信頼できる店子だとアーノットに思わせる効果があった。賃料は全額を前払いした。

そしていま、マイクが尋ねている。「エアコンがない以外はどうだ？　引っ越しはすんだのか？」

こうしてバスルームのドアを開けているとアパート全体がほぼ視界に入るが、そのスペースの大半ががらんとしていた。階段をのぼって運んできた箱のほとんどが隣人に見せるためのものだった。そして家具付きのアパートとはいえ、備品は最小限だった。そこへ日々暮らすのに困らない身の回りの品と着替えだけを持ち込んだ。コーヒーメーカーは持参したが、ファストフード頼みの食生活であることに嘘はない。

「すべて片付いた」ドレックスは答えた。「ノートパソコンはキッチンのテーブルにあるし、拳銃はマットレスとボックススプリングのあいだにはさまってる」

「つまり、こっちでのねぐらと同じか」マイクが言った。「あそこに住んで何年になる？」

「用事があって電話してきたのか？　だったら、早く言えよ。デートに遅れたくない」

「たった二日で、早くも女性とお近づきになったってか？」マイクが尋ねた。「完全《フリー》に勃起させて《コックド》おくと言ってたのは、そういうことか？　過去の記録をあたる必要があるが、新記録じゃないか？」

「女じゃない。それに無駄口はよせ。ギフもそこにいるのか？　スピーカーにしてくれ」スピーカーに切り替わるのを待って、言った。「ジャスパー・フォードから今夜、夕食に招かれた」

呆気にとられたような沈黙が一、二秒。マイクとギフが驚きの声をあげた。

「こっちが高性能の双眼鏡の焦点を合わせてやつの動きをスパイする気満々でいたら、やつのほうから今日、冷たいビール持参で近づいてきて、隣人としておれに握手を求めた。向こうから動いてくれて助かった。これでやつとばったり出くわして知り合いになる方法を考えだす手間が省けた」

ジャスパーとの会話をかいつまんで伝えた。「気持ちのいい、軽い立ち話だったが、まちがいなく探りを入れるためだ。おれが引っ越してきたのを知って、アーノットにも電話をしたそうだ」

「極端な心配性なのか？」ギフが尋ねた。

「他人の動向を注視する、ただの用心深い住民かもな」とマイク。「その手の地域に住んでる連中は、えてしてそういうもんだ」

「どちらもありうる」ドレックスは言った。「会食したら、多少は人となりがわかるだろう」

「妻のほうはどうなってる？」マイクが言った。

それが三人の不安材料だった。ドレックスはこの二日、家を出入りするジャスパーの姿を見ていたが、妻は一度も見ていない。「出かけてるそうだ。それが事実で彼女が生きてることを願うよ。おれと話をしている最中にメールがあった。彼女からだと言ってた」飛行機が遅れていると聞かされたことをふたりに伝えた。

「シカゴにはなんの用だ？」ギフが尋ねた。

「それについては聞いてないが、よく遅れると言ってた。ちょくちょく飛行機を利用してるようだ」

「ありそうな話だ」マイクが言った。「彼女は旅行業界にいた」

「ああ、そうだったな」ドレックスは応じた。〈シェーファー・トラベル社〉の売却益がミセス・フォードの多額の財産となったことは、マイクが突き止めていた。「つまり問題は、なぜいまだにしょっちゅう出かけるか、だ」

返事がないので、ドレックスは続けた。「彼女がまだこの世にいるのがわかれば、おれも気が楽になる。今夜のうちに疑問の大半が片付くかもしれない。さて……」窓からちらりと外を見た。日が沈みつつある。「そろそろ行くかな。着替えをして、酒屋にひと走りしてくる」

「酒屋？」

「食事に招待されたんだぞ。手ぶらで行ったら失礼だろう」

電話を切りながら、ビールを持参しておきながら捨てておくからとドレックスが飲みきる前に瓶を持ち帰ったジャスパーのことを考えていた。いかにも親切な隣人ぶりではないか。だが、本当に親切だったら最後までビールを飲ませるんじゃないか？　ジャスパーはそうはしなかった。瓶を回収したかったからだ。

「クラブケーキ用の白と、ステーキ用の赤です」ドレックスは両手に持ったワインを交互に掲げながら、スクリーンが張りめぐらされたポーチに近づいた。回転するシーリングファンの下でジャスパーがロッキングチェアに座っている。

彼は立ちあがって、ポーチのドアを開けた。「気を遣うことなかったんだが、ありがたくちょうだいするよ」ドレックスからワインを受け取った。「先に一杯やらないか？」

「あなたはなにを飲んでらしたんですか？」ドレックスはロッキングチェアの隣にある枝編み細工のテーブルを指さした。

「バーボンのロックだ」

「水なしで？」

「なしで」

ドレックスはにやりとした。「完璧です」

「座って」ジャスパーは造りつけのカウンターの下にある小型冷蔵庫に白ワインをしまうと、ドレックスの酒を作って、手渡した。「身ぎれいにしてきたな」

ドレックスはグラスを掲げて、乾杯のまねごとをした。「それなりに」ひげは剃ってきたものの、うなじはそのままになっている。カジュアルなズボンの上に着た前ボタンのシャツの裾はしまっていない。素足にデッキシューズをはいていた。

ジャスパーはロッキングチェアに戻って、バーボンのグラスに口をつけた。「で、きみは物書きなんだな」

ドレックスは酒にむせるふりをしてから、驚きの表情でホストを見た。

「アーノットに渡した照会先のひとつが文芸エージェントだった」

「びっくりした！　一瞬、読心術が使えるのかと思いました」決まりの悪そうな顔で続けた。「作家になりたいだけで、その肩書きはまだ使えないんです。本が出てません」

「アーノットがエージェントから聞いた話では、才能があると」

ドレックスはいやいやと手を振った。「エージェントってのはお抱えのクライアントのことをよく言うもんなんです」

「彼女は才能を買ってるのさ。じゃなきゃ、エージェント業を引き受けない」

「男性です」

「なにが？」

「ぼくのエージェントは男性です」

「おや、わたしの勘違いか」

よく言うよ、とドレックスは思った。ドレックスを試したのだ。

「フルタイムで書いてるのかい？」

「最近はそうです」

「暮らしはどうやって成り立たせてるんだい？」

「倹約してます」ジャスパーがお約束とばかりに声をあげて笑ったので、ドレックスは言った。「二年前に亡くなったおやじが多少の財産を遺してくれましてね。たいした額じゃないんですが、本を執筆するあいだ生活するぐらいはなんとかなる」

「フィクションとノンフィクションのどちらを？」

「フィクションです。南北戦争を題材にした」

ジャスパーは眉を吊りあげ、先を続けるようにうながした。

「ぼくの話で退屈させたくありません」

「退屈などしないさ」

「そうですか」ひとつ深呼吸した。「主人公は戦争のなか、ブルラン川からアポマトックス川までフォレスト・ガンプ的な旅をします。忠誠心と道徳的な指針と戦闘時の死の恐怖に引き裂かれながら、格闘する。まあ、そんなような話です」

「おもしろそうだ」

口先だけだとわかったが、それでもありがたく笑顔で応じた。「エージェントは気に入ってくれて、史実に基づいていて、よく調査してあると言ってくれてます。ただ、語り口に個性がない、気持ちを揺さぶる要素がいる、と。魂とでもいうんですかね」

「で、その個性、気持ちを揺さぶる要素、魂を求めてここへ来たわけだ」

「第二稿を執筆中にいくらか手に入るといいんですが。それに――」ドレックスは両脚を前に伸ばしつつ、言葉を区切った。「日々の軋轢《あつれき》から離れる必要があって」

「たとえば妻とか？」

「もういません」

「別れたのか？」

「ありがたいことに」

「苦々しげだな。なにがあった？」

「ぼくが不倫したと、元妻に責められました」

「事実なのか？」

ドレックスはジャスパーを見た。眉を片方だけ吊りあげ、答える代わりにバーボンを飲んだ。喉越しのいい高級品だ。「離婚は高くつきました。おかげで苦い教訓を得ましたよ」

「二度と不倫しないことかね？」

「二度と結婚しないことです」

「いや、人生なにがあるかわからない」ジャスパーはドレックスに向かって人さし指を振った。「わたしは最初の妻を亡くしてから、彼女を偲んで長いあいだひとりでいた。三十年ものあいだだ」

「それはすごい忠誠心ですね。どうして亡くなったんですか？」

ジャスパーはドレックスの目をまっすぐ見た。「苦しみ抜いて」彼は一瞬ドレックスの視線をとらえたあと、いっきにバーボンをあおると、立ちあがってキッチンへ向かった。「ステーキの焼き加減は？」

下味をつけたリブアイ・ステーキは、文句のつけようのないミディアムレアに焼きあがっていた。ジャスパーは正式なダイニングルームでないことを申し訳ながったが、簡易な部屋であっても、ふだんのドレックスのテーブルセッティングよりうんと凝っていたので、そのとおりに伝えた。

食事中、ドレックスは不自然にならないよう気をつけつつ、ホストから個人的な情報を聞きだそうとした。「すばらしいお宅ですね」

「それはどうも」

「内装はプロに頼んだんですか？」

「助言だけは求めたよ。タリアには明確な好みがある」

「タリアというのが奥さんですか？　かわいい名前だ」室内を見まわす。「それにセンスがいい」

「すばらしいセンスの持ち主だよ」

「高級志向？」

ジャスパーは笑みを浮かべただけで、答えなかった。

ドレックスは自分が持ってきたカベルネをひと口飲んで口をぬぐってから、ナイフとフォークを手に、改めてステーキに向きあった。「豊かな暮らしぶりですね」言いながら、ステーキにナイフを入れた。「どういった方面の仕事を?」

「いまは摘み取った労働の果実を、楽しんでるところだ」

ドレックスは口を動かすのをやめて、ジャスパーの顔をうかがった。冗談かどうかわからなかったからだ。ジャスパーは真顔で、まばたきひとつしない。ドレックスは口のなかのものを飲み込んで、大きな声で笑った。「運のいいお人だ。早期退職したんですね?」

「もう五、六年になる」

「その前はなにを? 健康産業じゃないですか?」

「ソフトウェア開発をしていたんだが、そのなかに儲かるのがあってね」

女たちから巻きあげた金が積もり積もって、ひと財産になったんじゃないのか?

そんなことを考えるドレックスをよそに、ジャスパーは彼に愛想よく笑いかけた。「レモンソルベをデザートに用意してある」

ドレックスはソルベを断った。ジャスパーがどの分野で努力したか進んで話したがっていないのは明らかなので、それ以上は尋ねなかった。コーヒーはどうかと尋ねられたが、長居をして疎ましがられたくないので、それも断った。

片付けを手伝わせてくれと申しでたが、こんどはジャスパーが断った。

そして帰り際、アパートにエアコンがないとこぼすと、ジャスパーは、ボックス扇風機があるから持っていけと言って、ガレージから運んできた。必要なだけ使ってくれ、と。

「助かります。なにからなにまでお世話になって」ドレックスは手を差し伸べた。

握手をしながら、ジャスパーが言った。「零時までには帰るとタリアからメールがあってね。明日の午後、ふたりでボートに乗る予定なんだ。あまり沖合には出ずに、そのへんをのんびり流すつもりなんだが、よかったらきみも来ないか？」

ジャスパーの妻に会って、その人となりを観察したいのは山々だが、喜び勇んで飛びつくのはよくない。「ありがたいお誘いですが、この数日原稿を見てないんです。引っ越しやらなんやらで、ばたばたしてましたから。さすがに明日は働かないと」

「日曜も休めないのか？　神さまも理解してくださると思うが」

ドレックスは説き伏せられたふりをし、ジャスパーはマリーナの名前と区画番号を告げた。

「昼の十二時ごろ、現地で落ちあおう。わたしたちは先に行って準備してる。空腹で来てくれよ。船上でピクニックとしゃれ込もう」

「いいですね」ドレックスはもう一度、夕食の礼を言うと、ボックス扇風機を持って芝生を横切り、階段をのぼった。

アパートに着くと、着替えをするため、まずはシャツの裾から手を突っ込んで、背中のくぼみからホルスターを取りだした。ひねくれ者と言いたければ言え。ドレックスのために準備したのではないにしろ、初訪問で魚介類とステーキをごちそうするのは、やりすぎの気がした。

それから十五分後、下着姿のドレックスは扇風機を最大にし、室内の明かりをすべて消して、窓辺から双眼鏡で片付けをするジャスパーを見ていた。ジャスパーは片付けがすむとドアのひとつずつに鍵をかけてまわり、明かりを消した。ほどなく二階の明かりがつく。それからさらに数分後には、二階の明かりも消えた。

妻の帰宅を待つ気はないらしい。タリアか。

ドレックスは扇風機の向きを変えて、ベッドに風を送った。仰向けに寝転がり、手を重ねて胸に置いたはいいが、疲れているにもかかわらずすぐには眠くならず、そのうちに車のエンジン音が聞こえてきた。それでもう一度、フォード家がいちばんよく見える窓に近づいた。

私道に入ってきたのは最新型のＢＭＷセダンだった。ドレックスは腕時計を見た。ミセス・フォードは到着予定時刻を二十七分オーバーしていた。ガレージのドアを開けるには、リモコンを使ったのだろう。車がガレージに入り、ドアが閉まった。

彼女の姿はほぼシルエットでしか見えなかったが、ついたり消えたりする明かりで家のなかを移動するのがわかった。最後に明かりが消えたのは、カーテンのかかった二階の小さな窓だった。バスルームだろう、とドレックスは思った。そのまま数分待ったが、家は暗いままだった。

ドレックスはベッドに戻ったものの、夫の傍らに横たわっているであろうタリア・フォードのことが気になって眠れなかった。夫のいるベッドに入るとき、おやすみとささやいて彼の頬にキスしたのか？　そのあと夫にすり寄り、手を伸ばして、夫婦の営みに誘ったのか？

そんなことを思っていたら、胸がむかむかしてきた。

これで彼女の生存は確認できた。しかし、いつまで生きていられるのだろう？　ジャスパーがドレックスのにらんだとおりの人物なら、その妻がこの世にいられる日数は限られている。ドレックスが最初ウェストン・グレアムとして知った人物がジャスパー・フォードであるなら、タリアは、ジャスパーと親しくなって求愛され、財産を奪われたうえで跡形もなく消えた多数の女性の列に連なることになる。彼女たちはすでに処分されている。それがドレックスの見立てだった。

どうして亡くなったんですか？

苦しみ抜いて。

そう語ったときの、ジャスパーの作りものめいた人情味のないまなざし。それを見たときは、うなじの毛がぞわっと逆立ち、一瞬ジャスパーの真意を疑った。餌をちらつかせているのか？

ドレックスはその餌に食いつかなかった。だが、本当は食いつきたかった。

ふたりのあいだの短い距離をいっきに詰め、彼の——名コックにして完璧なホスト、感じのいい隣人の——首につかみかかって詰問したかった。おれの母親を殺した下劣な変質者はおまえなのか、と。

3

教わった区画に停泊していたのは、ただのボートではなく、豪華なヨットだった。そのマリーナにはもっと大きな船も停泊していたものの、なだらかな形状をした艶やかな船体には、なかなかの存在感があった。白いズボンに青のブレザーを着てくるべきだったか？　胸元のポケットからチーフをのぞかせ、黒いつばに金色の組紐飾りのついた帽子をかぶるとか？　だが実際は、カーキのショートパンツにシャンブレーのシャツに野球帽という服装だった。

船尾側のデッキにいたジャスパーが手を振った。彼の隣にいる女が声をあげる。「いらっしゃい、ドレックス。シャンパンにどうにか間に合ったわね」女性はシャンパンのマグナムボトルの首を持って掲げた。

ドレックスは自分のなかで最高の笑顔を彼女に向けて、タラップをのぼった。「ぼくならビールで手を打ちます」

「それも用意してあってよ」

彼女は夫であるジャスパーよりも十歳ほど若く、とてもきれいでやさしそうだった。そして——ギフはなんと言ったか——うぶだったか？　そう、彼女には悪い男が標的にしそうな少女っぽいうぶさがあった。わざとくしゃっとさせたショートのブロンド。白のカプリパンツに鮮やかなピンクのノースリーブ。襟ぐりが広く開いていて、深い胸の谷間が見えている。ドレックスが見たところ、金のかかった最高級品だった。

デッキのふたりに合流し、ジャスパーと握手を交わした。ジャスパーは言った。「船を見つけるのに苦労したんじゃないか？」

「いえ、まったく」ドレックスはヨットを眺めてから、ジャスパーとその妻の両方を視界におさめ、最後にジャスパーを見た。「運のいい人だ。こんなにきれいなものをお持ちとは」ジャスパーに顔を近づけて、つけ加えた。「ヨットも悪くないですが」

三人そろって大笑いした。ミセス・フォードは胸のふくらみの上に手を置いた。重ねづけしたダイヤモンドの指輪が日射しを浴びて虹色に輝いている。「まあ、ありがとう。魅力的な人だから気をつけろって、ジャスパーから忠告されていたのよ。今日は来てくださって、うれしいわ。お仕事から無理に引きずり出しちゃったのよね」

「お誘い、ありがとうございます。無理やり引きずり出されたわけじゃありません。作家というのは、書かないですむ言い訳をつねに探してるものです」

「本を書くなんて、考えただけで怖じ気づいちゃうわ」

「ぼくもですよ、タリア。あの、タリアと呼んでかまいませんか？」

彼女とジャスパーはびっくりしたような顔をして、笑いだした。「それがわたしの名前なら、タリアと呼んでもらっていいのよ。でも、わたしはイレイン。イレイン・コナーよ」

面食らったドレックスがあわてて謝罪の言葉を口にしかけたとき、ジャスパーが彼の背後を見て、笑みを浮かべた。「タリアのお出ましだ」

ドレックスは回れ右をした。

上下白い服を着た女が調理室から階段をのぼって近づいてきた。カナッペを盛ったトレーを右の手のひらに載せている。自分の名前が呼ばれるのを聞いた彼女は仰向いて、ハッチからドレックスをまっすぐ見あげた。

胃が碇《いかり》のようにどすんと落ちて、ドレックスは瞬時に悟った。まずい。


タリアが出入り口を抜けてデッキに出ると、見知らぬ長身の男が近づいてきた。「手を貸しますよ」

「ありがとう」タリアの手からトレーを受け取った。

男の背後に太陽があるので、タリアは男をよく見ようと額に手をあてがって日射しをさえぎった。野球帽のつばで陰になっているので目元はよく見えないけれど、顎がうっすらひげにおおわれていて口元が笑みを作っているのはわかった。〝荒削りな男〟というジャスパーの評はあたらない気がする。「あなたが新しくいらしたお隣の方ね」

「まさに」

ジャスパーが彼女の肩に腕をまわした。「タリア、ドレックス・イーストンだ。ドレックス、わたしの妻だよ」

「お目にかかれてうれしいわ、ドレックス」彼女は手を差しだした。トレーを左手で掲げているドレックスは、自由な右手で握手した。しっかりと握りつつ、痛くない程度の力加減で。

「ぼくもですよ、タリア」

「あなたと食事をして楽しかったとジャスパーから聞きました」

「ごいっしょできなくて残念でした。彼はまれに見る名コックですね」

「おかげで助かっています。わたしがからきしなものだから」

「とてもからきしとは思えませんね」ドレックスはトレーに載っているオードブルに向かってうなずきかけた。

「できあいよ」彼女は小声で言った。

「ただし、シュリンプサラダに使ったレムラードソースは手作りだ」ジャスパーが言った。

「わたしが今朝こしらえたんでね」

「そうよ。お薦めするわ」

イレインが手を叩いて、一同の注意を引いた。「さあ、みんな集まって。最低でも一杯はシャンパンを飲んでちょうだい」フルートグラス四つにシャンパンを注いで、カクテルテーブルに置く。「貴重な機会だもの。新しいお友だちができたのよ。ようこそ、ドレックス」

「ありがとう。お招きいただいて光栄です」

彼はよそ者のわりにはくつろいだようすでトレーをテーブルへ運び、中央に置いた。そして椅子を引いてイレインを座らせてから、席に着いた。

「帽子を忘れているよ、タリア」ジャスパーが背後から近づいてきて、つば広の麦わら帽子をかぶせてくれた。

「ありがとう。もう少しで後悔するところだったわ」

「彼女はちゃんとしてるのよ」イレインはドレックスに言った。「日焼けに気をつけてるの。わたしはもう手遅れ」

「あなたはきれいに日焼けするけど、わたしはそばかすになるもの」タリアは言った。

「バンパイア並みに日射しを避けてる」ジャスパーが言った。

人前で無神経な発言をされたことにとまどって、タリアは思わずテーブルの向かいに座っている新参者を見た。サングラスをかけてはいるけれど、彼が自分の顔を見ているのがわかる。まるでくだんのそばかすを探しているようだ。

イレインが乾杯するからグラスを掲げてと言ったので、気まずさを回避できた。イレインは一同の健康を祝して乾杯すると、こんどはドレックスを質問攻めにしはじめた。

ジャスパーがタリアに小声で話しかけた。「バンパイアなど持ちだして、悪かった。いやな思いをさせたね」

「べつに気にしてないわ」

ジャスパーはタリアの手を軽く叩き、残るふたりの会話に加わった。タリアは会話が流れるに任せた。会話を先導したり参加したりせずにすんでありがたい。オヘア空港でさんざん待たされたうえに、チャールストンまでの空の旅は快適とは言えず、さらに空港から自宅までの運転で疲れ果てた。なので、ジャスパーを起こさずにベッドに入れてほっとした。出張から帰ると、夫はそのあいだのことをことこまかに訊きたがる。

朝食を食べながら、今日は出かけずに家にいたいと伝えた。「わたしはいいから、イレインと楽しんできて。わたしは家で一日のんびりできたら、それでしあわせよ」

「何日も前から計画してきたことじゃないか。きみがいないとイレインが残念がる。それに、もうひとり誘っててね」

そのときはじめて、ガレージの上のアパートに引っ越してきた隣人の話を聞いた。

「あそこ、住めるの？」

「当人はそう思ってるらしい。にしても、あまり基準の高くない男のようだ」

「なぜそんなことを言うの？」

「そのあたりはきみ自身で判断してくれ。荒削りな男だが、料理に合わせてフォークを選ぶことはできるし、持ってきたワインもいちおう及第点だった」

「気に入らないんなら、どうして今日招いたの？」

「好奇心だ」

ドレックス・イーストンはジャスパーから聞かされていたよりも世慣れた人だった。とはいえ、ジャスパーの基準が高いのはまちがいない。そしてイレインは椅子の肘掛けをはさんで作家のほうに身を乗りだしている。彼に惹かれている証拠だ。

ドレックスのほうは彼女の積極的な態度にも臆することなく、矢継ぎ早に繰りだされる質問にユーモアを交えて答えているが、タリアはそこに多少の作為を感じた。彼は自嘲気味で生真面目だった。

だが、テーブル越しにドレックスから笑いかけられたとき、タリアは彼が反心理学的な手法、つまりわざと逆をやってあおっているのかもしれないと思った。第一印象をよく見せることに興味がなさそうな態度こそが、実際はそう見せるための計算なのかもしれない。

少し前なら、彼が感じがよくて気さくであれば、疑うことなく額面どおりに受け取っていたはずだ。疑い深さでは、ジャスパーのほうが上をいっている。たぶん夫のそんな傾向に影響されつつあるのだろう。

残っていたシャンパンを飲みきると、ジャスパーは椅子を引いて立ちあがった。「そろそろ船を出そうか？　それとも先にランチにするかい、イレイン？」

「船を出して、碇を下ろしてランチにしましょう」

ジャスパーは彼女に敬礼した。「仰せのままに、船長」腰をかがめて、帽子のつばの下からタリアの顔をのぞき込んだ。「一等航海士を演じてきてもいいかな？」

「あなたが操舵輪を握りたくてうずうずしているのは、よくわかってるわ。行ってきて」

ジャスパーは妻の頰に口づけし、ドレックスに話しかけた。「ビールとソフトドリンクは調理室の冷蔵庫にあるから、好きにやってくれ」

「どうも。いまのところだいじょうぶです」

ジャスパーはイレインについて操舵室に入り、ドアを閉めた。イレインのおしゃべりがなくなると、たちまち静かになった。先にそのことを指摘したのはドレックスだった。「イレインは見知らぬ人に会ったことがないのかな？」

タリアは声をあげて笑った。「わたしが知りあってからは一度も」

「知りあってどれぐらいになるんですか？」

「数年よ」

「どうやって知りあったんですか？」

「彼女と旦那さんはデラウェアからよくここまで船で来ていて、彼が亡くなったあと、意を決してこちらに引っ越してきたの。わたしとはカントリークラブでいっしょになったのよ」

ドレックスはあたりを見まわした。「このヨットはあなた方ご夫妻のものだと思ってた」

「いいえ、イレインの船よ」

「彼女がみずから操縦するんですか？」

「いつもマリーナを出るところまでね」

「それにはかなりの操縦技術がいる」

「イレインによると、ミスター・コナーは船に乗るのが大好きだった。それで万が一、操縦を交代する必要があるときに備えて、彼女に船の扱い方を教えたそうなの。そして、ジャスパーはその彼女に教わって、浮きのある場所を抜けたら、操舵輪を握らせてもらうのよ」

「彼は舵を取りたくてたまらないようでしたね」

「船と水に関することすべてが大好きなのよ」

「あなたは？」

「自然のなかに出かけるのは好き。でも、水に対する情熱はないわ」

「そう？　だったら、あなたはなにに興奮する？」

彼のなにげない質問を曲解している可能性はあった。だとしても、適切かどうか微妙な質問ではある。ただ、これから何時間か船に閉じ込められて逃げられないので、問題点を指摘するよりも冗談でかわすことにした。

「〈ヌテラ〉よ」ヘーゼルナッツの入ったチョコレートスプレッドのブランド名だ。「スプーンで瓶から食べちゃうわ」

彼が笑った。

ふたたび気安い雰囲気が戻ってきた。居心地がよくなったのを感じながらタリアは椅子の背にもたれて右足をお尻の下に敷き、彼の野球帽を指さした。「テネシーに行ったの？」

「いいや。友人が卒業生で、母校愛が強いんだ。去年の夏、キャンプに行って帰ってきたら、ぼくの荷物にこのキャップがまぎれ込んでた。それきり返してない」彼はにんまりした。

「ぼろぼろだから、惜しがるとは思えないしね」

タリアはほほ笑み、そのまま横を向いた。マリーナに入ってきた船とすれちがったのだ。手を振ると、船上の人たちも手を振り返す。船が通りすぎたあと、ふたたびドレックス・イーストンが自分を観察しているのを感じて顔を戻した。こちらを見ている彼をとらえることができた。「どうかした？」

彼は空になったタリアのグラスを指さした。「あなたはシャンパンのお代わりを断った。

下からなにか持ってこようか？」

「わたしのことは気にしないで。お客さんはあなたよ」

「にしても、ぼくを招いたのはあなたじゃなくて、ジャスパーだ。今日のあなたは人をもてなす気分じゃないはずだ。昨夜は帰るのが遅かったからね」

タリアは尋ねるように小首をかしげた。

「私道に車が入ってくる音が聞こえた」

「近所迷惑だったわね、ごめんなさい」

「いや、それはない。寝てなかった。引っ越してきてから、ちゃんと眠れてなくて」

「新しい場所に慣れるには少し時間がかかるものよ。もう何日か待ってみて」

「何日か待っても、でこぼこのマットレスは直らないだろうけどね。ジャスパーから借りた扇風機のおかげで、暑さはしのぎやすくなった」

「彼があなたに貸したの？」

「彼の親切心には限りがない」

タリアはほほ笑んだ。けれど困ったことに、そのあとあくびが出た。「ごめんなさい。正直に言うと、わたしもあまり眠れなかったの。シャンパンを飲んだら眠くなってきたわ」

「だったら、ひと眠りできるように、黙ろう。それとも、あなたを残して……ぼくが引っ越ししようか？」

ドレックスはそう言って、にこりとした。海賊めいた顔つきの右頬に、人目を惹くえくぼが現れた。魅力的に見えるのを知っているはずだ。彼の申し出を受け入れたとして、本当に移動する気があるとは思えない。

「そのままどうぞ」

「よかった。ぼくも眠くなってる。二日がかりの引っ越しのあと、こうやってなにもせずに座っていられるのは、気分がいい」彼はゆったりした姿勢になると、サングラスの上までキャップのつばを引きさげて、組んだ手を膝の上に置いた。指輪はない。大きくて実用的な、黒い革ベルトの腕時計をはめている。

大きな手に長い指。手の甲に血管が浮き、シャツの袖は肘と手首のあいだあたりまでまくりあげられている。くつろいだようでいて、四肢に張りが残っているのがわかる。

タリアは彼から顔をそむけ、船と水平線のあいだを流されていくひとつきりの雲を目で追った。そして一分。彼は動かない。ふたりを取り巻く沈黙が重みを増す。タリアは話題にできることを探った。「ドレックスって、めずらしい名前ね」

彼がびくりとして、背筋を伸ばした。「うん？　うとうとしてた」

「嘘ばっかり」

そう口にした瞬間、タリアは後悔した。だが、いまさら遅い。彼のサングラスの上で、クエスチョンマークよろしく片方の眉が吊りあがる。

挑むような調子を滲《にじ》ませながら、彼女は言った。「あなたはわたしを凝視していたわ。サングラス越しにあなたの目が見えたの」

彼はこぶしで椅子の肘掛けを叩いた。「しまった、ばれたか！」彼はこんどもタリアに笑みを投げかけた。「ぼくはあなたを凝視してた」

「なぜそんなことを？」

「そうだね、もし聖書に誓って真実を述べたら、ジャスパーの手で麻袋に詰められて、海に投げ捨てられる」

タリアは我慢できず、笑いだした。彼は恥知らずのお調子者だけれど、堂々と口に出している分には害がない。「モンテ・クリスト伯みたいね」

「ぼくの大好きな小説だ」

「あら、どうして？」

彼は少し考えてから、答えた。「彼はぶれなかった」

「復讐《ふくしゅう》を果たすという点において」

ドレックスは深々とうなずいた。「なにがあってもあきらめなかった。投獄されてもだ。彼は忍耐の人だ。準備をして、誰よりもたくみに他人に扮した。そして復讐相手の男を追い詰めた」言葉を切り、いたずらっぽくぼくにやりとした。「そして女も」

「復讐相手の妻ね」

ドレックスは体を起こし、前のめりになって、交差させた前腕をテーブルに置いた。「ぼくはジャスパーに運のいい人だと言った。イレインが彼の妻だと誤解したときだ」

「彼のこと、もう運がいいとは思わない？」

ドレックスはすぐには返事をしなかった。「ぼくに言わせれば、彼は当たりくじを引いた。少なくとも二度」

えくぼもろともいたずらっぽい笑みが消えた。それで突然、恥知らずなお調子者がそれほど無害とは思えなくなった。

4

そのときイレインが操舵室のドアを開けて、顔を突きだした。「帽子を押さえて、フルートグラスがテーブルからすべり落ちないように見ててちょうだい。いまマリーナを出て、ジャスパーが速度を上げようとしてるところなの」彼女が顔を引っ込めた。ヨットはスピードを上げて、開水域に出た。

イレインの登場によって気詰まりな時間を終わらせることができた。ドレックスの口調を深刻そうだと思ったのは、タリアの思い過ごしかもしれない。いまの彼の顔には、またもやいたずらっぽい笑みが浮かんでいた。

「ぼくがあなたを凝視していた理由？　考えごとに没頭してたんだ。ぼくは文筆家なのに、あなたの髪の色を正確に表現する形容詞を思いつける気がしない。あなたが階段を上がってきたときは、赤褐色だと思ったんだが」

「それでいいと思うけど」

「いけなくはないが、ニュアンスに欠ける」

「ニュアンスが必要？」

「ええ。日射しを浴びると、髪から金色や赤銅色が浮かびあがる。どんな言葉を使ったら、それを表現できるんだろう？」

「そんなことを考える必要がある？　なぜわたしを表現しようとするの？　あなたの本のなかにわたしを登場させるつもりなら、わかるけど」

「まさか！　あなたを登場させられるような、たいそうな本じゃない」

タリアの高らかな笑い声のあとには、心地よい沈黙が続き、ふたりは波立つ水面を眺めた。ドレックスは、シカゴに出かけた用事を尋ねて、会話を再開させた。

「あるホテルの視察」キツネにつままれたような彼の顔を見て、タリアはほほ笑んだ。「プロトタイプなの。新機軸、究極のミニマリズムのね。試しに泊まってみたの」

「どうしてそんなことを？」

「長い話になるわ」

彼は両手を左右に広げた。「ぼくはどこへも行かない」

「わかったけど、あなたが尋ねたのよ、忘れないで」

「好きに話してくれ」

「うちの顧客向けにホテルを試してたの」

「顧客というのは？」

「両親が旅行代理店を営んでいてね。ハイスクールのときには、わたしもそこで働きはじめてた。大学卒業と同時にマネージャーになり、両親はなかば引退。その後、父が亡くなって、一年半後にはあとを追うようにして母も逝《い》ってしまった。わたしはひとりっ子で唯一の相続人だったから、〈シェーファー・トラベル社〉はわたしのものになった」

「かなりの削除修正版みたいだが、先を続けて」

「そうね。わたしは会社の拡大を図って、まずはサバンナ、つぎにバーミングハムに支社を開いた。どちらもうまくいったわ。借り入れた立ちあげ資金を返済して、新たに借り入れたお金でさらにふたつの支社を開いた。ダラスとシャーロットによ」

「果敢だね」彼は言った。「旅行関係のすべてをオンラインで予約する人が大勢を占めるこのご時世に」

「そういう人が多いのは事実だけど、最高の旅行代理店までが人員やサービスを削減する時代にあっても、高級なサービスを求める人の市場はすでにあったの。わたしの会社はそれに応えて、最安値の航空券を探したり部屋代を値切ったりする必要もなければ、そうしたいとも思っていない顧客に向けたサービスを提供することにしたわけ」

「紅葉バスツアーの扱いはやめたってこと？」

「ええ。そして世界の七不思議を見てまわるプライベートジェットの旅の手配をはじめたのよ。うちの特別サービスは口づてに広まった」

「億万長者の世界で」

タリアはほほ笑んだ。「ほどなく、〈シェーファー・トラベル社〉は世界じゅうにたくさんの支社をもつ企業の目に留まった。わたしの会社が競争相手になったことがおもしろくなかったんでしょうね」肩をすくめる。「わたしが断れないような申し出をしてきたのよ」

「会社を売却したわけだ」

「なにもかも、きれいさっぱり」

「おめでとう」

「ありがとう」

「もう会社がないんだったら、どうしてシカゴでホテルを試してるの？」

「ほんとに全部、聞く気ある？」

「どうかな。あなたの話が終わったとき、さらにどれぐらい自分のことを不出来な能なしと感じることやら」ふたたびえくぼが現れた。

彼女は突きあわせた両手の指先を小刻みに唇に触れさせながら、ドレックスをしげしげと見た。「あなたの言うことは額面どおりに受け取れない」

「なんだって？」

「あなたは自分を卑下する。周囲を油断させるため、実際以上に自分を無能に見せるためにそうしてるんじゃないかしら」

ドレックスは胸に手をあてた。「ありがたきご意見。ぼくは本気で自分を無能だと思ってるが、そういう買いかぶりはうれしいよ」

ドレックスの期待に反して、タリアは笑わなかった。タリアが黒いレンズの奥にある彼の瞳から読み取ったのは抜け目のなさだ。どうしてそれをないもののようにふるまおうとするのかが、やはり気になる。そして彼の心理戦にまったく影響を受けていないわけでもないことを忘れてはならない。タリアが話を再開したのは、彼から先をうながされてからだった。

「自分が三十二歳で引退するような人間じゃないとわかったから」彼女は言った。「ひと月もしないうちに、退屈したわ。そうこうするうちに、以前のお客さまから電話が来るようになった。サービスの内容や気遣いが足らないという不満の電話よ。それでその人たちの旅行の手配を請け負うことにしたの。自宅の玄関を出て戻ってくるまでの一切合切を」

「楽しみのため？　それとも善意？」

「まさか。旅行代金に応じて一定の割合の報酬をもらってるもの」

「そういうことか！」彼は笑顔になった。「ぼくには払えそうにないね」

「払える人はごくひと握りよ」タリアは認めた。「だからわたしがサービスを提供する顧客の数は限られ、わたしは自分が望む程度に、いまだ業界に足を突っ込んでる」

「大手代理店といまも競合してるのか？」

「そうね……目の上のたんこぶってとこかしら。とくに、わたしから会社を買い取った企業にとっては」

　彼が爆笑した。「そりゃそうだ。あなたに大口顧客を囲い込まれたんだもんな」椅子の背のクッションにもたれかかる。「創意工夫の一点をとっても、五つ星を進呈する」

　こんなお世辞で浮かれてはいけないと思いつつも、タリアはすっかりいい気分になり、ぬくもりを感じて、それに浸った。

「ミニマムなホテルはどうだった？」

話の本筋に戻れてうれしい。「各種デバイス用のコンセントが山のようにあったわ」

「でも？」

「衛生的な部屋で、個性も特徴もなかった。そして――」

「雰囲気も？」

「いい言葉選びね」

「やったぞ！　やっぱり作家として才能があるのかもしれない」

タリアは茶目っ気たっぷりの目で彼を見た。「なにもかもがハイテクすぎるせいで、明かりをつけて、そのままにしておくにはどうしたらいいか探りだすために十五分もかかった。とくにバロックとか派手なプリントが好きなわけじゃないけど、人体に合った、実際に座れて居心地のいい椅子は好きよ」

「そのホテルは勧めないいんだね」

「ええ。わたしのお客さまも無駄のない設備や、電子機器のためにコンセントがたくさんあるのは歓迎してくださるけど、身体的な快適さも満たしてくれないと」

「ぼくも快適な生活を好む」

「だったらどうしてマットレスがでこぼこで、エアコンのないせまい部屋に引っ越したの？」

「苦労が足りないからだ。苦労なくして、いい作家にはなれない」

「自分をむち打ってるの？」

「まだそこまではしてないが、もう一歩のところまでは来てる」

ふたりで笑みを交わす。彼が尋ねた。「あなたが視察の旅に出るのに、ジャスパーは同行しないのかい？」

「あまり。それも出張者向けのホテルじゃなくて、もう少し色気のあるものを視察に行くときに限られるわ」

「視察には海外にも？」

「年に二、三度は。ジャスパーは一度も」

「どうして？　そういう旅行なら彼も行きたがりそうなのに」

「長時間のフライトが嫌いなの」

「そうか」

彼から返ってきたのはそっけないひとことだったが、言外の含みを感じた。「なに？」

「べつに」

「なに？」

「いや、ジャスパーはずいぶんのんきな人だなと思って。あなたをひとりで海外旅行に出して、平気でいられるんだから」

「彼の許可はいらないわ。彼に旅行に出してもらってるわけじゃないのよ」タリアは冷ややかに言った。「それに彼が平気だとは、言っていない」

「じゃあ、平気じゃないんだな？」

「平気よ。でも、旅程は気にしてる」

「じゃあ、あなたがいつどこにいるか、わかってるわけだ」

「そうよ」昨夜、ジャスパーに報告をせずにすんだことを喜んでいたのはつい数分前のことなのに、いまは、妻の外出に気を揉む夫をかばおうとしている。「当然だわ。安全のための措置だもの」

「そうだな、ぼくだったら、あなたの耳のなかにチップを埋め込みたいね」

こんどもドレックスの屈託のない笑みが会話のトーンを引きあげて、タリアの胸のなかに滞りつつあった緊張をゆるめた。本当は自分のスケジュールに首を突っ込んでくるジャスパーなど、かばいたくない。

ドレックスは操舵室を見た。「つきあってどれぐらい？」

「つきあって一年半、結婚して十一カ月」

「結婚するまであまり日がなかったんだね」

「比較的ね」

「ジャスパーのことだから、出会うなり、あなたの心を奪ったんだろう。なれそめは？」

「話しても信じないわ」

ドレックスは彼女に向きなおった。「まさか、オンラインで知りあったとか言わないよな」

「そうね、でも、出会い系のサービスじゃないわ。電子メールで五、六週間やりとりがあって、そのあとじかに会ったの」

彼の両眉がサングラスの上に現れた。「聞かせてくれ」

タリアは笑った。「そんな色っぽい話じゃないのよ。うちのサバンナ支社を通じて、彼が旅行の予約を入れたの。国内旅行よ。旅行から帰ったあと、うちが予約したホテルの一軒について彼からクレームが入って、彼は最高責任者とその問題を話しあいたがった」

「それがあなただったわけだ」

「彼はわたしのメールアドレスを渡された。わたしは彼からのクレームを検討して、彼の言い分には正当性があると思ったから、その夜の宿泊料を全額払い戻した。彼はその対処にいたく感動してくれた」

「それで、数週間にわたって賞賛の美辞麗句を捧げたわけだ」

「そしてそのあと、本物の花を捧げてくれた」

「やることがしゃれてる。カードにはなんと？」

「カードはなかった。サバンナからチャールストンまでじかに花束を渡すために車を運転してきたのよ」

ドレックスは小さく口笛を吹いた。「ますますしゃれてる」

「メールでのデートの誘いが、対面での誘いに切り替わった」

「洗練されたふるまいが実を結び、いまのあなたはこうなった。めでたしめでたし」

タリアは結婚指輪を見おろして、指にはめたままくるりとまわした。「いまのわたしはこうなった」小声で言った直後に音がした。顔を上げてテーブルの向かいを見た。「あなたの携帯?」

「ああ」じゃまが入ったことに憤慨の表情を浮かべつつ、彼は片方の脚を伸ばしてショートパンツのポケットから携帯を取りだした。表示を読んでいる。「リマインダーを設定しておいたんだ。エージェントに電話することになってて。でも、こんな沖合でも携帯が通じるのかな?」

「岸から十五から二十五キロぐらいまでなら通じるわ」

「だったら電話するか。待ってるだろうから」


タリアは立ちあがろうとするドレックスに椅子に戻るよう身振りで指示して、自分が立ちあがった。「わたしがなかに行くわ」

「いや、ここにいてくれ。ぼくが前に移動する。興奮すると、話が長引くやつなんだ」

「風の音がうるさくて話がしにくいわよ。それに、少しは役に立たせて」

タリアとの個人的な会話を打ち切るのは残念だった。彼女がなかに入るのを待って、番号をタップした。相手はすぐに出た。「保安官事務所のグレイ保安官助手です」

「イーストン捜査官だ。ファイルは見つかったかい?」

「はい、捜査官」

ドレックスはこの日の朝早くにフロリダ州キーウエストにあるモンロー郡保安官事務所に電話を入れていた。ひとけのない日曜日の朝のシフトを下っ端の保安官助手が担当しているのを当て込んでのことだ。階級が上だと連邦捜査官と聞いてもかしこまらず、かえってめんどうをかけられる恐れがある。

運のいいことに、グレイはこちらが願ったとおりの新人保安官助手だった。

ドレックスは朝の会話で、自分の所属するレキシントン支局で行方不明者の捜査を行っていると伝えておいた。「未婚の裕福な中年女性。十中八九、誘拐と考えていい。うちのデータ分析官から、数年前にそちらの保安官事務所で捜査した事件に似ているという情報が上がってきた」

レキシントンでそんな事件は起きていないが、キーウエストではマリアン・ハリス失踪事件という、未解決事件があった。プライベートハーバーには彼女のヨットが残され、銀行口座は空になっていた。

たんなる偶然かもしれないが、ジャスパー・フォードから船遊びに誘われたのは、彼と出会ってわずか数時間後のことだ。キーウエストには行ったこともないかもしれない。だが、ドレックスには思うところがあって、今朝保安官事務所に電話をかけたのだ。

勘が当たってうれしかった。レキシントンで捜査していると嘘をつくことにも、後ろめたさは感じていない。なぜなら今朝グレイ保安官助手と話をしたあと、タリアからジャスパーが水辺とヨットの操縦に興味があることを聞いたからだ。

ファイルを探すのに時間がかかるとグレイ保安官助手に言われたので、ドレックスは決めた時間に自分から電話すると伝えた。最適な時間とは言えないが、グレイの勤務時間はまもなく終わるし、ドレックスのほうも彼からの情報を心待ちにしていた。

「なにがわかった？　声を張りあげてくれよ。屋外なんだ」

「ぼくが事務所に入る前の事件です。ほかの仕事をこなしながら調べたんで、大づかみのことしか把握できませんでした。具体的にどんなことが知りたいのか教えてもらえると、助かります」

「具体的には、ミズ・ハリスの知り合いに関する情報を探している。ダニエル・ノールズという人物だ」ドレックスはノールズの綴りを伝えた。

グレイがキーボードを叩く音がした。「彼女が行方不明になったあと、ノールズは事情聴取されて、放免されてます。何度かヨットに泊まったことは本人も認めていました。ですが、彼だけじゃなかった。被害者との関係はプラトニックで、恋愛感情はなかった。被疑者扱いはされておらず、捜査にもいたって協力的でした」

すべてドレックスが知っている話だった。いたって協力的だったダニエル・ノールズは、そのあと逃走した。アパートを退去して、転居先を残していかなかった。それきり、ダニエル・ノールズの行方は知れない。クレジットカードも使われず、彼の社会保障番号にも活動の記録はなかった。パスポートも同じく。その事実をありのままに受け取れば、彼はマリアン・ハリスの失踪から二週間とせずに存在を消したことになる。

ドレックスは操舵室を見た。舵輪を握るジャスパーのシルエットが見える。「ノールズの写真はファイルに残ってるのか？」

「一枚だけ」

ドレックスも知っている、写りの悪い写真だ。マリアン・ハリスのヨットのデッキの上で、楽しげにはしゃいでいる人たちの集合写真。燃え立つような夕日に背後から照らされて、人の姿が滲んでいる。カメラから顔をそむけて後方に写っているその人物は、ドレックスであってもおかしくない。

「写真をスキャンして、今朝伝えたアドレスに送ってもらえるか？」

「承知しました、捜査官」

「なにか進展はあったのか？　ノールズに関する最新情報は？」

「そうですね……マリアン・ハリスの死体が発見されたあと、話を聞こうと彼を探したんですが――」

「おい、いまなんと言った？」反対の耳に人さし指を差し入れた。「被害者の死体が発見されたのか？」

「はい、捜査官」

ドレックスの心臓が大きく打ちはじめた。これまで被害者の死体が発見されたことはない。

「いつ？　場所は？」

「ちょっとお待ちを」

ちょっとではなかった。頭が爆発しそうになりかけたとき、保安官助手が言った。「さあ、小真相がわかりましたよ。コリアー郡の建設作業員が古い橋台を新しいのに交換するため、川の底をさらってたら、掘削機が箱を掘りあてたんです」

「箱？」

「輸送用みたいな。一八〇×九〇×一二〇センチの木製で、蓋に釘を打ってあった。そのなかに変死体が入ってました」

「いつのことだ？」

「ええっと……見つかって、まだ三カ月ですね。ＦＢＩにも連絡しましたよ。すべて捜査官のラド……ラド……」

「ラドコフスキーか」

「そうです」

あの能なしめ。ドレックスは野球帽を脱いで、テーブルに肘をつき、手のひらで額を支えた。胃の腑でシャンパンがたぎっている。「変死体はマリアン・ハリスだと断定されたんだな？」

「歯科記録で照合しました」

「死因は？」

「窒息死です」続いて、漏らした。「ひどいな」

「どうした？」

船の速度が落ちている。碇を下ろすのだろう。ラウンジエリアのガラスの壁越しに、笑いながらランチのためにダイニングテーブルをセットするイレインとタリアが見える。

ドレックスは言った。「グレイ、そこにいるのか？　どうした？」

保安官助手が唾を呑む音がした。「いや、あまりに陰惨で」

「言ってみろ」

「木箱のなかに血がついてたんです。蓋の裏側に、ひっかいた跡らしい、線状の血の跡が。被害者は生きたまま埋められたようです」

5

ドレックスの恐怖感はギフにも伝わった。「生き埋めだって？」

ヨットでのクルーズから帰るなり、ドレックスはシャワーを浴びた。海水とともにジャスパー・フォードの穢《けが》れを洗い流したかった。借りた扇風機の前に陣取り、ギフとマイクに三者通話で電話をかけた。どちらも午後の遊覧旅行の話を聞きたがっていたが、マリアン・ハリスに関するニュースは予想外だった。そして、やはりドレックス同様、ふたりもその知らせに動揺を隠せなかった。

「その話を聞いた一分後には、やつの向かいに座ってクレソンの冷製スープとシュリンプサラダの自家製レムラードソース和えを食べなきゃならなかった」

「マイルドとスパイシーのどっちだった？」

「やめろ、マイク」ドレックスは言った。「いくら野蛮なおまえでも、ひどすぎる」

「そうだな、すまん。後ろめたさをごまかしたかった。彼女の死体が発見されたことをどうしたら見落とせたんだ？」

「そう自分を責めるなよ」ギフが言った。「早くわかったところで、おれたちにできることはなかったさ」

「死体発見の時点で、失踪から二年近くたってた」ドレックスは言った。「亭主とは死別、子どもはいない。キーウエストでの友人の多くは、暖を求める冬だけの住人か、行楽客か、国内外からジェット機で集まってくる連中だ。いずれは彼らのもとにも噂が届く。それは確かだが、反応が津波のように押し寄せるとは思えない。フロリダ南部のローカルニュースでなら死体の回収がトップで扱われるかもしれないがな。〝捜査当局はこの発見により、キーウエスト在住だったこの女性の誘拐ならびに明らかな殺人事件に対する手がかりが提供されることを願っています〟とかなんとか。で、天気予報とスポーツニュースが続く。

故人を偲ぶ会や宗教儀式があったかどうか、知らない。なんにしろ、全国的なニュースにはならなかったんだから、気がつくほうがむずかしいぞ、マイク」

マリアン・ハリスに降りかかった運命はマイクとギフを動揺させたものの、母親の件があるドレックスに及ぼした影響はくらべものにならないほど大きかった。

母親に関してはろくな記憶もなく、頭の暗い片隅にちらちらと残像が潜んでいるだけだった。それすらも断片的すぎて、意味をなさない。残像につながる記憶がなかったからだ。記憶を留めておける年齢になったころには、母がいなくなって長い月日がたっていた。

その欠損に気づいて、興味をもつ年齢になり、母の写真を見たいと頼んだとき、父は写真はないと答えた。いまになってふり返ると、父は嘘をついていたのだと思う。嘘でなかったとしたら、元妻の写真を残らず処分したという意味だったのだろう。

両親の別れ方は、苦痛に満ちた、絶対にして永劫のものだった。その証拠に父は自分とドレックスの名前を正式に変えた。仮に母が考えを改めて、和解を望んだとしても、自分たちを見つけられないようにだ。ドレックスがそれを知ったのは、後年のことだったけれど。父はドレックスは十代になって反抗期を迎えると、母に連絡する方法を教えろと迫った。父はいかなる情報の提供もこばみ、妻との絶縁を抜歯か悪魔払いのように表現した。

ドレックスが一枚だけ持っていた母の写真は、母が行方不明になったとき、ロサンゼルス市警察に回覧されたもので、それもようやく目にしたときには、失踪からずいぶんたっていて、もはや誰も母を捜していなかった。

そこからドレックスの母捜しがはじまった。どこかでひっそり暮らしている母を捜しだせると、本気で思っていたわけではない。母は殺されて、その死体が誰も想像のつかない場所に置き去りにされているのだと思うことで、気持ちに折り合いをつけていた。

そして、彼の母捜しは、実際は母捜しではなかった。母を連れ去った男捜しだった。その男が見つかるまで、捜すのをやめないと誓った。いまもその誓いは生きている。

ただ捜索の旅がはじまったときから、母の死に際を考えるのは避けてきた。だが、今日マリアン・ハリスの末路を聞いてからは、自分を産んだ女性が似たような目に遭わされた場面をつい想像してしまう。恐ろしかったであろう最期が目に浮かぶや、シャワーを浴びたばかりで扇風機にあたっているのに、いっきに汗が噴きだした。

濡れた髪をかきあげた。椅子から立って、窓の近くへ移動した。フォード家のふたりはドレックスの数分後に帰宅した。それきり姿を見ておらず、いまも彼らの気配は感じられない。二階なのか一階なのか？　同じ部屋にいるのだろうか？　ベッドの上？　キスの最中？　まだ息のあるマリアン・ハリスをおさめた輸送用の木箱の蓋に釘を打ち込んだのと同じ手で、タリアを愛撫しているのか？

　ドレックスは鼻から大きく息を吸い込み、口から息を吐きながらつぶやいた。「あの男が彼女を生き埋めにした」

「おまえはそこに特別な意味を込めてる」ギフが言った。「おれは文字どおりの意味でしか言ってないぞ」

　ドレックスは言った。「おれたちはこれまで目撃者を消すためだけに被害者を殺す詐欺師を追ってきた。だが、マリアンの件でそれだけが犯人の目的じゃないのがわかった。そいつは殺しを楽しんでる」

「快楽殺人か？」マイクが尋ねた。

「そこまで極端じゃないにしろ」ドレックスは考え込んだ。「似たようなもんだ。そうなりつつあるのかもしれない」

「そいつなりの中年期の危機《ミッドライフ・クライシス》ってとこか？」

「冗談のつもりだろうが、ギフ、それなりに筋は通ってるぞ。犯人は高齢になりつつある。ニュースも観る。下の世代の犯罪者たちに追い抜かれるのがわかってる。遅れをとらないためには、過激化するしかない」小さく悪態をつく。「おれが込めている特別な意味は、そういうことだ。考えを整理しなおして、ジャスパーのなかにそういう——」

「隣人がノールズだとは決まっていない」マイクだった。「ウェストン・グレアムだともだ。それが本名かどうかすらわからない」

「やつだ。おれにはわかる」

「そうとはかぎらないんだ、ドレックス」

理屈を超えて直感していることを仲間から否定されて、むしゃくしゃした。「写真を見たか？」

キーウエストの保安官助手に頼んでパーティでの写真を三人だけが見られるダミーアカウントに送らせてあった。

「ああ」マイクは答えた。「拡大して、背後の男とサウスカロライナ州のフォードの運転免許証の写真と比較したぞ。似ても似つかない」

「おれは写真より自分の勘を信じる。もっとちゃんと見ろ」

「ドレックス——」

「必要とあらば、その写真をフットボール場の大きさまで拡大して、顔の毛穴の数まで数えるがいい。そいつにまちがいない」

ギフが静かな声で口をはさんだ。「おまえの願望の表れだよ」

「そうとも！」ドレックスはどなり声で怒りをぶつけた。「やつであってもらいたいんだ！」

フォード家を凝視すると、怒りがつのった。冷蔵庫まで歩いて水のボトルを取りだし、それを持って椅子に戻った。残るふたりはどちらも無言だった。

たっぷり水を飲むと、いくらか落ち着いた。「イレイン・コナーについて、わかるだけのことを調べてくれ」

彼女との会話から仕入れた情報をふたりに話した。「ヨットの名前は〈レイニー・ベル〉。亭主が彼女のことをそう呼んでたそうだ。登記は亭主の出身地であるデラウェア州ドーバー。亭主のほうが年上で、資産家だったんだろう。彼女は、夫に先立たれた、金のある魅力的な女性だ」

「われらが犯人のタイプだな」

「おれもそう思った」ドレックスは言った。「ただし、これまでの被害者とくらべると、イレインは快活で自信があり、愛情にも飢えてない。社交的だし、人生を陽気に楽しんでる。とはいえ、やつはやけに彼女をちやほやして、彼女のほうも平然とそれを受け入れてる」

「奥さんは妬かないのか？」ギフが尋ねた。

「実際はわからないが、おれには妬いてるように見えなかったし、女ふたりの関係の良好さが伝わってきた」

「彼女はどんなだ？」

「言ったろ、マイク。快活だ」

「そちらじゃない、タリア・フォードのほうだ」

「シェーファーだ。今日わかったんだが、彼女は仕事のときシェーファーを名乗ってる」

ポリティカル・コレクトネスなどちゃんちゃらおかしいと考えているマイクは、鼻で笑った。「近ごろの女ときたら」

ギフがマイクの質問をくり返した。「彼女はどんなだ？」

おれは彼女のトレーを奪い、彼女はおれの息を奪った。見るものを陶然とさせる彼女の瞳は、薪を燃やして立ちのぼる煙の色。食べてしまいたいような笑顔。

ドレックスは咳払いをした。「恐ろしく頭が切れるのはまちがいない。会社の来歴を聞かせてもらった。創業は親の代だが、彼女が拡大して売却し、その後、買い手を出し抜いた。恐れ入ったよ」

「女傑はおれたちの犯人が好むタイプじゃない」

「彼女はそういうのじゃない」

「ふん。なんにしろ、その女は自分の成功を自慢――」

「自慢してたわけじゃない」ドレックスはいらだちをあらわにした。「なんでそこのところがわからないんだ、マイク？」

「なにがだ？」

「社会的な変化がだ」

「どんな？」

「もういい。おまえには言うだけ無駄だ」

ギフが仲立ちした。「ドレックス、おれが思うに、マイクは不器用でおろかな言い方なりに――」

「おい！」

「――ジャスパー・フォードの妻に対するおまえの印象を質《ただ》そうとしてる」

「さっき言ったとおり」ドレックスは言った。「あの年齢の女性にしては――」

「三十四だ」

マイクの調査能力は高い。彼女の誕生日も知っているだろう。「そうか、わかった。彼女は三十四にして、多くのことを成し遂げてる」

「いい女なのか？」

「そりゃそうだ。被害女性は全員そうだった。おまえのことだから、売却前の〈シェーファー・トラベル社〉の広告を探したんだろ？　見つからなかったのか？」

「見つかったとも」マイクは答えた。「ところが、紋章のようなロゴだけで、彼女の写真はなかった。グーグルで検索をかけたら、何枚か彼女の写真が見つかったが、写りが悪いか、むかしのものだった。ＳＮＳには会社のアカウントがあったんだが、そちらにもロゴが使われていた。彼女が個人のアカウントを持っているとしたら、公開してない」もったいぶるように沈黙をはさんで、マイクは続けた。「ようやく見つけたのが、会社が売却された直後に彼女を特集した高級ビジネス誌だ。写真が一枚。プロのフォトグラファーが撮ったクローズアップだ。雑誌が出版されて数年になるが、彼女の容姿が衰えたとは思えない」

ギフが言った。「なあ、ドレックス、おれたちのあいだで隠しごとはなしだぞ。彼女はすこぶるつきの〝いい女〟じゃないか。それともなにか？　雑誌の写真は修正されてたのか？」

「それはないだろう」ドレックスは小声で応じた。脇腹にひと筋、汗が流れる。「そうさ、きれいな女さ。それがなんだ？」

「なんだって、おまえが目を奪われてることが問題だ」ギフが答えた。

「たしかにな。だが、忘れるなよ、亭主持ちだ」

「忘れてないぞ、ギフとおれは」マイクが言う。「忘れてるのはおまえじゃないのか？」

三人とも無言だった。ドレックスとしても、なにも不適切なことをしていないのに、言い訳するつもりはない。欲望をいだくことが罪というなら別だが。

仲介役のギフが口を開いた。「ふたりは夫婦として、どんな感じだ？」

「うまくやってる。やつはイレインをちやほやしながらも、タリアに気を遣ってる」

「愛情深いしぐさは？」

「彼女の頰にキスした。舵輪の前で彼女の肩に両手を置いて、向きを変えさせた。彼がチョコレートムースを渡すと、彼女はその手の甲にキスした。チョコレートに目がないらしい。ヌテラを瓶から直接食べると言っていた」

「おれもだ」マイクが言った。

「だな。だが、たぶんおまえみたいに一度にひと瓶は食べない」ドレックスは言った。マイクがスプーンを舐めるタリアに似ても似つかないことはまちがいない。タリアのそんな姿をドレックスは夢想した。こまかい部分まで具体的にスローモーションで頭のなかに思い描いた。効果音までつけて。

ギフが尋ねた。「彼女がやつのことを恐れているふうはないんだな?」

「いっさいない」

彼女が結婚指輪を見おろして、指にはめたままくるりとまわす場面はあった。〝いまのわたしはこうなった〟と彼女は小声で言った。風の音にかき消されそうなほどの小声で。あのときの彼女の表情——恐れはなかった。警戒も。憂い?

その可能性はある。あるいは、ドレックスの願望がそう見せたのかもしれない。このことを話しても、仲間ふたりには思い過ごしだと言われそうなので、代わりに自分のアイディアを投げかけた。「つぎにいつふたりを観察する機会があるかわからない。このままない可能性もある。イレインからは近いうちにまたと言われたが、明日かもしれないし、一カ月先かもしれない。あの夫婦がふたりきりのときのようすを探るには、盗聴器をしかけるしかない」

「おれは天才か」マイクが不満げに言った。「そう言いだすんじゃないかと思ってた」

「ドレックス、それはだめだ」ギフが言った。「ラドコフスキーが許さない」

「やつにとってもいい話さ。ずっと応援してくれてる」

「冗談にするような話じゃない」

「なに言ってんだ。ラドコフスキーは三カ月前からマリアン・ハリスの死体が発見されたのを知ってた。それをやつはどうした?　おれに教えなかったんだぞ」

「おまえのためだ」

「なにがおれのためになるかは、自分で決める。で、いまおれのためになるのは、隣の夫婦の会話を盗み聞きすることだ」

マイクが咳払いした。いくら意見したところでドレックスが規則を無視してしたいようにするのが既定の事実だと思ったとき、マイクはこんなふうになる。

ギフはまだ屈していなかった。「そんなことがばれたら――」

「危険は承知してる。それでもやる価値がある。少し前なら話はちがう。でもやつがマリアン・ハリスになにをしたかがわかったいまは、危険を冒してでもやる価値がある」

「本気か、ドレックス？」

「もしやつがそうで――」

「あくまで仮定の話だ」

「――もしやつを逮捕できるとしたら――」

「そっちはますます遠い仮定の話だな」マイクが言った。

「――やる価値があるどころじゃない」

「結果、おまえに災難が降りかかってもか？」ギフが尋ねた。

「結果、おれに災難が降りかかってもだ」続く沈黙のなかに、ドレックスはふたりの非難を感じ取った。「いいか、やつは女性八人を餌食にした。おれたちにわかっているだけで八人だ。おれの母親がひとりめとはかぎらない。おれがどうのじゃなく、その女性たちのことを考えてくれ。木箱から出たくて蓋をひっかいていたマリアン・ハリスのことを」

「わかった、ドレックス」ギフが言った。「だが、おまえのやろうとしていることは法律違反だ」

「わかってる。だが、おまえたちには関係ない。もしばれたら、おれが全責任を負う。その点は安心してもらっていい」

「おれが案じてるのはそんなことじゃない」ギフが言った。

「おれが案じてるのはそこなんだ」ドレックスは言った。「おまえたちには害が及ばないようにする。害を及ぼすのがラドコフスキーだろうと、誰であろうと」

長い沈黙のあと、マイクが深いため息をついて、なにか送ってもらいたい機材はあるかとドレックスに尋ねた。

「いや。必要な機材は持ってきてる」

「つまり、昨日今日、思いついたアイディアじゃないってことだ」

ドレックスはなにも言わなかった。

「どうやってしかけるつもりだ?」ギフが尋ねた。「どうやって忍び込む?　いつ?」

「すべて未定だ。随時、連絡する」

説教に飽きあきしていたドレックスは、さっさと電話を切った。

ドレックスがかけているメガネは小道具だった。出力紙の束もご同様で、キッチンテーブルのノートパソコンの隣に積んである。未使用の用紙とならべて、ゴムバンドでまとめた数百枚の原稿がある。同じ職場で働くパムなんとかという女性に打ち込んでもらったのだ。テキストは南北戦争時代を舞台にした歴史小説のペーパーバックの内容を流用した。

依頼を携えてパムに近づいたとき、彼女は不審げな顔でドレックスを見た。「なんに使うの？」

「仕事に」

いぶかしげに眉をゆがめる。「言えないの？」

「いまはまだ」

彼女はペーパーバックの黄ばんだページをぺらぺらとめくった。「タイプミスは？　完璧じゃなきゃいけない？」

「いや。むしろ、たまにタイプミスがあったほうがいい。あとでおれがそこに印をつける」

子どもふたりを育てるシングルマザーのパムには、怠け者の元亭主がいた。そこで一ページにつき三ドルでテキスト入力を請け負った。できあがったデータを渡されたドレックスは、彼女をハグして、ボーナスとして五十ドルはずんだ。

赤鉛筆でところどころ印を入れ、用紙の角を気まぐれに折った。コーヒーをわざとこぼしたページも何枚か。輪染みをつけたページもある。

これでいかにも〝作家らしい〟体裁が整った。誰に監視されているかわからない。実際、監視の目を感じていた。

執筆に取り組んでいるかのようにパソコンを前にして、マイクによって新たに発掘された情報を読む。マリアン・ハリスが住んでいた教区の教会で故人を偲ぶミサが開かれていた。法病理学者が司法検視を終えてわかったことを捜査機関に伝えたあと、死体は火葬のうえ教会墓地の地下納骨堂に安置されたと書いてある。

彼女は各種慈善団体を遺産の寄贈先とする遺言を残していたが、肝心の財源がなかった。彼女が失踪する前に現金化されていなかった唯一の資産はヨットだった。遺言状にあったとおり、ヨットはオークションにかけられ、得られた金銭は教区に寄付された。

こうしたことを、頼んでもいないのに調べてくれたマイクの気遣いがありがたかった。マリアン・ハリスは木箱に閉じ込められっぱなしにならずにすんだ。ドレックスはそこにいくらかの慰めを見いだした。

だが、いくらかでしかない。

彼女をそんな目に遭わせた犯罪者を捕まえたい。そして野生動物のような勘が、その男を見つけたと告げている。

日が落ちると、芝生をはさんだ先にある隣家の明かりがついたり消えたりした。窓のカーテンの向こうを移動する人影がある。ドレックスはサンドイッチを作るジャスパーを見た。彼は日曜日の新聞にじっくりと目を通しながら、キッチンでサンドイッチを食べていた。二階の部屋に入ったタリアが明かりをつけるのも見た。

すぐにドアが閉まって姿が消えたが、無造作に髪をアップにし、クルーズのとき着ていた白いリネンのビッグシャツとワイドパンツとはちがう格好をしているのがわかった。

デッキにいたときは、うまい具合に風が吹くと彼女のシャツが横にずれて、白いタンクトップの細いストラップや、華奢《きゃしゃ》な鎖骨、ぴったりしたタンクトップの上で控えめに主張している谷間が見えた。なにもあらわにはなっておらず、それがじれったくも強烈に刺激的だった。彼女をおおっているものを取り除き、想像力によって頭のなかに展開された魅惑的な地形を探索したくなった。

やがてとっぷり日が暮れた。十時を少しまわったところで、ドレックスはメガネを外し、パソコンをしまって、アパート内の照明を消した。だが、窓辺に佇み、離れた隣家を眺め、暗いまま三十分ほど経過するのを待った。

アパートを抜けだして、外階段をおりる。背中のくぼみにおさまる拳銃の感触が心強い。

ジャスパーはスクリーン付きのポーチの暗がりでロッキングチェアに座って見ていた。ドレックスがアパートを出て、そっとドアを閉め、闇に包まれたまま、足早に階段をおりてくる。ドレックスが殺人的と評した急傾斜の外階段には、いちばん上と下の壁に照明器具がついているはずなのだが。

彼は足を踏み外すことなく階段をおりきった。車に向かうかと思いきや、くるりと右を向いてガレージの奥側にまわり、ジャスパーの視界から消えた。ほどなくガレージの反対側の角からふたたび姿を現した。

ジャスパーは自分の存在を知らせるようなことはしなかった。その場に留まり、ドレックスがフォード家の芝生の境界に沿って、自宅と平行に移動するのを見ていた。ときおり何秒か、濃い影があったり木の幹があったりすると、彼の姿が消える。

そうこうするうちに、消えたまま現れなくなった。フォード家の庭でもっとも大きな木の幹に隠れたまま、出てこない。

ジャスパーははじかれたように椅子から立ちあがり、ポーチのドアから外に出た。巨木までの距離を大股であっという間に埋めていく。そして、巨木の裏から出てきたドレックスとうっかり衝突しかけた。ジャスパーは持参した懐中電灯をつけ、真っ向からドレックスの顔を照らした。「なにをしている？」

ドレックスは度肝を抜かれていた。「なんですか、ジャスパー。驚かさないでください」

そして少年のような笑顔になった。イレインの心臓を高鳴らせた顔だ。ジャスパーはその同じ表情を見て、都合よく彼の顔に浮かぶ笑みを疑った。

たとえばいまは、右手を後ろにまわしたことからジャスパーの気をそらそうとする意図がある。ドレックスは左手を顔にあてがって、懐中電灯の光線をさえぎった。「もうお休みかと思ってました」

「なにをしている、と訊いているんだ」

「ええと、あの、すみません。じつは――」

「なにを隠してる？」ジャスパーは光線を下に向け、ドレックスが背後に隠し持っているものを見ようと顔をめぐらせた。

ドレックスがあわてて後ずさりをする。

「なにを持ってる？　見せてくれ」ジャスパーは手のひらを上にして左手を突きだした。

ドレックスはためらっていたが、背後にあった手を前に持ってくると、ネズミの死骸をジャスパーの手のひらに落とした。ジャスパーはとっさに手を引っ込め、死骸は地面に落ちた。

「朝まで待って捨ててもよかったんですが、アパートがくさくなってきたんで」

ジャスパーは怒りをなだめつつ、速くなった呼吸を鎮めた。「どこへ持っていくつもりだったんだ？」

「隣のブロックに共同のゴミ集積所がありますよね？　あそこに投げ捨てようかと。道端にあるこのへんのゴミ箱で腐らせるのは、いやだったんで。遠回りしてでも通りに出るべきだったんでしょうけど、おたくの庭を抜けて近道をしようかと。わずらわせて、すみません」

「きみだとは思わなかった」ジャスパーは嘘をついた。「背の高い、黒い人影だけが見えた」笑顔をこしらえる。「つぎに近道をするときは、きみだと言ってくれ」

「見られてるとは、思わなかったもんだから」

「いや、わたしはいつだって見てるよ」

それから何秒か、ふたりの視線が交わった。と、ドレックスがかがみ、尻尾をつかんで命のないネズミを拾いあげた。ふたりのあいだにぶら下げて、おどけたように肩をすくめる。

「どうやらもう猫は必要ないみたいです」

ジャスパーは小声で笑った。
「それじゃ、おやすみなさい」ドレックスが歩きだした。
何歩か離れたところで、ジャスパーは彼を呼び止めた。「待ちなさい」
ドレックスがふり返る。
「これを」ジャスパーは前に進んで、懐中電灯を手渡した。
「ありがとう。アパートにはなくて」
ジャスパーはにっこりした。「隣人はなんのためにいると思っているのかな?」

ドレックスはネズミをゴミ集積所に捨てて戻ると、その日三度めとなるシャワーを浴びてベッドに入り、下半身だけシーツでおおった。扇風機はベッドの横に置いて、直接体に風があたるようにしてある。

今夜の任務はフォード邸の造りをさまざまな角度からとらえることだった。進入経路を探るためだ。樹木の背後から携帯のカメラのズーム機能を使って窓やドアに設置されたセキュリティ機器を確認するつもりだったのに、ジャスパーがなにかに取り憑かれたかのように家から飛びだしてきて、しらを切り通すしかなくなった。

さいわい、見つかったときに備えて、フォード家の裏庭にいる口実としてネズミの死骸を持参するだけの思慮を働かせていた。その言い訳をジャスパーが真に受けたとは思わないが、ふたりしてそのふりをした。相手は当初考えていた以上に心の闇も頭の闇も深い男であり、信じさせるのは至難の業だ。

城壁を突破する方法はまだ見つからないが、この一件でジャスパーの警戒心が人並み外れて強いことがわかった。つまりたとえひとつでも盗聴器をしかけられれば、運がいい。できることなら、各部屋にひとつずつ設置したいが。

だがもし可能でも、あえて侵入したくない場所があった。ジャスパーとタリアがふたりで使っている寝室などだ。ふたりの親密な会話を聞きたいとは思わない。行為中の音など、もってのほかだ。

ジャスパーは自分が追ってきた男にちがいなかった。だとすると、裕福な成功者であるその妻は危険な状態にある。しかし、すべての不確定要素が排除されて、タリアの同居者が別の女性を生き埋めにしたという決定的な証拠をつかむまでは、彼女に警告できない。

ラドコフスキー率いる支局の連中に応援を頼むつもりもない。災いのもとになるだけだ。手際のよさという概念を知らないラドコフスキーは、失態を犯して、相手を有位に立たせるかもしれず、ジャスパーがどう出るかは、神のみぞ知る。それを思ってドレックスは肝を冷やした。いま自分が相手にしているのは、人格的に豹変《ひょうへん》しやすい人物だ。いまはコントロールが利いていても……いつ暴走してもおかしくない。

ドレックスの当面の目標は明確だった。身分を偽りながら、同居している男の手からタリアを守ることだ。彼女を九人めの被害者、第二のマリアン・ハリスにしないためなら、なんでもする。彼女の命を守ることが自分の使命。彼女がどんな容姿であろうと関係ない。

だが、実際は見てのとおりのタリア・シェーファーであり、その魅力ゆえに彼女の命を守りたいという決意がより強まったことを認めなければ、友人のみならず自分にも嘘をつくことになる。ジャスパー・フォードがドレックスの思っているとおりの男なら、彼を裁判にかけるぐらいでは満足できない。望むは命を懸けた肉弾戦、ジャスパーの内臓を引きずりだしてやりたい。

もちろんこんなマッチョ思考が子どもじみていて、おろかで、危険なことは承知している。八人の女性に対する罪を裁くため以外の理由でジャスパー・フォードを追っているとしたら、今後死ぬまでラドコフスキーからのがれられなくなっても文句は言えない。

それに、感情に主導権を握らせるのは、大失敗のもとだ。感情は判断力をにぶらせる。感情のせいで決意が弱まることもあれば、むきになって無謀な行為に走ることもある。ひとつの判断ミス、とっさの反応、あるいは計画外の発言によって、いまの小芝居がばれる。ジャスパーは観察している。些細なミスひとつが失敗につながりかねず、悪くすれば、タリアの命に直結する。

ウェストン・グレアム、またの名をダニエル・ノールズ、あるいはジャスパー・フォードはこれからも絶好調、冷静さを保ったまま、巧妙に立ちまわる。

こちらもそうでなくてはならない。

だがそれも、ブランデー色のタリアの髪に気を取られていては、たやすくない。そばかすができやすいという肌、灰色の瞳。知性と善意をたたえたその瞳は、異性を惹きつけてやまないとらえどころのなさも漂わせている。

彼女がヨットで着ていた服はこれ見よがしでも刺激的でもなかったが、内側におさまった体の形や甘やかさを想像せずにいられなかった。彼女が人体に合った居心地のいい椅子が好きだと言ったとき、彼女の体を自分に合わせたくなった。彼女を自分にまたがらせ、ぴったりと合う場所を探し、そこに――

いいかげんにしろ！

ドレックスは手をシーツの下に差し入れた。熱く勃起している。隣人の妻に欲情する自分は地獄送りだ。聖書ではどう規定されているか知らないが、自瀆《じとく》の罪で火炙《ひあぶ》りにされるだろう。

それで思いとどまるドレックスではないが。

6

ビル・ラドコフスキーはコーヒーの入った容量五百ミリリットルの魔法瓶とブリーフケースを左右の手に持ち、いかんともしがたい機嫌の悪さを携えて職場に現れた。

そもそも朝は好きではないが、それが月曜となればなおさらだった。補佐官にそっけなくうなずきかけた。「なにかあるか?」

「見ていただくべきものはすべて、デスクに置いてあります」

「見るのが待ち遠しくてならん」

「その仏頂面からして、昨日はひいきのチームが負けましたね」

「ひどいもんだった」ラドコフスキーは自室に入って、かかとでドアを蹴り閉めた。

片付けなければならない書類がデスクに山になっている。まずはコーヒーを飲まないと、やっていられない。元気付けにカフェインを摂取してから新たな週のはじまりを観念して受け入れ、書類の山に立ち向かいはじめた。

折り返しの電話を緊急度ごとに分け、必要な書類に判読不能な署名を書き、捜査中の事件の最新情報に目を通した。それがすむと椅子を回転させ、コンピュータを起動した。

受信ボックスを開くとすぐに、三通めのメールが目に留まった。件名にあった〝マリアン・ハリス〟という名前のせいだ。

名前のあとに事件番号を記し、ファイルが添付されている。本文は短い。〝あなたもいま一度、ご覧になりたいのではないかと思ったので、お送りしました〟。送り主はランドル・グレイ保安官助手という、はじめて聞く名前だった。公式の連絡先としてフロリダ州モンロー郡の保安官事務所を記したうえで、彼個人の携帯電話の番号が添えてある。

ラドコフスキーは添付ファイルを開いた。マリアン・ハリスのヨットの上で行われたカクテルパーティのときの写真だとわかった。夕焼けが背景になっている。その数カ月後に彼女はいなくなり、この写真に写っている参加者はすべて特定されて見つけだされ、キーウエスト市警察と保安官事務所、さらにはFBIの捜査官が取り調べにあたった。

この事件を逐一追っていたラドコフスキーは、今後も捜査の輪のなかに入れてくれるようフロリダ南部の同僚に頼んだ。ハリスという女性の謎めいた失踪に類似の失踪事件をよく知っていたからだ。

捜査は行き詰まり、やがて未解決事件として処理された。それからおよそ二年。動きのなかったところへ、被害者の死体発見の知らせが届いたのが、三カ月ほど前のことだ。事件の陰惨さが明らかになった。死体は沼地のような環境にあったために腐乱が進んでおり、彼女を木箱に閉じ込めた犯人の手がかりは得られなかった。蓋の内側についていた血痕からわかったのは、素性不明の犯人が最悪の部類の変質者であることだ。

現地の捜査関係者が捜査を進める一方で、ラドコフスキーはみずからの支局でも捜査班を立ちあげ、犯罪関連のデータベースを国内外問わずすべて駆使して、被害者を生き埋めにしたことがあるとわかっている犯罪者とマリアン・ハリスとのあいだにつながりがないか探った。

げんなりするほど多数の被疑者が野放しになっていた。特定されていない被疑者もいる。一部は逮捕されて有罪になり、なかには物故者もいる。うち幾人かは処刑されていたし、ある被疑者は刑務所内の暴動でほかの受刑者に殺され、それ以外は収監中に自然死していた。残りが刑務所で生涯を終えることになる。ラドコフスキーはその全員を取り調べるよう取りはからった。

そしてそのうちのひとりがマリアン・ハリスの誘拐と殺害を自白したが、この男には度を越した虚言癖があり、自分が手を染めたわけではない血まみれの残虐行為をわがことのように自慢するのが大好きだった。実際、フロリダの被害女性がいなくなったときは、サン・クエンティン州立刑務所で服役中だった。

マリアン・ハリスのことを知っているかと尋ねられて、まったく知らないと答えた者たちに関しては、彼らが嘘をついていることを示す証拠はなかった。結局、彼女と結びつけられる人間はひとりもいなかった。

こうして捜査はまたもや暗礁に乗りあげた。

なぜいまになってすでに見なれた写真をなんの説明もなしに送りつけてきたのか？　ラド

コフスキーは疑問に思った。もし捜査の進展につながる新たな証拠が見つかったのなら、それを伝える状況報告がないのはなぜか？

添付の写真を閉じてメールに戻った。短いメールの冒頭が目に留まった。〝あなたも〟とある。誰かに加えて、という意味だ。

これで月曜日の午前中が台無しになった。

汚い言葉を吐き散らしながら、デスクの電話の受話器をつかみ、グレイ保安官助手に電話をつなぐよう補佐官に命じた。デスクの天板を指で小刻みに叩きながら待っていると、電話が鳴った。

「グレイか？」

「はい、ラドコフスキー捜査官。おはようございます《グッドモーニング》」

なにがいい朝なものか。「きみに電話したのは、昨夜送ってきた写真について尋ねたかったからだ」

「はい、なんでしょう？」

「なんだね、わたしの知らないうちに、マリアン・ハリス事件の捜査になにか進展があったのかね？」

「いえ、捜査官。それはないと思います」

「じゃあきみは、気まぐれにこれをわたしにメールしてきたのか？　ふと思い立って？　その理由は？」

「それは、イーストン特別捜査官と話していて、あなたの名前が出たからです。マリアン・ハリスの死体が見つかったときに、あなたにもその知らせが行ったことを伝えました。FBIとうちが共同で出した最終報告に連絡先があって、あなたのメールアドレスもそこに載ってました」

ラドコフスキーは怒りに打ち震えた。だが、保安官助手の落ち度ではないので、できるだけふだんどおりの声を心がけた。「話をしたのはいつだ？」

「イーストン捜査官とですか？　昨日です」

「きみの事務所に電話をした理由を言ったかね？」

「捜査官は、あなたと同じで、行方不明者の事件の担当だと言いました」

「ふむ、それで？」

「電話のきっかけは、レキシントンで起きた行方不明者の件です。当然、ご存じだと思いますが」

「週末は仕事から離れていて、いま来たところだ。まだなにも見ていない」

「そうですか。イーストン捜査官の話では、マリアン・ハリスの事件と類似点があるとかで、ふたつの事件をくらべてみたいと」

「なるほどな」

「ハリス事件のファイルを開いて最新情報を教えてくれ、と頼まれました。それで、少し時間をください とお願いしました。ほかにやることがあったので。ですが、向こうから電話があったときには、資料をすべてそろえてありました」

「あいつもありがたがったろうな」

「だといいんですが。ただ……彼女の死体が発見されたことを知らなかったようで、彼女が生き埋めにされたことなんかを話したら、動揺しておられるようでした。あなたといっしょに働いてるわけじゃないんですね。じゃなきゃ、ご存じだったはずですから」

「ああ。まったくいっしょにはやってない」ラドコフスキーは、奥歯を噛みしめつつ、言葉を押しだすように言った。

「イーストン捜査官から写真をメールしてくれと頼まれました。あとになって、彼がいま新しい事件を捜査中なら、あなたも関係してるかもしれないと思ったんです。同じ州ですからね。それで、あなたにも写真をお送りしたわけです」

「よく気がついたな、保安官助手。助かった。わたしからイーストンに電話する。ところで、いま手元にあいつの携帯の番号はあるか？」

「プライベートの番号で、ブロックされてました。ほら、秘密裏に行われる潜入捜査中ですから」

ラドコフスキーは目をつぶって、ずきずきしはじめた目の周囲をこすった。「そうだな。うっかりしてた。いや、気にするな。やつのプライベートの番号は、わたしのデータベースにあるから、こちらで調べる。世話になった」

「ありがとうございます」

ラドコフスキーは受話器を架台に戻して、携帯を手に取り、最後にかけたイーストンの番号を探しだした。かけてみたが、ボイスメールにつながった。やっぱりか。画面に表示されたラドコフスキーの名前を見たが最後、電話には出ない。とくになにかを企んでいるときは。ラドコフスキーはデスクの椅子を引き、のしのしとドアまで歩いた。ドアを開けて、大声で補佐官に指示する。「レキシントンの支局長に電話しろ」

彼女は眉を吊りあげて、小声で言った。「イーストンですね」

「管轄で行方不明者が出てるかどうか、確認しろ。いるとしたら、たぶん金回りのいい中年女だ。そのあと、イーストンのオフィスに電話しろ。携帯にかけたら出ないんだが、あいつに話がある。いますぐだ、さっさとやれ。誰かほかの人間が出たら、やつを電話まで引きずってこさせろ」

ラドコフスキーは自室に戻って叩きつけるようにドアを閉めた。

自分の指示を伝える補佐官のくぐもった声が聞こえる。ラドコフスキーは怒りで爆発しそうだった。フロリダで痛ましい死体が発見されたことをイーストンに伝えるべきだったのかもしれないが、こうなるとわかっていたからこそ伝えなかった。イーストンが知れば放ってはおかない。

イーストンは長年、脇腹に刺さった棘のようなものだった。呼んでもいないのに許可なくサンタバーバラに現れ、ラドコフスキーが捜査していた誘拐の可能性が高い失踪事件に首を突っ込んできた。

そのときのイーストンは若いけれど腹の据わった、聡明で情熱的な理想主義者で、まるでラドコフスキーをおろかでいいかげんでくたびれた怠惰な年寄りに見せるために遣わされたかのようだった。

ラドコフスキーにしてみれば、ドレックス・イーストンは正義の十字軍どころか自分の無能さを指摘する告発者だった。しつこく出現する発疹、目の上のたんこぶだ。

一度だけ、イーストンを出し抜けたことがあるが、勝利もむなしく、小者のように見えた自分に比してイーストンが自己犠牲的な人物に見えるという結果になった。

ドアが開き、細い隙間から補佐官が顔をのぞかせた。なにか投げつけられるのではないかとびくついているようだった。

「今週、レキシントンならびにその周辺で報告された行方不明事件は八十代の男性ひとりでした。高齢者の失踪を伝えるシルバーアラートが発令されましてね。高齢者ホームから抜けだして数時間後に、カジュアルバーの〈フーターズ〉でテキーラをやりながらウェイトレスをくどいてたそうです」

やはり、フロリダの保安官助手の意欲に火をつけるために、イーストンが捏造《ねつぞう》した話だったか。「イーストンに連絡はついたか？」

「休暇中です」

「なんだと？」

「あの休暇で――」

「それはわかった」ラドコフスキーは大声で尋ねた。「いつからだ？」

「先週金曜の昼ごろから、いなくなったそうです」

「期間は？」

「二週間」

「行き先は？」

「言わなかったそうで、誰も知りませんでした」

7

「コンコン？」

キッチンにいたタリアは、肩にディッシュタオルをかけた姿でスクリーンを張りめぐらせたポーチに出てきた。ポーチのドアの向こう側にある階段に立っているドレックスに笑いかける。「いらっしゃい。早かったわね」

ドレックスは腕時計を見た。「十分遅刻したと思ってたんだが。六時のお誘いじゃなかったっけ？」

「六時半よ」

「おっと、すまない。出なおすよ」

「なに言ってるの、さあ、入って」タリアは身を乗りだして、彼のためにドアを開けた。「ジャスパーはちょっとお店まで行ってるの。わたしがパンを忘れてたものだから」

ドレックスはジャスパーが留守なのを知っていて、早くやってきた。あらかじめシャワーと身支度をすませて待っていたら、ジャスパーが私道からバックで車を出すのが見えた。素足をデッキシューズに押し込み、髪を整えるのはあきらめて、ベーカリーで買っておいたカップケーキの入った箱を持つと、危険な急階段を駆けおりて、小走りとは言わないまでも急ぎ足で芝生を横切った。

ドアをくぐり、ベーカリーの箱をタリアに渡した。

「なに？」

「デザートはぼくが持参するとジャスパーに言っておいたんだよ」

午後の早い時間にジャスパーが訪ねてきて、食事に招かれた。近づいてくるジャスパーを見ていたドレックスは、ジャスパーが階段をのぼりだすと、執筆に没頭して原稿以外のことに無頓着な作家のふりをした。そして、創作の霧から抜けでたような顔で誘いを受け、ただし甘い物は自分が持っていくという条件をつけた。

タリアは箱の蓋を持ちあげた。「カップケーキね！　すてき！　チョコレート味はわたしのよ」

「ふたつめはコインをはじいて決めよう」

タリアはにっこりして、視線をドレックスの髪にやった。ドレックスは拳骨で頭頂をならし、ばつが悪そうにほほ笑んだ。「ひどいことになってるかい？　ごめん。職業病なんだ」

「ぐちゃぐちゃの髪のほかには？」

「髪がぐちゃぐちゃなのを忘れてしまうこと」

彼女はしばらくドレックスを眺めてどう判断していいか迷っていたが、やがてカウンターのほうを顎で示した。「好きにやってて。カップケーキをキッチンに置いてくるわ」

「飲み物、なにか作ろうか？」

「もうワインを飲んでるの」

彼女はドレックスを残してキッチンに下がった。盗聴器をしかけるには絶好の機会だ。室内用盗聴器の重さなどたかが知れているのに、パンツのポケットに入ったそれが丸石のようにずっしり重く感じた。

タリアとジャスパーはポーチにいる時間が長く、よくおそろいのロッキングチェアにならんで座っている。できればその会話を聞きたいが、環境的に、電子部品を隠すのに最適とは言えない。湿気と埃《ほこり》の影響を受けやすいからだ。家のなかのほうが腐食しにくく、音声もクリアに聞こえるだろう。

ドレックスは自分用のバーボンをロックで用意すると、グラスを手にぶらっと開いたドアまで行き、キッチンのなかを見た。「なんだ。料理できるじゃないか」

タリアはコンロの前に立ったまま、ちらっと彼のほうをふり返った。「お湯を沸かすことくらいはね。トウモロコシを茹《ゆ》でようと思って」

ドレックスはキッチンに入って、彼女に近づいた。トウモロコシが三本、まだ皮のついたままの状態でカウンターに置いてあった。「電子レンジのほうがうまく調理できるよ」

彼女がふり返って、肩のタオルをたぐり寄せた。「ジャスパーがうんと言わないの」

「ジャスパーがいまいるかい？」カウンターにグラスを置く。「電子レンジはどこ？」

彼女がキャビネットにおさまった電子レンジを指さした。「ほんとに？　トウモロコシはこれしかないから、もし失敗したら――」

「心配いらない。観察して学ぼう。ステップ一、熟れたトウモロコシを畑からもいでくる。おっと、それはもうすんでるね」

彼女が軽やかに笑った。

「ステップ二、トウモロコシを電子レンジに入れる」

「皮ごと？　洗わなくていいの？」

「見てのとおりだ」魔術師を思わせる仰々しい身振りで軸付きのトウモロコシを電子レンジに入れた。「扉を閉める」

「それがステップ三？」

「いいや。それはステップ二のうち」

「そうなのね」まじめくさった声だが、彼女の顔からは隠しきれない笑みがこぼれている。

「ステップ三はトウモロコシ一本につき、高出力でタイマーを四分にセットする」

タリアが指を折って数える。「十二分ね」

「いいぞ、副料理長。書き留めておくべきかもしれないな」

彼女がこめかみを指でつつく。「ノートならとってるわ」

「いいだろう。覚えておいたほうがいい」

「それはどうかしら」

「ぼくが言うんだから、まちがいない」

「そんなの全然、信用できない」

こんどの彼女の声は生真面目だった。ドレックスは面食らって、からかいの笑みが崩れた。

「どうして？」

彼女は肩をすくめて、小さく首を振った。「気にしないで」

「いや、なぜあなたがそんなことを言うか教えてもらいたい」

タリアは顎を持ちあげて、まっすぐドレックスの目を見た。「かっこよすぎるから」

「すぎるって？」

「生身の人間じゃないみたい」

「ぼくは生身の人間だ、タリア」低く通る声で言うと同時に、視線を落として彼女の口元を見た。タリアは後ずさりこそしなかったけれど、息を吞んで動きを止めた。

ほんの一瞬の出来事だった。ドレックスは彼女の瞳に視線を戻し、からかうような口調に戻った。「生身の人間として腹ぺこだ。さあ、料理をしよう」電子レンジのタイマーをしかけ、まるでひと仕事終えたように両手を払うしぐさをした。

「つぎはどうするの？」彼女が尋ねた。

タリアはおどけたふりをしているけれど、うまくいっていない。ドレックスは彼女に触れることなく、近くにいるだけで、彼女を動揺させている。彼のなかの雄の部分が満足感に喉を鳴らしたがっていた。

だが、ここにいるのは彼女を誘惑するためではない。いまでも信用ならないと彼女から言われているのに、これ以上、その不信感を強めたくない。彼女には自分といてリラックスしてもらう必要がある。親しみを感じてくつろぎ、おしゃべりになって、夫について口をすべらせてもらわなければ。妻に言われてお遣いに出ている遵法精神あふれる郊外居住者であるジャスパー・フォードが、そのじつ、マリアン・ハリスを生き埋めにした邪悪な犯罪者なのかどうかを見極めるために。

ドレックスは男性ホルモンの放出を抑えて、酒を注ぎなおした。グラスを掲げて乾杯する。「さあ、ぼくはバーボン、あなたはワインを飲みながら、かつて食べたことのない最高のトウモロコシを楽しみに待とう」

彼女はトウモロコシが回転している電子レンジのなかを疑わしげにのぞき込んで、肩をすくめた。「そうね。よかったらポーチに移動しない?」

キッチンを出る彼女の背後を歩きながら、薄手のデニムのスカートに包まれた腰を凝視しないように気をつけた。欲情をそそる丸みからスカートの裾が広がり、膝上十センチほどで終わっている。

トップスは体にぴったりした黒のニット素材で、広めの袖ぐりから肩の大半が見えている。髪は頭頂でたばねられ、こぼれた巻き毛が首筋に垂れている。ドレックスの目はその髪のあいだにのぞく首筋のそばかすをとらえていた。

彼女の肌に触れながら、そのすべてをことこまかに検分したい。

タリアはロッキングチェアの片方に座った。彼女とジャスパーをひそかに観察していたので、そちらが彼女の椅子であることはわかっていた。ドレックスはもう一方に座ろうとして、ためらった。「ジャスパーの椅子にかけたら、悪いかな?」

タリアは手振りで椅子を勧め、ワイングラスに口をつけた。ふたりとも座ると、彼女が尋ねた。「今日は執筆したの?」

「何時間かは」

「昨日の夜はずいぶん遅くまで仕事していたわね」ドレックスが問いただすような目を向けると、タリアが決まりの悪そうな顔になった。「シェードが上がっていて明かりがついていたから、パソコンを前にして座るあなたが見えたの」

ドレックスはうめいた。「ぶざまなことや下品なことをしてなかったかな?」

タリアが小声で笑った。「わたしが見たかぎりでは」

彼女の姿を脳裏に描いてベッドでしたことを思いだしたので、手の甲で額をぬぐうしぐさをして安堵のため息をついたのは、あながち演技でもなかった。「ふう」

「執筆って、意外と重労働なんでしょうね」

「ほかの作家はどうか知らないけど、ぼくにとってはそう、重労働だね。今日の午後は凝りをほぐすためにビーチを走ってきた」

「長時間パソコンの前に座っていると、筋肉がこわばるものね」

「まったくだよ。でも、ぼくの言う凝りは、プロットのなかにあるんだけどね」

「そうなの?」彼女が笑った。「それも走って解消できるの?」

「何キロか走ったら、いくらかほどけたよ」

「よかった」

ドレックスは脚を前に伸ばして、足首を交差させた。「あなたの仕事は？　また近いうちに出張があるの？」

「来週よ。いま、家族全員で一カ月のアフリカ旅行を希望されているお客さまのために旅程を組んでるの。全行程ファーストクラスで五、六カ国を周遊。禁漁区やビクトリア滝やケープタウンを訪ねて、ブッシュでサファリの要所を写真撮影してまわるのよ」

「恐ろしい旅だね」

「お客さまを危ない場所には行かせないわ」

「いや、恐ろしいのは、家族でひと月の旅行をするという部分だ」

「大人八人に子どもが十一人ですって」

ドレックスは肩をすくめた。「おぞましい」

彼女は声をあげて笑うと、真顔に戻ってワインのグラスを見つめ、縁を指でなぞった。「ジャスパーに聞いたわ。離婚したんですってね。お子さんは？」

「いない」

彼女はその件についてはなにも言わず、少しして軽い口調でつけ加えた。「昨日の夜、あなたと会ったと言っていたわ」

「つぎにお宅の裏庭をうろつくときは、あらかじめ電話する。木の向こう側からジャスパーが現れたときは、命の終わりを覚悟した」

「命が終わったのはかわいそうなネズミね」

「そうなんだ。でも、安らかな最期だったはずだ。ぼくは罠《わな》をしかけなくてよくなったし、猫も飼わずにすんだ」

タリアは小首をかしげて、ドレックスの頭のてっぺんからすり切れた靴のつま先までを見た。「猫が好きそうには見えないけど」

「実際ちがう。だが、ネズミ好きでもない」

彼女がにこりとする。

「あなたはどうなの？　猫派か犬派か？」

「わたしは犬が好き」

「お宅では飼ってないようだね」

「ジャスパーが犬アレルギーなの」

「気の毒に」彼女のほうに体を向けて小首をかしげ、さっきの彼女と同じように頭のてっぺんからつま先まで見ると、ワインのグラスに向かってうなずきかけた。「白より赤？」

「ええ」

「熱帯、それとも寒いところが好き？」

「チャールストン育ちなのよ」

「だったら熱帯だ」

「そう」

「〈スター・ウォーズ〉か〈スター・トレック〉か？」

「〈スター・ウォーズ〉」

ドレックスは顎を撫でた。「あとなにがある？　バニラよりチョコレート、海より陸が好きなのは、もう知ってるし」

「こんどはわたしに尋ねさせて。ごく基本的なことを含めて、ほとんどあなたのことを知らないもの。自分のことをあまり話さないのね」

ドレックスは両腕を左右に開いた。「開いた本のような人生さ」芝生の向こうに立つアパートに目をやった。「見てのとおり」

「小説にはあなたの一部が表れてるの？」

「そりゃそうさ。無意識だけれど、たぶんぼく自身がいくらかのぞいてる」

「だったら、あなたのことをもっと知るために、読ませてもらわなきゃね」

ドレックスは眉を吊りあげた。「ぼくのことをもっと知りたい？」

みずからしかけた罠にかかったことに気づいて、タリアはロッキングチェアのなかで身じろぎした。ドレックスとのあいだに境界を設定しなおそうとしているようだ。彼女はワインに口をつけた。「昨日の船でも、イレインの質問にあまり答えていなかったわ」

「イレインが相手だと、口をはさむのがむずかしくて」話題を変えるつもりで言ったが、うまくいかなかった。

「ほら、やっぱり。自分のことが話題になると、そうやってはぐらかす。どうしてなの？」

ドレックスは両肩をすくめた。「興味を惹くようなことがないからさ」

「そんなはずないわ、ドレックス」

「そうなんだよ。本人が自分に飽きてる」

彼の気の利いた返答にほほ笑みつつも、タリアは納得しなかった。「まずは育った場所から聞かせて」

「言っても信じない」

「オオカミに育てられたとか」

ドレックスは笑った。「そうじゃないが、当たらずといえど遠からずだ」

彼女はワイングラスの脚を持って口元に運び、もうひと口飲んだ。そのあいだもドレックスから目を離さず、話をするまで許さないと目だけで伝えてきた。

ドレックスはリスクを天秤にかけた。ええい、ままよ。一か八か賭けることにする。「アラスカだ」

ワイングラスをおろした彼女は、驚きを隠そうとしなかった。「生まれたのも？」

「いや。ぼくが三つになる前にアラスカに引っ越して、ハイスクールまでいた」

「ここからはずいぶん遠いわ」

ドレックスは鼻で笑った。「それはもう、あなたには想像もつかないくらい遠い」

「わたしが言ってる遠さは地理的な距離じゃないけど」

ドレックスは彼女と目を合わせた。「ぼくもだ」ふたりの視線が絡みあい、先に目をそらしたのは彼だった。氷の残るグラスを揺すり、バーボンを飲みほしたが、タリアの質問はまだ終わっていなかった。

「どこにいたの？」彼女は尋ねた。「どの町かってことよ」

「あなたは聞いたことがないだろうし、一カ所に長くいたこともない。転々としてたからね」

「ご両親はなにをしてらしたの？」

「おやじはパイプラインで働いてた。引っ越しが多かった理由さ。しかも僻地《へきち》に住んでた。地図にも載ってなさそうな」

「大変な暮らしだったんでしょうね？」

「ああ。長時間の重労働、孤立した暮らし」

タリアが続けて話を広げるのを期待する顔をしている。ドレックスが応じずにいると、彼女が言った。「そういうライフスタイルにお薦めの点があったの？」

ドレックスは苦笑した。「おやじにとってか？　長時間の重労働、孤立した暮らし。金にはなった」

「お父さまの遺産があったって、ジャスパーから聞いたわ」

ドレックスは足を引き寄せて、彼女のほうに身を乗りだし、疑わしげに片方の目を細めた。「どうやら、あなたとジャスパーのあいだでぼくのことがずいぶん話題になってるようだね。なにか特別な理由でも？」

「あなたはめったにないんだが」

「へえ。ぼくが興味をもたれることはめったにないんだが」

タリアは身をすくめ、ワイングラスを持ちあげたが、気を変えて飲まなかった。「あなたに聞いた話から判断すると、男性優位の環境だったみたいね」

「そうだね」

「お母さまはだいじょうぶだったの？　引っ越しばかりの孤立した暮らしでも」

ドレックスは長らく彼女を見ていた。「母はアラスカに足を踏み入れてない」静かに言った。

驚きに彼女の唇が薄く開く。その口がつぎの質問を放とうとしたとき、ふたりの背後からジャスパーの声がした。「目を離したと思ったらこれだ」

8

タリアはジャスパーの声にびっくりした。グラスに残っていたワインを大きく揺らして立ちあがり、近づいてくる夫に駆け寄った。ジャスパーはあながち冗談でもない口調で言ったけれど、タリアはそれを完全に冗談扱いした。

「現行犯で捕まったわね」タリアは彼から買い物袋を受け取り、頰にキスした。「お遣いに行ってくれて、ありがとう」

「どういたしまして」ジャスパーもキスを返した。「ドレックス」と呼びかけて笑顔になり、テーブルに置いてあった空のハイボールグラスを手で示した。「つぎがいるな」

「いらないとは言えませんね。自分の分を入れるついでに、あなたの分も準備させてもらいますよ」

「ありがとう」そのとき電子レンジがチンと鳴った。ジャスパーはキッチンをふり向いた。「あれはなんだ?」

タリアが笑った。「電子レンジだけど。偉大な発明品よ。あなたが言うような、唾棄すべきものじゃなくてね」

「あら、あなたの意見もじき変わるわ。ドレックスがトウモロコシを調理してくれたの」

「見解の相違だ」

ドレックスは自分とジャスパー用にバーボンをグラスにつぐと、料理の仕上げをしているジャスパーとタリアのいるキッチンに向かい、電子レンジに投入したとき同様の仰々しさでオーブン用のミトンをはめ、皮からトウモロコシを取りだす方法を実演した。

「ヒゲのあるほうの端を切り落とす」ドレックスは肉切りナイフでトウモロコシの頭の部分をいっきに叩き切るとき、そのナイフをジャスパーの心臓に突き立てたいという血なまぐさい欲望に駆られた。「あとは軸を持ってひっくり返すと、なんと、みごとに皮がすべり落ちる」

タリアが拍手した。「いまバターを持ってくるわ」

彼女はポーチに小さなダイニングテーブルを据えて、その周囲に灯した虫除けキャンドルを置いた。ジャスパーがバーガーのパテを焼いているグリルは、ドレックスの車よりも値の張りそうな代物だ。

ジャスパーはパテを見つつ、ドレックスの動きを逐一目で追っている。ドレックスは強まる一方のジャスパーに対する敵意がばれたのかもしれないと思い、探りを入れてみることにした。片手に酒のグラスを持ち、もう一方の手をズボンの前ポケットに突っ込んで、グリルでパテを焼いているホストのもとへぶらっと赴いた。

フライ返しをたくみに用いて、ジャスパーはパテをひっくり返した。「あのトウモロコシの皮のむき方は、みごとだったな。どこで習った？」

「友人がやって見せてくれたんです。彼は――」

「食い道楽なのかな？」

マイクの巨体を思い浮かべて、ドレックスは笑った。「いいえ。そんな繊細な味覚の持ち主じゃありません。なんだって食べるやつですからね」

「ほかにも彼から教わったことがあるのかな？」

「いいえ。ぼくの料理の技術はこれでおしまいです。それより、うまそうなにおいですね」

ジュージューと音を立てる肉のことを言った。「あなたこそ料理の手際がいい」

「宅配の荷物はきみのところへ？　それともアーノットがなにか手配したのか？」

ドレックスはジャスパーに鋭い目を向けた。

「私道にトラックが入ってくるのを見てね」

「ああ」ドレックスはグラスの氷を回転させた。「ボックス扇風機を注文したんです。今夜うかがうときに持ってきたかったんですが、カップケーキがあったんで」

「わざわざ買うまでもない。うちのを必要なだけ使えばよかったんだ」

「お気持ちはありがたいんですが、たかってるみたいで。じつは、あなたとタリアにディナーをごちそうしたいんです。いや、あわてないで。外でです。うちのアパートの食卓じゃあ、楽しめないでしょうから」

ジャスパーはほほ笑んだ。「お返しなどいいのに」

「させてください。ただし、このあたりのいいレストランを教えてもらえますか。ぼくはまだこのへんの店に入ったことがないし、ネットの評判はあてにならない」

「うちがひいきにしている店を何軒か書きだしておこう」

「イレインも誘うつもりです」ドレックスは言葉を切って、言い足した。「あなたさえ、かまわなければ」

ジャスパーはドレックスのほうへ顔をめぐらせ、愛想のいい表情で言った。「わたしにかまわなきゃならない理由があると？」

こんどもドレックスは計算尽くで間を置いた。テーブル中央に置いた花瓶の花をいじっているタリアに視線を投げて、ジャスパーに視線を戻した。「気まずくならないかどうか、念のためにうかがっておきたかったんです」

「誰にとって？　どういうことだか、よくわからないが」

よく言うよ。「ひょっとしたらあなたとイレインは……？」眉を吊りあげる。

「ただの友人だ」

彼の口調は冷ややかだったが、ドレックスはかまわずにっこりした。「よかった。つい邪推してしまって。でも、ない話じゃない」ジャスパーの肩を軽く叩いた。男同士、〝お互いわかってる〟という意味の接触だ。「ひいきのレストランのリストをください。ダブルデートしましょう」

タリアがバーガーのパテを載せる大皿を持ってきた。ジャスパーはドレックスから目を離さずに言った。「完璧なタイミングだよ、ダーリン」彼女におおいかぶさるようにして、まともに口にキスした。所有権を主張するキスだった。

彼がキスを終えると、タリアは顔をそむけた。突然、夫婦らしいなまめかしい行為に出られたことに、驚き、とまどっているようだ。めったにないのだろう、とドレックスは思った。それをいまここで実行したのは、タリアのためではなく、ジャスパー側の都合による。

言いたいことはよくわかったぞ、このろくでなしめ。

みごとな態度でたちまち持ちなおしたタリアは、ふたりを愛想よくテーブルの席へといざなった。各自がそれぞれの好みに応じて自分のバーガーを作り、食べる準備が整ったとき、タリアがトウモロコシ用のホルダーを忘れていたことに気づいた。

「ぼくが行く」ドレックスはすかさず立ちあがった。「カウンターに置いてあったね」

タリアやジャスパーから止められる前にキッチンのドアをくぐった。カウンターにあったコーンホルダーをつかみ、開いたドアからポーチを見た。ジャスパーとタリアはマスタードよりケチャップのほうがいい理由をめぐって言いあい、彼の発言でタリアが笑った。ふたりは炎が揺らめくキャンドルの上でグラスを触れあわせて乾杯した。

ドレックスは床に片膝をつき、キャビネットの台座に手を伸ばして、継ぎ目を手探りした。

「探し物か？」

ドレックスは体をこわばらせた。さっとふり返り、笑顔になりながら立ちあがった。「見つけた」コーンホルダーをひとつ掲げた。「カウンターから転げ落ちたみたいで、キャビネットの下にありました」そのコーンホルダーを流しに持っていき、水ですすいだ。

ジャスパーはドレックスを凝視した。そのまま動かないかと思うほど長いあいだ出入り口に立ちはだかっていたが、ふと笑顔に戻ると、脇によけてドレックスを先に行かせた。「トウモロコシが冷めたら台無しだ。かぶりつくのが楽しみでならない」


「たぶんトウモロコシじゃなくて、おれの首のことを言ってたんだろう」

アパートに戻ったドレックスは、窓のシェードをすべておろし、三十分後には眠りについたかのように明かりを消した。マイクとギフに電話をかけ、真っ先にふたりが聞きたがっていることを告げた。盗聴器は無事にしかけて、順調に作動している、と。「キッチンで片付けをするふたりの声を聞いた」

ふたつのため息を通して、ふたりの安堵が伝わってくる。

「どうだった？」マイクが尋ねた。「軸付きのトウモロコシは？」

「最高にうまかった。うますぎて、やつがヘソを曲げるほどに」

「そう言ったのか？」ギフが尋ねた。

「いいや。だが、見てりゃわかる」

タリアがうっとりとした顔で溶けたバターのついた指を舐め、ドレックスの言ったとおり最高のトウモロコシだったと宣言するにいたると、ジャスパーはさらに怒りをつのらせた。

温和な表情を崩すことはなかったけれど、夜が深まるにつれて発言がそっけなくなり、笑みが引きつりだした。

「ウェストン・グレアムじゃないにしても、いけ好かない男だ」ドレックスは言った。「偉そうで、すべてわかったような顔をしてやがる。はっきり言って、おちょくりがいのあるやつだ」

「そうやっておもしろがってるがいいさ。ところで、おまえ、抑制が利いていてすべてわかったような顔をするのは、連続殺人犯の特徴だと言ってなかったか？　おまえの疑似交友話を聞いてると、不安になってくる」ギフが言った。

「流れに任せて演技をするしかない。挑発に乗って見栄の張り合いになったら、やつはおれに興味を失うだろう。だがいまは、好奇心ではち切れそうになってる。それはタリアの話でわかった。くり返しおれに接近を試みるのは、まだおれの正体がつかめないからだ」

「尻尾をつかまれないことを祈る」

「元気を出せよ、マイク。おれが行方不明になっても、おまえたちにはまずどこを探せばいいか、わかってる」

「冗談になってないぞ」ギフが言った。「招かれたときは、銃器を携帯してるのか？」

「銃撃戦にはならない。やつのスタイルじゃないからな」

「だとしてもだ」現実主義の権化、ギフが言った。

「うちにバッジと銃器を置いてったのは、今夜がはじめてだ。持参したのは盗聴器だけ。そいつを隠しとくだけでも、神経を使った」

ふたりにもジャスパーの不在をいいことに早めに来訪したことは話したが、タリアと交わした個人的な会話については、ろくに話さなかった。ひょっとすると、自分のことを話しすぎたかもしれない。ただ、話せば彼女の信頼が厚くなるかもしれず、ジャスパーについて率直に語らせるためには、その必要があった。

それに、自分の育ちについて捏造せず真実を語ることには、危険が伴うものの、彼女にはむしろ作り話に聞こえたのではないか。彼女からそれを聞かされたジャスパーは、純然たる作り話とみなして聞き流すかもしれない。

仮にジャスパーがそれを真実と受け取ったとしても、隣家に住む作家志望のドレックス・イーストンと、母親に見捨てられたあと父親の手でアラスカに連れていかれた幼児を関連付けるとは思えない。母がウェストン・グレアムに前の結婚のことを話していたかどうかすらわからず、話していなければ、ドレックスが存在することすら知らないだろう。当時においては背信的であった母の行為が、いまドレックスの正体を守っている可能性がある。

「それで」ギフは言った。「ふたりに対する二度めの印象はどうだった?」

「ふたりの言動から、あやしげなことはなにも。結婚したカップルらしいふるまいだった」

マイクが尋ねた。「こっちはどちらも結婚生活の経験がない。もう少し具体的に説明しろ」

「親しげだってことだ。やつのひげについたハンバーガーのパンくずを彼女が払ってやったり、彼女の腕に留まった蚊をやつが払ってやったり。そういうことだ」

「愛情深いやりとりはあったのか？」

「ある程度は」

「ある程度ってのはどの程度だ？」

「なあ、ギフ、おれに卑猥《ひわい》な話をさせたいんなら、一分につき六十ドル払ってくれ」

「おれに噛みつくことはないだろ。実例を挙げてくれればいいんだ」

　ドレックスは小声で悪態をついた。「わかったよ。たとえば、ジャスパーが買い物から帰ると、彼女はいかにも妻らしく彼の頬にキスして礼を言い、彼のほうもそれに応じた」そのあと、あいつは彼女の口にキスした。熱烈に。誓ってもいい、あのキスはおれの反応を見るためのものだ。ドレックスは内心でそう思いながらも、ギフとマイクには黙っておいた。ふたりもドレックスがどう反応したかを聞きたがるのがわかっていたからだ。

「暗視双眼鏡は手に入れたのか？」

「今日配達されてきた。新しいボックス扇風機ともどもな。扇風機を頼んでおいてよかったよ。ジャスパーが宅配のトラックを見てたらしい」

「なにが配達されたのか、知りたがったのか？」

「そういうことだ。おれは扇風機を運んでもらったと言って、その場をしのいだ。ボックス扇風機を返しにいくという口実があるから、少なくともあと一回は訪問できる。それと、夫妻をディナーに招待した。イレインもいっしょだ」

「いつだ？」

「できればすぐにでも。ただし、がっついてると思われたくない。マイク、イレインについてなにかわかったか？」

「デラウェアのミスター・コナーは二番めの夫だ」

「最初の相手はどうなった？」

「結婚生活は早々に頓挫。分配すべき財産はなく、夫のほうが彼女より先に再婚した。二番めのミスター・コナーは年配の男やもめで、コミュニティの中心人物だった。死因はがん。彼女との結婚生活は十三年に及んだ」

「子どもは？」

「ふたりのあいだにはいない。夫のほうに息子がひとりいたが、二十一歳の誕生日に自動車事故で亡くなった。前妻の前に息子を亡くしてたってことだ」

「じゃあ、イレインがすべてを相続したんだな？」

「そうだ」マイクは答えた。「総額はこちらが思っていたほど多額じゃなかった。金持ちにはちがいないがな。クーポンを溜める必要はないにしろ、超がつくほどの大金持ちでもない。マリアン・ハリスやピクシー、ほかの女性たちの大半には、遠く及ばない」

「本人がお持ちのお宝はどんな具合だ？　タリア・シェーファーにくらべて？」

「おまえ、お宝って、なにが言いたい？」

「発言を撤回しろ、ギフ」ドレックスはぴしゃりと言った。「ここへは仕事で来てる。既婚女性に横恋慕するためじゃない。二度とくだらないことを言わないでくれ」

「くだらないか？」マイクが言い返した。「おまえは彼女の名前が出るたびに、牛追い棒でケツを突かれたみたいにびくついてるぞ」

「そんなことあるか」

「その牛追い棒が二本か」マイクは続けた。「どうしたんだ？　なんでそうカリカリしてる？」

「カリカリなどしてない」

「おれがまちがってた。カリカリじゃない、殺気立ってる」

「そんなことあるもんか」

「いや、ある」

「もしおれがカッカしてるとしたら」ドレックスは言った。「このお粗末なアパートにエアコンがないせいだ。しかも、死んだ齧歯類《げっしるい》のにおいが、ときたまふっとにおう。そんななかで日がな一日、本の原稿を執筆してるふりをするため、ケツが痺れるまで食卓の椅子に座ってなきゃならない」

「そりゃ、機嫌も悪くなるよな」と言ったのは、ギフだった。

「機嫌など悪くない」

「それはともかく」マイクが言った。「これからおれがする話を聞いても、いまのおまえの状態がよくなることはない」

ドレックスは眉間をつまんだ。ここへ来て急に、疲れを自覚した。四六時中、緊張を強いられている。正体がばれるようなミスは犯せず、絶えず観察しつつ観察されている。しかもすべてを話さないことで間接的にとはいえ友人たちに対しても嘘をついているのだから、身体に負担がかかって当然だった。

だが、この仕事には疲れを感じている余裕はない。ドレックスは疲れをふり払って、深呼吸をした。「こんどはなんだ?」

マイクが言った。「おまえが偽原稿の入力を頼んだ女のことだ」

ドレックスは拍子抜けした。もっと悪いことかと思っていた。「パムか? 彼女がどうした?」

「今日おれに電話してきた。おまえからおれの番号を教わったと言ってたぞ」

「教えた」

「なんでだ?」

「おれのを教えたくないという明らかな理由からさ。緊急で対処しなきゃならないことがオフィスで起きて、おれに連絡しなきゃならないときは、おまえを通せと言っておいた」

「それでだな、おまえのオフィスで緊急事態が起きた」

心臓がずしりと重くなる。だが、ドレックスは尋ねずにマイクの発言を待った。

「ラドコフスキーが電話してきた。おまえを探してる」

「なんだって?」

「最初の電話が彼の補佐官から入ったのを皮切りに、そのあと三度。命令系統をたどって、おまえがどこにいて、どうしたら連絡を取れるか教えろと要求してきたそうだ」

「まいったな！」

「それでパムなる女は、おまえの耳に入れるべく、おれに知らせようと考えた。おまえが窮地に立たされて助けが必要なら、どんな形ででも手を貸すと言ってきてるぞ。おまえにそう伝えるよう、約束させられた。やけに熱心だった」

ドレックスは言った。「それで、ラドコフスキーはおまえたちのどちらかに連絡してきたのか？」

「まだだ」ギフが答えた。「だがマイクから警告されてたんで、一日じゅう電話を避けてた」

「それも長くは続けられない」ドレックスは言った。「やつがみずからおまえのデスクに出向くか、あるいは代理をよこす。それで尋ねられたら——尋ねられたらだぞ——おれとはしばらく会ってない、休暇中になにをしてるか知らないと答えてくれ」

「通常の手順だな」ギフが言った。「ばかのふりをする」

「ラドコフスキーが信じると思うか？」と、マイク。

「その状態をできるだけ長く引き延ばしてくれ」ドレックスは言った。「日々の仕事に没頭しつつ、緊急警報に備えるんだ」

「なんとも不穏な——」ギフが言いかけた。

「タイミングだろ？　あのくそ野郎が今日、おれに話をしたがるとは」

「マイクもおれもそこにびびってる」ギフが言った。「あいつと連絡を取らなくなってどれぐらいになる?」

「かなりになるが、まだ連絡したくはない」

ドレックスは立ちあがって、窓に近づいた。シェードの端を少し引いて、窓枠とのあいだに細い隙間を作った。新しい双眼鏡で離れた家のなかをのぞける程度にだ。

ギフが言った。「ラドコフスキーの電話がおかしな偶然とは思えない」

「にしても、なぜ電話してきたんだ?」マイクが疑問を呈した。

「フロリダの保安官助手がきっかけだ」ドレックスが答えた。「事件の記録簿にラドコフスキーの名前があった。グレイは新米のようだから、力になりたかったんだろう。追加でなにか見つけて、おれに連絡がつかないとなれば、つぎに連絡すべきはラドコフスキーだ」

マイクがため息をついた。「だとしたら、グレイに電話した携帯は破棄する必要がある」

「もうしたさ。大西洋の底に沈んでる。グレイと話をしたあと、船のトイレで窓から捨てた」ヨットの話で思いだした。「ヨットといえば、あの写真のことでなにかわかったか、マイク?」

「写真の処理を専門とするボンベイの連中に頼んで、いま解析してもらってる。うちの冷凍庫に入ってる冷凍食品よりも若いぐらいの連中だから、なにをやってるんだか、からきしわからないが、優秀だぞ。顔の毛穴まで数えろというおまえの指示を、そのまま伝えた」

意味深長な沈黙のあと、ギフが口を開いた。「隣の夫婦に対するおまえの印象はわかった。向こうはおまえに対してどんな印象をいだいてると思う?」

「キッチンの片付けをしながら、やつはおれの一張羅に意見した」

「一張羅？」

「やつがそう言ったんだ。酒盛りに出かける若造のようだと」

ふたりの笑い声がする。ギフが質問した。「それで彼女はなんと？」

「食器用洗剤が切れそうだと」

「おまえに関する論評はなしか？」

「そういうことだ。ふたりは片付けを終えて、一階の明かりを消した。あとはベッドに入ったんだろう」ベッドで眠る以外のことをするふたりの姿は考えたくない。いや、眠る姿も。

楽観主義者のギフが言う。「そうか、いい進展があったな」

ロバのイーヨーのように悲観的なマイクが言う。「やつの正体を見極めるのにあと十日しかない」

「やつだ」

「おまえの願望――」

「まちがいない、ギフ。笑顔で愛想はいいが、血管に針を刺してみろ。たちまち冷水が流れだす。あの用心深さは尋常じゃない。昨夜にしたってそうだ。こっちがやつの地所に入り込むのを待ち受けてたみたいだ。宅配便のトラックが来たとか、どこに配達したかとか、気にするやつなんかいるか？」

「おれはするよ」ギフが言った。

マイクが見くだすように鼻を鳴らす。

ドレックスは続けた。「しかも、自分が触れたものをいっさいおれに渡さないんだぞ」

「たとえば？」

そこではじめてビール瓶の件をふたりに打ち明けた。「親切ごかしていたが、まだ半分も飲んでない瓶をどうして取りあげるんだ？　自分の指紋のついたビール瓶をおれに持ち帰らせたくなかったんだ」

「おれたちが追ってる犯人は幽霊みたいなもんだぞ。どこにも指紋がないし、誰も正体を知らない。女たちが姿を消しただけで、犯行現場ひとつ、見つかってない」

「それもマリアン・ハリスの死体が発見されるまでの話だ」ドレックスは言った。「それからまだ百日もたってない。それで元来の神経質が悪化して、びくついてるとしたら？」

「だが、司法検視でもなにも出てこなかったぞ」

「そうさ、ギフ。そしておれたちはそれを知ってるが、やつは知らない」

同意の印にマイクがうめいた。「刺さった小骨のようなその疑いが、隣に引っ越してきた野郎への警戒につながる」

「そういうことだ」

ギフは納得しなかった。「どうかな。すべて憶測だ。確実な証拠を手に入れたい」

「わかってる」ドレックスは言った。「マイク、失踪事件のどれかで、証拠として手書きの文字が残ってないか？　被害者や人物が特定できる誰かのものでない文字、捜査しても特定の人物に結びつけられなかった手書きだ。なんでもいい。メモでも、買い物リストでも、領収書でも」

「調べよう」

「頼む。ジャスパーにお薦めのレストランのリストを頼んだら、いくつか書き留めると言ってる。やつは——ちょっと、待ってくれ。あれはなんだ?」

「どうした?」ギフはその必要もないのに、声を落としてささやきにした。

「話をしながら、新しい双眼鏡を試してたんだ。ジャスパーがいまキッチンにおりてきた」

「真夜中に盗み食いか?」マイクが言った。

「明かりもつけずにか?」ドレックスが応じる。「ひとつも明かりをつけずに、スマホの懐中電灯アプリを使ってる」

「そりゃ奇妙だ」

「そうでもないかもしれない」

「なぜだ?　やつはなにをしてるんだ?」

ドレックスはふうっと息をついた。「やつはおれがかがんだ場所にまっすぐ向かった」

「おいおい」ギフがうめく。

マイクはさらに下卑た言葉をつぶやいた。

ドレックスが見るなか、ジャスパーは片膝をついて腰をかがめた。額が床につきそうなほど頭を下げ、キャビネットの台座に光をあてている。「探してる。手を這わせて」

「コーンホルダーを落としたっていう口実が通用してなかったんだな」

「これで万事休すだ」マイクが言う。

ドレックスは双眼鏡をおろし、暗闇に向かってにやりとした。「おれがあそこに盗聴器をしかけていればな」

9

「タリア?」

彼女は読み物をしていたタブレットから顔を上げて、朝食のテーブルの向かいに座るジャスパーを見た。「ごめんなさい。まだニュースを読んでなかったの」

彼は思案顔でコーヒーのカップを見ていた。「昨日の夜のことなんだが、わたしが買い物から帰ってきたとき、きみとドレックスはおしゃべりに夢中で、こちらが話しかけるまでわたしに気づかなかった。なんの話だったんだね?」

「アラスカでの少年時代よ」

ジャスパーが顔を上げて、ぷっと噴きだした。「アラスカだと?」

「そう、ほかでもない」

「アンカレッジか?」

タリアは首を振った。「地図にも載っていない僻地ですって。コーヒーのお代わりは?」

「いや、もうけっこう」

タリアは席を立つと、ジャスパーへのクリスマスプレゼントだった高級マシンを使って自分の分を作りにいった。操作のしかたを覚えるのに数週間かかり、いまだに最新鋭のマシンを前にすると臆してしまう。マシンがコーヒーを淹れているあいだに、ドレックスから聞いた彼の生い立ちをジャスパーに話した。

「ひどく野性的で、なおかつロマンティックだな」

「荒涼とした土地よ」

「わたしには作家志望者が捏造した悲惨な過去に聞こえる。ジャック・ロンドンやアーネスト・ヘミングウェイばりに、不埒《ふらち》な人物像を打ち立てたいんだろう」

彼女はテーブルに戻り、片方の脚を座面に敷いて座った。「彼の作り話だと言うの?」

「タリア、ふんぷんと駄作のにおいがする」

タリアは笑ってコーヒーを飲むと、皿に残っていたひと口分のカップケーキをつまみあげ、ジャスパーのほうに差しだした。「最後のチャンスよ。これをのがすと、わたしがすべて食べてしまうわ」

「きみから取りあげるなど、滅相もない」

彼女はカップケーキを口に投げ入れた。「うーん。チョコレートカップケーキって、朝食のチャンピオンだわ」ふたたびコーヒーを飲んで、カップケーキを胃におさめた。カップをソーサーに戻しながら言った。「もしドレックスが感心させるために嘘をついてるんなら、アラスカの大自然で冒険をした話を持ちだしてわたしたちを喜ばすんじゃないの? 彼には全然そんなようすがないわ。自分のこととなると、するっと話題を変えてしまう」

ジャスパーが言った。「理由を勘ぐりたくもなるさ」

「少なくともあなたは勘ぐってるわね」

「きみはちがうのか？　あのえくぼにやられたか？」

タリアは大げさに顔をしかめた。「お願いだから、少しは信頼して。彼の魅力が熟練の技なのを見破って、本人にもそう伝えたのよ」指先を舐め、その指で皿のカップケーキの屑《くず》を集めて、口に運ぶ。この動きで意見をまとめる時間ができた。

空になった皿をどけた。「彼が語った子ども時代の話は基本的に事実じゃないかしら。そのうえで、劇的な効果を狙った可能性はあるけど」

「そこが気になる。なぜ効果を狙わなきゃならない？」

「彼自身が楽しむためとか？」タリアは片方の肩を持ちあげた。「じゃなきゃ、あなたが言ったように、自分の経歴をより変わっていてめずらしいものに見せるためとか？　出版社が飛びつきたくなるような、売れる経歴ってことだけど」

「あののらりくらりした態度の理由がそれだけならいいんだが」

タリアはテーブルの端で腕を組み、前のめりになった。「彼が真実を多少脚色していたって関係ないじゃない。どうしてそうこだわるの？」

「きみの無頓着さこそ、わたしには驚きだね」ジャスパーはガレージ上のアパートを指し示した。「前触れもなく、見ず知らずの人間が隣に引っ越してきた。家主のアーノットすら知らない人物が、よりによってわが家の影のような場所に住んでいる。わたしと出会った日には、小説に血肉を通わせるためにこのあたりに来たと言っていた。だとしたら、外に出て歩きまわり、地域の文化を観察したり経験したりしそうなものだろう？　ところが実際はほとんどアパートにこもりっきりだ」

「執筆に没頭してるんでしょう」

「そうか？　かもしれないが、無頓着に見えて、実際はそうでもない気がしてならない」

うつむいたタリアは、テーブルの木目をしげしげと見た。「正直に言うと、わたしもそんな印象を受けてるわ」

「だったら、やつの言うことを真に受けず、こちらも話す内容を制限すべきじゃないか？　どう思う？」

「そうね」視線を上げて、ジャスパーを見た。「でも、こちらの考えすぎで、火のないところに煙を立てている可能性もある。ひょっとしたら昨日の夜のドレックスは、創作能力を試してみただけかもしれない。興味深い経歴を作って、それをわたしに信じさせられるかどうか、知りたかったってこと」

「可能性はある。詰まるところ、なんだかんだ言っても、作家なんてのはていのいい嘘つきのことだろう？」

「わたしはそうは言わないけど」

ジャスパーは、ではきみならどう言うのかとは、尋ねなかった。言いたいことを言って満足した彼は、話を終わりにして立ちあがり、自分が使った皿とカップをシンクに運んだ。置いてけぼりにされたタリアはむっとしつつも、追及しなかった。ドレックスの味方をする形での口論はしたくない。よく知らない相手だし、ジャスパーが言うとおり、見え透いた嘘をつく男かもしれないからだ。

だが、少年時代を描写したときのドレックスは、真実を語っているとしか思えなかった。いたずらっぽい目の輝きも、よこしまな笑みもなく、罪のない嘘をついているようにも、ほらをふいているようにも見えなかった。

母はアラスカに足を踏み入れてない。そう言ったときの彼の目つきや、全体から醸しだされる雰囲気が、情け容赦のない痛ましい現実を伝えていた。「彼には母親がいなかった」

「なんだって？」

つい声に出して言ったことを、タリアはくり返した。「彼には母親がいなかったの」

「亡くなったのか？」

「さあ。そのときあなたが入ってきたのよ。いいところで続きを聞きそびれたわ」

「残念無念。ドレックス・イーストンに関する未知の事実は、わたしも是非聞かせてもらいたいからね」

使っていたディッシュタオルをたたんでシンクの端にかけ、床にあったジム用のバッグを持ちあげて、肩にストラップをかけた。「ジムのあとでクラブに出かけてもかまわないかな？　向こうで昼食を食べてくるかもしれない」

「じゃあ、わたしも行くわ」

「顧客のためにアフリカ旅行の計画を立てなきゃならないんだろう?」

「今日でなくてもいいのよ」

「決めたとおりにやったほうがいい。わたしがいつ食事をするかもわからないし」タリアの顔には失意が表れていたのだろう。彼がそっけない調子で尋ねた。「それが問題だとでも、タリア?」

問題だった。タリアが街を離れるときは、行き先にかかわらず旅程を出力していかなければならないのに、彼のほうは、午後の計画を尋ねられただけで、たちまちむくれる。

彼と同じそっけなさでタリアも答えた。「なんの問題もないわ」

彼は椅子の背後に立ってタリアの両肩に手を置き、かがんで耳元にささやいた。「昼食の代わりに、わたしの大好きなお嬢さんを今夜ディナーにお連れするというのはどうかな?」

子ども扱いされたようでよけいに腹が立ち、肩から彼の手を振り落としたくなった。だが、穏やかな結婚生活を維持するため、夫に笑みを返した。「あなたの大好きなお嬢さんは、きっと喜ぶわ」

彼はタリアの耳元に唇を寄せた。「わたしも気をつけなければ。新たな隣人は悲しい少年時代の話できみを籠絡しようとしているようだ」

「ばかなことを言わないで」

「そうともかぎらない。賢いきみがあの男の稚拙な誘惑に落ちるとは思わないが、反面、やつには猛攻撃をしかける度胸がありそうだ」

タリアは伸びあがって、離れかけたジャスパーの腕に手を置いた。「ドレックスの人間性をそこまで疑うなら、無理してつきあう必要はないのよ」

「ところが、少なくとも一度はいっしょにディナーをとることになっている。彼とイレインとのダブルデートだ」

「イレイン？」タリアは声を上げた。椅子にかけたまま向きを変えて、夫と正面から向きあった。「そんな話、聞いてないけど」

「昨夜、彼から招待があってね」

「それで受けたの？　ジャスパー、イレインは――」

「かまわないさ。あの男は彼女に近づくにあたって、わたしから許可のようなものをとった。わたしと彼女のあいだに不適切な行為があると思っていたようだ」ジャスパーは妻にウインクした。「おもしろいと思わないか？」


おもしろいもんか。ドレックスは思った。

椅子を引いて立ちあがり、窓に近づくと、ちょうどジャスパーが私道からバックで車を出すところだった。盗聴器を介してタリアがキッチンを動きまわる音が聞こえる。キャビネットの扉は閉じられ、水が流れている。窓ガラスにあたる日射しがまぶしすぎて、彼女の姿を見ることはできない。朝食にはなにを着て現れたのだろう？

「なにやってんだ」これじゃまるでのぞき魔だ。ドレックスは手のひらの付け根を目元に押しつけ、心の目に映しだされるものを見まいとした。やわらかな寝間着は乱れ、裸足のまま、もつれた髪で眠たそうな目をしている彼女を。

まだ日も昇らないうちに、彼女が出てくる官能的な夢で目が覚めた。彼女のイメージはとらえどころがなくはかなげだった。目に見えるというより気配に近かったけれど、その感覚たるや強烈だった。痛みをともなうほどに勃起して目覚め、新しい扇風機がもたらす強い風に全身を吹かれていたにもかかわらず、シーツが汗で濡れていた。

昨夜はうまくいった。それなのにいまのドレックスはいらだち、鬱屈していた。

ジャスパーの盗聴器探しは場所がちがっているから空振りに終わる、とドレックスが言うと、マイクとギフはドレックスの機転を喜んだ。

「やつはおれの尻尾をつかんだ気になった」ドレックスは言った。「だが、裏をかかれたのはやつのほうだ」結局、ジャスパーがなにも発見できずに終わったとき、ドレックスは芝生の向こうにいる彼に心のなかで叫んだ。かかったな、悪党め！

「これで化けの皮がはがれた」ドレックスはふたりに言った。「バーガーの夕食に隣人を招いておいて、そのあと隠された盗聴器を探すホストがどこにいる？　そんなやつはどこにもいない。やっぱり、やつがおれたちのほしだ」

仲間ふたりは盗聴器をどこにどうやって隠したのか聞きたがったが、ドレックスは答えることを拒否した。「それはおれだけが知っていればいいことだ。これはおれの犯罪だ。もし見つかったとしても、捕まるのはおれだけでいい」

ここへ来てギフは、しかつめらしく、ラドコフスキーに知らせるべきだという話をふたたび持ちだした。「いまおまえがやってることはハイリスクだ、ドレックス。正体がばれないとはかぎらないし、ばれたことに気づいたときには、手遅れってこともありうる。ラドコフスキーがいやなら、ほかでもいい、おまえがやってることを伝えておけ。いざというときの支援を――」

「だめだ、ギフ。一度はやってみて、結果、裏目に出た。大失敗だった。覚えてるか？」

「ありありと」マイクがぶすっと言った。

「だったら、わかるな。今回はラドコフスキーに知らせる前に、被疑者の手足を縛りあげて自白を引きだす」

ギフが敗北のため息をついた。「当面は――」

「せいぜい背後に気をつけるさ」

「そもそもやつに背中を向けるなよ」

通話を終えたドレックスはベッドに入ったが、なかなか寝付けず、やっとうとうとしたと思ったら夢で起こされた。眠れそうにないのであきらめて起きあがり、コーヒーを淹れて受信機のスイッチを入れた。じりじりと落ち着かない気分で、隣家のキッチンから物音が聞こえるのを待った。

ジャスパーが先に二階からおりてきて、朝食の調理をはじめた。背後に流れるテレビのニュースの音声が聞こえる。鍋類がぶつかる音、コーヒー豆を挽く音。そしてようやくタリアが合流した。彼女は寝起きの軽いかすれ声でジャスパーにおはようとあいさつした。ドレックスの頭のなかに、ふたりがハグして尻に手を置き、唇を軽く重ねあわせる場面が浮かぶ。想像の暴走を許したのはそこまでだった。

そのあと一時間近く、朝食時のふたりの会話に耳を傾けた。ほとんどが取るに足らない内容だった。タリアがジャスパーに、庭の樹木のことを専門家に相談しなければならないと念を押したり、服の直しが終わったから取りにこいと彼の仕立て屋から電話があったと伝えたり。ジャスパーはアフリカ旅行に出かける家族のことをいちおう尋ねたものの、いざタリアが答えると、たいして興味がなさそうだった。

気詰まりでない沈黙がしばらく続くこともよくあった。

ドレックスがはっとして耳を澄ませたのは、ジャスパーが藪から棒に、昨夜はふたりきりでなにを話していたのかと尋ねたときだった。心臓が大きくひとつ打ったのは、その質問のせいで不安になったからではない。タリアがどう答えるかを知りたかったからだ。

それはたいした問題じゃない、とドレックスは自分に言い聞かせた。最近のおれは、自分に嘘ばかりついている。

ジャスパーに疑われていることに驚きはなかった。だが、ジャスパーはついさっきタリアに向かってドレックスが信用ならない人物だと熱弁をふるっていなかったか？　それなのに、ドレックスによる盗聴器の設置を疑ってそれを探すために暗いなか階下まで来たことを言わなかった。

自分が滑稽に見えるから言わなかったのか？　それとも、そんな疑いがなぜ芽生えたのかを彼女に説明できないからか？

ジャスパーに疑われているのは承知の上にしても、その程度を探ることができたのは成果だった。

タリアもドレックスに対して疑いをいだいているけれど、こちらは善意にもとづいて、ドレックスがあからさまな嘘をついているのではなく、誇張しているだけだと考えようとしている。ドレックスの母の件を持ちだしたときも、同情的な口調だった。

その後、ふたりの会話のトーンが微妙ながらたしかに変わった。ヘッドホンを通しているせいか、話される言葉と同じくらい沈黙に含まれる意味が強調されるようだ。そこに感じるとげとげしさが本物なのか妄想なのか、会話を交わすふたりの表情が見たくなった。

ジャスパーが外出したあとはもはや盗み聞きをする必要がないので、盗聴に用いる機器をしまってノートパソコンを立ちあげ、いま一度、長年にわたって集めてきた八人の失踪女性に関する情報を読みはじめた。この内容をすべて出力すれば、引っ越しトラック一台がいっぱいになるだろう。

今日はジャスパー・フォードについていまわかっていること、感じていることを念頭に置いて、被害者とのつながりを探してみる。女性たちのなかにグルメ志向の料理好きはいないか？　ジャスパーが愛飲するバーボンを好んでいた女性はどうだろう？　彼と同じで、ケチャップよりディジョンのマスタードが好きだった女性は？　これまで見のがしてきたごく小さなにかが、探し求めてきたつながりとなりうる。犯人と目星をつけた男にいままで以上の邪悪さを感じているだけになおさらだった。

被害者たちは、手遅れになるまでそれに気づかなかったのか？　うすうす感じながら、無視したのか？　なぜそんな男を受け入れた？　なにがタリアに彼を受け入れさせた？

そんな疑問をつらつら考えること数時間、ノックの音がした。

そのときドレックスは手で口をおおって、ノートパソコンの画面に表示されていた内容に没頭していた。タリアは出入り口の側柱をコツコツ叩いた。彼はとっさに立ちあがり、後ろに倒れた椅子が大きな音を立てて床に激突した。

「あら」タリアはどきどきする胸に手を押しあてた。彼の突然の反応にびっくりしたけれど、それと同じくらいあるいはそれ以上にびっくりしたのが、上半身裸で裸足、カーゴのショートパンツしかはいていない彼の姿だった。彼女はまごつきながら、言った。「驚かせるつもりはなかったんだけど」

「びっくりしやすいたちなんだ」

ありえない。稲光のように素早い反射力をもつ男なら、恐れをいだく対象も少ないはず。

彼は椅子を立て、ノートパソコンを閉じてから、玄関に来た。タリアは尋ねた。「あなたがもっとも恐れるものはなに？」

「失敗」

ただの冗談だったのだけれど、彼が間髪を入れず無条件に即答したので、それが本心であることが伝わってきた。ここへ来たことが正解だったのかどうか。タリアはおずおずと尋ねた。「先に電話するべきだったかしら？」

「あなたはぼくの番号を知らない」

「そうね、たしかに」

彼は笑顔になった。「砂糖を借りにきたんなら、あいにく切らしてるよ」

「そうなの？　だったらしかたない……」ため息をつき、帰るふりをして回れ右をした。

彼がくすくす笑う。「どうした？」

彼のほうに向きなおり、背後の仕事道具のならんだテーブルに視線を投げた。「仕事のじゃまをしたくないわ」

「かまわないさ。いい気晴らしになる」

「じゃまになってない？」

彼はなにか言いかけたものの、気が変わったのだろう、口を閉ざした。ふたりはこの時点まで、網戸をはさんで話をしていた。「入るかい？」

「だったらのぞかせてもらう」

彼はにやりとして、鍵を外した。

「ここへは来たことがなかったの」ドアをくぐりながら、タリアは言った。

「ここからの景色を見ても、あの階段を上がるだけの価値があるとは思わないだろうね」

タリアは部屋の中央に立ち、三百六十度ぐるりと回転した。ふたたび彼と向きあうと、彼は顔をしかめてうなじをかいた。

「わかってる。表現のしようもないだろ？」

「シャビーシックとか？」

「いや、シャビーシッコだ」

タリアは笑った。「手の入れがいがあるわ。ペンキ缶と……」

「十万ドル」

ここでまた笑みを交わした。タリアは背後の窓を示した。「でも、木がいいわ。インテリアデザイナーがわざわざ飾ったみたいに、サルオガセモドキがすてきに垂れてる」

「ああ。おかげで白昼夢を見るあいだ、視線の向け先に困らないよ」だが、彼が見つめているのは木から垂れているサルオガセモドキではなかった。タリアの目をのぞき込んでいた。そして、唐突に彼が言った。「ちょっとごめん」

彼はタリアの脇を通って寝室に入り、ドアを半分閉じた。タリアは窓に近づいた。フォード家の影のような場所というジャスパーの発言は当たっていないが、木の枝のあいだから、フォード家の背面がほぼ丸見えだった。スクリーンを張りめぐらせたポーチも、キッチンの窓も、上階の主寝室の窓も。アーノットがいなくなった六月以来、夜のあいだもカーテンやシェードをおろす心配をしていなかった。開けっ放しにはできないことにいま気づいた。

彼がメインの部屋に戻ってくる音がしたので、ふり返った。色あせたTシャツを着てデッキシューズをはいているが、そのことは指摘しなかった。言えば、お互い、上半身裸で突きでた腰骨に引っかけるようにショートパンツをはいていた彼の姿を見たことをかえって意識する。ここは素知らぬふりをするのがいちばんだろう。

着古したTシャツ。無精ひげでざらついた顎。サドルブラウンの髪は寝癖がついたまま、前夜を上回る乱れぶりだ。タリアに向けられた瞳は、トラを思わせる黒く縁取られた青緑色だが、眠たげにしか見えない。

「メガネをかけるなんて、知らなかったわ」

彼は不思議そうな顔で外したメガネをためつすがめつした。「誰がかけたんだろう？」

タリアは大笑いした。

彼は角縁メガネをテーブルのノートパソコンの脇に置いた。「今朝のジャスパーのご機嫌は？」

「カントリークラブに出かけたわ」

「彼はゴルフをするのかい？」

「いいえ。クラブにオリンピックサイズのプールがあって、何往復もするのよ。真剣に泳ぎ込むメンバーのひとりなの」

「毎日？」

「雷が鳴って、プールが閉鎖にならないかぎりね」

「ふむ。それで僧帽筋が発達してるんだな。あなたも泳ぐの？」

「いいえ」

彼は指を鳴らした。「そうか、日射しと水を避けたいからだ」

「そのとおり。浮かんでいる以外、ほとんどなにもできない」

「じゃあ、あなたは体のためになにをしてるの？」

「サイクリングマシンを漕いでる」

「なるほど。それであなたの……」彼は言葉を切ってタリアから視線を外し、小首をかしげて親指で眉をかいた。「なにか飲む？」

「ええ」朗らかに答えた。少し朗らかすぎたかもしれない。彼がなにを言いかけてやめたのかが気になっていたからだ。

キッチンはオープンタイプでほかの部屋につながっており、長方形のクッションフロアだけで区別されていた。冷蔵庫のドアの取っ手は、ドレックスが引っ張るとゆるんでがたついた。「水かダイエットコークかビールか」

「あなたはなににするの？」

彼が肩越しにこちらを見た。「仕事をさぼって、ビールでも飲もうか？」

いいわね。タリアはイエスと言う代わりに眉を吊りあげた。

彼は栓を抜いたビール瓶を二本運んできた。ふたりは瓶を合わせてから、口をつけた。ビールが冷たく苦く喉を下っていく。「さぼるのって最高」

彼はタリアをじろじろ見て、ふーんと言った。

「なによ？」

「正直に言ったらどうだい？　あなたはさぼったことのない人と見た」

タリアは首をすくめた。「両親からすごく期待されてたの」

「ふたりから認められたかったんだね」

「そうよ。でも、両親がどうのというより、わたしが自分に厳しかった」

「悪さはしなかった？　一度も？」

「あんまりは」

「ふむ。見込みがあるね。つついてみよう」彼は間延びした口調で言った。「ぼくなら手もなくあなたを堕落させられる」

「ジャスパーが言っていたわ。あなたにはそれだけの度胸があるって」

「ぼくに度胸があると彼が言ったのかい？」

「ええ」

「お礼を言わなきゃな。忘れてたら言ってくれ」

彼がビール瓶を掲げて敬礼したので敬礼を返し、そのあとテーブルに近づいた。手垢のついた紙の束の、なにも書いてない一枚めに人さし指をつけた。「あなたの原稿？」

「さもなくば堆肥の山。判然としない」

「そんなにひどいわけないわ」

「嘘は言わないよ」

「プリントしたのはこの一部だけ?」

「そう、出力したのはね。毎日、USBメモリふたつにバックアップをとってる」

タリアは丸まった角に指を走らせた。「まさか見せてはもらえないわよね」

「断じてありえない」

「正直な評価を伝えるけど」

「ぼくからの。最低の作品だ」

「だったらセカンドオピニオンが役に立つかも」

彼は首を振った。「まだ早い」

ジャスパーはあからさまにドレックスを疑っている。それにくらべるとタリアの疑念は強くないけれど、ドレックスがみずからに関して寡黙であることに興味を惹かれている自覚はある。フィクションではあっても彼の本を読めば、思わず警戒を解きたくなるえくぼの背後にいる人物の本質がつかめるかもしれない。だがいちおう読ませてと頼んではみたけれど、十中八九、断られるであろうことはわかっていたし、それでもと食いさがるつもりもなかった。彼女は言った。「今朝、グーグルであなたを検索したわ」

彼の眉が大げさに動く。「美しい女性からグーグルで検索されるのが夢だった」

お世辞だかいやみだか知らないが、いずれにせよ、彼女はビール瓶をテーブルに置いて、腕組みをした。「またそうやって冗談で話をそらそうとする。どうしてわたしがインターネットであなたの情報を集めようとしたか、尋ねないつもり?」

「そこまでうぬぼれは強くない」と言ってから、彼は思案顔になった。「いや、やっぱりそうかも。どうしてぼくの情報を集めようなんて気になった？」

「ドレックス・イーストンはペンネーム？　それとも本名？」

彼の顔にゆっくりと笑みが広がる。「なにも見つからなかったんだろ？」

タリアは認めなかったが、沈黙が彼の推察を裏付ける形になり、彼の顔の笑みはさらに大きくなった。

「昨夜、言ったとおりだよ、タリア。本人が自分に飽きてる」

「本名なの？」

「ああ、父がつけた」

ためらいつつ、タリアは小声で尋ねた。「お母さまはどうなさったの？」

「いっさい不明だ」

タリアはたじろいだ。「どういう意味？」

「文字どおり、それこそが正真正銘の真実で、その件でぼくに言えるのはそれがすべてだ」

「なぜそう口が堅いの？」

彼がビール瓶をテーブルに置き、その勢いで中身がこぼれた。「おれの過去がなんだって言うんだ？　それを言ったら、おれの現在だろうと未来だろうと、きみには無関係だろう？」

「イレインのためよ」

10

答えを聞いたドレックスは、呆気にとられたような顔になった。タリアの答えは百パーセントの真実ではないにしろ、おかげでタリアが追ってきた道筋——彼の過去——から話がそれた。彼がいらだちや苦痛をあらわにするのは、過去が持ちだされたときだけだ。

彼の額に困惑を示す皺が現れた。「イレイン？　話が飛躍してないか？」

「彼女を招待するつもりだって、ジャスパーから聞いたわ」

彼が肩をすくめる。それがなにか？　と、無言で尋ねている。

「決めつけてるわけじゃないけど……それが、あの……」言葉を切って、髪をかきあげた。

「これじゃ伝わらないわね」

ドレックスは腰に手をあてて、頭を少しかしげた。じれていることを示す姿勢だ。

タリアは深呼吸してから言った。「わたしが知りあってからずっと、イレインはロマンスに失望しつづけてきた。男性から興味を示されると、すぐに夢中になってまわりが見えなくなるの。でも結局、男性の興味は彼女自身というより——」

ドレックスが片手を上げた。「わかった。つまりあなたはぼくみたいな連中から彼女を守りたいわけだ。たしかな食い扶持《ぶち》もなく、お金持ちの……」適切な言葉を探して、手をくるくるまわす。「パトロンを探してるような連中から？」

「あなたを侮辱してしまったわね」

「まったくだよ」

「そんなつもりはなかったの、ドレックス。ただ、ジャスパーにとってもわたしにとってもイレインは大切な友人よ。根っから愛情深くて親切で、みずから進んで人に利用されてしまう。彼女が傷つけられるのを見たくない」

「ぼくみたいなヘビにね」

タリアはふうっと息を吐いた。「侮蔑したうえ怒らせせちゃった」

ドレックスは無言だった。

「ごめんなさい。口出しすることじゃなかったわ」帰ろうと向きを変えたが、ドレックスにそっと肘をつかまれ、ふり返らされた。

「聞いてくれ。イレインをディナーに招待するのは、日曜日に親切にしてもらったお礼をするにはそれがいいと思ったからだ。他意はない。わかってくれるかい？」

タリアは屈辱を感じつつ、彼を見あげた。「自分が小さく感じる」

何秒かすると、ドレックスは彼女の頭頂に手を置いてから、その手を自分に引き寄せた。彼女の背の高さが、彼の体だと鎖骨あたりになる。「実際、小さい」

見おろすドレックスと、見あげるタリアとで、笑みを交わす。歯を見せないほほ笑み。和睦をうながすオリーブの小枝のような笑みは徐々に薄れ、時間の経過とともにまた別の不穏で不確かな性質のなにかに変わり、やがて笑みとはまったく異なるものになった。

先に沈黙を破ったのは彼だった。声がかすれている。「いつにする？」

「なに？」

彼が咳払いをした。「あなたとジャスパーの都合のいい夜はいつかな？　それがわかったら、イレインに声をかける。ああ、そうさ、ぼくは彼女の番号を知ってる。でも、いいかい、ぼくから頼んで教えてもらったわけじゃない」

これぐらいのあてこすりは言われて当然だと、タリアは思った。「木曜日はどう？」

「いいね。いまはどんなものが食べたい気分？」

「いけない！」彼女は手首の内側で額をこづいた。「そのためにうかがったのに。お薦めのレストランのリストが欲しいのよね？　ジャスパーから言われて、わたしがまとめたの」ジーンズの前ポケットからメモ用紙を取りだして、彼に手渡した。「ここから車で手軽に行ける店ばかりよ。どこも信頼できるいいお店なの。わたしはイタリアンがいいわ」

リストには目もくれずに彼は言った。「イタリアンだね」

タリアはドアに向かって後ずさりした。手でテーブルを示す。「ビールをごちそうさま。最後に飲んだのがいつだったか覚えてないくらい、久しぶりだったわ」

「ほら。早くも堕落の道に半分足を踏み入れてる。朝食にカップケーキ、昼にはビール」

タリアが笑いながらドアに向かうと、先回りしたドレックスがドアを開けてくれた。タリアは玄関前の踊り場に出たところで足を止め、回れ右をした。彼が開いて押さえている網戸と、敷居のあいだに立っていた。「どうしてわたしが朝食にカップケーキを食べたのを知ってるの？」

話そうと開いた彼の口からは、なにも出てこない。

「ドレックス？　どうやってそれを知ったの？」

こんども彼はためらった。やがて空いているほうの手を上げると、彼女の口元の近くを親指の腹でかすめ、その親指を彼女の面前に掲げた。「チョコレートのアイシングがついてた」


タリアが立ち去ったあとには拷問のような午後が続き、いっそ来ないでもらいたかったと思うほどだった。本当に。そのせいでこの見苦しい部屋のなかにいる彼女の姿からのがれられなくなった。あそこに立つ彼女。彼女の触れたもの。醜い壁紙に反響したその話し声や笑い声。よどんだ部屋の空気を満たした彼女のにおい。

事件のファイルに没頭しようとしたが、長年にわたって検討を続けているので、内容はほとんど暗記している。文章の冒頭を読むだけで、どう終わるかがわかるほどだ。何度集中しようとしても数分しかもたず、いつの間にかタリアが言ったりしたりしたことを思いだしていた。

夕暮れどきには、あきらめてパソコンをシャットダウンし、近所をジョギングしに出かけた。戻ってきたとき、フォード夫妻がジャスパーの車で私道を出るところに出くわした。夫婦ともども手を振ってよこした。

ドレックスは笑顔で手を振り返しつつ、内心では、車のフロントガラスにパンチを繰りだしたい気分だった。かなりの年齢差があるにもかかわらず、ふたりがお似合いのカップルであることは認めざるを得ない。

シャワーを浴びる前にジャスパーのボックス扇風機を持って階段をおり、フォード家のポーチのドアまで行って、その前に扇風機を置いた。OA用紙にお礼をメモ書きして、それをドアの角にはさんだ。予約を入れたレストランの名前も書いておいた。〝木曜夜七時半に四人で会食〟

イレインは招待を受けてくれた。その際の彼女のはしゃぎぶりを知ったら、タリアは心穏やかではいられまい。

夕食に冷凍のピザを食べながら、ノートパソコンで刑事ドラマを観た。アパートについていた年代物のオーブンのせいかピザは古い脂をいぶしたような味がして、結局、食べきれなかった。どのみち食欲がなかった。

それからは家を出なかった。留守中にタリアとジャスパーが帰宅して、彼らの会話を聞きのがすのが怖かったからだ。大事な情報が含まれているかもしれない。

十時になってもふたりはまだ戻らなかった。いよいよ我慢ならなくなって、マイクとギフに電話をした。「隣はまだ戻らないが、先に今日あったことを報告しておく」

朝食の席での会話からはじめた。「ジャスパーはおれを疑っているが、手斧を持って追いかけてくるほどじゃない」

「いまのところな」マイクが言った。

ドレックスはラドコフスキーに動きはあったかと尋ねた。いっさいない。

「とりあえずよかった」ギフが言った。

「そうとも言えない」マイクが平板な声で言った。「ゴロゴロ鳴る音が聞こえてたら、とりあえずなににご立腹かはわかる」

ドレックスは同意した。「おれはマリアン・ハリスの件で問い合わせをしたあとに、二週間の休暇をとって行き先知れずになった。そのことにやつはじわじわとさいなまれ、おれを探す。おれに与えられている時間は短い」

言葉少なにアパートで過ごした時間を説明し、遠回りの果てにようやくタリアが訪ねてきたことを話した。「完全に虚を衝《つ》かれた。ひょっこり現れたんだ」

そしてふたりに、画面の表示を見られる前にノートパソコンを閉じて情報漏れを防いだこと、身なりを整えたこと、拳銃とＩＤと暗視双眼鏡は目につかないところにしまってあったことを伝えた。「運のいいことに、盗聴機器も片付けたあとだった」

マイクがうめいた。「招いてもないのに来たのか？」

「言ったとおりさ。地元のお薦めレストランのリストを届けにきた。ジャスパーの肉筆が欲しかったんだが、タリアが自分で打ち込んだリストを印刷してきた。ジャスパーに頼まれたそうだ」

「どれぐらいいた？」

「そうだな、十分から十二分ってとこか」少なく見積もってもその倍はいた。

「どんな話をしたんだ？」ギフが尋ねた。

「原稿を見せてくれと言われて、ありえないと答えた。そのような意味の言葉をだ。すると彼女はおれのことを知りたがり、過去について尋ねた。だから逆に、なんでそんなことを気にするのかと尋ね返した」

「で、なぜ気にするんだ？」マイクが訊いた。

「友人がおれにのぼせあがるのを心配してる」

「彼女の友だちのイレインか？」

「そうだ。タリアは友人を守ろうとしてる。おれはなぜイレインをディナーに誘うか説明して、誤解を解いた」ドレックスは大筋を語って、こまかな部分を省いた。

　省かれた部分は多い。たとえばタリアがはき古した穴あきのジーンズをはいていたことや、それが形のいい尻にぴったりフィットしていたことだ。だが、張りがあって丸みを帯びたBカップの胸がシンプルな白のTシャツを着るとどんなことになるか、ふたりに知らせる必要があるだろうか？　ビールのことも言わなかった。もちろん、親指で彼女の顔からチョコレートのかけらをぬぐったことも、できればそれを舐め取って、彼女の唇の端に留まったまま、その唇が自分のために開くのを待ちたかったことも、言わなかった。

　こうした細部にはいっさい立ち入らなかったので、話し終えたあとに待っていた沈黙の意味がわからなかった。「おい、居眠りでもしてるのか?」

マイクから尋ねられた。「いまパソコンの前か?」

「いや、寝室だ」

「さっきメールを送ったから、見てくれ。そのあとまた電話してこい」

ドレックスの返事を待たずに電話が切れた。

起きあがり、ベッドを出て、メインの部屋に移った。ノートパソコンを開く。マイクから来たメールは件名欄が空欄で、本文もなかった。ファイルが添付されている。

ドレックスはそれを開いた。マリアン・ハリスのヨットで撮影された写真が画面いっぱいに広がったときは、興奮のあまり心臓が躍った。ボンベイの連中は天才だ。大金を要求するだけのことはある。汚れを取り除いて画質を高めてある。ドレックスが思っていたより、はるかにいいできだった。

ジャスパー・フォードではないかと疑っている男の姿を拡大した。「だめか!」隣家に住む男だと断定できて、やった《ボワラ》と歓呼することを期待していた。

ところが色密度が上がったために、鮮やかな夕焼けとそれを背にした男性のコントラストが強まっていた。男の顔は陰になって、判然としなかった。髪はきちんとしたポニーテールではなく、こまかく縮れた巻き毛が顔を取り巻いていた。横向きの鼻——ジャスパーでないとは言い切れないが、そうだと断定することもできず、そもそも整形している可能性があった。わずかに手を入れるだけでも、外見を一変させることができる。

アップの画像をしげしげと眺めること五、六分。天啓となりうるなにか新しい部分があるとしても、自分には発見できなかったことを認めた。

写真を元のサイズに戻した。椅子の背にもたれて全体を眺め、マイクとギフが自分に見せたがったのはなになのかを考えた。ヨットそのものはほとんど写っていないし、いま写っている部分に重要ななにかがあるとも思えなかった。画質は上がっても、マリアン・ハリスの写りはとくによくなっていない。燃えあがるような空以外、背景にも見るべきものはなかった。

パーティの参加者か？　色合いを調整して人物ごとに色相や明暗を分けてあるので、ごちゃごちゃになっていた顔や四肢が区別しやすくなり、ひとりひとりを特定できる。人だかりの端にいたひとりがドレックスの目を惹いた。その女性の髪に一条の光があたり――

夕日のなかで金色と赤に照り映えている。

気分が悪くなって、動けなくなった。長いあいだじっとその顔を凝視した。ピントはずれているけれど、夢に見たいほどの美しさは見まがいようがなく、まちがいなくある人物だと特定できた。

これも、やった《ボワラ》ではあった。

11

キーウエストのグレイ保安官助手から最初の電話を受けたときから起算して三日後のことだった。ラドコフスキーはついにホテルを発見した。

七十二時間にわたる捜索のあいだ、自分に使えるありとあらゆるリソースを総動員してドレックス・イーストンを追う輪をせばめ、それでいて波風を立てないように気をつけた。イーストンがふたたびこうした行動に出たことを上層部に知られたくなかったのだ。

厄介者め。

勝手にやらせて、介入しないという手もあった。〈レイジーボーイ〉にゆったり腰掛けてスポーツ専用チャンネルに溺れ、イーストンが自滅するに任せればいいではないか？　自分の目の前からイーストンが完全に排除されたら、人生がうんと楽になる。

しかし、おそらくイーストンは破滅に向かいつつ大嵐を引き起こし、その余波はラドコフスキーにも及ぶだろう。ラドコフスキー自身は筋金入りの熱心な捜査官というわけではなく、FBIのことを選ばれし者の組織だとも、その一員になれて光栄だとも思っていない。忠実な組織の構成員ではないのだ。

だが、自分の年金を大事にする気持ちでは、人後に落ちない。

マイク・マロリーやギフォード・ルイスに電話をかけてイーストンの居所やそのもくろみを尋ねれば、かえってイーストンを喜ばせる。仲間ふたりはすかさず彼に連絡を取ってラドコフスキーが逆上していることを伝え、イーストンは悦に入るだろう。さらに言えば、いまのところ隠れんぼうで勝っているのを知って、おもしろがるかもしれない。

そこでラドコフスキーは内々に捜査官を派遣してマロリーとルイスを念入りに監視させた。報告によると、ふたりはこの三日間ふだんどおり出勤した。就業時間が終わると、どちらも自宅へ直帰した。ふたりとも未婚で独居、これといった社会生活はなく、お互いとイーストン以外に友人もいなかった。表向きこのふたりは、地表面に生息するなかで一、二を争ううつけ者にしか見えない。

ラドコフスキーはごまかされなかった。味気ないアパートの閉じたドアの奥で、彼らが仲間うちのリーダー格であるイーストンのため、深夜まで熱心に働いているのを感じ取った。

ふたりの監視は続けさせるつもりだが、無駄骨に終わるのは承知している。どちらもへまはしそうにないし、たとえ自分の命が懸かっていようと、ドレックス・イーストンを裏切ることはないだろう。

なぜラドコフスキーがそれを知っているか。かつてふたりの命が懸かった場面で、どちらも屈服しなかったという実績があるからだ。

この三日間のうちに二度、イーストンから連絡があったかどうか問いあわせるため、キーウエストのグレイ保安官助手に電話をかけた。なかった。ラドコフスキーはみずからの地位をフルに活用してその保安官事務所の巡査部長をつかまえ、日曜日に数時間あけて二度かかってきた電話番号を手に入れられないかと打診した。時間は多少かかったものの、巡査部長はなんとか入手して番号を渡してくれた。

勝利の喜びは長くは続かなかった。電話してみると、その番号にはかからないと録音音声に告げられた。相手は抜け目のないろくでなしなので、驚くにはあたらない。イーストンならばグレイと話した数分後にその携帯電話を壊している可能性すらある。

しかし、奇跡は起きた。萎《しぼ》んでいた部下に対する信頼は、ルイビル支局に出勤した直後に回復した。イーストンを捜させていた別の捜査官がオフィスに顔を出したのだ。「まだイーストンの足跡を追ってますか?」

「なにがわかった?」

「あなたが最後に見つけたやつの携帯の番号ですが」

「もうかからない」

「いまはかかりませんがね、九日前にその電話からメールが送られてました」

「誰宛だ?」

「マイク・マロリーです」

「こりゃ驚いた。どこからだ?」

「レキシントンのチェーンホテルです。住所も調べてあります」

ラドコフスキーはそのあと支局を留守にした。別の捜査官に頼んでルイビルからレキシントンまで、百キロあまりの道のりを運転させた。目的地に到着すると、もうひとりの捜査官は車で待たせることにした。この聞き込みにはひとりであたりたかったのだ。

両開きの自動ドアから出てきた、キャリーバッグを引く制服姿の男女の一団が脇を通りすぎた。停車中の一台のバンに向かっている。客室乗務員だろう。彼らがいなくなったロビーは、がらんとしていた。

フロントデスクに近づくと、フロント係からあいさつされた。「おはようございます」

「やあ」バッジを提示して、若い女性にIDの名前を読ませた。「綴りどおりの発音で、〝ラ〟は伸ばさない。話を聞きたいんで、支配人を呼んでくれ」

「彼女ならランチですので、わたしが代わりに承ります」

ラドコフスキーはカウンターに身を乗りだして、彼女の名札を読んだ。「ミズ・リー?」

「はい」

「ある客について尋ねたいことがあって――」

「イーストン特別捜査官ですか?」

ラドコフスキーはしかめ面になった。「なぜわかる?」

「わたしがチェックインを担当したFBI捜査官はその方だけですから」彼女は輝くばかりの笑顔になった。「とってもすてきな方だったので、そうでなくても、忘れられなかったでしょうけど」

ラドコフスキーは歯ぎしりしたくなった。「そうだ、そいつだ」

「お客さまは――」

彼女の言葉をさえぎった。「教えてくれ、ミズ・リー。もしかまわなければ」

温かな笑顔が冷たくなる。彼女はこくりとうなずいた。

「やつは何泊した？」

「してません」

「チェックインしたのに泊まらなかったのか？」

「あの方たちがこちらにいらしたのは、ほんの数時間でした。でも、ミスター・イーストンは一泊分を払ってくださいました」

「あの方たち？　女連れだったのか？」

「そんなんじゃありません」彼女はむっとして唇を引き結んだ。「仕事仲間おふたりとこちらで会われたんです」

「マロリーとルイスか？」

「おふたりのお名前はうかがっておりません」

「ひとりが太ってたろ？　ブルドッグのような顔で」

その描写に気分を害したらしく、彼女は言った。「そうですね……体格のいい方で、端整ではありませんでした」

「端整ですてきなイーストン捜査官とはちがって」

それに対して無言を通した彼女は、まばたきもせずにラドコフスキーを見ていた。

彼は尋ねた。「もうひとりは？」

「あまり記憶にありません」

ギフ・ルイスにちがいない。ギフはどこへでもまぎれて消えるような男だ。ラドコフスキーは下唇を噛んだ。「イーストンはクレジットカードを使ったのか？」

彼女は短くうなずいた。「わたしがミニバーの分を加えたかどうか、チェックしてました。それとケーキと」

「ケーキ？」

「内線でルームサービスを注文――」

「ケーキをか？」

「ええ」ラドコフスキーはフロント係のそっけなさに気づいた。この女にどう思われようとかまわないが、つぎの質問には多少、甘味を足した。肝心な質問だったからだ。「ミズ・リー、追加料金を足して支払いをすませたあとのことなんだがね、ここからどこへ向かうか、イーストンが言っていなかったかな？　おたくのホテルチェーンの別のホテルに予約を入れなかったかね？」

「いいえ。でも、あなたに渡すものを残していかれました」

「わたしにか？」

「最初にお伝えしようとしたんですが、あなたにさえぎられたので。わたしはその封筒を取りにいらしたのかと尋ねたかったんですよ。ミスター・イーストンは二、三日のうちにあなたがいらっしゃるかもしれないと言ったんです。正直、もういらっしゃらないかと思ってました。少しお待ちくださいね」

彼女はオフィスに消え、ほどなくレターサイズの封筒を手に戻ってきた。「こちらです」

ラドコフスキーはそれをひったくった。「どうも」

「お礼ならもう言っていただきました。ミスター・イーストンに。あの方になら喜んでサービスします」彼女はくるっと背を向けて、オフィスに去った。

ラドコフスキーはロビーを横切って両開きのドアを抜けた。外に出るのを待って封を開け、ホテルの便箋一枚を取りだした。その中央に活字体でこう書いてあった。〝やあ、ラドコフスキー。ケツでも舐めてろ〟

12

頬についていたチョコレートのアイシングをぬぐい取るのと、その親指からアイシングを舐め取るのとでは、意味がちがう。ドレックスが前者だけで終えて、後者を行っていなかったら、いまごろその一件を忘れていただろう――たぶんだけど。きっと。けれど彼が後者を行ったせいで、二日たったいまも彼女はその件を考え、頭のなかでその場面を再現するごとに頭がチカチカし、同時に不安も強まった。

なぜか。とっさの行動として笑い飛ばせることではないからだ。彼はわざと舌鼓を打つこともなければ、彼女のチョコレート好きをからかうこともなかった。ふたりの視線が絡んだとき、彼の目の奥にあったのは機知ではなかった。まったくちがうなにかだった。

そう。親指のアイシングを舐め取るのは挑発的な行為だった。となるとジャスパーに報告するしかない。

けれど、しなかった。

その日の午後、夫がカントリークラブから戻ってきても、その夜、外でディナーをとっているあいだも、さらには帰宅してドレックスから返されたボックス扇風機を見たときも言わなかった。扇風機には今夜のディナーを予約したことを書いたメモが添えてあった。

どの機会にでも、ドレックスとの一件をさりげなく伝えられたはずだ。重大事にならないよう、軽い調子で語ればいい。だが会話に潜り込ませることのできないままいまにいたり、もはや時間がたちすぎたせいで重大事になっている。

それでなくともここのところ、ジャスパーとのあいだの緊張感が高まっていて、お互いに認めまいとするせいでかえってこじれている。ドレックスとの一件を話したら、結婚生活の問題に直面させられるかもしれず、いまの時点では、どちらも望んでいない。

いずれにしろ、いまジャスパーにその件を話すのは告解のようだ。たぶん夫は、どうしてよりによっていま、あと一時間でその相手とダブルデートをしようとしている段になって告げたのかを知りたがるだろう。夜の外出の前に夫と揉めたくない。

思ったとおり、イレインは代表チームのキャプテンからプロムに誘われた女子学生のような浮かれぶりだった。彼女はドレックスから誘われた数分後には電話をしてきて、彼の言葉をすべて一言一句、再現した。どの文章も感嘆符で終わるかのような口ぶりで。それから今日までの二日間、イレインは今夜着るものにあれこれ迷って十回といわず電話をしてきた。

そのあいだ、ドレックスからはいっさい音沙汰がない。彼のアパートの玄関で別れたのが最後だった。タリアはさよならのあいさつもせずに、逃げ帰ってきた。私道に彼の車がないことは何度か気づいたが、出かける姿や帰ってくる姿は見ていない。ジャスパーにも彼と会ったかとなにげなく尋ねてみたけれど、いや、というそっけない返事が戻ってきた。

いまタリアはいいにおいのする泡風呂に顎まで浸かりながら、思いをめぐらしている。ドレックスもこの件で落ち着かない気持ちになっているの？　あの一瞬の出来事を自分と同じように思いわずらっているとしたら、彼自身のしでかしたことを悔やんで、今夜タリアに会うことに気後れを感じているかもしれない。そのせいで気まずい雰囲気になるだろうか？だいじょうぶ。気まずくなどならない。わたしがそうはさせない。彼にはこれまでと同じように愛想よく接して、けれど、境界線はしっかりと引いておこう。

なんだかんだ言って、たぶんわたしの考えすぎね。

そう結論づけると、バスタブを出て、夜の外出に向けて支度をした。イレインにはタリアとジャスパーとで七時に迎えに行くと言ってある。タリアが鏡で最後の確認をしたのがその十五分前のこと。ハンドバッグを手に、着替え用の部屋から出ながら、ジャスパーに声をかけた。「支度ができたわ」

イレインの自宅は高級住宅街にあった。ジョージア王朝様式のタウンハウスが建ちならび、屋内には値の張る空間がやたらたっぷり確保されている一方で、建物と建物のあいだには隙間がなかった。タリアは縁石に寄せて車を停め、枝分かれしてイレインの家の玄関に続く歩道を進んだ。通りから隔てるため、鉄製の杭柵沿いに低木を植えて、敷地を囲んである。

タリアが呼び鈴を鳴らすとほどなく、イレインがドアを開けて叫んだ。「まあ、すてき。見ちがえちゃうわ！」

「ありがとう。そう言うあなたも」

「新品なのよ」イレインはドレスのたっぷりしたスカートをつまみあげ、膝を折っておじぎした。

「きれいだわ」

「もう体にぴったりしたのは着られないの」物足りなさそうに言うと、タリアを上下に眺めまわした。「ジャスパーは車を停めてるの？　さあ、入って入って、蚊に刺されないように。ドレックス、飲み物をお願いできる？」

敷居をまたいだところだったタリアは、そこでぴたりと足を止め、彼がソファでくつろいでいるのを目にした。生き餌を食べ終えてのんびりとひなたぼっこをする巨大な猫が、これ以上ありえないほど満足げなようすで、のっそりと立ちあがった。「やあ、タリア」

ドレックスはきちんとしたスラックスをはいてネクタイを締めているが、襟元のボタンを外してタイをゆるめていた。最後に会ったあと、彼を目にする心構えができていなかったのと、まさかここに彼がいると思っていなかったせいで虚を衝かれたのとで、最初に口から出た言葉が非難がましい響きを帯びた。「レストランで落ちあうんだと思っていたんだけど」

「彼から電話があって、うちで待ってもいいかって訊かれたのよ」イレインが答えた。「それでね、見て！　彼が持ってきてくれたの！」彼女が指さした先のコーヒーテーブルには、ゴムバンドで留めた原稿の束があった。

「コピーを取って、わたしに読んで正直な感想をくれないかって言ってくれたから、そうするって約束したのよ」

タリアの視線は原稿からドレックスに戻った。独りよがりな笑みを浮かべ、いやみったらしく目をぎらつかせている。そしてまちがいなく、彼はその目を彼の親指が触れたタリアの口元になにげなくそそいだ。

部屋を横切って思い切りその頰を平手打ちしたいという衝動に屈しそうだったので、タリアは彼に背を向けて、イレインに話しかけた。「あなたの意見がきっと役に立つわ」

「もう役に立ってるのよ。彼ったらわたしにいくつかタイトル案を出させて、あなたが来る直前にどれにするか決めたところなの。わたしから彼女に話してもいい、ドレックス？」

「当面はぼくたちのあいだの秘密にしておこう」

部屋を視界におさめたタリアは、イレインのハイヒールのサンダルがソファの前で横倒しになっているのに気づいた。ドレックスのスーツのジャケットは椅子の肘掛けにかけてある。半分に減ったハイボールのグラスがふたつ、コーヒーテーブルにならんでいた。暖炉ではガスの炎がちらついている。その炎はロマンティックな雰囲気をかき立てるだけで、熱は放っていない。

だが、タリアの頰は燃えていた。自分を愚弄する彼の態度に怒り心頭だった。自分が申しでたときはにべもなく断ったくせに、イレインには原稿を読んでくれと頼むとは、なんという厚顔ぶりだろう。しかも、タリアがそうはしないでくれと頼んだ、まさにそういうしかたで、イレインをもてあそんでいる。

「ジャスパーはなにをしてるの？」イレインが尋ねた。

タリアは怒りを悲しそうな笑みに隠した。「今日はやめておくって」

「あら、来てないの？　どうかした？」

「あらかじめ知らせられればよかったんだけど、出がけまでわたしも知らなくて。彼も最後の瞬間までようすを見てたもんだから、キャンセルの連絡ができなかったの。でも、わたしには行けって。あなたの送り迎えをすることになっていたから、あなたに待ちぼうけを食わせるわけにいかないだろうって。でも、来てみたら……」言葉を濁し、片方の肩をすくめて、背後のドレックスを頭で示した。

ドレックスが尋ねた。「どうしてジャスパーは来ないんだい？」

タリアはふり返って、彼を見た。「腹痛よ」

「細菌かい？」

「ランチに食べた牡蠣《かき》があたったみたい」

イレインが言った。「牡蠣は生で食べないでって、わたしもよく夫に言ったものよ」

ドレックスもタリアもこの発言にはコメントせず、彼はいまだふたりだけが知っている冗談を楽しんでいるようにタリアを見つめていた。冗談だとしてもたちが悪い。この男とひと晩いっしょにいるのは耐えられない。

「わたしまで約束をすっぽかすのは気が引けるんだけど」タリアはイレインに言った。「でも、ジャスパーが気になるから、うちに帰るわ」

イレインが進みでて、タリアの腕を取った。「やめてよ。病気の男がどんなだか、あなたも知ってるでしょう？　めそめそして母親を恋しがるか、怒りっぽくなるか、どちらかなんだから。ジャスパーは後者のタイプね。それに、そのとびっきりのドレスを無駄にさせたくないわ。ドレックス、わたしたちふたり、送ってもらえる？」

例のえくぼが現れた。「喜んで。それにあらかじめ頼んでおいたデザートを無駄にするのは忍びないよ」

「まあ、なんなの？」イレインが尋ねた。

「チョコレートスフレだ」

彼から小ずるそうな目つきで見られて、タリアは歯噛みしたくなった。

ドレックスはカウンターへと進み、タリアをふり返って眉を吊りあげた。「赤ワインでもつごうか？」

タリアは近くにあった椅子に、ハンドバッグを無造作に投げた。「いいえ、ウォッカ・マティーニにして。ウォッカ多めで氷なしよ」

彼女を殺したい。

だが、その前に彼女とやりたい。

いや、彼女とやって、そのあと拷問。殺すのはそれからだ。

ドレックスは、マリアン・ハリスのヨット上で撮られた写真に写るタリアの姿を認めてからずっと、この荒々しい衝動に突き動かされていた。ジャスパー・フォードとは数メートル離れていたけれど、彼女はたしかにそこにいた。そう、ふたりそろって。

「すべて出まかせ。クレームだとか、メールのやりとりだとか、花束を渡しにきたとか、すべて作り話だったんだ」ショック状態を脱して、電話をするだけの気力が戻ると、ドレックスはマイクとギフに語った。

「彼女にまちがいないのか?」マイクが尋ねた。「いや、ギフとおれはそう思ったが、おれたちは写真でしか判断してない。おまえは親しくして、近くから見てる」

どれほど親しく、どんなに近くから見ているか、ふたりには知るよしもない。「彼女だ」

「それで、どう思う?」マイクだった。「彼女は夫のつぎの被害者か共犯者か?」

「知るか」ドレックスはつぶやいた。

彼女とジャスパーはまだお互いに知らないことになっている時期、ヨットのデッキというせまい空間にいた。その写真を見たドレックスは、タリアと顔を合わせたときのことを逐一、入念にふり返り、新たな光のもとで検討した。とりわけ、冴えないアパートの部屋をいきなり訪ねてきたときのことを。

レストランのリストを手渡すためというもっともらしい口実はあったが、ジャスパーから事情を探れと言われて送られてきたというのも、ありそうな話だった。そそのかすのに適したシースルーのネグリジェではなく、ジーンズとTシャツというさりげない格好をしてきたのも、他意のないご近所づきあいに見せるための演出だったのかもしれない。

顔についていたアイシングは、朝食のときたまたまついて、そのままになっていただけかもしれないが、わざとドレックスの目につく場所につけておいた可能性もある。彼の下半身が緊張せずにいられない場所に。

彼女にどの程度の責任があるのか。その疑問が解決されることなく漂うなか、マイクが言った。「ドレックス、ひとつ質問させろ。おまえの考えを単純明快にするためだ」

「言えよ」

「彼女が夫のことやその過去の悪事を知らないとしたら、なれそめで嘘をつく理由がないよな？」

沈黙のうちに三人はその質問の答えを探した。

あげく口を開いたのはドレックスだった。うめくように言った。「おれは彼女が心配で夜もろくろく眠れずにいた」

そしていま、二本めのボトルの最後に残っていた分をイレインのワイングラスについでいる。こんなに長いディナーは生まれてはじめてだ。責め苦だった。イレインの家の玄関をくぐってタリアが入ってきた瞬間から、ドレックスは彼女に嚙みついた。みごとに効果があった。彼女は小さなハンドバッグをいらだたしさもあらわに肘掛け椅子に投げつけた。

彼女はドレス――ところで、そのドレスは体にぴったりで、下着の線は見えていなかった――の内側で怒りをたぎらせていた。ドレックスを見るたび、憤りに全身を震わせていた。とはいえめったに見ようとせず、実際、ディナーのあいだじゅうほぼ完全に無視していた。

彼女のあからさまな怒りは、アパートの玄関での意味深なやりとりと関係があるのか？彼女はあのときアパートが炎に包まれたがごとく、いっきに走り去った。ドレックスの思わせぶりな行動に気分を害したのかもしれない。

だが、今夜の彼女のとげとげしさはイレインに関係がある、というのがドレックスの見立てだった。思ったとおり、イレインはドレックスのおだてに舞いあがっており、それこそタリアが避けたがっていたことだった。

イレインのはしゃぎっぷりを見ていると、とても嫌いになれないが、タリアとドレックスのあいだの緊張を察したのか、イレインはふたりのあいだの席に座って些細な沈黙も放置せず、会話の隙間をおしゃべりで埋めた。ドレックスがその意味のない言葉の数々をおもしろがっているように応じたので、イレインはますます調子に乗り、タリアはますます腹を立てた。

メインディッシュがすんで、スフレが運ばれるのを待っていたとき、イレインがごめんなさいと言って化粧室に立ち、この夜はじめてタリアとふたりきりになった。彼女はハンドバッグから携帯電話を取りだして、メールを打った。

「ジャスパーにかい？」

彼女はそっけなく、そう、と答えた。返信を待ちながら、飾りカーテンや、シャンデリア、テーブルクロスの織り目をゆっくりと眺めている。ダイヤモンドのついた華奢なブレスレットをつまみあげるそのようすは、手首にはめられていたことにはじめて気づいたかのようだ。

ドレックスには目もくれない。

「今夜は元気がないようだな」

彼女はブレスレットの観察をやめてドレックスを見たが、口は開かなかった。

「なんでそうぶすっとしてるんだ？　ジャスパーがいなくて寂しいのか？」

ドレックスが愚弄するのを待っていたかのように、携帯電話が鳴った。彼女はメールを読んで、画面を消した。

「調子はどうだって？」

「よくなったそうよ」

「全部吐いたのか？」

「ジンジャーエールを飲んだって」敵意をむきだしにして、彼女は言った。「あなたって、ほんと、とんでもない人ね」

反応する時間はなかった。イレインが席に戻ると同時にウエイターがスフレを運んできた。三人でそれを食べ、会話はカロリーのこと、世の中には大金を払うだけの料理もあるということにかぎられた。コーヒーも飲んだが、ゆっくりはせず、イレインが食後に酒を注文したがると、タリアが断った。

「せかすようで、ごめんなさい」タリアは嘘をついた。「ジャスパーの調子はよくなってきてるけど、彼のために家に帰らないわけにはいかないわ」

イレインのたっての希望で、レストランまでは一台の車に乗りあわせ、タリアの車はタウンハウスに残してきた。レストランの駐車係がドレックスの車を運転してくると、来たときと同じようにイレインが助手席、タリアが後部座席に座った。

ふたりがその位置だったおかげで、ドレックスはバックミラーでタリアを観察できた。彼女は後部座席で窓の外を見ていた。

イレインの自宅に近づくと、彼女はおいしいディナーを食べそこなったジャスパーを哀れんだ。「ジャスパーが明日元気になったら、カントリークラブで四人でランチしましょう」

タリアは外を向いたままだった。「朝、彼がどんな具合かによるわね。改めて連絡するわ」おざなりな口調だった。

「よくなるのを祈って、四人分の予約を入れておくわね。十二時ぐらい？　もうちょっと遅いほうがいい？」

ドレックスは言った。「悪いが、イレイン、ぼくは断らなきゃならない」

「あら、いやだ」

「小説の要所に差しかかってインスピレーションを必要としてるんで、外で探してみようかと思ってる」

「作家がまずインスピレーションを求める場所はどこ？」

「聖地だ」

「教会？」

「キーウエストにあるヘミングウェイの家さ」

タリアが瞬時に反応した。さっと顔をめぐらせ、バックミラーでふたりの目ががっちりと合った。

「キーウエストに行ったことは？」ドレックスはタリアに尋ねたが、答えたのはイレインだった。

「夫とヨットで行って、停泊したことがあるわよ。一度だけだけど。夫にはちょっとボヘミアンすぎたみたい」

ドレックスはうなずいて受け止めつつ、タリアから目を離さなかった。数秒間、彼の視線を受けたあと、タリアはふたたび顔をそむけた。ふーん、そういうつもりか。のがしてたまるか、とドレックスは思った。「あなたはどうなんだい、タリア？」

彼を見ることなく、タリアは軽くうつむいた。「二年ぐらい前に行ったわ」

「それで？」

「それで……」彼女はほぼむきだしの肩を持ちあげた。「悪くなかったわよ」

「それだけ？」

「最悪の旅行先じゃないけど、どうしても行きたい場所でもない」

「どこが気に入らなかった？　食べ物、ナイトライフ？　ほかになにか？」

彼女はいらだちを隠そうとしなかった。「とくになにがってわけじゃなくて」

「そうか。ヘミングウェイの家もまわったの？」

「いいえ。あなたが行きたがるのは、わかるけど」

「どうして？」

タリアは鏡を介してドレックスと目を合わせた。「ジャスパーが言ってたのよ。あなたはジャック・ロンドンかヘミングウェイを想起させる職業的なイメージを自分に与えたがってるって」

「ジャスパーがそこまでぼくと、ぼくの願望のことを考えてくれてるとはね」

「あなたがアラスカ育ちだと話したら、そう言ったのよ」

「アラスカ？」イレインが甲高い声を出した。「わくわくしちゃうわね」

「そうでもないさ」ドレックスは言った。

「アラスカ出身の人に会うのは、はじめてよ。なにもかも全部聞かせてもらいたいわ。うちで寝る前の一杯はいかが？」

ドレックスはイレインのタウンハウスの前まで来ると、縁石に寄せて車を停めた。ギアをパークに入れたが、エンジンは切らなかった。「フロリダまで行くとなると、明日は早起きして旅支度をしなきゃならない。またの機会にしよう」

「そうね。それに、タリアが家に帰るのを見届けてもらったほうがいいし」

ドレックスは後部座席の彼女をちらりと見た。「そのつもりだ」

「あなたにご迷惑をかけるわけにはいかないわ。それに、こっちも大人ですから」彼女は車を降りて、ドアを閉めた。

ドレックスが車から降りてイレインのために助手席のドアを開けるころには、タリアは手のなかでリモコンキーをはずませていた。「ディナーをごちそうさま、ドレックス。楽しかった」惚れぼれするようなにらみっぷりを見たら、言葉どおりには受け取れない。「おやすみなさい、イレイン」かがんでイレインの頬に口づけするふりをした。「また連絡する」

「ジャスパーによろしくね。明日電話で彼のようすを聞かせて」

「ええ、そうする」もはやタリアはドレックスを見ることも話しかけることもなく、くるりと向きを変えて自分の車に向かって歩きだした。ハイヒールが行進のリズムを刻んで歩道を遠ざかっていく。

イレインがドレックスの肩を突いた。「大人だろうとなんだろうと、彼女なんだか動揺してるみたいだわ。ひと晩じゅう、そわそわしてて。うちまでちゃんとたどり着けるように、見ててあげて」

「きみを玄関まで送ったらそうするよ」

「なに言ってるの。たった二十歩しかないのよ」

「ほんとにいいのかい?」

「行って。口で言ってる以上に、ジャスパーのことが心配なんだと思うの」

ドレックスはイレインの誤解が皮肉に聞こえて苦笑いを浮かべた。「たぶんそうだね」彼女の頬に軽く口づけしておやすみを言うと、急ぎ車に戻って縁石を離れ、タリアの車のテールランプを追った。

タリアの車に追いつくと、離れることなく進み、彼女が私道に入ったすぐあとに私道に車を入れた。タリアはリモコンでガレージのドアを開け、後部バンパーがなかにおさまるやドアを閉めた。

ドレックスは車を降り、背後にまわってトランクを開けた。ダッフルバッグを取りだしてトランクを閉め、小道をアパートに向かって歩きだした。

「今夜は楽しめたかな?」

びくっとして、ふり返った。ジャスパーが暗いなか、スクリーンを張りめぐらせたポーチでなにげなくロッキングチェアを揺らしている。ドレックスは善き隣人らしい笑顔で応じた。

「来られなくて残念でしたね。具合はよくなりましたか?」

「かなりね」

「牡蠣にあたったとタリアから聞きましたよ」

「たぶんそうなんだろう。レストランは気に入ったかね?」

「とても。いい店を教えてくださって、ありがとうございます」

明かりがひとつ灯り、キッチンとポーチのあいだの開口部にタリアのシルエットが現れた。彼女はドレックスのほうを見て、なにも言わない。ジャスパーが妻をふり返って、手を差し伸べた。タリアが近づいて、彼の手を取り、指と指を絡める。

そのしぐさが声高に語っている。わたしたちはふたりでひとり、統一戦線を張っているのよ、と。

ドレックスは手で口をおおってあくびし、顎を突きだして階段を指し示した。「さて……

今日はもう疲れました。おやすみなさい」

ジャスパーから、おやすみ、と返ってきた。

タリアは無言だった。

ドレックスは階段をのぼった。網戸には錠をかけていないが、玄関のドアには鍵を使った。なかに入ると、暗いままリビングを横切って寝室に入り、がたつくナイトスタンドに置いてあるランプをつけた。いったん引き返して寝室のドアを閉め、トランクから持ってきたダッフルバッグのファスナーを開けるのを誰からも見られないようにした。バッグから取りだしたのは、ノートパソコンと双眼鏡と盗聴機器。それにFBIのIDと拳銃だった。

タリアがジャスパーとキーウエストにいたことがわかってからは、外出時にこうしたもろもろを持ちだすようにしていた。用心したほうがいい。誰かがアパートのなかを探りに来るかもしれない。ドアの錠ぐらいでは侵入を防げない何者かが。

何者かが実際に入り込んだときは、そのことを察知したい。

そこでもうひとつ、念のために策を講じておいた。

ランプを持ち、ベッドの傍らの床を照らした。よく見ないとわからない程度にタルカムパウダーをまいておいたのだ。

「ふん」

ディナーに出かけてからいままでのあいだに、パウダーが踏みにじられていた。ベッドの傍らに膝でもついたようだ。ベッドの下あるいはマットレスとボックススプリングのあいだをのぞき込んだのかもしれない。

ナイトスタンドにランプを戻してスイッチを切り、双眼鏡を持って寝室のドアを開け、リビングに移動した。窓辺に立って、隣家に双眼鏡を向ける。室内に明かりはついていないが、こちらを見ていないという保証はない。

ジャスパーはもとよりディナーに同席するつもりはなかったのだ。ほかにやりたいことがあったから。

ドレックスは小さな笑いを漏らした。「なにが牡蠣にあたっただ」

13

ラテは手つかずだった。

タリアがラテを買ったのは、数少ない席を確保したかったからだ。いまいるコーヒーショップは高層のメディカルビルの一階にあるロビーに付属するような造りになっている。今朝はその場所が混雑してバリスタたちが注文の処理に追われていた。

たぶん、数えきれないほどの患者が治療や検診を終えてここへ来るのだろう。祝うための人もいれば、人生の優先順位の早急な組み替えを余儀なくされての人もいる。

タリアのテーブルの近くでは、若いカップルが笑いながら携帯電話をのぞき込み、ＦａｃｅＴｉｍｅでまちがいなくいい知らせを分けあっている。やはり近くに、こちらは年配のカップルがいる。女性はティッシュを顔にあてたまま声を殺して泣き、その傍らに肩を落として座っている男性は、やつれた顔で絶望に目を曇らせていた。

タリアの思いはそのふた組のカップルのあいだのどこかにあった。しあわせではないが、希望のなさにへたり込むつもりもなかった。

「タリア?」

顔を上げると、ドレックス・イーストンが見おろしていた。

「きみだと思った。見えてね……」肩の上で親指を後ろのロビーに向け、かがんで彼女の顔を近くから見た。「どうした?」

タリアはふたたびうつむき、額に指先を押しあてた。いまいちばん会いたくない男に出くわしてしまった。対処できる気がしない。やりとりするより、退散することを選んだ。ハンドバッグを持って、立ちあがった。「帰るところだったの。どうぞテーブルを使って」

だが、立ち去ろうとすると、彼に腕をつかまれて、引き留められた。「どうした?」

「べつに」

「べつにじゃないだろ。なにかあったんだろう? 病気なのか? ジャスパーの病気が伝染性だったのか?」

「いいえ。わたしなら元気よ」

「そうは見えない」

「腕を放して」

「タリア――」

「放してったら」タリアは彼の腕をふり払った。

またつかまれる。

「なにかお困りですか?」

いつしか近づいてきていた男が、気がつくとタリアとドレックスのすぐそばにいた。男はタリアとドレックスを交互に見てから、ドレックスに目を向けた。眉間に非難がましい皺が刻まれつつある。それではじめて、タリアはほかの客たちもみな手を止めて自分たちを見ているのに気づいた。

ドレックスが言った。「いや、なんの問題もない」

男は立ち去りも引きさがりもせず、不審感をむきだしにしてドレックスをにらんでいる。

ドレックスがにらみ返した。「言っただろう、問題はない」

男はそれを無視し、タリアを見て小声で尋ねた。「マダム?」

タリアは唾を呑み込んだ。「問題ありません」弱々しげな笑みしか浮かばず、説得力がなかったので、言い足した。「動揺してたんです……あの……あの……」

「父親に下った診断のせいだ」ドレックスが言った。「仲のいい親子でね」

タリアは彼がやすやすと嘘をつくことに驚嘆しつつ、改めて男を見た。「ご心配いただいて、ありがとうございます。本当にありがとう。でも、だいじょうぶですから。外の空気が吸いたいだけです」

「そうとも、ハニー」ドレックスは男をじろりと見て、その脇を通り抜けると、彼女の肘をつかんで、コーヒーショップの外へと連れだした。

ドレックスに導かれるまま、タリアはロビーを横切り、鉢植えの植物に囲まれた座席エリアに移動した。これである程度のプライバシーは保たれるけれど、そんな場所にドレックスとはいたくない。ふたりきりでいると、ろくなことがないからだ。ジャスパーは彼を気に入らないようだし、そうでなくとも、前夜ドレックスがイレインに対して見せた媚《こび》を売るような態度が記憶に生々しかった。

彼がクッション性のあるベンチのひとつを手振りで示した。

タリアは首を振った。「もう行かないと」

ドレックスがうろたえてタリアを見た。「きみは動揺してる」

「あなたが来るまでは、そんなことなかった」

彼は立ちはだかり、ひと悶着起こさなければ通り抜けられないだけの存在感を発揮している。彼女はどすんとベンチに腰をおろした。ドレックスが向かいのベンチに浅く腰掛けたので、彼に触れないように、膝を横にずらした。

「なにが起きてるんだ？」ドレックスは尋ねた。

「なにも。あなたが勝手に大騒ぎ――」

「なにかがおかしい。おれにはわかる」

「あなたになにがわかるって言うの？　わたしの気分がわかるほど、わたしのことを知らないくせに。あなたはわたしのことをまるで知らない」

ふいに彼が前のめりになり、熱っぽい口調になった。「それがおれを苦しめる。ひどく」

彼の態度の変化にまごついた。彼が近づいた分、タリアが身を引いた。「なぜよ？　わたしの世界が崩れ落ちたって、あなたには関係ないでしょう？」

「きみの世界が崩れ落ちたのか？」

「いいえ！」タリアは大声を出した。

「だったら、なぜあそこに座って陰鬱にコーヒーを見つめてた？」

「陰鬱？」

「知らない言葉だったか？　おれも調べてはじめて意味を知ったんだが」

「意味は知っているわ。あなただって」

「まあな。それで、なんで陰鬱になってた？」

「ああもう」タリアは大きく息をついた。「わたしを解放してくれる気はないの？」

彼はその答えとして腕組みし、長丁場に備えてベンチに深く座りなおした。

タリアは一瞬目をつぶり、抵抗を放棄した。「最上階にある歯医者から出た直後だったの」手を上げて、上にあるフロアを示した。「鎮静剤のせいで少しふらつきが残ってたから、うちまで車を運転する前にラテを飲んだらしゃきっとするかと思って」

おずおずと顔の側面に触れる。「麻酔は薄れてきたけど、気分がよくなかった。そこへあなたが現れて、わたしを見世物にしたのよ」ひと休みして息を継ぎ、険しい目つきで彼を見た。「二度とあんなふうにわたしをつかまないで」

「つかんでなどいない」

タリアは責めるような視線を投げかけた。

ドレックスは髪をかきあげて横を向くと、葉が黄ばんできている近くのイチジクの木を見てから、視線をタリアに戻した。「つかむつもりはなかった。きみを見世物にするつもりも。

謝る」

実際、申し訳なく思っているようだった。「謝罪を受け入れるわ」短い沈黙をはさんで、タリアは言った。「あなたはフロリダに行ったんだと思ってた」

「そのつもりだった。今朝、航空運賃を調べるまでは」

タリアは疲れた笑みを彼に向けた。

「ヘミングウェイの家はまだやりたいことリストに載ってる」彼は言った。「ただ、本が出版できるまでおあずけになりそうだ」

「格安料金に目を光らせていて、出たら知らせてあげる」

「それこそ優秀な旅行代理業者の隣に住む特権だな」

彼の浮かべた笑みはあまりにすてきだった。小粋で、それに……なにもかもが申し分ない。彼から目をそむけて数台ならぶエレベーターのあたりを見た。そのうちのひとつのドアがちょうど開いて一団があふれだし、別の一団がなかに乗り込む。この建物は人であふれかえっているのに、座席エリアにはほかに誰もいないので、ふたりきりでいるような錯覚に陥る。

そこでタリアはあることに気づいた。彼がここに現れるとは、なんという偶然だろう。疑いの目で彼を見た。「ここでなにをしているの、ドレックス？」

「市街地でってことか？」

「このビルでってことよ。どうしてここへ来たの？」

「中央図書館を探して、うろついてた。そしたらコーヒーショップの看板が見えたんで、エスプレッソを一杯飲みがてら、現在地を確認するつもりだった」たいした用じゃなかったと肩をすくめると、鋭い目つきでタリアの顔を見た。「まだふらつくのか？　だいじょうぶか？」

「ラテが効いたみたい」

「きみはラテを飲んでない。ただのひと口も」

彼が気づいていたことにうろたえた。ほかにもなにか観察されていたかもしれないと思うと、落ち着かない。より核心に迫るなにかを。「わたしはもう行かないと」ハンドバッグのストラップを肩にかけて、立ちあがった。

彼も立った。「歯医者から痛み止めをもらったのか？」

「処方箋をね。でも、たぶんいらないわ。詰め物をしただけだから」

「薬を手に入れたほうがいい。痛む前に飲むんだ」

「いま必要なのはたぶん昼寝よ」タリアは彼から遠ざかった。「じゃあね、ドレックス」

「車はどこに？」

「駐車場よ」

「このビルの？」

「三階にあるわ」

「そこまで送る――」

「けっこうよ」なかば迷惑そうに手を振り、彼に背を向けてエレベーターへと急いだ。

ドレックスはロビーを遠ざかるタリアを見ていた。

彼女を見ているのはドレックスだけではない。

タリアの向かいのベンチに座っていたドレックスは、彼女の背後、コーヒーショップにいる善人を視界にとらえていた。男はガラスの壁の向こう側の席に座っていて、そこからだと座席エリアが見える。男はタリアとドレックスが話をしているあいだじゅう、必要とあらば彼女を救出すべく、ふたりから目を離さなかった。ドレックスにはそれがひどく苦々しかった。

いま、その善きサマリア人がエレベーターに乗るタリアを目で追っているのをいいことに、ドレックスは座席エリアの傍らにある非常口のドアの奥に駆け込んだ。一度に二、三段ずつ階段をのぼり、三階にある駐車場へと向かった。

駐車場は潤滑油とガソリンとゴムのにおいがして、明かりが薄暗かった。天井が低くて、不吉な雰囲気がある。こういう駐車場は、世界じゅうどんな街にでもある。ただここでは、タリア・シェーファーが車の運転席側のドアにもたれて泣いている。

彼女をびっくりさせたくなかったので、わざと物音を立てながら近づいた。タリアはさっとふり返り、ドレックスを見るなり、涙の溜まった目を怒りでぎらつかせた。「ここでなにをしているの？」

「言ったろ、公立の図書館を探して、うろついて――」

「嘘つき！」

「きみもだ」ドレックスは言い返して、彼女に詰め寄った。「最上階に歯医者なんかない。そこに入ってるのは産婦人科だけだ」

彼女は萎縮したようすだった。下唇を噛んで、顔をそむけた。ひと粒の涙がこぼれて頬を流れた。彼女は顎まで伝った涙を手でぬぐった。

ドレックスは喉を詰まらせているものを呑み込んだ。知りたくないが、尋ねるしかない。

「子どもができたのか？」

彼女が横に首を振って、いいえ、とかすれ声で答えた。

ほっとしすぎてドレックスの膝から力が抜ける。五分前なら、そんな体の反応が起こるとは思いもしなかっただろう。そのとき、もっと悪い答えが頭に浮かんだ。「どこか……」おずおずと彼女の腹部を指し示した。「悪いのか？」

「いいえ」ドレックスが疑わしげな目で見ると、彼女は、いいえ、とくり返した。「仮になにかあったとしても、あなたに話す気はないから」こぶしで目元をこすり、居住まいを正して、面と向かって彼を見た。「ここまでわたしをつけたわね。わたしにはわかってる。理由を教えて」

「昨夜のおれはいけ好かないやつだった」

そこで言葉を切って、しゃべらないでいると、彼女が言った。「わたしに反論させたいの？だったら待つだけ時間の無駄よ」

ドレックスは弱々しく苦笑いした。「きみが外出するのが見えたから、謝るチャンスがあるかもしれないと思って、あとを追った」

「イレインをおだてたこと？」

「それを含めたすべてだ。原稿のこと、いやみ、あてこすり、仕組んだこと。きみが入ってきたとき、しかるべき結論に飛びつくようにしつらえた」

「ええ、実際、飛びついたわ」

「知ってる」

タリアは困惑の目つきになった。「でも、どうしてそんなことをしたの？」

「きみが嫉妬するかどうか知りたかった」

彼女は短く息を吸って、うつむいた。ふたりの足のあいだにある、油染みのあるざらついたコンクリートの床を見ている。「嫉妬するはずないでしょう、ドレックス。夫がいるのよ」

「ああ、わかってる。そのことしか考えられない。きみは結婚してる。あの男と」

タリアが顔を上げて、ドレックスの目をのぞき込んだ。「あなたにはそんなことを考える理由も権利もないわ」

「それでも考えてしまう」ドレックスは腕を伸ばして、彼女の車のルーフに手をついた。上腕二頭筋に額を押しつけて、長々と息をついた。「いやになるほどずっと、そのことばかり考えて、頭がどうかなりそうだ」

どちらも動かないまま、とてつもなく長い時間が過ぎた。息すら押し殺していた。彼女も自分と同じように、恐怖を感じているのか？　まばたきひとつで世界が倒壊し、二度とそこから立ちなおれない、あるいは逃げられないかもしれないという恐怖を？　彼女の思いを読むことはできない。いまできるのは、彼女に合わせて動かないでいることだけだ。

ついにタリアがかすかな音を立てた。ドレックスのほうに顔を向けたときに、髪が肩にこすれたのだ。「ごめんなさい、ドレックス」彼女は小声で言った。「どう言ったらいいか、わたしにもわからない」

ドレックスは腕から頭を起こして、彼女を見た。すぐそこにある唇を見ながら、彼女がつけ加えるのを聞いた。「あなたがわたしになにを言わせたいのか、知らないけれど」

「なにも言わないでくれ」かすれ声が唇からこぼれ、最後の一音を言い終わるやいなや、彼女の唇をかすめていた。

タリアがとっさに頭を引く。ドレックスはルーフに置いていた手をどけて両手を降参の形にしながら身を引き、そのまま後ずさりをした。「踏み外した。大きく逸脱した。すまない」回れ右をして歩きだしたものの、わずか数歩でふり返り、五つ数えるあいだ彼女の顔を見た。「知ったことか」低い声でうめいた。「どうせ謝るんなら、謝るだけのことをしてやる」

同じ距離を半分の歩数で戻り、タリアの前まで来ると、両手でその顔をはさんで傾け、唇に唇を押しあてた。思う存分。遊びも気後れもなく、深く、激しく、官能のままに。彼女によってかき立てられた失意と怒りと欲望のありったけを、そのキスにそそぎ込んだ。

そしてふいに彼女を解放し、くるっと背を向けて、歩きだした。

エレベーターに乗り、自分の車が停めてあるひとつ下の階に行った。エレベーターから降りるなり、コンクリートの壁に背中をつけ、痛みを感じるほど強く後頭部を打ちつけた。

おまえはなにをしているんだ？

タリアが自宅の私道からバックで車を出すのを見て、とっさに反応した。彼女をつけようという意識さえなかった。さいわい、もともと出かける予定だったので、外出時に持ちだすと決めた荷物はダッフルバッグに入れてあり、飛びだす前にそれをひっつかむだけの冷静さはあった。転げ落ちて首を折りそうな勢いで急階段を駆けおり、制限速度を無視して彼女の車に追いつくと、あとは見失わないように運転した。

自分がつけていることを彼女に知らせるつもりはなかった。彼女がエレベーターに乗って上に向かってから戻ってくるまでに、四十七分が経過していた。それは自分がなぜそうも性急な行動に出たか、その理由を精査する四十七分間だった。

自分自身と議論した結果、ひとりの女にのぼせあがっているだけではない、この監視行動には正当性がある、と結論した。彼女はいまやジャスパーと同じように疑わしき存在だった。彼女がどこに行き、誰に会い、それがなんのためなのかを知るのは大事なことだ。

そうだろう？

そうだとも。

それで彼は引きつづきロビーを行きつ戻りつしながら、エレベーターから吐きだされる人たちを逐一確認しつつ、あらゆるビルの出入り口に配置されている警備員の注意を引かないように気をつけた。

ふたたびタリアの姿を見たときは心臓が飛び跳ねたが、その反応を無視した。コーヒーショップに入った彼女の行動をロビーの隅から目で追い、しばらく待った。誰も来ないようだ。彼女は携帯電話をいじっていないし、人待ち顔でときおり周囲を見まわすこともなかった。ひとりでぽつねんとしていて、寂しげだった。

ドレックスは出番だと思った。その場に応じた演技。経験によって磨きをかけてきた得意のスキルだろ?

そこでコーヒーショップに入った。

だがその時点で、自分をごまかしていることに気づいていた。少なくともひとつの犯罪に関して彼女が被疑者であることより、彼女の苦悶のほうを優先していた。彼女を目にすればするほど客観性が甘くなり、ことここにいたっては、そんなものはもはや存在しないに等しい。彼女に対するやみくもな執着を認めるしかなかった。

とはいえ、いまさら考えなおしても遅い。やりなおしは利かない。なかったことにはできないのだ。あのキスをなかったことにしたいとも思わない。

壁から体を起こし、自分の車に向かって傾斜路を歩きだした。車が見えてくると、ぴたりと足を止めた。「なんなんだよ!」

暗い物陰のなかでドレックスの車のボンネットにもたれているのは、コーヒーショップにいた善人だった。明らかに待ち伏せしている。

怒りに背中を押されたドレックスは、ペースを落とさず男のもとへ進んだ。「どういうつもりだ、ギフ？」

14

ドレックスは車の運転席に投げやりに座った。ギフが助手席から視線を送ってくる。やがてその重さに耐えきれなくなって、彼を見た。「なんだ？」

冷静沈着な男ギフが言った。「訊かなきゃわからないか？」

「なんでおれをつけた？」

「なんで彼女をつけた？」

「監視だ」

「監視？」

「おまえにはなじみのある言葉のはずだ。元はフランス語で――」

「ドレックス――」

「動詞の――」

「ドレックス」ギフは、さっきより重みを持たせてくり返した。

ドレックスはしばらくむっつりしていたが、やがていやみを込めて尋ねた。「どちらが監視役になるかマイクとコインを投げて決めたのか？　来たのはおまえが勝ったから、それとも負けたからか？」

「どちらが来るかあいつと話しあって――」

「スパイをするならおまえのほうが目立ちにくい」

「まちがいなく」

ドレックスはせせら笑った。「こんなことおまえに言いたかないがな、相棒、気がゆるんでるぞ。潜入捜査における第一の鉄則は、隠れていること。尾行してるのをターゲットに気づかれないことだ。それをコーヒーショップでのおまえときたら、なにを考えてた？」

「介入するしかなかった」

「どうして？」

「あのレディが見るからに困り果ててたからさ」

「おれのせいじゃないぞ」

ギフは眉を吊りあげて、疑念を伝えた。

「おれじゃない」

「わかった。だが、それにしてもおまえは強引だったぞ」

「強引なことなど、していない」

またもやギフの眉が吊りあがった。

ドレックスはそれを無視した。「この先は姿を消してろ。そのうち隠れ方を忘れるぞ」

ギフがめずらしく、きざったらしい笑みを浮かべた。「おれは子牛のミラノ風とブルネッロをグラスで注文した」

ドレックスはぼう然とギフを見つめ、しばらくすると首を振った。信じられない。「まったくおまえに気づかなかった」

「気づかれないようにしてた」

「どこでディナーをとるかも、知らせてなかったはずだが」

「おれは昨日の昼過ぎにこっちに来た。おまえのアパートから一ブロック離れたところに車を停めて、おまえが出てくるのを待った。そしてぴかぴかに磨きたてて、花婿みたいに装ったおまえをつけたんだよ」たやすいことだったと言いたげに、肩をすくめた。「ディナーは首尾よくすんだようだったな」

「タリアの耳からは煙が立ちのぼってたが」ドレックスは原稿のことを説明した。「それが彼女の怒りを買った。おれがイレインをおだてるのも、彼女は気に入らなかった。イレインの愛情と預金を食い物にしようとする調子のいい犯罪者だとみなしてる」

「皮肉ななりゆきだな」

「まったくだ」ドレックスは続けた。「なんにしろ、おまえは見てただろうから言っとくぞ。おれは家までタリアの車を追ったが、イレインから離れたあとはタリアと話してない。ポーチにいたジャスパーとあいさつを交わした」

「なんでやつはディナーに来なかったんだ？」

ドレックスは説明をはじめたものの、すべてを明かすのをすんでのところで思いとどまった。ジャスパーのタイミングの悪い病気は、ガレージ上のアパートを探る最適な機会を作るための仮病にちがいないが、それを伝えたところで、ただでさえ心配している仲間たちをさらに心配させるだけだ。ふたりともすでにかなり鬱憤が溜まっているはずで、そうでなければギフはここにいない。

ドレックスに対して、あるいは状況に対して問題があると感じているなら、彼らはそれを明らかにしてドレックスと話しあうべきだった。ここそこ調べにくるようなまねをするのは気に入らない。まったく納得がいかなかった。

「どうしてだ、ギフ？」

「なにが？」

ドレックスはおどけた表情で彼を見た。「なにかがよほど気に障ったんだろう？　じゃなきゃ、来てない」

ギフは放屁《ほうひ》に苦しめられているように顔をしかめた。「ディナーデートの誘いで心配になったんだよ」

「どうしてだ？」

「おまえがディナーの件をしゃべりたがらなかったからさ」

そのとおり。ディナーデートをする理由を詮索されたくなかったので、詳しい話をしなかった。実際やましさを感じていた。そしてギフはドレックスがその話題を避けていることを察知し、距離をものともせずに嘘を嗅ぎつけた。彼のまっすぐな答えに驚きはなかった。

感心すると同時に胸をかき乱された。「なんでおれのことをそうガキ扱いするんだ？　おれがいい子にしてるかどうか、見にきたのか？　で、どうするつもりだ？　お仕置きとして、家に閉じ込めるのか？」

「そうかりかりするなよ」

「かりかりもするさ」

「だったらついでに正直に言わせてもらうぞ」

「言えよ」

「おまえは、彼女と長い時間を過ごすためだけにあのディナーを企画したのか？」

「そうさ！　彼女とその夫、連続殺人犯と目される男と長い時間を過ごすためだ。おれがここにいるのは、そのためだろう？」

ギフは片手を上げて、なだめにかかった。「おれたちは確認したかっただけだ。おまえの目がまだ標的に向いていて、よそに……なにか別のものにそれていないことを」

「これで確認できただろ。もう帰れ」

ギフは自分の耳たぶを引っ張った。「おれが来たのには、ほかにも理由がある」

「なにが理由だ？」

「なにじゃなくて誰だ」

「ラドコフスキーか？」

「マイクのケツに潜望鏡を突っ込んできてな」

ドレックスは小声で悪態をついた。「そりゃ愉快だ。どの程度まで掘ってきた？」

「昨日の朝、威張りくさってマイクのオフィスにご登場あそばし、マイクをデスクから引きはがして、会議室に連れ込んだ。マイクはおれたちがホテルで会ったときのことを、根掘り葉掘り訊かれたそうだ。ミズ・リーを手なずけたこと、覚えてるか？」

思わず小さな笑いが漏れた。「彼女がおれの手紙をラドコフスキーに渡したんだな？」

ギフはちっともおもしろがっていなかった。「なに的外れなことしてんだよ」

ドレックスはため息とともに親指と中指を眼窩《がんか》にあてて揉んだ。どっと疲れがのしかかってきた。「言いたいことはわかる。ラドコフスキーは謎の休暇をとったおれを追ってるだけじゃなくて、その中身まで逐一、管理したがってる」

「まさにそういうことだ」

「こうなるのはわかってたし、おまえたちにも警告した。おれを見つけられなけりゃ、おまえたちを追うから気をつけろと忠告しておいたはずだ」

「ふたりとも昼も夜も捜査官に見張られてる。それには知らん顔してきたさ。でもな、職場に乗り込んできて、マイクを絞りあげるとなると、話がちがう。ラドコフスキーはいちだんと熱くなってる」ギフはひとときドレックスを見た。「おまえはパン屑を撒いてやつをあのホテルまでおびき寄せた」

「やつに連絡しろとせっついたのは、おまえとマイクだぞ」

「ふつうの手段でだ、ドレックス。まさかやつを物笑いの種にするとは思ってなかった」

ドレックスは弁解しなかった。この件に関しては、厳しい叱責も当然だと思ったからだ。

「ラドコフスキーはおれの古い携帯から送られたメールを追跡して、ホテルにたどり着いたのか?」

「おまえがそう仕向けたんだろ?」

ドレックスは肩をすくめた。認めたのと同じだ。

「ラドコフスキー御大がみずからホテルに出向いた」ギフは言った。「そして、ミズ・リーと話をした」

「彼女の記憶に残るように、ひと工夫した。バースデーケーキを頼んだりな」

「それがなくたって、彼女は忘れやしなかったろうよ」

「あの仕事について日が浅いからな。客の要求に応えたがってた」

「それもないとは言わないが、おまえがそこまで気を遣わなくたって、彼女の献身的な態度は変わらなかったろう」ギフはここで言葉を切った。「ところで、ラドコフスキー宛の手紙にはなんと書いた?」ドレックスが答えると、ギフの口元がほころんだ。「そいつを読んで、やつがどんな顔をしたか、見せてもらえるんなら金を払ってもいい。にしたって、悪ふざけが実行される前にマイクとおれには知らせておいてもらいたかったよ」

ドレックスはかぶりを振った。「いや。これならおまえたちは知らなかったと心から言えるし、無実を主張できる」

「おれたちの言い分なんか聞くかよ。血の誓いを立てたって、ラドコフスキーは信じない」

「かもな。だとしても、おまえたちの良心は痛まない」ギフに向かってにやりとしたが、ギフはふざける気分ではなかったらしい。

「冗談ですむ話じゃないんだぞ、ドレックス」

ドレックスは笑みを消した。「わかってるさ」

「最悪の部分はこれからだ」

「まだあるのか？」

「ラドコフスキーはマイクを責めるのをやめなかった。根拠もないのに、マイクが証拠を改《かい》竄《ざん》し、機密文書を盗みだし、メールアカウントを乗っ取ったと言いつのった。違反行為をすらすらとならべたてたのさ」

「あの野郎」

「そうだ。延々とやった」

「で、マイクはどうした？」

「腰を低くして協力姿勢を示した。ラドコフスキーの手下どもに調べさせるべく、仕事で使ってるパソコンを明け渡した」

「今回の件に関わるものは、いっさい入ってないはずだぞ」

「そうとも。ところが、ラドコフスキーは捜索差押許可状を取って、マイクのアパートにあるものをすべて差し押さえると脅した。地下から屋根裏までまるっとだ」

ドレックスは両手の指を突きあわせ、その先を額につけた。「勘だけじゃ許可状は取れないぞ。判事から理由を尋ねられても、ラドコフスキーは答えられない」

「おれたちの過去を持ちだすだろうな。おまえの執念。おまえに対するおれとマイクの忠誠心。そして――」

「わかった、わかったから。心配な状況ではあるが、マイクならなんとかする」

「すでにしたさ。フロリダの保安官助手によって眠れる巨人が起きたという話を最初に聞いたときから、マイクは用心のためにハードディスクドライブの中身をごっそり抜いて破棄した」

「おまえはどうなんだ?」

「ラドコフスキーはおれのことをマイクほど問題視してない。マイクほどパソコンが得意じゃないからだ。だがおれはマイクから知らせが入るとすぐに、ラドコフスキーに急襲をかけられるのを待たずに逃げた。一週間の休暇をとったんだよ」

「どんな理由で?」

「痔核切除手術」

「痔なのか?」

「たんなる口実だよ。上司は眉唾だと思ってるかもしれないが、この理由だと証拠を見せろと言われにくいだろ?」

ドレックスはここでまた小さく笑った。

「だから笑い話じゃないと言ってるだろ」ギフは言った。「おれは職場とアパートをそりゃあきれいに片付けてきた。やつらが家捜ししたって、なにも見つからない。だがな、おまえとおれが姿をくらませているかぎり、ラドコフスキーに追われつづける」

「そりゃそうだ」

少しためらってから、ギフが言った。「いまさらだが、やつに電話したら――」

「だめだ」

「そうか、わかった。だったらラドコフスキーを飛び越して、その上の連中に――」

「上の連中にしたってラドコフスキーに話を持ち込むか、こちらの状況を探るために人をよこす。そうなればたぶんそいつがへまをして、おれたちの正体をばらし、ジャスパーを取り逃がす」

「ややこしい状況であることを説明しておけば――」

「やめろよ、ギフ。まだそんな段階じゃない」

ギフは折れた。「わかった。でもな、頼むからラドコフスキーを刺激するのはやめろ。フォードが逮捕できるかどうかにかかわらず、ラドコフスキーはおまえにこけにされたことを忘れないぞ。やつにとっちゃおまえの悪ふざけは笑えないんだ」効果をねらって、間を置く。「おれとマイクにとっていちばんの心配――」

「またその話か？」

「ふざけてごまかすつもりだろうが、このところのおまえを見てると、いつか計画を台無しにしそうで怖くなる」

友人の深刻な口ぶりで真顔に戻ったドレックスは、無精ひげの生えはじめた顎を親指で撫でながら言われた言葉をくり返した。「このところな」

「なんだよ、もう台無しにしたのか?」

こういう顔つきになったときのギフには、どんな言いのがれも通じない。もちろん、タリアのことを言っているのだ。ドレックスはできるだけ正直に答えた。「わからない」

「おれにはやばそうに見えるが」

ドレックスはヘッドレストに頭をつけて前方を見た。内心、ギフと人の心を見透かす彼の能力に悪態をついていた。

長い沈黙の果てにギフが尋ねた。「なんで彼女なんだ? 今夜のうちにレキシントンに戻って、ちょいと手招きすれば、ホテルのフロントにいるあのきれいな彼女がなんでも言うことを聞いてくれる」

ドレックスは首をめぐらせてギフを見た。「あのフロント係がきれいだと思うんだな? 魅力的だと? だったらおまえがレキシントンに戻ったらどうだ? 最後に女と寝たのはいつだ? いや、ちょっと待て。おれの下半身を監視するのに忙しくて、自分まで手がまわらないか」

「よせよ、話をすりかえるな。マイクとおれはおまえのために危険を冒して——」

「いつ手を引いてもらってもかまわない」

「そうとも、そのとおりさ、ドレックス」ギフらしからぬ大きな声が、怒りの大きさを示している。「手を引きたいわけじゃないんだ。おれたちだって関わってる。おのおの犠牲を覚悟で選んだことだ。ところが、結果が出るまであと一歩という段になって、すべてが地獄送りになりかかってる。犯人かもしれない男の妻に対しておまえが発情してるせいでだ」

「彼女が共謀者とは決まってない」

「そうでないとも決まってない」

ギフは正しい。わかっていても、自分の下着のなかに手を突っ込んだところを見つかって叱られた子どものようで、むかっ腹が立った。「そういきり立つなよ。まだなにも起きてない」それでも、ギフは一歩も引かない構えだった。ドレックスがタリアにキスをしたとき、ギフは一階分しか離れていない場所にいた。ドレックスは、つぶやきで訂正した。「たいしたことはなにも」

「そういう問題じゃない」ギフは言った。「なにか起きるのを妄想するだけでも、大問題だぞ」

「そこまで言うか。考えるのと実行に移すのとじゃ、大ちがいだ」

「おまえのディナーデート――」

「彼女をさらによく知るためだ。彼女は友人なのか敵対者なのか、真っ黒の罪深さなのか、混じりけなしの真っ白なのか。夫の犯罪を知ったらぼう然とするのか、マリアン・ハリスをおさめた箱に夫が釘を打つのを傍らで笑って見ていたのか。おれはそんな問いを心のなかで何千回とくり返してる」

「マイクもおれもそれはわかってる」

「だったらなんで駆けつけて、おれを探るようなまねをする？」

「おまえが目的を見失っていないかどうか、確かめたかった」

「見失ってなどいない」

「そうか？」

「そうだ」

ギフはとりあえずドレックスを見ただけで、それに関しては無言だった。そして、尋ねた。

「イチジクの背後に隠れてなにを話してた？」

「見えてたんなら、隠れてたとは言えないだろ？　なにを話してたかって？　彼女が動揺している理由を訊きだそうとしてたのさ」

「それで？」

「女性特有の理由だ」

「そうか。それだとどうとでも取れるんで、もう少し具体的に言ってもらえるか？」

「おれもそれが知りたかったが、答えてもらえなかった」問いただされることにうんざりして、ドレックスは言った。「まだあるのか？　最後にとっておきの質問を残してあるとか？」

「じつはそうなんだ」ギフの目が少しだけ細くなった。「これを訊かないわけにはいかない。彼女をコーヒーショップの外に連れだしたとき、おまえの頭をおもに占めてたのは、どっちだ？　彼女がフォードの共犯者かどうか見極めたいってことか？　それとも彼女がやつの妻でなければという思いか？」

　食えない男だ。ギフはまっすぐ問題の核心を突いてくる。ドレックスにとってはあえて答えたくない質問だった。仮に答える気があったとしても、どう答えたらいいかわからなかった。ギフの言うとおり、タリアに惹かれる気持ちはきわめて危険ながら、それを自覚したところで、求める気持ちを抑えることはできない。彼女に近づくたび、判断力や高潔さや決意が試されることになった。

　だが、この葛藤は個人的なものだ。ギフと検討するつもりはない。ドレックス自身が解決すべき問題であり、マイクからつつかれたりギフから助言されたりせずに、ひとりで切り抜けたい。

「さっき血の誓いと言ったよな？　そういうことが過去にあったのか？」

　ギフはかぶりを振った。

「そうか。おれはある」ドレックスはコンソールに腕を突きだし、ギフに向かって手のひらを上にしてうっすらとした傷跡を見せた。

「おれはおやじに誓った。おれの母親をおれたちから奪って、彼女を殺した悪党を捕まえることをだ。結局、おやじがその痛手から回復することはなかった。心が死んだまま、息を引き取るまでの数十年を過ごした」人さし指でコンソールをつついた。「おれはふたりを死に追いやった野郎を捕まえる。その気持ちに変わりはない」

「だとしても――」

ドレックスはさえぎった。「言ったとおりだ、ギフ。おれは誓いを立ててる。それ以上は尋ねるな」

15

ウォッカベースのコスモポリタンが目の前に置かれると、イレインはウエイターにうなずきかけ、低くて丸いカクテルテーブルの向かいに座る同伴者にほほ笑みかけた。「電話をくれてよかった」

ジャスパーは応じた。「昨夜のディナーをすっぽかしたのが気になってね。きみがあんなに楽しみにしていたのに」

「やっぱりあなたがいないとね」

「で、いまここにいる」

イレインはくすくす笑った。「すてきな夜だったけど、あなたがいなくて寂しかったわ」

「ありがとう」彼はイレインに向かってバーボンのハイボールを掲げてから、グラスに口をつけた。「今日もランチの誘いに乗れなかったが、きみを避けてると思われたくなくてね」

「そんなこと、ちっとも。それよりあなたがよくなってよかったわ。ひどかったの？」

「これからしばらく牡蠣はやめておくよ」

「かわいそうに」マティーニグラスからひと口飲んだ。「タリアは午後、なにか用事？」

「いやまったく。午前中に用事があってね。帰ってきたら、少し休むと言って、二階に上がったよ」

「だいじょうぶなの？」

ジャスパーは身を乗りだして、ささやいた。「どうやら昨日の夜、飲みすぎたようだ」

やっぱり、とイレインがほほ笑んだ。「かもね。彼女はふだん飲まないから、わたしみたいに飲みつけてないものね。食事をしながらワインを二本空けたし、その前にドレックスが作ったウォッカたっぷりのマティーニを飲んでたし」

ジャスパーは奥歯を噛みしめつつも、笑顔を作った。「ドレックスがバーテンダーを？」

「うちでハッピーアワーを実施したのよ」

「ドレックスはレストランできみとタリアに合流するもんだと思ってたよ」

「最初の予定ではね。でも、彼から電話があって、少し早めに原稿を持っていっていいかって尋ねられたのよ」

「なんのために？」

「わたしに読ませるために、置いていったの。タリアから聞かなかった？」

「彼女が帰ってから、ほとんど話せなくてね。わたしは起きてたんだが、まだむかつきがあった。彼女はわたしをベッドに追いやって、ゲストルームで寝たんだよ。食中毒じゃなくて感染症だといけないからね」ジャスパーは必要もないのに、グラスの下のコースターを置きなおした。「それにしても、きみに原稿を読ませるとはどういう風の吹きまわしだ？　あんなに後生大事に抱え込んでたのに」

「そうなのよ、わたしもうれしいけど、面食らっちゃって！　論評なんて、わたしにはとてもできないもの」

「きみが小説の主題や執筆作業に興味を示したから、頼んできたのさ」

「でしょうけど。でも、もしわたしたち三人のなかで誰かに頼むとしたら、タリアだと思ってたの」

ジャスパーはバーボンで口を湿してから、なにげなく尋ねた。「どうしてだい？」

「とっても聡明だからよ。わたしには彼女みたいな知性はないわ」

ジャスパーは舌打ちした。「きみは自分を低く見積もりすぎだ。それに、ドレックスの小説がそこまで複雑で文学的なものとも思えない」

「ここだけの話だけど、実際そうなの。昨日、寝る前と今朝、コーヒーを飲みながら何章か読んでみたんだけど、それが意外にも……うーん……なんて言ったらいいのかしら？　重厚でないっていうか？」

「その言葉で通じるよ。どんなふうに重厚でないんだい？」

「どう説明したらいいかわからないわ。彼はとても……」

ジャスパーは首をかしげた。「とても、なんだい？」

「そうね、男らしいというか」

「小説にはその男らしさが反映されてないってことかな？」

「誘導しないでちょうだい」イレインは彼の手を叩くふりをした。「でも、正直に言って、そうなの、男っぽさが感じられないのよ。ううん、多少はあるのよ、でも……ああ、なにが言いたいのかわからなくなっちゃった」

「彼ならこんな本を書くだろうときみが期待していたのとはちがってたわけだ」

「そうなの。もっと重厚かと思ったら、そうでもなくて」彼女は意見を述べることにとどまっているらしく、笑いにまぎらわそうとした。「でも、このわたしが言ってもね。軽い娯楽物なの。さくさく読めるし、楽しい読み物よ。彼から感想を求められたら、そう答えるわ。さっきから言ってるとおり、わたしには論評は無理。彼のやる気をそいだり、気持ちを傷つけたりするようなことは、絶対にしない」

「彼がタリアじゃなくてきみに小説を託したのは、だからかもしれないな。彼女だったら率直に不備を指摘しそうだ」

「きっとそう、そうなったらうまくいかなかったはずよ。それでなくてもあのふたり、神経を逆撫でしあってるもの」

イレインは残っていたカクテルを飲みほした。いまは少し濡れた顎をナプキンで押さえているせいで、自分の最後の発言によってジャスパーの右目がひくついているのに気づいていない。

「その話、ちょっと聞かせてくれよ」ジャスパーはウエイターに合図をして、もう一杯ずつ頼んだ。

イレインが声をあげた。「二杯はないわ」

「そうとも」茶目っ気たっぷりに彼女にウインクした。「最低でも三杯は飲まないと」

「悪い人ね」

「ふむ」猫撫で声で答えた。「きみには想像もつかないほどのね」そして、彼女が最後に言った発言を取りあげた。「タリアとドレックスが神経を逆撫でしあってると言ったね？」

「わたしがそう感じてるだけかもしれないけど――」

「いや、わたしも気づいていた」

イレインが身を乗りだし、空のマティーニグラスを胸で倒しそうになった。「あなたも？　わたしの勝手な想像かと思ってたわ。昨日の夜もね、彼女がうちに来たとたんに反発しあってるのを感じて、それがどんどんひどくなってったのよ」

「あの男が彼女を怒らせるようなことを言うなりするなりしたんだろう」

「そうは思えないけど。いつもどおり、感じがよかったわよ」

ウエイターがお代わりを運んできた。ウエイターが立ち去るとすぐにジャスパーは尋ねた。

「きみはふたりのあいだに敵意がある原因はなんだと思う？」

「敵意とまでは思わないけど。ヨットに乗ったあの日みたいに、居心地よく過ごせなくなっただけじゃないかしら。ふたりがデッキで長いあいだ話をしていたの、覚えてる？　わたしが気づかなかっただけで、あのときなにかあったのかもね。意見の食いちがいとか、そういうことが」

「それは聞いてないな。現実問題として、タリアもわたしも昨夜まで、ドレックスとはここ数日会ってなかった」

「うーん」大げさに肩をすくめた。「人に対する好き嫌いなんて説明のつかないものでしょ？ でも、ドレックスとあなたをくらべたら、タリアの嫌悪感はわからなくもないわ。あなたは洗練されていてそつがないけど、彼は――」

「男っぽい」

彼女はどっと笑った。「そういうことが言いたかったわけじゃないのよ。もしタリアがいなかったら、あなたの家の勝手口にはキャセロールを持った女性がずらっとならんでいたでしょうね。先頭にいるのはこのわたし。知ってのとおり、あなたを崇拝してるもの」

ジャスパーは胸に手をあて、はにかんだように小首をかしげた。

イレインは笑顔でカクテルを飲んだが、グラスを置くときには、気遣わしげな皺が眉間に刻まれていた。「でも、かりかりするなんてタリアらしくないわ。とくに好きでない相手だとしてもよ」

「タリアがかりかり？」

「らしくないでしょ？ でもね、レストランからうちに帰るあいだ、彼女、ドレックスに対してすごくいらついてて」

「なんでそんなことに？」

「まるでわからないのよ。キーウエストの話をしてたんだけど」

ジャスパーは恭しいほど慎重にハイボールのグラスをテーブルに置くと、縁に手を添えたままグラスをゆったりとまわした。「どうしてその話題が出たんだい？」

「ドレックスはヘミングウェイの家を訪ねたがっててね。それでわたしたちに行ったことがあるかって尋ねたの。気楽なおしゃべりだったんだけど、なんとなく風向きが変わって。いつ、どうしてそうなったのか、よくわからない」彼女はカクテルに浮かんでいる氷の粒を飲んだ。「彼からいろいろ尋ねられて、それが癇《かん》に障りだしたのかもしれない」

「尋ねるって？」

「旅行を予定している人が旅行代理店に尋ねるような、一般的なことよ。タリアが仕事の話はしたくないと言ったのに、彼は話を続けたの」

「タリアはキーウエストについて話したがらない」

ジャスパーの口調の変化を察知して、彼を見るイレインの目が鋭くなった。「あら、どうして？」

「個人的なことでね。わたしが相手でも、タリアにとっては気が進まない話題なんだ。わたしに言えることがあるとしたら、タリアにはごく親しくなったお客さんがいてね。だが、唐突に関係が途切れた」言葉を切ったうえで、言い足した。「しかも、悲惨な形で」

「気の毒に」

「かなり前のことなんだが、彼女にとってはいまだ触れたくない話題だ。きみも二度と持ちださないでくれると思うが」

「もちろんよ、ジャスパー」イレインはグラスをつかんで、乾杯のしぐさをした。「キーウエストの話題に。死ぬまで沈黙を守ります」

ジャスパーは笑いだしそうになるのをどうにかこらえた。


「ジャスパー？」

キッチンの明かりをつけたタリアを待ち構えていたのは、驚くべき光景だった。パジャマ姿のジャスパーが床に這いつくばり、キャビネットの台座に手を這わせていたのだ。「いったいなにをしているの？」

彼は立ちあがって、手の埃を払った。「氷を落としたんだ」目の上に手をかざして、頭上の明かりをさえぎった。「明かりを消してくれ。監視されているような気がする」

「監視？」

「明かりを消すんだ、タリア」

タリアは彼の命令口調を内心いまいましく思いながらも指示に従い、彼がおかしな行動の理由を説明してくれるのを待った。

ジャスパーは尋ねた。「午後から夜まで、ずっと眠っていたのか？」

「いいえ、目を覚ましたらあなたがいなくて、あなたが化粧台の上に置いていった書き置きを見つけたわ。イレインと楽しく過ごしてきたんでしょうね。ふたりで飲んで、それが夕食の時間までずれ込んだぐらいだから」コンロの上の時計を見る。「夕食の時間も終わってるわね」

「きみを誘おうと思って電話したんだが、ボイスメールにつながった」

「ええ、そうなの」タリアは残念そうに言った。「横になるときサイレントモードにしたまま、戻すのを忘れていて」

「熟睡してるんだと思った。それで、そっとしておこうと家の電話にはかけなかった」

タリアは上の空でうなずいた。「イレインはどうしてた？」

「いろいろ教えてくれたよ。夕食は食べてないのかい？」

「ええ。あなたの書き置きを読んでから、ピーナッツバターサンドイッチを食べて、またベッドに戻ったから。いつ帰ったの？」

「一時間前だ。だいたいだが」

「物音が聞こえなかったわ」

「気を失ったように眠ってたのさ」

たぶんそうなのだろう。昏睡状態から目覚めてみたら、意識のないあいだになにもかもがひしゃげていた。そんな気分だった。正しい、あるいはなじみがあると感じるものはひとつもなく、違和感の最たるものがジャスパーとのこのちぐはぐな会話だ。彼は室内を歩きまわり、窓という窓の前で足を止めて、外をうかがった。

頭に残る蜘蛛の巣を払おうと、タリアは首を振った。「どういうことだか説明してくれる？監視されてるって、どういうこと？　誰が監視なんか？」

「ドレックスだ」

ごまかしようもなく、タリアの心臓がはずんだ。彼に遭遇した駐車場から帰宅したタリアは、彼の発言とキスによって根底から揺さぶられていた。効きめの穏やかな鎮静剤を飲んだのは、心をさいなむ激しい感情の揺れを眠りのうちにやり過ごしたかったからだ。よくもあんなことをという激しい怒りから、面目のなさまで、ずいぶんな幅があった。いまだにあのキスの余韻がむずむずとした感覚として残っている。

アパートのほうを見て、彼のリビングの窓辺に立ったときのことを思いだした。あのとき、彼の部屋からオークの枝越しに、この家の裏側にある部屋が見えることがわかった。「なぜ彼がわたしたちを監視していると思うの？」

「座ろう」室内には動きまわるのに困らない程度の明るさがあった。ふたりはダイニングテーブルにならんで座った。「わたしが思うにドレックス・イーストンはよくて詐欺師、悪くすると……考えるのもおぞましい」

「ジャスパー――」

「最後まで話を聞きなさい」

いつになく心臓の鼓動が速くなっていた。両手が冷たく湿り、手を伸ばしてきたジャスパーに両手で右手を包まれると、それがいっそうよくわかった。

彼は言った。「イレインが言ってたよ。ドレックスの原稿を読んだ、ひどいできだったと」

「彼女がそう言ったの？」

「いや、もう少し手加減した言い方だったが」

「彼に伝えるつもりかしら？」

「イレインはそこまでぶしつけじゃない。万が一言ったとしても、ドレックスは彼女や他の人間の意見など歯牙にもかけないだろう。わたしが思うに、作家じゃないからだ」

「でも、原稿に向きあっているわ。その姿を見たのよ。あなただって」

ジャスパーはきっぱりと首を横に振った。「ふりをしているだけだ。作家を装って、誰かを見つけるつもりなんだろう。支援者となるイレインのような女性をだ」

信じたくないという思いはあるものの、その意図を疑ってタリア自身がドレックスを責めたようなものだった。「彼は仕事に関して固く口を閉ざしていたわ」

「なんに関してもだ」

「でも、なぜ作家を？　誘惑目的なら、もっと外聞がよくて派手な職業があるでしょう？」

「だが、作家ほど容易にはなりすませない。作家ならこれといったスキルを披露せずにすむ。一日じゅう座っていればいいんだから」

「働いているのを見たわ。レストランのリストを渡しにいった日よ。ノートパソコンを前に作業に没頭していたの」

「小説だと確認したのか？」

「彼がそう言ったのよ」

「画面を見たのか？」

「いいえ。彼がノートパソコンを閉じたから」

「だとしたら、ポルノに夢中だった可能性もある。オンラインポーカーとか、ほかのなにかとか」ジャスパーは彼の手のなかにあるタリアの手を見おろした。「その日のことだが、タリア、やつのアパートにいるあいだになにか不適切なことが起きなかったかい？」

「いいえ」

顔を上げたジャスパーに目をのぞき込まれ、タリアはうしろめたさにまばたきしそうになる。ドレックスの親指が口の端をかすめる感触がありありとよみがえった。

「なぜそんなことを尋ねるかというと」ジャスパーは言った。「イレインから、昨夜のきみとドレックスのあいだには緊張感があったと聞いたからでね。時間がたつにつれて、敵意が強まったと言っていた。彼女の気のせいだったのかい？」

「いいえ」

ジャスパーが説明を求めるように、こちらを見ている。

「喉が渇いちゃった」タリアはジャスパーの手から自分の手を引き抜いて立ちあがり、冷蔵庫へと歩いた。「あなたも水を飲む？」

「いや、いい」

水のボトルを一本持って戻り、蓋を開けて、ひと口飲んだ。

「タリア、ドレックスとの緊張感のわけを説明してくれないか？」

「彼はキーウエストの話を持ちだしたわ。しかも、話の流れではなく持ちだして、その話題を引っ込めようとしなかった」

「ああ、そうらしいね」

タリアははっとした。

「それもこれもイレインから聞かされた。きみからはいっさい聞かせてもらっていない。なぜ昨夜、うちに帰ってすぐにわたしに話さなかった？」

「マリアンの話題になると、わたしたちどちらも平静ではいられないからよ。ドレックスにしつこく尋ねられてぴりぴりしてたけど、いまふり返ってみると、彼はヘミングウェイの家を訪ねたくて、その文脈でキーウエストの話題を出しただけなんだと思う。それ以上の意図はないのよ」

ジャスパーは石像なみに動かないが、内心の動揺が伝わってくる。鼻から息を吸ったり吐いたりする音が耳についた。「そう断定していいものかどうか、わたしにはわからない。イレインは、彼がきみを質問攻めにしたと言っていた」

「わたしがキーウエストのことをとくに好きな場所じゃないと言ったら、その理由をしきりに聞きたがって、矢継ぎ早に質問してきたの。まるで……」

「なんだい？」

「わざと刺激して、うっかりなにかを話させようとしているみたいに」

「やつはマリアンのことを知ってると思うか？」

「いいえ。いいえ、どうかしら」タリアは額を撫でた。「わたしにはわからない」

「やつは隣に住んでるんだぞ、タリア」ジャスパーは非難した。「なぜすぐに話さなかった？」

「わたしが話さなかったのは、あなたがそんなふうに反応すると思ったからよ。あなたは確たる根拠もなく結論に飛びついている。はなからドレックスのことを信用していなかった」

「こうなってみれば、当然の疑いだったと思うが」

「決めつけよ！」タリアはひそひそ話をするような調子で言った。「彼が口にしたキーウエストの地名にわたしが反応したから、彼は関心を持ったのよ。わたしはその話題を引っ込めさせようとした」

「ところがやつはしつこかった」

「それがわたしの気に障ったというだけよ。はっきり言って、それだけのことだと思ってる」

事実、タリアはそう思っていた。なぜなら、今朝のドレックスは近い将来のキーウエスト行きをあきらめており、その地名を口にしたことに隠れた動機があるとは思えなかったからだ。そして実際、彼が行くと言っていた旅行のことをタリアのほうから尋ねた。

だが、その件をジャスパーに言うには、ドレックスがメディカルビルまでついてきたことを話さなければならない。夫の猜疑心《さいぎしん》をさらにあおるとわかっていることを言うのははばかられた。

考え込んでいたジャスパーが口を開いた。「キーウエストの話題が出たのは、夜が深まってお開きに近くなってからだ。イレインはきみが彼女のタウンハウスに到着した直後から反発しあってるのを感じ取っている」

「わたしは彼にイレインが過去にどんな目に遭ったか、話しておいたのよ。男性に夢中になっては手ひどく傷ついてきたことを。彼女をその気にさせるようなことはしないでと頼んだのに、昨夜の彼は、これ見よがしにそういう態度をとった。恐ろしく上っ調子だったの」

「それに対してイレインは？」

「案の定よ。彼の手のひらの上で転がされていたわ」

彼のおべっかをイレインが嬉々として受け入れたことに驚きはなかった。どうにも折り合いをつけられないのは、今朝いっしょにいた男が、昨夜は彼女をいらつかせるばかりだったカサノバ男と同一人物であることだ。

だが、いまになってふり返ると、まるで漫画のようだ。大げさに騒ぎたてただけで、実際にはなにも起きていない。もしタリアがタウンハウスに着く前に彼がイレインにキスしていれば、イレインはとうにタリアにそれを話しているだろう。こまかな部分まで、息をするのも忘れて。

つまり彼はイレインにキスしていない。イレインのリビングのロマンティックなしつらえは生かさなかったのに、ロマンスにはおよそ不似合いな駐車場でタリアにキスをした。昨夜の彼は役を演じていたかもしれないけれど、今朝の彼にはまったく演技めいたところがなかった。素そのもの、あらゆる面で彼そのものだった。怒りも。〝頭がどうかなりそうだ〟。そしてまちがいなく欲望も。〝どうせ謝るんなら、謝るだけのことをしてやる〟そのとおりだった。ドレックスはそのたくみさと熱情で、彼女の口をこじ開ける以上のことをした。彼の行為によってタリア自身が気づいていなかった深く根ざした痛烈な寂しさが浮かびあがったのだ。それが彼の生々しい欲求によって呼び覚まされ、タリアの内側に強い欲望を引き起こした。もはや彼といたら二度とひとりにはなり得ない。

「今日をかぎりに、彼とはいっさい関わらないわ」

「今日をかぎり？」

ジャスパーの声音に身をすくめ、遅まきながら口をすべらせたことに気づいた。「横になりながら彼のことを考えていたから」彼女は言った。「ドレックスが引っ越すまで、距離を置きましょう。それで問題は解決よ」

「そうかな？　キーウエストのことだが、わたしはきみのように簡単に偶然で片付ける気持ちになれない。イレインによると、彼は尋常じゃない興味を示したそうじゃないか」

「彼女、あなたの懸念を感じ取ったんじゃない？　明日にも電話してきて、真相を聞きたがるんじゃないの？」

「彼女には個人的で繊細な問題だからと言ってある。キーウエストのことは二度と口にしないでくれという頼みを聞き入れてくれた」

タリアはうめいた。

「どうした？」

「イレインは好奇心をそそられると弱いの。あなたは彼女をたきつけたようなものよ。絶対に真相を知りたがるわ」

「彼女がその話を持ちだしても、相手にしなければいい。酒でもあてがって、夫が大げさに話しすぎたと言うんだな」

「実際そうだし」

ジャスパーは窓から外を見た。明かりのついていないガレージ上のアパートは、暗がりにまぎれて判然としなかった。「あいつには近づかないようにしよう」ジャスパーは言った。「ただの隣人なら、こちらの態度から察してなにも言ってこなくなるだろうし、何か意図があるなら、うるさく言ってくる。それで判断がつく」

「そうかしら」

「少なくとも、疑わしいことはわかる。それでも近づいてくるようなら、わたしの疑いが裏付けられるから、断固とした措置を講じざるを得ない」

タリアの警戒心が頭をもたげた。「たとえば？」

ジャスパーは彼女の手に触れた。「まずはようすを見よう。とりあえず、用心のために警報装置の暗証番号を変更する」

「そこまですることないわ、ジャスパー。過剰反応よ」

「用心するに越したことはないさ。新しい暗証番号はわたしたちの記念日を逆さまにした数字だ。わかったかい？」

「ええ」タリアはその数字を口にした。

「そうだ。忘れるんじゃないよ」ジャスパーは椅子を引いて、立ちあがった。「さて、ベッドに入るとしよう」

「先に行ってて。今日はほとんど寝てたから、しばらく本でも読むつもり。じゃなきゃ映画を観るか」

「だったら、先に休むよ」ジャスパーはかがんで彼女の頬にキスして遠ざかろうとしたが、タリアはその手をつかんだ。

「待って。まだ話があるの。あなたに話しておくべきことが」ジャスパーに見おろされていなければよかったのに。不自然な角度で彼を見あげていると、よけいにむずかしく感じる。

「話さなきゃならないことがあるの」

「ドレックスに関することか？」

「ええ」声がかすれたので、タリアは唇を湿らせた。「彼は……あの……」

「なんだ？」

うつむいて深呼吸すると、一瞬で気が変わった。「あなたは尋ねたわよね。彼のアパートに行った日になにかあったのかって」

「なにか不適切なことが」

「不適切なことではないけれど、なにもなかったわけじゃないの。わたしは彼の原稿を読むと申しでて、彼はそれを断ったわ。いいえ、断ったんじゃない。拒否したの。言下にね」

「偽作家だとばれるのが怖かったからだろう」

「かもしれない。でも、わたしが言いたいのは別のこと。昨日の夜、わたしがイレインのタウンハウスに出かけていったら、彼がそこにいて、彼女に読んでくれと原稿を渡したのを知ったの。わたしはすねたわ。彼がわたしより彼女の意見を求めて、わたしを侮辱したから。わたしたちのあいだにあった緊張感はそのせいよ」

「やつがきみの申し出を断っておきながら、イレインをちやほやしたんで、妬いたんだな」

「憤慨したことは確かね。すねるなんて子どもっぽいわよね」

「石投げの刑に処せられるほどの罪じゃないよ」ジャスパーは彼女の顎の下をくすぐった。しぐさこそおもしろがっているようだったが、その言葉選びは不穏だった。文化圏によっては不倫は投石による処刑に値する罪だ。

「やつのアパートから見える部屋の明かりは、ちゃんと消しておくんだよ」

彼がドアを抜けようとしたとき、タリアはふたたび彼を引き留めた。「何日かアトランタに行ってこようと思って」

口に出すとほぼ同時に、その場で決めた。ジャスパーがふり返った。陰になって顔は見えないが、疑うとまではいかないまでも不審げな表情になっているのを感じた。

タリアは言った。「前に新しくできたブティックホテルの話をしたでしょう？　うちのお客さまが押し寄せそうなの。評判にたがわないかどうか、行ってこの目で確かめたいの」

ずいぶん長い時間、彼は無言だった。「いつものきみなら、出張は前もって計画する。今回はいつになく唐突だが、このところのきみの気分にはぴったり合ってる」

「わたしの気分って？」

「心ここにあらずといった感じだ、タリア」

タリアは辛辣に言い返した。「あなただって、ジャスパー」

「わたしが？　たとえばどんなふうに？」

「具体的には言えないけど。なんとなく」

ジャスパーが引き返してきた。「蜜月は終わりかな？」

「こちらの台詞よ」

「なぜそんなことを？」

「あなたとイレインの仲を疑っているから」ああ、ついに言ってしまった。

「くだらないことを」

「配偶者から責められた浮気中の人は、みんなそう言うわ」

「どうかしてる。イレインと寝てるわけないだろ。まったく」

ジャスパーから否定されても、タリアは引きさがらず、発言の撤回もしなかった。自分は正しいと言いたげな彼のきつい目つきを受け止めていた。

ジャスパーの声にいらだちが滲んだ。「わたしは浮気などしていない。だが、きみの言うとおり、わたしたちはバランスを取り戻す必要がある。環境を変えるのも悪くなさそうだ。わたしもいっしょにアトランタに行くとしよう」

「ついてくるの？」

「そんなに突拍子もない提案かい？」

「いいえ、そんなことないわ。あなたが来るのはいつだって大歓迎よ。でも、めったにないことだから。最後にいつ来たんだか、思いだせないくらい」

「そのホテルに関する記事を読んだんだが、ひと味ちがうようだね。ニューヨークのレストランから一流のシェフを引き抜いたとあった。ふたりきりで過ごそう。高速でしゃべるイレインも、わずらわしい隣人もなしだ」裏側に面した窓をちらりと見やった。「ふたりで楽しむのに、なんの不都合があろうか？」

　不都合はある。タリアとしてはこれから何日か、できればひとりで過ごしたかった。今朝の診察の結果を検討したり、日曜日に〈レイニー・ベル〉でドレックス・イーストンと出会ってから起きた不穏な出来事の数々をふり返ったりしたかった。

　それとはべつに、漠然とした不安を感じる理由を突き止めたいという思いもあった。そんな感覚がこの半年近く続いている。つねに破滅の予感がつきまとい、前途を楽観視していたかつてのタリアを根本から変えてしまったのだ。徐々にだけれど確実に強まっていくこの破滅の予感をどう説明したらいいのかわからないが、もし結婚生活のバランスの崩れが原因なら、それを元に戻すべくジャスパーと上質な時間を過ごすのは理に適っている。

　タリアは笑顔で夫を見あげた。「いいわね」

「予約を入れてくれ」

「いつがいい?」

ジャスパーは彼女の頬を撫でて髪を後ろに押しやり、喉元に手のひらを押しつけた。「明日だ」

16

ジャスパーが最後に「明日だ」と言ってからかなりの時間がたっていた。ドレックスは暗がりのなかで座ったまま宙を見つめていた。痛烈なジャブを食らって昏倒《こんとう》したプロボクサーのように、われに返るまでにしばらくかかった。

だがようやく自分を取り戻したとき、同時に怒りのエネルギーが噴きだした。ヘッドセットを外して携帯を手に取り、電話をかけた。

眠たげな声でギフが出た。「もうおれとは話さないつもりかと思ってたよ」

「いまどこにいる？」

ギフはモーテルの名前を告げた。

「部屋番号は？」

「いまから来るのか？」

「なるべく早く」

「なにかあったのか？」

「組んでた」

「どうしてわかった?」

「組んでた?」すっかり目が覚めた声だった。「どうしてわかった?」

「盗聴だ。ふたりの話を聞いた。たっぷりと」

ギフはその情報を咀嚼した。「組んでたってのは、彼女もってことか?」

ドレックスは言葉を発する分だけ、歯の食いしばりをゆるめた。「彼女もだ」


暗い室内で着替えをすませ、盗聴機器もダッフルバッグに入れて、外に持ちだした。足の感触を頼りに階段をおり、ガレージの向こう側をめぐって背後にまわった。建物の後ろの角から表をうかがった。またもやジャスパーが芝生を横切って近づいてくることをなかば本気で警戒していた。


目を凝らし、いっさいの動きを封じて待った。血管を運ばれていく血液を感じ、心臓の音が鼓膜に反響している。あふれんばかりのアドレナリンと怒りのせいで、動かずにいるのが拷問だった。それでも、五分にわたってその姿勢を保った。フォード家は暗いままだった。

「よくおやすみで」つぶやきながら、闇のなかに忍び入った。


アーノットの地所と背後の通りを隔てる緑地帯を通ることにした。月のない闇夜だった。湿気をはらんで空気が重い。顔にあたるうっすらとした霧が蜘蛛の巣のようだ。通りまで出るといっきに駆けだし、もよりのミニマートまで一・五キロの道のりを六分とかけずに走り切った。

そこまで来ると、防犯カメラを意識してウインドブレーカーのフードをかぶり、カウンターに近づいて、タクシーを呼びたいから携帯を貸してもらえないかとレジ係に尋ねた。「バッテリー切れでね」レジ係は車雑誌から顔も上げずに携帯をカウンターにすべらせてよこした。

ミニマートにタクシーがやってくるまでに、モーテルへの移動の二倍の時間がかかった。高速道路をはさんでモーテルの向かいにある集合住宅の前で降ろすよう運転手に指示した。支払いは現金ですませ、タクシーが視界から消えてから、通りを渡った。

部屋番号はギフがメールで送ってくれた。一階だった。そっとドアをノックした。スライド錠とチェーンが外される音がする。ギフが少しだけドアを開け、脇によけてドレックスを通した。「着替えてないぞ」ボクサーショーツに白のTシャツ、黒い靴下という格好だった。ドアの戸締まりをしてから食器棚へと移動し、六缶パックのビールをひとつ外して、ドレックスへと差しだした。

「ウイスキーがあれば一杯引っかけたい」

「あいにくないんだ」

「だったらいい」ドレックスはウインドブレーカーを脱ぎ、窓際にあるふたり用のテーブルの椅子の片方に腰をおろした。両膝に肘をつき、指十本すべてを使って髪をかきあげた。アドレナリンが切れつつある。

ギフは寝乱れたままのベッドの端に腰掛けた。「おまえの車の音が聞こえなかったが」

「出かけたのを知られないよう、アパートに置いてきた」どうやってモーテルまで移動したか説明した。

ギフが尋ねた。「本当につけられていないんだろうな？」

「あたりまえだろ。念入りに用心した」

ギフはドレックスを見て、着衣が濡れているのに目を留めた。「雨か？」

ドレックスは顔を上げた。「気象情報に興味があるのか？」

言い返すつもりだったらしく、いったんは口を開いたギフだったが、気を変えて口を閉ざし、舌打ちをした。

ドレックスは自分自身に対してえり抜きの悪態を投げつけた。深々と息を吸い込み、それを吐きだす。「すまない」

「気にするな」

「いや、するさ。悪かった。おまえがここにいてくれてよかった」

ギフはうなずき、ふいに親指のめくれた甘皮に視線を向けた。「彼女が関わっているのは、まちがいないのか？」

「自分で聞いてくれ」

ドレックスはキャンバス地のダッフルバッグから受信機兼録音機を取りだし、それをヘッドセットの音声端子につないで、ギフに渡した。「会話を聞けばわかるはずだ」

ギフに音声を聞かせておいて、バスルームに入った。用を足し、水で顔を洗った。鏡のなかの自分に憎悪の表情を向けた。「ことここにいたっても、おまえはチャンスさえあれば彼女とやるんだろう？　情けない男だ」タオルを床に投げ捨て、ドアを開けた。

ギフはまだ聞いていたが、表情からはどう思っているかわからなかった。ドレックスはテーブルの席に戻り、新しいプリペイド式携帯を使ってマイクに電話をした。

マイクはうめき声で電話に出た。「誰だ？」

「この電話は安全なのか？」

「五カ所、転送してる。だいじょうぶなはずだ」

「寝てたのか？」

「いや。おれを監視中の連中を監視してた」

「ラドコフスキーのことはギフから聞いた。悪かったな、マイク。おまえはこの件がはじまったとき、おれの墓穴を掘るのも、おれといっしょに墓に入るのもごめんだと言ってた」

「たしかに言ったが、本気じゃない」笑い声代わりに鼻を鳴らす。「実際、なかなかおもしろい。あいつらはバンのなかで、股ぐらをかきながら冷えたピザ。おれは付け合わせがすべてそろった豚ロース肉を食った。瓶のワインを開け、快適な家のなかで。それにおもちゃもまだあるぞ」

「捜索差押許可状は発付されなかったのか？」

「ラドコフスキーのはったりだ。やつはおれのパソコンからなにかが見つかる可能性がないのを知ってる。脅しどおり捜索したところで、なにも挙げられない。それを知っていて強行するほどばかじゃないさ。そんな愚行は忘れようったって忘れられないからな」

「にしても、まだおまえを監視してるチームがいるんだろう？」

「強面《こわもて》でないやつらがな。ほかの仕事を振れないじいさん連中だ」

「捕まらずに出てこられるか？」

「逃げだすのか？」

「高飛びだ」

「できるとも。だが、それをやったらラドコフスキーにおれの首に縄をかける絶好の口実を与えることになるぞ。そうなったら、もうおまえの役に立てない。で、おれはなんで高飛びするんだ？」

「やつらの尻尾をつかんだ」

派手な演出もなく淡々と告げると、歓呼とともに叫ぶ以上のインパクトがあった。同じ調子でなにがあったかをざっくりマイクに話して聞かせた。

ドレックスが話し終わると、マイクが尋ねた。「つまり、彼女の尻尾もつかんだってことだな？」

「そうだ」

マイクもこのときばかりは、人間らしい一面をのぞかせた。だから言っただろう、とは言わなかったのだ。「そうか。で、どうする？」

「とりあえず待機だ。いまギフが会話を聞いてる。それがすんだらまた連絡するよ」

グーグルで調べたいことがいくつかあった。必要な情報を手に入れたのと、ギフがヘッドセットを外したのは、ほぼ同時だった。ドレックスは期待を込めてギフを見た。

「水を差すつもりはないけどな、ドレックス、動かぬ証拠とか明確な自白にはほど遠いぞ。不法に入手したものである以上、法的な証拠にはならな――」

「はなから承知してる」

「おれたち、ラドコフスキーに料理されて、FBI訓練所の食堂で出されちまう」

「マイクは首に縄と言ってた」

「どっちもぞっとしない」ギフはヘッドセットをいじりながら、新展開について考えていた。

「やつはイレイン・コナーとやってるんだろうか?」

「さあな。だとしてもおれは驚かない。ふたりは親しい」

「対してフォード夫妻の結婚生活は大揺れとまでは言わないまでも、不安定な状態にあるようだ」

「それでも共犯者にはなれる。少なくとも、マリアン・ハリスを殺したときはそうだった」

「断定できるか?」ギフはヘッドセットを振った。「この程度じゃ、駐車違反の切符すら切れないぞ。誰も、そう、FBIだろうと誰だろうと、手を出せない。実際、この音声を証拠として、あるいは逮捕相当理由として提出してみろ。ひとりとして笑い飛ばさない法務官はいないし、プライバシー法違反として逮捕されるのが関の山だぞ」

「だからこそ、これまでどおり調べを進める必要がある。おれたちだけで、こっそりと」

ギフは顔をゆがめて、ヘッドセットをベッドに投げた。「ドレックス――」

「マイクと電話をつないでくれ。頼む」

スピーカーに切り替えると、ドレックスはマイクに話しかけた。「明日、隣のすてきなカップルはアトランタへ旅立つ。マイク、ニューヨークのレストランから引き抜いたシェフを抱える新しいブティックホテルを突き止めてくれ。もしわかったら――」

「なんだって？」

「〈ロータス〉だ」

「ホテルの名前だ。そのシェフの記事をオンラインで読んだ」

ドレックスはギフと目を見交わし、悲惨な状況にもかかわらず頬をゆるめた。

「そうか、助かる」ドレックスは言った。「明日の午後までにそこに着けるか？」

「アトランタにか？」

「そんな声を出すな。行ったことあるか？」

「ない」

「いいとこだぞ」

「いまおれのいる場所がいいところだ」

「足跡を残すな。つまり、飛行機は使えないから、車で移動しなきゃならない」

「どれぐらい離れてるんだ？」

「かなりある。グーグルによるとざっと六百五十キロだ」マイクが聞き取り不明の言葉を漏らす。ドレックスは言った。「この件で言い争う気分じゃないんだ、マイク。車で六時間。

道中ずっと食べていられる。で、やるのかやらないのか？　やらないなら、これで話はおしまいだ、おやすみ」

短い沈黙をはさんで、マイクが言った。「向こうに着いたら、なにをするんだ？」

「〈ロータス〉にチェックインしてくれ。今夜のうちに予約しろ」

「高いぞ」

「おれが払う」

「週末だからな。いっぱいだったらどうする？」ギフが尋ねた。

「ちょろいもんだ」マイクが言った。「ホテルのシステムに侵入して、誰かの予約をキャンセルする」言葉を切る。「おれを派遣するのは、五つ星のホテルグルメを試食させるためじゃないんだろう？」

「フォード夫妻に目を光らせてもらうためだ」

「おまえ、正気なのか？」ギフが大声を出した。「ホテルのロビーにセコイアスギが植わってても、マイクじゃ周囲にまぎれ込めない」

「たしかにおまえとちがって、典型的な潜伏捜査には不向きだ」ドレックスは言った。「太りすぎて不格好――」

「聞こえてるぞ」マイクが言う。

「――だからこそ、誰もマイクがまさかスパイだとは思わない」

ドレックスはマイクをアトランタに送りたかった。だが、さっき述べたことだけが理由ではない。マイクをレキシントンから遠ざけたかったのだ。まずいことになったとき、マイクをラドコフスキーの手の届かない場所にいさせたい。最終的には逃げきれないかもしれないが、ラドコフスキーに楽をさせるのは癪《しゃく》に障る。

例によって平静な態度で、ギフは自分が代わりにアトランタに行くのはどうかと提案した。

「ここなら隣の州だからな」

「ああ。それでもアトランタまで二百五十キロ近くある。調べたんだ。それに、おまえはタリアに見られてる。コーヒーショップにいたことを彼女が覚えてるかもしれない」

「ギフは記憶に残らない」マイクが言った。「それと、コーヒーショップってのはなんの話だ？」

「その件はあとで説明する」ドレックスはじれてきた。「マイク、サミーに頼んだら、朝までに足のつかない車を用意してもらえるか？」

「電話一本で」

サミー――本物のラストネームはドレックスも知らない――は、ポンコツ車をポルシェ並みの性能にできる整備士だった。マイクがまだFBIに入って間もないころ、あるおとり捜査を担当し、州をまたいで盗品を輸送した罪でサミーを逮捕したことがあった。

サミーは服役したものの、その刑期が終わるころ、ドレックスと組んで仕事をしていたマイクは、サミーのようなやから、つまり小悪党と関係を結ぶことの利点を理解するようになっていた。以来、ドレックスとマイクがサミーと彼の自動車泥棒の知識を使わせてもらったのは、一度や二度ではない。

「やっかいなのは車を受け取るところだ」マイクが言った。「だが、サミーには閃きがある」

「なるべく早く発ってくれ」ドレックスは言った。「ふたりがチェックインするとき、向こうにいてもらいたい」

「おれが職場に現れないと、騒ぎになる」

「ちょっと待てよ、おまえら」ギフが横から口を出した。「かんべんしてくれ。傍から見てもこの計画には大きな落とし穴があるぞ」

それから何分か押し問答をくり返したあと、ドレックスは話を締めくくった。「やるやらないは任せる。抜けたければ抜けてくれ。恨みには思わない。ただ、いまここでやるやらないを決めたら、あとは黙っててくれ」

どちらも口を開かなかった。

少しして、ドレックスは話を再開した。「マイク、ふたりの滞在予定日数はよくわからない。なんらかの手を使って、探りだしてくれ。帰宅予定日を知っておく必要がある」

ギフはモーテルの部屋を見まわした。「とりあえず、おれはなにをしたらいい？」

「しばらく待機して、おれが助けを必要としたら、駆けつけてくれ」

「おまえはなにをするつもりだ？」ギフは尋ねた。

「フォード家を家捜しする」

マイクとギフはふたたび議論に突入し、それが一時間半続いた。しかし、ドレックスの決意は固かった。フォード夫妻がしゃれたホテルで何日かのんびりしているうちに、彼らの家に、ひいてはその人生に入り込もうというのだ。

徹底的に家のなかを捜索して、マリアン・ハリスにつながる証拠を見つけるつもりだ。彼女のヨットで撮られた写真では、起訴まで持ち込めない。フロリダ州の捜査当局は、マリアン失踪の直後にその写真でジャスパー——別名ダニエル・ノールズ——を特定した。そしてジャスパーから話を聞いたあと、そのまま帰した。

タリアは事情聴取を受けたのか？　ドレックスの頭には、いまそんな疑問が浮かんでいる。グレイ保安官助手に確認すること、と頭にメモ書きした。

それをいったん頭の片隅に追いやって、今日これからすることに意識を向けた。仲間ふたりはフォード家への侵入を思いとどまれと言った。犯罪行為だから、と。ドレックスが直面しそうな障害を列挙した。警報装置はどうする？　室内防犯カメラは？

「相手はまともじゃない。罠をしかけてたらどうする？」マイクは言った。

「やつならやりかねない」ドレックスは言った。「用心するさ」

「仮になんの問題もなく侵入できて、証拠がざくざく出てきたとする」ギフは言った。「それでおれたちの得になることがあるのか？　なにを発見したって、法的には認められないぞ」

「なにかが発見できれば、おれがやつを殺す理由になる」

これでふたりの口を封じることができた。

マイクが通話から外れると、ギフは別のモーテルに移るため荷物をまとめ、「足のつかないクレジットカードを使う」と、ドレックスに請けあった。

ふたりはいっしょに出て、ギフの車で移動した。うっすらと空が白みはじめているが、たいして夜とちがわず、陰鬱さに包まれている。空は豪雨から霧雨までを行きつ戻りつし、いまはワイパーが必要な程度の本降りだった。

ドレックスは行き先としてミニマートを指示した。「あそこで降ろしてくれ。残りは徒歩で移動する」

「いいのか?」

「車から降りるところを物見高い隣人に見られたくない」ギフは車を寄せた。ドレックスは言った。「新しい宿が決まったら連絡してくれ」

「チェックインしたらすぐにでも」

ドアハンドルに手をかけたドレックスに、ギフが唐突に話しかけた。「なあ、ドレックス、彼女のことで文句はつけたが、おまえのことを思うと、おれとマイクの考えちがいであることを願ってた」

ドレックスはそれに応じることなく、「また連絡する」とだけ言い置いた。外に出てドアを閉め、車のルーフをとんとんと二回叩いた。つぶやいたのは、車が走りだしてからだ。

「ありがとう、相棒」

ミニマートに入った。さっきとは別の店員がレジにいた。買い物をすませ、アパートに向かって歩きだした。草が生い茂っていない場所を選んで緑地帯をめぐるように歩いていると、通りを走る人影が霧のなかに浮かびあがってきた。

ほぼ同時に向こうもドレックスに気づいたのだろう。彼女はペースを落として、歩きだした。通りの反対側を見ているのは、彼を避けるために通りを渡ろうかと考えているからかもしれない。だが、彼女は肩をいからせ、引きつづきドレックスのほうに向かってきた。

ドレックスはその場で立ち止まり、彼女が距離を詰めるのを待った。そんななかにも、わずかばかりの満足感を味わっていた。ころっとだまされていたことに対する怒りで心が冷えきっているにもかかわらず、近づいてくる彼女の姿に熱くたぎったからだ。彼女のレギンスとトップスは霧雨と汗に濡れている。ペイントしたように体と一体化して、形のいい脚や、完璧な乳房、小さくとがった乳首を浮かびあがらせている。

その目は曇天の空の色。霧のように謎をはらみ、うなじに垂れたポニーテールが湿って重そうだ。後れ毛の先からしたたった水が頰を伝い、昨日の朝の涙を思いださせた。

あれにやられた。恋に恋する少年のように。おろかにもほどがある。

ドレックスは噴きあがってくる新たな怒りを抑え込んだ。「早いな。眠れなかったのか?」

「雷の音で目が覚めたのよ」

「雷など、鳴ってなかった」

「だったら、別のなにかね」

「だろうな」タリアの全身に目を走らせ、丸みやくぼみやふくらみが残らず見えていることをわざと意識させた。「今日はサイクリングマシンのクラスはないのか？」

「まだジムの開く時間ではないわ」

「待ってられなかったわけだ」

「今日は朝早くから動きたかったの。あなたもそうみたいね」彼女は買い物袋を指し示した。

「牛乳を切らしてた」

「どうして車にしなかったの？」

「運動不足になる」

「それはなに？」彼女が指さしたのはダッフルバッグだった。

ストラップで肩から提げているそれを、ドレックスは平手で叩いた。「これか？　あらゆるものが入ってる」

「にぶいふりをするつもりね」

「にぶいか。陰鬱に対してそうきたか」

彼女はいらだたしそうな顔になり、手振りでもう行くと伝えた。「ごきげんよう」ドレックスをまわり込もうとしたが、彼は横に動いて行く手をはばんだ。「通して」

「彼に話したのか？」

「誰になにを？」

ドレックスは彼女を挑発すべく、ふてぶてしい笑みを向けた。「亭主にさ、タリア。ジャスパーにキスのことを話したのか？」

こんども彼女は肩をいからせた。「ええ」

「そうか？」

「話したに決まってるでしょう」

「で、彼はなんと？」

「わたしと同じよ」

「ふーん、それはどうかな」

彼女は間延びしたその発言に、あてこすりと冷笑を感じ取ったらしい。「地獄に堕ちるがいいわ」隣をすり抜けようとしたが、こんどもドレックスは立ちはだかった。「いいかげんにして、ドレックス！」

「ジャスパーは動揺したか？」

「いいえ、動揺などしない。それを言うなら、激怒ね」

「ほんとか？　だったら、なんでおれの家の階段を駆けのぼり、ドアを蹴り開けない？　おれを八つ裂きにしにこないのはなんでだ？」

「動物的な衝動に屈する人ではないからよ」

「おれだってそうさ。もしそうなら、とてもキスぐらいじゃすまなかった」

タリアはドレックスを平手打ちした。容赦なく。頬がじんじんしたが、ドレックスは高らかに笑った。「どうせ話してないんだろう？」

「わたしに近づかないで」肘で彼を押し、傍らを通りすぎると走りだした。

回れ右をして彼女を見ながら、ドレックスはつぶやいた。「嘘つきめ」

タリアが足を止めて引き返してきた。「いまなんて言ったの？」

ドレックスは答えなかった。

彼女は一語ずつ区切るようにして、さらに大きな声で質問をくり返した。

ドレックスは彼女に身を寄せると、彼女とは対照的にかろうじて聞こえる程度のささやき声で答えた。「〝嘘、嘘、カワウソ〟と言ったのさ」

17

ドレックスとギフとの三者通話を終えたマイクは、まんじりともせず、天井を見つめていた。そうこうするうちに夜が明けたので、起きあがってシャワーを浴び、ふだんどおりの手順で朝の支度をすませた。

ただ、これからやろうとしていることに対しては、どうやって心の準備を整えたらいいかわからなかった。

朝食にトーストしたベーグルにクリームチーズを塗ってスモークサーモンをはさんだのをふたつと、クリームをたっぷりかけた山盛りのイチゴを食べ、さらにスプーン三杯分の砂糖が入ったコーヒーを三杯飲んだ。

こうやって興奮状態に持ち込むと、いままでにないほど心の準備が整った気がした。だが、携帯を手にするや、またしても迷いが頭をもたげた。それから数分、いまならまだ引き返せるぞ、と真剣に魂に語りかけた。

しかし、最終的には、自分は正しいことをしようとしているのだと腹をくくった。ぐずぐずしているとまた迷いが生じそうだったので、恐怖の電話をかけた。

重々しい声が応対した。「ラドコフスキーだ」

「マイク・マロリーだ」

罵声が聞こえてくるかと思いきや、ラドコフスキーはなにも言わなかった。ショックで言葉を失ったのか、通話を録音しようと手間取っているのか？　マイクが思うに、どちらも正解なのだろう。

ついにラドコフスキーの声がした。「なんだ？」

「おれはあんたのことをケツの穴のなかでも最低の部類だと思ってる」

「そんなことを言うために朝食の最中に電話してきたのか？」

「いいや。まだ知らないといけないんで、おれの気持ちをあらかじめ知らせておこうと思っただけだ」

「そんなことはうすうすどころか、とうに承知だ。それで話が終わりなら、オートミールが冷めるから切るぞ」

「あんたは捜索差押許可状を取るだのなんのって大騒ぎした。あげく、周囲はおれをあんたから八つ当たりされた被害者、あんたを大ばか者とみなした」

「人によるぞ」

「満場一致さ。おれの家を監視中の捜査官ですら、同意するだろう。あんたが捜索に着手しないのは、なにも見つからないとわかってるからだ」

「許可状を取るかどうかはわたしが決める。だがな、いずれにせよ状況が把握できるまではおまえを顕微鏡で見つづけてやる。おまえの仲間のギフは、痔の手術のために休みをとった。痔の手術とは、よく言ったもんだ。同僚は誰ひとり、やつが痔のことで文句を言うのを聞いた記憶がないってのに」

「食事しながら話すようなことじゃないからな」

「かばおうたって無駄だ。おまえたちの首謀者が休暇をとったのと同じ時期に、ギフが突然、手術をすると言いだした。やつの休暇中にだぞ」彼は冷笑しつつ、くり返した。「イーストンがなにか企んでるのはわかってる。おまえたち三銃士は火遊びをして火傷を負いかけてる。懲りもせず」

ラドコフスキーが与えてくれた糸口をマイクはつかんだ。「それが理由で電話した」間を置いて、ラドコフスキーの関心を引きつけた。「そうだ、ドレックスはあることを企んでる。で、今回は……」口を閉ざして、ひとつ深呼吸した。「やつがやろうとしていることで、深刻な余波が生じる可能性がある。おれたちも巻き添えを食うが、なによりやつにとってだ」

「やつはなにを企んでる？　いまどこにいるんだ？」

「うむ。話す前に取引をしたい」

「そんなもの、応じられるか」

「だったら、オートミールに戻ってくれ」

「待て！　わかった、どんな取引だ？」

「ドレックスには叱責のみ、それ以上の処分はなし。厳しい処分を下さないと約束してもらう。実際にはまだなにもやっていない。計画だけだ」

「約束する」

マイクは笑い飛ばした。「そんな安請け合い、おれが信じると思うか、ラドコフスキー？」

「わたしに二言はない」

「くその役にも立たん。書面にしろ」

ラドコフスキーは考えてから答えた。「できるかぎり寛大な処分にする。わたしに約束できるのはそこまでだ。わかってると思うが。独断できることじゃない」

「だが、あんたの影響力をもって――」

「それも程度問題だ。だてに〝捜査局〟を名乗ってるわけじゃないぞ。ここルイビルのお偉いさん方におうかがいを立てなきゃならない」

それが嘘でないのはマイクにもわかる。「そのあたりで手を打つしかなさそうだ」

「じゃあ、取引成立なんだな？」

「いいだろう。ただし、おれが進んで情報を提供したと証言してくれる第三者が欲しい。知ってることは洗いざらい話すつもりだが、それには、あんたの書面での承認と、ドレックス、ギフ、おれの罪を問わないという約束が前提になる」

「イーストンは喜ばないぞ」

「それを思って昨日は眠れなかった。怒るに決まってるが、話せばきっとわかってくれる。やつに対するおれの忠誠心は変わらないし、そいつを捕まえて刑務所送りにすることが、おれたちの共通の目標だ、と」

ラドコフスキーがあざ笑った。「〝そいつ〟って、いるかどうかもわからんやつだぞ」

「そいつはいる。あんたはただ、正体不明のそいつを逮捕できる見込みがないんで、実在すると考えたくないだけだ。そいつが女性をだまして殺してまわっているあいだ、あんたは書類をめくって、退職の日まで忙しいふりを続けるのさ」

「一方、イーストンは行動の人ってわけか」

小ばかにした口調だったが、マイクは頰をゆるめた。「おれの思いを代弁してくれたな、ラドコフスキー。あんたはつねに犯罪者を捕まえることより、ドレックスへの鬱憤晴らしを優先してきた。そいつは実在するし、おれはわれらがドレックスがそいつを追い詰めることを願ってきた」マイクはそこで口ごもった。

「にしても、今回はどうにも勝手がちがう。それがおれには恐ろしい。最初からいやな感触があったんだが、ここへ来て、新たな情報が明らかになった。相手は単なる詐欺師じゃない、頭のぶっ壊れた野郎だ。ギフもいやな予感がすると言うんで、ドレックスにはそう伝えた」

「ところがあいつは、誰より自分が賢いと思っている」

「あんたより賢いのは確かだ」マイクは応じた。「反面、こうと決めたら梃子《てこ》でも動かない石頭でもある。そしてそんなドレックスらしく、その情報に食いついて走りだした。おれにはドレックスが全速力で崖に向かって走っているように見えてならない。崖から落ちたら、真っ逆さまに地面に激突する。墓穴を掘る手伝いはしないとドレックスには言ってある。おれのも掘らない。それに、おれももういい歳だ」言葉を切って、咳払いをした。「あいつは弟みたいなもんだ。だが、今回は規律を踏み外す可能性が恐ろしく高い」

「おまえは責任ある大人として、正しいことをしようとしてるんだ」

いつもの猛々しさに戻って、マイクは責めた。「善人ぶるな、ラドコフスキー。あんたはうれしくてもうチビりそうなんだろ。この瞬間を祝して、せいぜいはしゃぐがいい。おれはそうはいかないがな。これからすることを思うと、いい気分にはなれない。あいつのためとはいえ、いちばんの親友を裏切るんだ」

ここでまた陳腐な発言をするほど、ラドコフスキーも無神経ではなかった。

マイクは深く息を吸い込み、うなるようにして息を吐いた。「さあ、終わらせよう。おれのオフィスで待つ。あんたよりおれを好いている証人がいてくれることを願う」

「時間は？」

「これから出る。気が変わらないうちに」マイクは壁の時計を見た。「いつもはこんなに早い時間に出勤しないんだが、あんたのところの番犬は、車を出させてくれるか？」

「電話しておこう。じゃあ、のちほど会おう」

ふたりは電話を切った。マイクはそれから五分後にもう一本、電話をかけた。最初の呼び出し音のあと、ドレックスが出た。「引っかかったか？」

「まんまと」マイクは答えた。「これからアトランタに向かう。サミーがおまえによろしくとよ」

ドレックスはうまくいったことを電話でギフに報告した。「ラドコフスキーがころっとだまされたくらいだから、マイクのやつ、大げさなことを言ったんだろう。悪事の証拠をつかもうと、やつがマイクの職場に乗り込んだところを想像してみろよ」

ドレックスはギフに語った。ラドコフスキーが監視中の捜査官に電話をかけるのを待ってマイクがガレージのシャッターを上げたこと、そしてマイクの車を見た捜査官たちは聞かされていたとおりマイクがオフィスに向かうと考えたことをだ。

マイクは腕にファイル——中身は美食家向け雑誌のバックナンバー——を抱えて外に出て、車の助手席に置いた。ふたたび家にとって返し、こんどは箱を持って出た。『ワイン・スペクテーター』のバックナンバーが入っていたその箱は、後部座席におさめられた。

さらにもう一度家に引き返し……そして、勝手口から外に出た。自宅の裏手にある家々のあいだを抜け、サミーが待つ隣の通りまで行った。サミーが乗っていたのはどこにでもあるメーカーと型式の、ごくふつうのグレーの車にしか見えなかった。

「エンジンはかかっていた」ドレックスはギフに言った。「マイクは車に乗り込み、車は走りだした」

「マイクが立ち去ったことに捜査官たちが気づくまでに、どれぐらいかかるんだ？」

「さあな。いつにしたって、それを知ったラドコフスキーは大爆発する」

「マイクがこの逃走プランを企てたとは思えないんだが」

ドレックスは鼻を鳴らした。「おまえからラドコフスキーを刺激するなと言われたことなら覚えて――」

「ところが、おまえはやつをいらだたせずにいられなかった」

「大切なのは、マイクがやつの支配からのがれたことさ」

「やつらが近所の聞き込みをしたらどうする？　誰かがサミーの車を見ていて、覚えてるかもしれないぞ」

「それも織り込み済みだ。サミーは街から数キロのピクニックエリアまでマイクを送る。そこにもう一台、車が置いてあるんだ。マイクはグレーのセダンのままでいいと言ったんだが、サミーはあれは見た目ほどふつうの車じゃないからと反対した」

「盗品か？」

「そこは追及しなかったらしい。なんにしろ、マイクはミッドナイトブルーのミニバンでアトランタに乗り込む」

報告には、単に事実を伝える以上に時間がかかった。ほかのすべてに陰を落とすある話題を避けていたからだ。ギフはその話題を持ちだすのに二の足を踏んでいるようすで、それはドレックスも同じだった。

ギフが先に痺れを切らした。「あのふたり、今朝は動きがあったのか？」

「いや」ギフは〝あのふたり〟とまとめたので、早朝、タリアに遭遇したことを話さなくとも、厳密には嘘とは言えない。「だが、朝食のときの会話は聞いた。ジャスパーは食後少ししたら、クラブまで泳ぎにいくと言っていた。荷物はもう詰めたのかと彼女が尋ね、クラブから戻ったら用意するとやつが答えてたから、少なくとも出発は午後だと思う」

「車での移動も考えられるな」

「いや、手荷物チェックなしで通過できるという話をしてた。三時四十五分と五時十九分にデルタの直行便がある。そのどちらかだと思うが、どちらになるかはやつらが家を出るまでわからない。二時をまわったら、三時四十五分の便に乗るのはむずかしくなる」

「自分たちで運転していくつもりなのか？」

「その話は出なかった。ふたりが家を出たら電話するから、動けるように待機しててくれ。空港で張り込んで、セキュリティチェックの近くでふたりが通るのを確認するんだ」

「彼女に見られずにだな」

「彼女に見られずにだ」

「おまえは？」

「おれはふたりが空港に向かっていることを確認するため、車でふたりを追う。もし別方向に走りだしてもそれを追って、おまえが追いつくのを待つ。ふたりが空港に行くのを確認できたら、そのことをおまえに伝えるから、おまえは空港でふたりを見張ってくれ。おれは引き返す。ここへ戻って――」

「不法侵入《ブレーク・アンド・エンター》するわけだ」

「うまくしたら、なにも壊《ブレーク》さずにすむ」ギフはだじゃれに反応しなかった。ドレックスはため息をついた。「蒸し返すなよ」

「危険だぞ、ドレックス。なんでそこまでしなきゃならない？　ほかに手があるか？」

「合法的なルートが閉ざされていることは確認済みだ。ふたりの旅立ちを見送ったら、おれも捜索に加われる。だとしても、ひとりで行くことはないだろ？　かかる時間は半分ですむ」

「わかった。だとしても、ひとりで行くことはないだろ？」

「いや、これはおれの計画だ。目と手がもうひと組あれば、危険にさらされる首はおれのだけでいい。それに、もしおれが捕まったら、おまえにはバッジを振りかざしながら登場して、おれを地元警官の手から救いだしてもらわなきゃならない」

「そんなこと言ってないで、捕まるなよ」

「当然だろ」

「で、おまえはいまなにしてる？」

明け方にタリアとやりあったあとしていたことをしていた。すなわち、ジャスパーが階段を駆けあがってきて、ドアを蹴り開けるのを待ち望んでいた。ジャスパーが自分を八つ裂きにしようとしたら――そのときは、ジャスパーと嘘つきのその妻に動物的な衝動の発露がいかなるものかを見せてやれる。

だが、ギフにはこう言った。「ふたりが出発するまでの時間潰しだ」

彼は歩きまわった。椅子に座った。フォード家のふたりがキッチンに出入りしながら交わす切れぎれの会話を傍受した。とくに実のある内容はなかった。今朝ドレックスに出くわしたことをタリアがジャスパーに伝え、そのときの話の内容を言ったとしても、ドレックスには聞こえない場所で行われたことになる。そして前夜にくらべると、ふたりのあいだの雰囲気はよくなっているようだった。

なにがその変化をもたらしたのか。想像しても喜びはない。

十時五分、ジャスパーがひとりで家を出た。帰宅したのが十二時三十六分。

それ以降はいつ出発してもおかしくないのがわかっているので、窓の前で中断なしの監視態勢に入った。二時七分、携帯電話が鳴った。ギフからだった。「五時十九分の便か?」

「のようだな。待機してろ」

三時がめぐってきた。三時十五分になっても、まだふたりに動きはなかった。そしてドレックスが破裂寸前になっていた三時二十二分、ジャスパーの車がガレージからバックで出てきた。

ドレックスはギフに電話した。「車が動きだした」

「車を呼んだのか?」

「やつが運転してる」

「了解」

ふたりは電話を切った。ドレックスは車を目で追い、私道を出たあと向かう方向を見届けた。そのあと玄関でゆっくり五十数えてから、階段を駆けおりた。

ふたりを乗せた車をふたたび目にしたのは、幹線道路に入ってからだった。彼らの車とのあいだには、五、六台の車がはさまっていた。ドレックスは速度を落としてさらに何台かを先に行かせ、ふたりの車を視界におさめつつも安全な距離を保った。彼らの車を追いかけるように橋を渡ってチャールストンに入り、空港に向かって高速道路を北上した。

ジャスパーは法定速度を守りつつ、外側の車線にいたので、つけるのもたやすかった。ジャスパーがウインカーを出して空港口に入ると、ドレックスはギフにふたたび電話した。

「いよいよ出発らしい。持ち場にいるか？」

「アルコール《A》・タバコ《T》・火器および爆発物《F》取締局に目をつけられないよう、気をつけてるところだ」

「いま空港に到着した。そのまま待っててくれ」ジャスパーとのあいだにじゅうぶんな距離を保ったまま駐車場へと向かい、ジャスパーがターミナルの向かいにある短期用の駐車場に車を進めると、そのことをギフに報告した。「ふたりはじきにそちらに行く」

「了解。油断せずに見てるよ」

「おれはこれからふたりの家に引き返す」

スクリーンが張りめぐらされたポーチから侵入することにした。通りから見えないという明確な理由のほかに、ドレックスにとってフォード家でもっとも慣れ親しんだ空間であることが理由になった。

ポーチのドアの鍵はあっけなかった。ラテックスの手袋をはめ、ものの数秒でお粗末な錠を壊した。頑丈な勝手口の錠前を開けるにはもう少し時間がかかったものの、それも作業としてはむずかしくなかった。罠がしかけられているかもしれないとマイクが言っていたのが頭にあったので、息を詰めてドアを開けると、警報装置がビープ音を放ちだした。前夜タリアが口にした新しい暗証番号を入力した。

警告用のビープ音がやんだ。

ドアを閉めた。キッチンの窓から窓へと移動して、外から見られていないかと敷地のあちこちに目をやったが、庇《ひさし》からしたたる雨だれが下の水たまりに波紋を作っている以外は、なんの動きもなかった。

見つからずになかに入れたことにほっとして、息を吐きだした。そのため息しか聞こえない。家のなかは完全に静まりかえっている。時計の秒針の音、電化製品の重低音、空気孔を通る風の音。そんな音もいっさいなかった。

静けさに加えて薄暗いせいで、よけいに薄気味悪く感じる。ブラインドや鎧戸《よろいど》は開いたままだが、天気がよくないので夕暮れが早まっている。家に射し込む光はあまりに弱々しく、目が暗さに慣れるのに時間がかかった。

マイクはこの家の不動産情報を入手したときに、間取りも出力していた。ドレックスはその間取りを頭に入れていた。入ったことがあるのは階下の数部屋だけだったけれど、どこになにがあるかは知っていた。キッチンを起点にして正式なダイニングルームを抜け、吹き抜けになった玄関ホールに出た。ここにはメインの階段があり、優雅な弧を描いて二階へと続いている。

二階からはじめることにして、各部屋がどうなっていてなにがありそうかをざっと見てまわることにした。それからひと部屋ずつ優先順位に従って室内を探るのだ。

階段をのぼって踊り場に立った。そこから広い廊下が続き、その中程に両開きのドアがある。ドアを押し開けてなかに入ると、主寝室だった。左から右へと視線を動かして室内全体を視界におさめ、そこにある家具調度を記憶に留めた。ベッドは両開きの出入り口と平行に置かれているので、まっすぐ前方にある。ドレックスは前に進み、ベッドの足元に立った。

ベッドはきれいに整えられ、枕やクッションが形よく配置されている。対になったナイトテーブルが布張りのヘッドボードをはさんで両側にあった。ナイトテーブルの上に置いてあるものでどちらがどちらに寝ているかがわかる。ジャスパーの側にはランプと目覚まし時計のみ。タリアの側にはおそろいのランプと目覚まし時計に加えてクリスタルのトレーが置いてあり、そこに宝飾品がいくつか入っていた。ベッドに入る直前に外したものにちがいない。ブレスレットとゴールドのフープイヤリングはドレックスにも見覚えがあった。木曜日の夜のディナーで着けていたものだ。

クリスタルガラスのポンプボトルには、ハンドローションが入っているようだ。ドレックスはやめておけという心の声を無視してベッドをまわり込み、かがんでそのにおいを嗅いだ。彼女の香りがして胸が疼《うず》き、おろかな自分をののしった。

ふたりの結婚生活に探りを入れることなく、彼女のナイトテーブルを調べた。引き出しをひとつずつ開け、手早く中身をあらためる。ハードカバーのフィクション、ペーパーバックのノルウェイ旅行本、タリア・シェーファーの名前が入った文房具の箱。ラストネームがフォードでないことに、小さな満足感を覚える。

とくに注目に値するものも、きわめて個人的なものも、引き出しには入っていなかった。ありがたい。とても堪えられなかっただろう。だが、ジャスパーの側のナイトテーブルに大人のおもちゃのたぐいがあるかもしれない。

ドレックスはそちらの側に移動して、引き出しをひとつずつ開けた。性的快感を高めたり、異常な性欲をあおる道具は見つからなかった。というより、なにもない。なにひとつとして。引き出しは空だった。二重になっているかもしれないと思い、裏側を叩いてみたが、中空ではなさそうだし、引き出しの容積が見た目より極端に少ないということもないようだった。

ベッドの下をのぞいた。ジャスパーが知ったらおもしろがるだろう。そこにもなにもなかった。

続いてタンスの引き出しを開けた。最初の引き出しには、ジャスパーの下着が入っていた。たたまれた高級ブランドの下着が、ベテランの従者の仕事ぶりを思わせるまっすぐさでずらりとならんでいる。靴下の引き出しも同じだった。シルクのポケットチーフの入った引き出しなど、モダンアートのキャンバスのようだった。

几帳面に整えられた環境を乱してやりたいというだけの理由で、引き出しのひとつずつを床にぶちまけたくなった。やるとしても、ひととおり見てまわってからだ。そのときはかならず、このしゃれたポケットチーフの引き出しからやってやる。

ジャスパーのクローゼットはロデオドライブにある紳士服店を思わせた。完璧のひとこと。どの服も三センチの間隔を空けて提げられ、シャツとズボンとジャケットが色ごとにまとめてあった。靴は、物差しでも使っているのか、どれも棚の端からつま先を飛びださせることなく一列にならべてあった。

ジャスパーがすべてをここまできっちり整理整頓しているのは、なぜだ？　何者かに自分の私物をさわられたのがわかるようにか？

そんなことを考えていると、携帯電話が振動した。ドレックスはぎくっとして、飛びあがった。ジーンズのポケットから携帯電話を取りだし、必要もないのに小声で応対した。ギフからだった。

「やつらが来ない」

「なんだって？」

「現れないんだ」

「どういう意味だ？」

ギフがいらだたしげな声を出した。「やつらはチェックインしてないし、セキュリティも通ってない」

「見落としたんだろう」

「いや、ありえない。セキュリティがよく見える位置にいる」

「だが、おれはやつが駐車場に入っていくのを見た」

「だとしても、予定の飛行機には乗ってない。念のために遅れた乗客を装って、窓口でまだ間に合うかと尋ねたら、飛行機のドアはもう閉じたと言われた。おれたちがこうして話しているあいだにも、滑走路を走っているだろう」

ドレックスは腕時計を見た。ギフの言うとおりだった。不測の事態を解明すべく、頭が高速で回転している。「タリアは旅行業界の人間だ。通常のセキュリティを通らなくていいサービスを使ってるにちがいない」

「おれもその可能性はあると思う」

「ほかにどんな可能性がある？」

「自家用機とか？」ギフが提示した。

「だったら公共の駐車場は使わないはずだ」

「だな」

「駐車場まで行って、車がまだあるかどうか見てくれるか？」

「もちろん。ただし、少し時間がかかるぞ」

「つないだままにする」

「わかった。もうひとつの可能性として、ドレックス、やつらは気を変えて帰宅中かもしれない。そこを出ろ」

「とうにわかってる」寝室を出て両開きのドアを閉め、階段を駆けおりた。宵闇が深まっているが、懐中電灯をつけたくなかった。ジャスパーから借りている懐中電灯だ。

ギフが尋ねた。「なにかいじったか？」

「いいや、まだなにも触れてない。駐車場にはまだ着かないのか？」

ギフは息をはずませていた。「もうすぐだ。やつはどんな車に乗ってるんだ？」

「メルセデス社の黒いSUVだ。おっと！」

「どうした？」

「ダイニングテーブルの角にぶつかった。やつらはなぜ計画を変えた？　ちくしょう！　何日間か自由にこの家を探れると思ってたのに」

ギフの息が上がってきた。「直前に立てた計画ってのは、変更になったり、取りやめになったりするもんだ」

「だが、今朝、話してたんだぞ。アトランタの天気予報とか、荷物の中身とか、カジュアルな服やドレッシーな服をどれぐらい持っていくかとか。たっぷり五分はそんな話を——」

「さあ、駐車場に着いたぞ。どちらに行けばいい？」

ドレックスはキッチンの中央まで来てぴたりと立ち止まると、自分がいま口にしたことを頭のなかでくり返した。

「ドレックス？　やつは駐車場に入ったあと、左右どちらに折れた？」

「ふたりは旅行の話をしていた。長いあいだ。昨夜も今朝も」

くるっと向きを変えて、コンロに向かった。一瞬のためらいののち、コンロの上に手を伸ばして、コンロとキャビネットのあいだのせまい隙間に指を差し入れた。トウモロコシの究極の調理法と称するごたくを述べながら盗聴器を設置した場所だ。

盗聴器はなかった。

一歩下がって、いくつか呼吸をくり返してから、ふたたび手を伸ばして、指先をなるべく奥まで入れたが、盗聴器を設置した場所はわかっている。そこにはなかった。

「ドレックス！」ギフのどなり声が耳に届いた。「左右どちらだ？」

「もういい。車はどうせ見つからない」

「どういうことだ？　なんでだ？」

「切るなよ」ドレックスはしゃがんでいるのをジャスパーに見られたキャビネットのところまで移動した。改めてしゃがむと、台座に手を這わせた。

盗聴器はそこにあった。

「ドレックス？　まだ家を出てないのか？　どうなってる？」

「ジャスパーが盗聴器を移動させていた」

「なんだって？　そんなわけない。どこにあるか知らないはずだろ？」

「見つけたのさ。そして、あざ笑うかのごとくあの夜おれが設置したと思わせた場所につけてあった」乾いた笑い声を放った。「おれたちはやつがおれたちに聞かせたいと思う話を聞かされてたんだ」

「あのくそ野郎」

「まったくだ」ドレックスは言った。「いいようにおもちゃにされた」

18

耳のなかにギフのどなり声が響いた。鬼コーチのごとき声であおり立てる。「家を出ろ。アパートも空にするんだ。急げ！」

ドレックスにはその叱咤が必要だった。自分がだまされたことに気づいて茫然自失状態になっていたからだ。

「また連絡する」

電話を切った。切羽詰まったギフの指示を耳に響かせたまま駆けだし、家を出がてら警報装置をセットしなおして勝手口の鍵をかけ、どちらも侵入時の状態に戻した。ポーチのドアの鍵は一見しただけでは壊れているのがわからないよう、まっすぐになおした。

ガレージ上のアパートに全速力で走った。あわてているせいで足元が不安定だが、階段を駆けあがってアパートに飛び込んだ。ドアを閉めるや、サイレンが聞こえてきた。

「嘘だろ！」

息が上がり、心臓が激しく打ちつけている。部屋の中央に立って選択肢を検討し、不適切なものを切り捨てていくと、最後にひとつが残った。

すばやい動きで背後の壁のスイッチを探り、頭上の明かりをつけた。突然の明るさにまばたきをくり返しながらラテックスの手袋を外してウインドブレーカーのポケットに突っ込み、代わりに拳銃を取りだした。ウインドブレーカーを脱いで脇に投げると、がたつく安楽椅子の上になにげなく落ちた。

片手に拳銃を持ったままもう一方の手でジーンズのボタンを外し、小股ではずむように寝室まで歩き、少しずつ脱いだジーンズを床に落として、ランプをつけた。ダッフルバッグはベッドの上にあった。拳銃をバッグに戻してパソコンとシミのついた出力紙を取りだした。パムに感謝。パソコンと原稿をリビングに運び、急遽、仕事場を整えた。

外の通りでは霧のなかに明滅する光が滲んだ色の帯を浮かびあがらせている。パトカーはサイレンの音を小さくしつつ、フォード家の私道に入って急停止した。両サイドのドアが開いた。

ドレックスは寝室に駆け戻ってシャツを脱ぎ、伊達メガネをかけて靴を脱ぎ捨て、ダッフルバッグのストラップをつかんだ。その最中にキャンバス地のバッグの底にあったＦＢＩのＩＤケースが目に留まった。

一瞬、動きを止めた。いまこれを使うこともできる。その誘惑は大きかった。しかし、使えば正体がばれる。ジゴロの不運な作家志望者には二度と戻れない。決定的な切り札ではあるが、早々に使えば大物を取り逃がす。ジャスパー・フォードを。

ダッフルバッグのファスナーを閉めて、クローゼットに押し込んだ。リビングにとって返し、冷蔵庫からビールを取りだした。蓋をねじり開けて半分はシンクに流し、残り半分の入った瓶をテーブルに運んでノートパソコンの隣に置いた。椅子に腰掛けて、顔の汗をごしごしこすり、創作苦にあえぐ作家の顔を作った。

結果として、息を整える時間はたっぷりあった。階段をのぼる警官の足音が聞こえてきたのは五分後だった。半分ほどまで来るのを待って、椅子から立ちあがった。なにげなく玄関の網戸まで行ったのと、彼らがやってきたのは、同時だった。

こちらを見ているのはふたりの巡査だった。制服の袖章でマウントプレザント市警察の所属であることがわかる。まだ若く、きびきびしている。そして下着姿の男に出迎えられて面食らっているようだった。

ドレックスはそのときはじめて自分の薄着に気づいたとばかりにまごついて見せた。「いや、申し訳ない。どうしたんだい？」

「お名前をうかがえますか」警官1が尋ねた。

「ドレックス・イーストン」

「ここにお住まいですか？」

ドレックスはさげすみの目で背後の部屋を見た。「雨露はしのげる。三カ月の約束で借りてるんだ」アーノット夫妻のことを話した。「入るかい？ それとも……」誘ったうえで、語尾を濁した。

警官ふたりは部屋に入り、あたりを見まわした。

「独り暮らし？」警官2が尋ねた。

「そうだよ」

「あれはなんですか？」警官1が原稿を指さした。

「初小説だ」

「じゃあ作家で？」

ドレックスは眉をしかめた。「出版お断りの手紙の山からして、そうは言えないね」

警官1が小声で笑い、警官2が尋ねた。「お隣の住人をご存じですか？」

「フォード夫妻かい？　もちろん。行き来があるからね」

「隣家の警報装置が作動しました」

ドレックスはキツネにつままれたような顔でフォード家のほうを向いた。「ぼくは聞いてないな。いつのことだい？」

「だいたい二十分ぐらい前です」警官1が答えた。「警報音は鳴り響かなかったんです。警告用のビープ音だけで。ですが、ミスター・フォードの携帯にアプリが入っていて、警報装置が作動したときに通知が来るようになってましてね。清掃業者とかが家のなかに入る予定はなかったんで、署に電話があったんです」

ドレックスはなるほどとうなずきつつ、なにも言わなかった。

警官2が尋ねた。「このあたりで見慣れない人物を見ませんでしたかね？」

「ぼく以外に？」警官1にはうけた。警官2にはそうでもなかった。やさしい警官と怖い警官の組みあわせ。ドレックスは真顔になった。「一日じゅうここにいたが、影も形も見てないな。でも、朝早い時間にちょっと出かけたんだ。ミルクを買いにね。で、なにを盗ったんだい？」

「誰が？」

「押し入ったやつが」

「それが、なにも盗ってないようで。侵入の形跡がないんですよ」

「ふむ。じゃあ、なんで警報装置が作動したんだか。ひょっとすると、ジャスパーの携帯のアプリが誤作動したのかもしれないね」

「ありえます。警報装置は再起動してました」

ドレックスは天を仰いだ。「最先端技術といってもね？」

若いふたりの警官は目を見交わした。どうやらドレックスは無害な人間ということで意見が一致したようだ。警官2が言った。「不審者を見るなり、不審な物音を聞くなりしたら、署まで通報してください」

「もちろん」

警官1は小説が売れるといいですねと言った。

「どうも。売れてくれないとね」

ふたりは時間を取らせた礼を言い、辞去のあいさつをして、階段をおりていった。一分もするとフォード家の私道から車を出して、走り去った。

ドレックスはビールをシンクに流して椅子のウインドブレーカーを手に取ると、ポケットから携帯電話を取りだした。

ギフは心配の極みだった。「何度も電話したんだぞ」

「人が来てた」訪問者のことを伝えた。「あのふたりがあと六十秒早く到着してたら、ここに戻るところを見られてたかもしれない。サイレンを聞いたときに逃げだしてたら、その姿を見られただろう。先走らなくてよかった」

「危機一髪だったな。そこを出ろ。アパートをってことだぞ」

「マイクから連絡は？」

「しゃれたホテルに到着したそうだ。フォード夫妻が現れそうにないことを含め、状況は伝えた。いまはおまえの意向を聞こうと、待機してる」

「なにをどうしたらいいんだか、見当がつかない」

「とにかくそこを出ないことにはな。この部屋にはベッドがふたつあるから、今夜はここに泊まったらいい。今後の相談をしよう」

「すぐに行く」

ドレックスが手ぶらでモーテルに登場すると、ギフは怒りを爆発させた。「荷物はどうした？」

「アパートは引き払わない」

「そうすると——」

「おれは言ってない」

「しないとも言わなかった」

「腹が減った。一・五キロ先に店があった」ドレックスは回れ右をして車に向かって歩きだした。エンジンはかけたままにしてある。ギフはモーテルのドアを閉めて、あとを追った。レストランへの道すがら、ギフは言った。「おまえを待ってるあいだに、おれの一存でマイクに電話させてもらった」

「五皿からなるコースメニューを楽しんでるところだったか？」

「マイクは予約をキャンセルしてた」

「なんだって？」

「ああ、おれもたまげたよ。部屋で仕事をするそうだ」

「なんの？」

「もしフォード夫妻が来たときと同じ車で空港を出たんなら、防犯カメラに映像が残ってるはずだと」

「だとしても、わかるのはふたりが立ち去ったことだけで、行き先がわかるわけじゃない」

「それでもマイクは確認してみると言ってる」

山小屋風のシーフードレストランは、ターコイズとピンクのネオンに縁取られ、看板にはフライパンで魚が跳ねている絵が描いてあった。揚げたてのエビは熱々で、ビールはきんきんに冷えていた。しばらく黙って食事をしたあと、ギフがまたもやアパートを出るべきだという話を蒸し返した。

ドレックスの気持ちは変わらなかった。「ふたりが戻ってきたときのことを考えると、おれがあそこにいて、なにごともなかったようにふるまったほうが、通りがいい。盗聴器はジャスパーが設置したままの場所に置いてきた。ジャスパーが帰宅したら真っ先にチェックするだろう。おれが警報装置を作動させた犯人じゃないかと疑いながらも、証明はできない」

「防犯カメラがなければの話だがな」

「おれがタリアの宝石を盗んでる場面が映ってたとしたって、警察を呼ぶと思うか？」ドレックスは首を振った。「ありえない。警察の関与は望まない」

「今夜は呼んだぞ」

「おれに釘を刺すためさ。あいつは今回の件で腹をよじって笑ったはずだ。だが、今回は戦略ミスだな」

「どうして？」

「隠したいものがなければ、隠れんぼうをする意味がないだろ？」

しばし考えたギフは、うなずいて負けを認めた。「とはいえ、もしふたりが急遽立ち退いて、このまま姿をくらましたらどうするんだ？」

ドレックスはその仮定によって生じた失望感に呑み込まれまいとした。今回の作戦行動からなんの成果も得られなかったら、敗北感に打ちのめされずにはいられない。しかし、それ以上の痛手になりそうなのが、タリアがジャスパーとともに逃亡し、ころっとだまされた自分のことを笑いものにしていると想像することだ。

「ふたりが逃走したんなら」ドレックスはギフに言った。「おれが出ていこうがいくまいが、関係ないだろ？　やつは消えて、おれたちは振り出しに戻る。あのネズミの巣穴に三カ月分の家賃を払うというおまけはついてくるにしろ」

ドレックスの気持ちを察して、ギフはその話題を引っ込めた。食事を終えると、割り勘で二十ドルずつ出した。二本めのビールを飲んでいたら、ドレックスの携帯が振動した。「マイクだろう」彼は電話に出た。

マイクは端的に尋ねた。「どこにいる？」

「レストランだ。いま食べ終わった」

「ギフはそこか？」

「目の前にいるぞ」

「ニュースを観たか？」

「いいや」

「店を出ろ」

ドレックスは有無を言わせぬマイクの口調にうながされて席を立つと、ついてくるようギフを手招きした。テーブルを縫って店内を歩きながら、マイクに尋ねた。「どうした？」

「コナーというラストネームの女が持ってたヨットだが、〈レイニー・ベル〉だったな？」

「そうだ。それがどうかしたか？」

「日没のころ、沿岸警備隊の巡視船がそのヨットに載ってた救命ボートが転覆してるのを発見した」

「なんだって？」

「〈レイニー・ベル〉は一キロほど離れたところで漂流しているのが見つかった。しかも無人で」

「なんだと？」

「最悪の話はこれからだ」

ふいに立ち止まったドレックスに、背後からギフがぶつかった。

「一体の死体が岸に打ちあげられた」マイクは言った。

エビとビールが口から出そうになった。「誰のだ？」

「名前はまだだ。いま公表されているのは……ドレックス、女の死体ということだけだ」

19

ドレックスはギフに向かって携帯電話を投げ、取り落としそうになりつつ受け取った彼に言った。「マイクと話して、どこへ向かったらいいか訊いてくれ」

席待ちをする人々の一団のあいだを肩ですり抜け、出入り口から外に出るや、いっきに走りだした。走ってついてくるギフはドレックスの携帯電話を耳にあてがっている。それぞれがシートベルトを締めたころには、緊急事態の内容と女性の死体が発見された場所の近くにあるマリーナの名前がマイクからギフに伝えられていた。

「マイクによると最短ルートは——」

「そこへの道なら知ってる」ドレックスはレストランの駐車場にあった車を発進させ、タイヤをきしませながら浅いUターンをして幹線道路に出た。「電話をスピーカーに切り替えろ」

ギフがそのとおりにした。マイクはなにをしたらいいかとドレックスに指示を仰いだ。

「正直に答えろ」ハンドルをつかむドレックスの指が握ったりゆるめたりをくり返している。

「もし死んだ女の身元がわかってて黙ってるんなら、おまえの心臓をえぐりだす」

「誓う、ドレックス。被害者の名前は公表されていない」

　ドレックスは無理やり心を鎮め、個人としての物思いを脇に押しやって、現実的に考えた。

「荷物をまとめろ。おまえの車は――」

「サミーの車だ」

「サミーの車は置いてこい。サミーにはあとで代金を払う」ダッシュボードの時計を見た。九時になろうとしている。「アトランタ発チャールストン行きの便の最終は――」

「十時二十九分だ。もう予約してある」

「さすがだな」

「おれが必要だろ？　到着後、どこへ向かえばいい？」

「それがわかれば苦労はないさ。まだそこまで頭がまわらない」

「地上におりたらメールする」

「ラドコフスキーから追われている形跡はまったくないのか？」

「ないぞ」

「ほかにも携帯を持ってるか？」

「いつでも使えるように充電してある」

「おれも別の携帯に替える。ギフと番号を交換しておいてくれ」

　ギフは、自分とマイクが新しい電話番号を選んでいるあいだ、スピーカーを切った。

　ドレックスは運転に集中した。車のあいだを縫って進みながら、のろのろとしか進まない車をののしった。ギフは助手席上の持ち手を握りしめていたが、スピードの出しすぎと危なっかしい運転に論評を加えないだけの分別はあった。

マリーナの近くまで来ると、すでに通行が規制されていることがわかった。何本かの通りは封鎖され、そうでない通りでは、懐中電灯を手に反射ベストを身に着けた警官たちが車を迂回《うかい》させている。このまま進めば望まない方向へ誘導されると判断したドレックスは、夜間で店舗が閉まっている小規模モールの駐車場に車を入れて、残りは歩くと宣言した。

「バリケードがあるかもしれないぞ」ギフが言った。

「バッジを出せるようにしとけ」

「強引に突破するつもりか？」

「必要とあらば」

「そんなことをしたら、ラドコフスキーに――」

「バッジを出せるようにしとけって」ドレックスはギフの反論を封じた。たぶん理に適った助言だ。抜け目なく立ちまわれと言いたいのだろう。慎重にことを進めろと。

そんな助言は聞きたくない。

じゃまされることなく埠頭の手前まで来た。ドレックスはメディアの人間たちがロープで囲い込まれている場所を指さした。「記者にまぎれ込んで、マイクから聞いた以上の話が聞きだせるかどうか試してくれ」

「おまえはどこへ行く？」

「上だ」ドレックスは高架になった桟橋を手振りで示した。「手すりのあたりにいる」

彼は階段をのぼった。桟橋は野次馬であふれかえっていたが、思いの外静かだった。ドレックスは人を押しのけて木製の手すりまで進み、人々が見ている下のビーチに目をやった。

救急救命士が押し固められた砂の上にあった死体袋を持ちあげて、担架に乗せていた。担架に移し終わると、ストラップで固定した。担架は運ばれて、救急車に乗せられた。最終宣告のような音を響かせて両開きのドアが閉じられ、救急車はビーチから遠ざかっていった。

人々は悲しい映画の結末でも観ているように黙して動かず、やがて知り合い同士が小声で話をしながら徐々にその場を立ち去りだした。互いに質問しあったり、憶測をめぐらしたり、命のはかなさを嘆いたりしている。

「ドレックス」

小声で呼ばれて、ギフをふり返った。「公式発表じゃないんだがな」彼は言った。「イレイン・コナーだということで、意見が一致してる」

ドレックスは胸骨が折れて胸が萎んだように感じた。イレインの死を悲しむ気持ちと、タリアでなかったことに対する罪悪感混じりの安堵とで。ギフに背を向けて傷んだ木製の手すりをつかみ、体をふたつ折りにして、口で大きな呼吸をくり返した。

ギフはたっぷり一分待って、続きを話しだした。「ハーバーをヨットが出ていくのをマリーナから見てた人たちは、こんな悪天候の日に物好きな人間がいるもんだと思ったそうだ。何人かの目撃者によると、操舵輪を握っていたのは、男だったらしい」

「ジャスパーだ」

「ジャスパー以外ありえない」ドレックスは最後にもう一度、深呼吸すると、上体を起こした。「おれたちがよそを向いているあいだに、空港からここに直行して、ヨットに乗ったんだ」首をねじり、ギフに険しい顔を向けた。ドレックスがなにを尋ねようとしているか、友は悟ったようだった。しかし、ドレックスにはその質問を発する勇気がない。

ギフは肩をすくめて、申し訳なさそうな顔になった。「その男とイレイン以外に同乗者がいたかどうかは、わかってないんだ」

残る質問は、タリアが最後に夫といっしょにいるのを目撃されたのはいつかだ。被害者なのか共犯者なのかは、いまだ不明のままにしろ。ドレックスの思考を読んだのか、ギフが言った。「捜査関係者のあいだにほかに被害者がいるという話は出てないから、捜索活動に関しても回収じゃなくて救出という言い方がされている」

ドレックスは水面を見はるかした。「捜索しても見つかるのはせいぜいタリア本人か、その死体だろう」心の乱れのままに、声がかすれている。「この世の終わりまで捜索を続けたとしても、当局にはやつの痕跡すら見つけられない」手すりを押しやってふり返り、階段に向かってきっぱりと歩きだした。「あいつは泳ぎを得意としてる」

「特定されてない」

満足のいく変身だった。

たしかにハワード・クレメントはジャスパー・フォードほど垢抜けていない。ジャスパーはタリア・シェーファーの夫にして、イレイン・コナーの友人、富裕者向けのカントリークラブの栄えあるメンバーであり、高級ワインと美食に目のないしゃれ者だった。

とはいえ、新たに採用した外見と人柄は使い勝手がよく、桟橋に集まった野次馬どものなかにいても目立たない。みなイレインがニュースの題材になるのを見守っている。彼女の人生は短いニュース速報にまとめられようとしている。

しかし、ここまで有名になれる一般人は少ない。考えようによっては、ジャスパーのおかげとも言える。彼女が生きているあいだ求めてやまなかった注目を、死によって授けたのだから。

活力いっぱいの彼女はときに疎ましい存在だった。とくにそれが顕著に表れたのが、彼の助言に従ってたっぷりの配当金を手にしたときだった。儲かると、ふたりだけで祝杯をあげたものだ。タリアも仲間に入れたらとイレインに何度も言われたが、そのたびに退けた。「妻は投資に関して保守的でね。きみのようなギャンブルは絶対にしないんだよ、イレイン」彼女はそう言われてまんざらでもないようすだった。

だが、百パーセントの儲けは保証できなかった。彼の助言によって損失が出ると、イレインは悟ったような顔でそれを受け入れ、彼の頰を軽く叩いて、あなたへの愛情は変わらないわと言ったあとで、つぎの投資先を尋ねた。

すると彼はアメリカ国内のみならず国外のマーケットも含めたさまざまな投資先に対するぶ厚い分析書を取りだし、見込み額を告げて彼女を興奮させてから、リスクを列挙してそれに水を差した。儲けの予想額で彼女を誘いつつ、国際的な取引には外交上の不安定さがつきものとして、真剣に考慮するようにうながした。

イレインの注意力は飛び交うブヨのように散漫だった。専門用語を使うと簡単に幻惑されて、やがて情報の多さに圧倒される。「もういいから、なにかひとつ選んで、わたしのために運用して」

実際、拍子抜けするほどたやすかったので、ジャスパーはイレインに退屈を感じるまでになっていた。つねに朗らかで前向きな彼女は、こちらがなにを提案しても、まず逆らわなかった。

今日の今日までは。彼はイレインに電話をかけ、タリアと言い争いになったあげく、旅行がキャンセルになったことを告げた。そして、〈レイニー・ベル〉で会ってくれないか、と頼んだ。「強い酒といい友だちを必要としてる」

彼女が喜んで提供してくれるものと決めてかかっていた。

実際、イレインは思いやりぶかいハグとともに彼をヨットに迎え入れ、バーボンのボトルを開けてくれた。だが、軽くクルーズに出ないかと誘うと、尻込みした。天候がよくない、と彼女は言った。こんなに霧が出てたらなにも見えないし、予報ではこの先もっと天候が悪くなる、たとえよくなったとしても、用心のため、〈レイニー・ベル〉をマリーナに留めておきたい、と。

彼女が何度も何度も何度も泣き言をくり返すので、しまいには首を絞めたくなった。それで——さもいまいましげに——タリアとやりあった痛みを癒やしてもらいたくてきみに頼ったが、まちがいだったかもしれない、もう帰ると言うと、ようやく彼女が折れた。

「わかったわよ、しかたないわね。でも、一瞬よ」

彼はすぐだからと、強情な彼女のせいで、破るしかない約束をするはめになった。

イレインはすでに五、六杯飲んでいたので、彼女を説き伏せて、ヨットの操舵輪を握らせてもらい、マリーナからヨットを出した。彼女がさらにお酒を二杯飲むのを待ってから、救命ボートを試してみないかと持ちかけた。

「こんな夜に？　あなたにそんなことさせたのがタリアにばれたら、頭の皮をはがれちゃう」

「だからやるのさ」彼は共謀者として、いたずらっぽくウインクした。「タリアが知ったら絶対に許さない。水を怖がってるからね。彼女のいないところではめを外そう」

イレインははめを外すという考えに足をすくわれた。

彼女はしきりに笑いながら救命ボートを海に浮かべて、乗り込んだ。「おっとっと」とくり返しながら、ほろ酔いで上機嫌だった。波がうねるたびに童女のように悲鳴をあげ、ボートの内側に入ってきた波にバランスを崩して尻もちをついたときは笑い転げた。

ジャスパーにボートの外に突き落とされ、その笑い声がやんだ。海水が彼女の口に流れ込み、悲鳴を打ち消し水中へと引き込んだ。彼はすかさず海に飛び込み、浮きあがろうともがくイレインの首に背後から肘をかけた。

ライフセーバーのやり方だ。だがいったん力を抜いたイレインは、彼が自分を海面に浮かばせるのではなく沈めようとしているのに気づくや、抵抗しだした。せっかく彼がすぐにと約束したのに、イレインがそれを台無しにした。彼女が息を引き取るまでにかかった時間はおぞましいほど長く感じた。

腕をほどいてイレインを押しやり、救命ボートに戻ると、側面に寄りかかって息が整うのを待った。力が戻ると、着ているものを脱いだ。このときに備えて浅瀬で練習しておいたとはいえ、思っていたよりやっかいで時間もかかった。それでもなんとか競泳水着一枚になった。

靴は漂流させ、シャツは捨てる前に裂け目を作った。続いて残りの衣類をつなぎあわせて、消火器に結びつけた。消火器はヨットのキャビネットから持ちだし、イレインが酒をついでいるあいだにボートに運んでおいた。重量のある消火器が衣類の塊を深みへと引き入れてくれる。

今回の難事業のなかでも、とりわけ難儀したのがボートをひっくり返すことだった。救命ボートというのは、転覆しないように設計されている。

それがすんだら泳ぎだ。ボートがヨットからどれくらい流されたか正確な距離はわからなかったものの、岸まで最低でも一時間はかかると見積もっていた。随時、休息をはさみながら、先を急いだ。

思ったよりも十二分長くかかったが、目的地との誤差はわずか三十メートルだった。車を停めておいた場所まで歩きながら、できる端から波に消される足跡を眺めた。

車といっても、数カ月前に小さな中古車店で買ったポンコツだった。現金で支払い、権利者はハワード・クレメントとした。登録手続きはせず、車体番号は削り取った。この車から足がつくことは考えられなかった。

車は岸辺に押し流された海草がレース状に広がる、むさ苦しいヤシの茂みのなかに停めてある。タイヤ痕が見つかることはまずないだろうが、仮に検出されたとしても、特徴を読み取ることはむずかしい。彼は水着の内側に入れておいたラテックスの手袋をはめ、車の下に隠しておいた磁石付きの箱に手を伸ばし、なかのリモコンを使ってトランクを開けた。取りだした機内持ち込み用のキャリーバッグには、旅行のためという名目で、そのじつ、変身するのに必要な小道具がすべて詰めてある。

変身の楽屋代わりになるのが車の後部座席だ。

一時間後に外に出てきたときには、ポニーテールと、口を取り囲むように生えていたひげがなくなっていた。髪も剃って半円状に下三分の一だけ残し、日焼け跡がわかる頭部はカーキ色のバケットハットで隠した。

着ているのは不格好なショートのカーゴパンツとけばけばしいハワイアンプリントのシャツ、買ったのはキーウエストだ。二年半前のあのとき、麗しきタリア・シェーファーをつぎの標的に定めた。彼女が住んでいるチャールストンは、罪深いほどひどい格好をした旅行者がごまんと集まる場所だった。中年期らしい丸みをもたせるため、シャツの前には詰め物がしてある。そしてゴム製のビーチサンダルをはいた。メガネはなんの特徴もない、そのへんの安売り店で数ドル出せば買えるものを選んだ。

バックミラーで姿を確認したときは、思わず笑ってしまった。これなら妻であろうと、さっき沈めたばかりの女であろうと、ジャスパーだとは気づかない。

あとでまとめて捨てるため、すべてをキャリーバッグに詰め、閉じる前に財布を取りだした。のみの市で買った古ぼけた財布だ。必要なものが入っているかどうかを確認した。運転免許証はジョージア州で交付されたもので、写真はマリアン・ハリスの内気な投資管理者であるダニエル・ノールズのときかぶっていたもしゃもしゃのウィッグを捨てたあとで撮ったものだ。その後、ジャスパー・フォードとして髪を伸ばしてひげを生やした。

ハワード・R・クレメント名義のクレジットカードもある。一年以上前に発行されて、失効にならない程度の額が預金してある。財布にもジャスパー・フォードが三日前にATMからおろした慎ましい額の現金が入っている。彼はその財布をカーゴパンツの後ろポケットに突っ込んだ。

最後にキャリーバッグの内側にあるファスナー付きのポケットからベルベット地でできた小さな巾着袋を取りだし、カーゴパンツの前ポケットに入れ、しっかりなかにおさめて布地に縫い付けられた面ファスナーを留めた。満足そうにポケットを叩いて、笑顔になる。

今夜、また新たなコレクションが追加された。

トランクにキャリーバッグをしまってロックし、ビーチから車を出した。当初は海岸線を北上して今日のうちにマートルビーチあたりまで行き、ひと部屋借りて何日か潜伏する計画だった。少なくとも騒ぎが鎮まって、彼とイレインの捜索が打ち切りになるまでは動かない。そのあと戻って、自殺と見せかけてタリアを殺す。知人たちは親友と、悲しいことにいまだ死体の見つからない夫の死を悲しんだ果ての悲劇と結論づけるだろう。

とびきりよくできた計画だった。だが、ハワード・クレメントがポンコツ車に乗って幹線道路を順調に走っていると、一連の救急車両がやってきて、彼を含むほかの運転手たちは道を譲らされた。救急車両はマリーナのある沿岸部に向かっていた。

そんなことがありうるのか？　彼は自分に問いかけた。

輝かしき過去の業績をかんがみるに、なにかを即断即決したことはなかった。一度もだ。しかし、今回ばかりはそそられた。衝動のままに、行き先を変えた。

いま彼はビーチに横たわる死体を眺めながら、イレインの人工の乳房が浮き輪の代わりになったのだろうと考えていた。そのせいで、こんなに早く岸に打ち寄せられてしまった。見つかるとしても、一日かそこらはかかるはずだった。

けれど、現に彼女はそこで仰向けに横たわり、黄色いビニールシートにおおわれている。警察のヘリコプターがやってきた。吹きおろす風のせいでシートの端がめくれ、彼女の手がのぞいた。ジャスパー以外は誰もそれに気づいていないようだった。

「まったく、わからねえもんだよな？」

ジャスパーはふり返った。背中に張りつくように立っていたのは、ガムをくちゃくちゃ噛んでいるだらしない白人だった。カットオフジーンズにコンバットブーツをはき、とぐろを巻いて牙からよだれを垂らすコブラの絵が描かれているタンクトップを着ている。不快きわまりない。「なんだって?」

「朝起きたときにゃ、まさかその日が最後になるとは思いもしねえ」

「まったくだよな、兄弟」ハワードは言った。新たな人物像に合わせて、鼻にかかったなまりを採用した。

そして白人男に背を向けると、しだいにあわただしくなっていくビーチを見守った。喜びがふくらんでくる。桟橋の見物人も増えている。ジャスパーは漏れ聞こえてくる感想に胸をはずませた。

いまおまえたちが肩をすりあわせているのは誰だと思ってるんだ?

ゆうに一時間は見物したころ、近くにいた野次馬ともども、押しのけられた。ひとりの男が割り込んできて、手すりに向かったのだ。

ドレックス。

警戒心が頭をもたげる。

だが、ジャスパーはすぐにドレックスが自分を捜しているのではないことに気づいた。ビーチで起きていることしか目に入っていない。終幕直前、死体が運び去られる場面にどうにか間に合ったのだ。

救急車が行ってしまうと、ジャスパーは桟橋からはけていく人の波にまぎれ込んだ。階段のところで人の流れが滞っている。ジャスパーは自分の番を待ち、サンダルを鳴らして段を下った。だが、桟橋からは離れなかった。まだ残っているドレックスが、手すりを握りしめて海面を見渡している。その体は弓の弦のように張り詰めていた。

それでジャスパーがいだいてきた疑いが裏付けられた。ドレックスは本人が名乗ったとおりの人物ではなく、小説など書いていない。隣家に盗聴器をしかけたのには、なにがしかの理由があるはずだ。そしていまのドレックスはイレインの溺死に対して見るからに動揺している。彼女とのつきあいの短さを考えると、不自然だった。

ドレックスが隣家に現れたタイミングのせいで、最初からジャスパーは不安を感じていた。偶然で片付けるには、マリアン・ハリスの死体発見から——わずか数カ月と——日が浅すぎたからだ。

あのときはさすがのジャスパーもショックを受けた。買い物から家に帰ると、タリアが書斎で大泣きしていたのだ。

「覚えてる？　キーウエストに住んでた友だちのマリアンのこと、前に話したわよね？」

「もちろんだとも。二年前に行方不明になったんだったね」

「いま共通の友だちから連絡があって」タリアは涙を拭きながら言った。「輸送用の木箱のなかから彼女の遺体が見つかったって。こんなことがあっていいの？」

彼にとってはたしかに悲惨なニュースだった。これまで誰ひとり見つかっていなかった。歓迎されざる一件めだったため、骨の髄から揺さぶられた。自分は優秀だ。まちがいは犯さない。とはいえ、その可能性を排除するのはおろか者だ。

大きな失態はありえない。見落としがあったとしたら小さなこと。なにげなくて、くだらないこと。あまりにささやかすぎて、自分のような天才だと防ごうとも思わないことだ。

あの夜、友人のおぞましい死を嘆き悲しむタリアを横目に見ながら、彼はジャスパー・フォードが消えるべき時が来たことを悟った。

リンジーとの結婚生活は短期間だったが、そこにはドラマが詰まっていた。その後は独身を貫くと誓い、三十年にわたって誓いを守った。それなのに、なにを血迷ったかふたたび結婚生活に突入した。寝室の内や外での親密なつながりは、タリアの手を取って結婚を申し込んだときには予期していなかったリスクをはらんでいた。彼女を選んだのはまちがいだった。イレインのようなおめでたい女を選んでおけば、こうはならなかっただろう。

タリアは鋭すぎた。ジャスパーも気づいていたとおり、彼女は不信感をつのらせており、そのあげくが不貞をはたらいているのではないかという昨夜の発言だった。イレインと寝たことはないが、タリアはなにか異常を察した――こうなったら、ジャスパー・フォードに別れを告げねばならない。

だが、それを実現するには、今回特有の問題があった。女ふたりを処分しなければならないということだ。ジャスパーを探されては困るので、タリアもイレインも放置はできない。ふたりを消す自信はあるが、方法についてはよく練る必要がある。念入りに計画し、細心の注意を払って実行するのだ。

ところが、思いもよらなかったドレックスの登場により、戦術の立案はひと筋縄ではいかなくなった。ジャスパーはタリアの頭に隣人に対する疑いの種を蒔いた。新たな計画ができるまで、ドレックスとタリアのあいだのあらゆるやりとりを妨害したかった。

すると――いいぞ、タリア！――彼女がアトランタ旅行を提案して、機会を作ってくれた。さらに都合のよいことに、ドレックスがしかけた盗聴器を使ってその情報を流すことができた。これで逆ねじを食わせてやれる。じつにうまい計画だった。

ジャスパーはすかさず、けれど効率よく動き、これまでのところ、すべてが申し分なく進んでいる。

それなのに、またもやドレックスが現れて、ぶち壊し屋を演じようとしている。

ジャスパーは人目につく危険を冒してぶらっと桟橋に近づいた。何分かすると、ひとりの男がドレックスに近づいた。ふたりは迷いのないようすで短い会話を交わし、ドレックスが手すりに背を向けた。ふたりならんで桟橋を歩き、足早に階段をおりた。こちらには一瞥もくれず、脇を通りすぎた。

もうひとりの男のほうは脇役、注目するほどのことはない。

けれど、ふだんとは異なるドレックスのようすには目をみはるものがあった。軽やかな足取りも、えくぼもない。そこにいるドレックスは作家志望の謙虚な男ではなかった。張り詰めていて、怒り混じりの決意をみなぎらせていた。見落としようがない。注目せずにいられない。

そう思ったとき、切ったばかりのうなじの毛が逆立った。

ドレックス・イーストンがあの男だ。

その男の気配を感じるようになって数年になる。名前もわからず、目にも見えない人物ながら、その存在を感じてきた。影。触れられないのに、そこにいる。自分では認めたくないほど頻繁に、漂う冷気のような彼の存在を感知していた。その不穏な存在が上空に漂っているような気がして、夜中に目を覚ましたこともある。あるいは人混みのなかにいて、ふいにふり返ったこともある。敵を特定できるのではないか、見知らぬ人の海から相手を選びだせるのではないかという希望——あるいは恐怖に駆られて。

選びだせはしなかったが、存在することは確かだった。ただ悪夢や悪い予感のなかにだけ存在するのではなく、生身の人間だとわかっていた。相手には肉体があって、疲れを知らない猟犬のような執拗さと巡礼者のような熱意でジャスパーの跡を追っている。時間も距離も失敗もその男を押しとどめることはできない。

だが、見えない敵とどう戦ったらいいのか？　まったく視界の利かないなかでフェンシングをするようなものだ。攻撃をしかければ、こちらの位置がばれる。こちらからしかけて相手を倒すことができない。正体不明、相手の顔も名前もわからなかった。

いま、その正体が見えた。

20

タリアは家に帰って十五分もすると、詰め物をした大きな安楽椅子で丸くなり、ちびちびとワインを飲んでいた。一階の階段裏に作られたこぢんまりとした部屋は、仕事用のデスクを置きつつ、居心地よく整えてあるので、仕事場であると同時に避難所でもあった。

その部屋がもたらしてくれる安らぎに浸っていると、呼び鈴が鳴った。

じゃまが入ってむっとしつつも、土曜夜のこんな遅い時間に誰がどんな用で来たか不思議に思いながらワインのグラスを置いて玄関に向かい、のぞき穴から外を見た。

こちらを見返すのは、会ったことのない男ふたり。不安になりながら、ドアの向こうに尋ねた。「なにかご用ですか？」

「ミセス・フォードですか？」

「はい」

「わたしはデイブ・ロック、こちらがエド・メヌンデス、チャールストン市警察の刑事です」双方がタリアから見える位置に身分証明書を提示した。「お話をうかがえますか？」

「警察？」

「お話ししたいことがあるので、お願いします」

一瞬のためらいをはさんで警報装置を解除し、スライド錠を外してドアを開けた。当惑の目をふたりに交互に向けて尋ねた。「どんなお話ですか？」

「おじゃまできますか？」

「なにがあったんですか？」

「できたらなかで」

あいまいなうなずきを返して脇によけたとき、タリアは安楽椅子の前に靴を脱ぎ捨ててきたことに気づいた。玄関ホールの大理石の床が素足に冷たい。タリアはドアを閉めると、ふたりを見てくり返した。「なにがあったんですか？」

「いまおひとりですか？」明らかにふたりのうちの広報担当とおぼしきロックは長身瘦軀、目尻の下がった、感じのいい物腰の男だった。

「ええ」

「ミスター・フォードは？」

「アトランタです」真っ先に飛行機事故を思い浮かべ、不安になった。「彼の乗った飛行機が……？」

「いいえ、飛行機は関係ありません」

「だったら、用件をお話しください」

「イレイン・コナーとはお知り合いですか？」

ごくりと唾を呑んでうなずき、返事をした。「よく知っています。とてもいい友人です」

「だと思いました。最近の通話履歴にあなたの名前がたくさんありましたんで」

「イレインの電話をあなたがお持ちなの？」

「彼女のヨットで見つかりました」

「ごめんなさい、どういうことでしょう？　どうしてイレインのヨットに？　彼女はだいじょうぶなんですか？」尋ねる端から、答えがわかった。恐怖に目を見ひらいた。「事故があったんですか？」

ロックは手を伸ばしたものの、タリアに触れずに答えた。「ミセス・フォード、今夜ビーチで女性の遺体が発見されましてね。イレイン・コナーではないかと」

信じられない。手で口をおおったタリアはよろよろと後ずさりをして、コンソールテーブルの両脇にあった背もたれのまっすぐな椅子のひとつに崩れ落ち、テーブルの脚にぶつかった。クリスタルの花瓶が大きく揺れ、メヌンデスがすかさず押さえてくれなければ、転がり落ちていただろう。

ロックの話は続いていた。一語ずつ意識して聞かないと、頭に入ってこない。「……ミセス・コナーの近親者に連絡を取りたいんですが、あなたがご存じでないかと思いまして」

これ以上ひどくなる前にこの悪夢から目を覚ましたかった。だが、どんなに目を覚まそうとがんばっても場面は変わらず、過酷で明白な現実でありつづけた。足が凍えそうに冷たく、耳鳴りまでする。おぞましい知らせを届けにきたふたりの使者は、タリアを見おろして返事を待っていた。

「彼女は……」言葉を切った。立てつづけに二度呼吸をして、仕切りなおした。「イレインには生存する血縁者がいません。近親者はいないんです」

「となると、あなたにお願いするしかない」

「わたしにお願い？」

「スケッチを見て、彼女かどうか確認していただけますか？」

タリアはふたりを見あげた。痺れたようで、口が利けない。ありえないことが起きている。ロックが言った。「監察医も身元確認をすることになりますが、あなたにもスケッチで確認してもらえると助かります。まもなく送られてくることになってましてね」ロックは彼の相棒が持っているｉＰａｄを指さした。

タリアはよろよろと立ちあがった。「靴をはいてきます」

「わたしがお持ちしますよ」ロックが言った。親切心ゆえの申し出ではなさそうだった。「書斎にあります。階段裏の部屋です。エンドテーブルに携帯があるので、それも持ってきてください」

タリアはメヌンデスとともに残された。ロックよりも若くて体格がよいメヌンデスは、仕事に徹していた。タリアをただ見るのではなく、精査していた。沈黙が重苦しかったので、タリアはまだ雨は降っているのかと尋ねた。

「降ったりやんだりです」

ロックは頼んだ携帯を持って戻り、まごついた手つきで片方ずつ靴を差しだした。それをはいたタリアは、わずかに安定感が戻るのを感じながら、椅子から立ちあがった。

「気分はいかがです？」ロックは尋ねた。

「だいじょうぶです」

ふたりをリビングに招き入れるべきなのはわかっていた。そこで座ってメールの着信を待てばいい。だがそれだとふたりがやってきたという現実を正式に受け入れるような気がして、抵抗があった。

ロックは怯える動物をなだめるような小声で緊急通報があった時間と、遺体が流れ着いたおおよその場所を言った。

「桟橋のところですか？」彼女は尋ねた。「それならイレインのヨットが係留してあったマリーナの近くだわ」

「今日の夜七時を少し過ぎた時刻にマリーナを出てました」

「彼女ひとりで？」

「めずらしいことなんでしょうか？」

「ええ。ヨットの操縦には熟練していましたけれど、生真面目で慎重な人ですから。今夜のような天候の夜、しかもひとりで出航なんて、彼女らしくないわ。誰かに貸したのかも。あるいは盗まれたとか」

「ミセス・コナーは乗船してました。デッキにいる姿を見たと、捜査官たちが何人かから証言を得てます」

「捜査官?」タリアはメヌンデスを見た。不穏なほど無表情だったので、ふたたびロックに目を戻した。「ビーチで見つかった女性は犯罪の被害者ってことですか?」

「それはまだなんとも。複数の捜査機関が捜査にあたってましてね。うちにはアイル・オブ・パームズ市警察から支援の要請がありました。沿岸警備艇が救命ボートを発見しました」

「救命ボート?」

見つかったときは転覆していた、とロックは補足した。

「どういうこと? どうしてイレインは救命ボートなんかに? こんなお天気の日に暗いなかボートに乗るなんて」

「わたしたちもその答えを求めてましてね」

ふたりはタリアが答えるのを期待しているようだった。「ヨット上で不測の事態が起きたのかもしれない。イレインからSOSとか遭難信号とか、出されてなかったんですか?」

「ええ、マダム」

「あのヨットには最新鋭の機器が搭載されているんです。彼女が自慢してたもの。困ったことがあったら、その徴候の段階で助けを求めているはずだわ」ロックはタリアを見返すだけで、無言だった。タリアは語気を強めた。「なにかのまちがいよ。彼女のはずがない。誰が遺体を見つけたんですか?」ロックが答えた。「気の毒に、小さな男の子でしてね」

「父親が死体だと気づいた段階で、子どもに見せないようにしたようです」

タリアはにぎやかだったイレインと岸に打ち寄せられた遺体とを結びつけようとした。できない。「わたしにはイレインだとは思えません」

ロックがうなずいた。どうとでも解釈できるうなずきだったが、タリアはそれを同意しかねるという意味だと受け取った。

全員がメールの着信を伝えるビープ音を聞いた。メヌンデスはｉＰａｄのカバーを開けてメールにアクセスし、ロックにうなずきかけた。

ロックがタリアを見た。「見ていただけますか？」

タリアは非現実的な状況から距離を取って、感情に振りまわされまいとした。関係者ではなく、観察者になること。この状況を切り抜けるには、客観的になる以外に方法がなさそうだった。

「これから見せられるものに対して、心の準備をするべきですか？」

「顔が変形しているかどうかをお尋ねでしょうか？」

「ええ、そうです」

「いいえ。血も出ていない。そういうのはありません」

タリアは深呼吸をしてうなずいた。メヌンデスがタリアに画面が見えるようタブレットを掲げた。

スケッチにとらえられた顔には、なんの外傷もなかった。だがそれはまぎれもなくイレインの顔を写し取ったもの、そこから生命力と活力を抜いたものだった。

刑事たちはタリアの反応から答えを察したにちがいなかったが、ロックが小さな声で尋ねた。「イレイン・コナーですか?」

タリアはうなずき、かすれ声で、はい、と答えた。「すみません、外してもいいですか?」言ったものの、許可をもらうのを待ってはいられなかった。

いちばん近い化粧室に入って、便器の上にかがんだ。吐き気が押し寄せてくる。くり返し何度も激しく。けれど朝食を食べたきりなので、戻すものがなかった。吐き気の発作のあとに残ったのは、疲労感と震えだった。

蛇口から手で水をくんで口をすすぎ、ゲスト用のタオルを使って冷水で顔を洗った。指で髪を整えてから、刑事たちのもとへ戻った。

ロックが言った。「なにかお持ちしましょうか、ミセス・フォード? 水とか?」

それで、まだ刑事たちの仕事が終わっていないことに気づいた。悔やみの言葉を述べ、夜間にじゃまをしたことを謝って出ていくかと思っていたのに、その気配がない。タリアに尋ねなければならないことが残っているのだ。

頭を抱えて、涙に暮れたかった。見ているこちらまでつられてしまうような笑いの持ち主、人生を謳歌《ジョワ・デ・ビブレ》していた友人を悼んで。けれど現実のタリアは疲れた声で刑事たちにコーヒーはいかがかと尋ねた。

「コーヒーとはありがたい」とロック。

「コーヒーですか、いただきます」とメヌンデス。

タリアはふたりをキッチンへ誘い、しゃれたコーヒーメーカーの前に立って、それを見た。NASAの宇宙船のコントロールパネルを前にしたように目がくらんだ。どのボタンをどの順番で押したらいいのか、思いだせなかった。

察したメヌンデスが助け船を出した。「似たのを持ってるんで、やらせてもらっていいですか？」

「助かります」メヌンデスが交代してくれた。血の通わない人ではないのかもしれない。

タリアは自分のお茶用に湯を沸かそうとコンロにヤカンをかけてから、すぐに電話をくれとジャスパーにメールを打った。ロックがもの問いたげな顔でこちらを見ていたので、彼に言った。「ジャスパーにメールしました」

「連絡があったんですか？」

「いいえ。あるとも思っていなかったし。遅い時間にディナーの予約を入れていましたから」

彼女とロックは同時に電子レンジの時計を見た。十一時三十分になろうとしている。「すぐに電話がなければ、ホテルの交換台を通します。きっととても動揺するわ。イレインは彼にとっても友人でしたから」

「だそうですね。共通のお友だちからうかがいました。昨夜カントリークラブでいっしょに飲んでらしたとか」

「ディナーもです」ジャスパーには不倫を疑っていると伝えたけれど、ここは誤解のないようにしておく必要があると感じた。ジャスパーとイレインは自分に隠れて会っていたわけではない。「わたしは気分が悪かったので、ディナーの時間はうちで寝ていました」

ロックはコーヒーのカップを手渡してくれた相棒にうなずいて謝意を伝え、表面を吹いた。

「あなたがアトランタに行かなかったのはどうしてですか？　ミスター・フォードは仕事で？」

「いいえ。もう引退しています」質問の意図が気になって、だんだん居心地が悪くなってきた。タリアはロックに背を向けてキャビネットを開くと、カモミールティーの箱を取りだした。「旅行はささやかな気晴らしのつもりでした。わたしも空港まで行ったんですが、気分が悪くなったので、わたしは取りやめにするけれどあなたは出かけてと頼んだんです。新しいホテルを予約していて、美味しいものに目がないジャスパーは、シェフの料理を楽しみにしていました」

「新しいホテルというのは？」

「〈ロータス〉です」

メヌンデスは淹れたてのコーヒーのカップをカウンターに置き、キッチンからダイニングに移動して携帯電話を取りだした。

「もういいんですか？」

タリアはメヌンデスがキッチンを出るのを見送った。彼が小声で携帯に話しているのが聞こえる。ロックをふり向いた。「え？」

「ご気分です」

「よくなったり悪くなったりです」

「ご病気じゃないといいんですが」

タリアは首を振った。「昨日の午前中に歯医者で治療してもらったんです。処方された痛み止めが合わなかったんだと思います」

「ご主人とミセス・コナーがカントリークラブにいるあいだ、寝ていたら治ったんですね」

「だと思っていました。でも、ちがったみたい。今日になってぶり返しましたから」

ロックはコーヒーの残るカップをテーブルに置いた。「今日の午後、ここの警報装置が作動したのはどうしてだか、教えていただけますか？」

タリアは刑事の視線を追って、勝手口の脇に設置された制御ボックスを見た。「警報装置が作動？」

「警報音までは鳴りませんでした。警告用のビープ音の段階で解除されたんで。どなたもご在宅じゃなかったので、おかしいと思いましてね」

キツネにつままれた思いでタリアは首を振った。「いつですか？」

戻ってきたメヌンデスがその質問を聞きつけて、答えた。「五時七分。警官が派遣されたんですが、侵入された形跡はなかったんです」

「機器の誤作動でしょうかね？」ロックが訊いた。

メヌンデスが言った。「あるいは、暗証番号を知っている人物がここにいたか」

外国語で語られているかのようなふたりの会話に、タリアは当惑しきりだった。「たとえば？」

「あなたが答えをご存じかと思ったんですが」メヌンデスが答えた。

「残念ながら、警報装置が作動したことについてはなにも。わたしにはその理由など説明のしようがないわ」

「日に二度も自宅に警官が来るとは、なかなかの偶然ですな」ロックが言った。

自分を見るふたりの目つきに動揺したタリアは、防御的に見えるのを承知で腕組みをした。

「なぜわたしにそんなことを尋ねるんですか？」

「あらゆる可能性を排除する必要があるんですよ」

「可能性って、どんな？」

尋ねた相手はロックだが、答えたのはメヌンデスだった。「ミセス・コナーが本人の判断ミスによる事故死でない可能性。つまり犯罪がらみである可能性です」

その意味を咀嚼しきる前にロックから尋ねられた。「空港のなかに入って、ご主人を見送られたんですか？」

無関係としか思えない質問を理解するのに数秒かかった。「いいえ。夫とは駐車場で別れました。どうしてそんなことを？」

「〈レイニー・ベル〉がマリーナを出るのを見たと証言した人たちの何人かが、操縦者は男性だったと言ってましてね。そう、ミセス・コナーではなく」

腕組みをしたタリアの手に力が入った。

ロックは続けた。「さらにミセス・コナーはよくお宅のご主人にヨットの操縦をさせていたという話を聞きました」

「事実です」タリアは言った。「でも、今夜はジャスパーのはずありません」

「ミセス・コナーはほかの方にも操縦を任されたことがあるんですか？」

「わたしは知りませんけれど、でも、だからと言ってないとはかぎりません」

「あなたはミセス・コナーの親友だった」

「ええ」

「彼女のほかのご友人もすべてご存じなのでは？」

「だいたいは」

「男性のご友人も？」

「何人かは」

「もし新しい男性が登場したら、あなたに話したでしょうか？」

「たぶん」声がかすれる。

「最近、彼女が恋愛感情をいだいておられた方はいませんか？」

タリアは隣のアパートに目をやりたい気持ちを抑えつけながら、短く首を振った。

「誰とも会ってなかった？」

「あなたがおっしゃるような意味では。なかったと思います」

刑事ふたりは目を見交わしたあと、ふたたびタリアを見た。メヌンデスが言った。「ミセス・フォード、アトランタに発たれる直前にご主人の気が変わった可能性はないですか？」

「だったらわたしに連絡して、もう何時間も前に帰宅しているはずです」

「ですが、イレイン・コナーと〈レイニー・ベル〉に乗っていたとしたら」ロックは言った。

「そのほのめかしは不快です、ロック刑事」

「わたしがほのめかしたいのは結婚生活における不誠実さではなく、もっと悲惨なことですよ。もしご主人がヨットに乗っていて、不測の事態なり事故なりがあったとすれば、負傷しておられる可能性がある。いまこうしてわれわれが話をしているあいだにも遭難救助チームがご主人の捜索にあたっている。あるいはご主人の――」

ヤカンが甲高い音を立て、タリアは跳びあがりそうになった。ふり返ってコンロのヤカンを持ちあげたとき、熱湯が少し手にかかって、悲鳴をあげた。刑事ふたりが手を貸そうと前のめりになったが、タリアはそれを押しとどめた。

「だいじょうぶ、たいしたことありません」火傷した手を反対側の脇の下にはさんだ。「ジャスパーが救助の必要な状態か、あるいは死んでいるってことですか？　あなた方がおっしゃりたいのはそういうこと？」

ふたりの険しい表情が答えだった。

「ありえないわ。もし今夜イレインと海に出たんなら、わたしに連絡があったはずです」

「おふたりでよくヨットに乗ってらしたんですか？」

「それほどでも。でも、そういうこともありました」タリアは唇を湿らせた。「彼女といっしょにいた男性がどんな風貌だったか、おわかりですか？」

「それがはっきりしませんでね。ヨットに乗っている姿をしっかり見た人がいないもんだから。薄暗い夕暮れどきでしたし、霧がかかって視界が悪かった。ある目撃者によると、操舵室にいた男は野球帽をかぶってたそうです。それ以外には――」

「野球帽？」

ロックとその相棒はタリアのはっとしたようすを見のがさなかった。ロックが言った。

「裏付けもあるんですよ。ヨットから野球帽が見つかりましてね」

タリアはカウンターの角に力なくもたれかかった。「オレンジ色に白でTの字が入ったキャップですか？」

「そう、テネシー大学の」ロックが言った。

タリアは両手で顔をおおった。

「ご主人が似たような野球帽をお持ちですか？」

彼女は首を振って湿った手のひらに、いいえ、とつぶやいた。そして手をおろした。せばまった喉で何度か唾を呑みくだした。「いいえ。でもお隣の方が」

「お隣？」

「隣家のガレージの上の部屋を借りている人です」

メヌンデスがロックに言った。「警報装置の出動要請に応じた警官がその男と話をしたそうです」

ロックはタリアに尋ねた。「その方はミセス・コナーと知り合いでしたか?」

「ジャスパーとわたしが引きあわせました」

「名前は?」

メヌンデスは携帯電話の画面をせわしくスワイプした。「ここに書いてあります」

「おれの名ならドレックス・イーストンだ」

三人はぎょっとして、いっせいにふり返った。彼はスクリーンを張りめぐらせたポーチに立ち、勝手口からキッチンをのぞき込んでいた。ドアが開いているが、どうやって音を立てずに開けたのだろう? イレインとタリアをディナーに伴ったときと同じダークスーツに身を包み、同じシャツに同じネクタイを合わせていた。

だが、顔つきがまるでちがう。

彼の右手は掲げられ、小さな革製のケースを開いてプラスチックの窓越しに金色のバッジを見せている。その視線はひたとタリアに据えられていた。「FBIのドレックス・イーストン捜査官だ」

21

ラドコフスキーはホテルの部屋でベッドに寝そべり、フラットスクリーンに映しだされるみだらな映画を観るともなしに観ていた。三杯めのスコッチをやりながら、百五十キロ近い巨漢がどうしたら煙のように消えられるのかと考えていた。なにかしかけがあったのだろうが、マイク・マロリーはまんまと姿を消し、ラドコフスキーはメンツを潰された。一度ならず二度までも。

そのとき電話が鳴った。いかがわしい音を消そうとあわてたせいでスコッチの半分をこぼしつつ、電話に出た。「ラドコフスキーだ」

「グレイ保安官助手です」

「誰だと?」

「キーウエストの。数日前にお話ししました」

「ああ、きみか」ラドコフスキーは枕に身を委ねた。「悪いが、手短にな。立て込んでる」

「おじゃましてすみません。ですが、イーストン捜査官に連絡を取りたいんです。今回も、今朝、番号を残してくださらなかったもので。ぼくのミスです。ちゃんと確認をとれば——」

「ちょっと待て。今朝だと？　今朝イーストンと話をしたのか？」

「ええ、正確には、もう昨日になりますが」

傷口を舐めながら安スコッチをがぶ飲みしているあいだに真夜中を過ぎていたのだ。「そうか、昨日の朝だな。彼はどこから電話しているか言ったか？」

「いいえ、言いませんでした。言えないんですよ、立場上——」

「潜入捜査だから」

「そうです」

「きみに電話してきた理由は？」

「前回と同じく、マリアン・ハリス事件に関してです」

「具体的には？」

「ハリス失踪時の捜査で、タリア・シェーファーに話を聞いたかどうか尋ねられました」

ラドコフスキーは寝返りを打ってナイトスタンドのメモ帳とペンを取った。「綴りを教えてくれ。何者だ？」

保安官助手は綴りを述べた。「船上で行われたパーティの写真に写っていた女性です」

「そういう人物はほかにも大勢いた。イーストンがとくに彼女に注目した理由は？」

「それは明かせません。理由は——」

「機密扱いだから」

「そうです。あなたなら理由をご存じだと思ってました」

このところのイーストンの動きについては、知らないことが巨大ドームひとつをいっぱいにするぐらい溜まっている。「そのタリア・シェーファーというのは、ハリス事件の重要参考人だったのか？」

「いいえ。イーストン捜査官には、事情聴取の際に記録として残されたことがあるかと訊かれたんですが、基本的なことだけでした。日付と時間とか、彼女から話を聞いた警官の名前とか。とくに重要なことはなく、調査すべきこともなかった。イーストン捜査官はぼくに礼を言って、電話を切りました」

酒を飲みすぎたらしい、とラドコフスキーは思った。点と点をつなげられない。「それで電話が切れたんなら、なぜきみはいまになってイーストンに連絡を取ろうとする？」

「一時間ぐらい前、チャールストン市警察からうちの署に電話が入りまして」

「サウスカロライナの？」

「そうです」

ラドコフスキーは保安官助手がイレイン・コナーの死について知っていることを語るのを聞きながら、忍耐力をすり減らしていった。

「チャールストン市警察は事故の可能性も残しつつ、事件のほうに傾きつつあります。男がひとり、被害者女性といっしょにヨットに乗っていた。この男の正体が不明です。なんにしろ、現地の捜査官のひとりがうちの事件を思いだし、類似性に着目したんです」

「裕福なご婦人と優雅なボートだな」

「そうです。それで比較のためうちに電話してきました。イーストン捜査官もチャールストンの事件について知りたがるんじゃないかと思いました」

「まちがいなく知りたがる。わたしから話しておこう――」

「タリア・シェーファーの居住地でもあるんで、よけいです」

グラスに口を運ぼうとしたラドコフスキーの手が中空で止まった。「もう一度言ってくれ、保安官助手」

「タリア・シェーファーはチャールストン在住です。少なくとも以前は。イーストン捜査官がそれを知ってるかどうか、自分にはわかりません。チャールストンの事件は、イーストン捜査官から彼女について問いあわせる電話があったその日のうちに起きました。とんでもない偶然です」

「偶然とは言い切れんぞ」ラドコフスキーの声があまりに小さかったので、グレイの耳には届かなかった。

「この新しい事件のことをもしまだご存じでなければ、知らせたほうがいいんじゃないかと思いました。でも自分には直接連絡が取れないんで、確実に伝えてもらえますか？」

ラドコフスキーはテレビを切り、体の向きを変えてベッドから脚をおろした。「任せてくれ、グレイ保安官助手。わたしからじかに伝えておく」

22

タリアはドレックスに見据えられて動けなくなった。彼を取り巻くふたりの男がキッチンに入り、刑事たちに自己紹介している。ドレックスが近づいてきて、不快なほどタリアに身を寄せた。

「FBIなの?」

「驚いたか」

「書き物はものにならなかった」

もろもろの出来事が脳裏をよぎった。彼のまやかしの魅力に対する本能的な自分の反応や、彼のアパートから神経過敏になって逃げ帰ったこと、診察の帰りの駐車場で起きたことに対する苦悶、どっちつかずでもがいたこと、疑ってかかるジャスパーに対してドレックスを擁護したこと。そのすべてが結晶化して憎悪となった。

小声ながら強い口調で彼女は言った。「さっさと地獄に堕ちるがいいわ」

「その台詞を聞くのははじめてじゃない」ドレックスは腕を左右に開いた。「だがおれはまだ生きてて、きみは苦境に立たされてる」

そこで一瞬ためを作ったのち彼女から顔をそむけ、ロックとメヌンデスのほうを向いてそれぞれと握手をした。「お集まりのところに割り込んで申し訳ない。だが、歓迎してもらえるはずだ。おれたちは捜査にたっぷりの光明を投げかけることができる。ちょっといいか、マイク」

ドレックスは巨漢を脇に押しやり、かがんでキャビネットの下に手を伸ばした。体を起こすと、手を差しだして手のひらの物体を刑事たちに見せた。

「それはなんなの？」タリアは尋ねた。

ドレックスは彼女を見た。「一般には盗聴器と呼ばれてる。これを使ってきみとジャスパーの話を聞かせてもらった」

「わたしたちの家を盗聴したの？」

「まるでここにあるのを知らなかったかのような口ぶりだな」

「知らなかったわ！　それに違法でしょう？」

タリアは一同に尋ねたが、答えたのはドレックスだった。「違法と言うが、きみとジャスパーが起訴されようとしている誘拐や殺人の共謀や殺人の罪にくらべたら、ささやかなもんだ。おれがきみなら適法性の問題など持ちださない」

揶揄《やゆ》の色はなかった。イレインのリビングで意地悪をしたときとは、わけがちがう。お遊びではないのだ。ドレックスの態度は真剣そのものであり、タリアはいまの彼の発言の深刻さに息を詰まらせた。「なんの話？」

「それはおいおい話す。まずは、マイク・マロリー捜査官を紹介しよう。彼のおかげできみとジャスパーを調べることができた」

「光栄だ」

おどけた返答ぶりだった。それでタリアには、彼が紹介されたことを言っているのか、ドレックスに提供したサービスのことを言っているのか判断できなかった。

ドレックスがもうひとりの男を指さした。「ギフ・ルイス捜査官だ。彼は――」

「コーヒーショップにいた人ね」タリアは言った。「見覚えがある」

「はじめてだな」巨体の男がぼそりと言った。

ギフ・ルイスは彼女に向かって慇懃《いんぎん》に会釈した。「ミセス・フォード」

だまされ、裏切られた気分だった。「とても感じのいい人だと思ったのに。てっきりわたしを助けてくれようとしているんだとばっかり」

「実際そうですよ。ドレックスは少し強引でしたからね」

「ほんとに」タリアはドレックスに視線を移した。お仲間の捜査官たちは彼が駐車場でどんなに強引だったか知っているの？　彼のほうはいまだ冷ややかなさげすみの表情でタリアを見ている。彼の起こした行動が――あのキスが――タリアのせいだと言わんばかりだ。彼はロックから呼びかけられるとようやくタリアから目を離した。

「光明を投げかけられると言われたが？」

ドレックスは頭にあるもろもろをふり払うようにして、目前の問題に意識を向けた。「誰か、イレイン・コナーの金融資産や銀行預金は調べたのか？」

「ほかのチームが調べることになってます」メヌンデスが答えた。

「だったらなにがわかるかおれから説明させてもらおう」ドレックスは親指と残る四本の指でゼロの形を作った。「ゼロ、いっさいなし。やつはごっそり持ちだし、きれいに片付けて、本人は消える」

「ジャスパーのはずがないわ」

タリアの抗議を無視して、ドレックスは仲間ふたりに言った。「こちらの紳士たちをリビングにお連れして、説明をはじめててくれ。少ししたら合流する」

ロックはタリアひとりをドレックスと残すことに抵抗があるようだったが、メヌンデスはドレックスの仲間について歩きだし、ロックもそれに続いた。彼らが声の届かない場所まで遠ざかると、タリアはドレックスに食ってかかった。「わたしたちをスパイしていたの？」

「おおむね退屈だった。寝室には盗聴器をしかけなかったんでね」

「なんて人なの」

「だが、トウモロコシを調理するのは得意だ」

カッとして彼から顔をそむけた。「彼らの話を聞きたいわ」

「待てよ。手を火傷したのか？」

なぜ知っているの？　タリアは彼を見返した。

「ヤカンの鳴る音のあとに、きみの悲鳴が聞こえた」

「わたしの手のことならおかまいなく」手を背中にまわした。「それよりなにが起きているのか知りたい。まずイレインは……」悲しみ、疲れ、落胆、恐怖などなど。その他たくさんの感情が押し寄せてきて、圧倒された。熱い涙が目にあふれる。声が割れた。「あなたなんて大嫌い」

「手を見せろ」

タリアが動かずにいると、彼が近寄ってきて、タリアの背後に手を伸ばした。乱暴な手つきではなかったが、彼に手を握られてたじろいだ。彼は手の甲の赤いシミを見ると、タリアを流しへと引っ張り、蛇口をひねって、水流の下に手を導いた。「動くな」

放っておいてと言いたかった。だが、水の冷たさにほっとしたので、その場に留まった。

彼は冷蔵庫の扉についた製氷機から氷を取りだし、それを持って戻ってきた。手のひらどうしが合わさるように、タリアの手に下から手を添えて支え、火傷に氷をすべらせた。

タリアは蛇口の水がかかっているふたつの手を見つめた。氷で手の甲にゆっくりと描かれる円を見るうちに、頭がぼんやりしてくる。「親切にしないで」かすれ声で彼に言った。「あなたはわたしを破滅させようとしてる」

「きみはジャスパーと組んだその日に自分で破滅の道を選んだんだ。おれがウェストン・グレアムの名で最初に知った男と」

「あなたがなにを言っているのかわからない。まったくよ」

彼にひたと見据えられた。「あいつはどこだ、タリア?」

「アトランタよ。盗聴していたんなら、わたしたちが昨日の夜、計画を立てるのを聞いたでしょう？　彼とわたしは——」

「やつはアトランタにはいない。行ってないんだ。そのつもりもなかった」

「またそうやってわたしをだます。はじめて会ったときから、ずっとそうだった」タリアは手を引き抜こうとしたが、彼はその手をがっちりとつかんで離さなかった。

「いいから聞け」力のこもった小声だった。「刑事たちからあれこれ訊かれただろ？　やつが今夜どこにいるかとか？　刑事たちはもう答えを知ってる。そしてきみの答えは彼らが事実として把握している内容と一致しない。

地元警察、保安官事務所、州警察——それぞれに情報源があるが、マイクの情報源はそのどれよりも優れてる。イレインの死体が岸に上がり、目撃者たちがイレインのヨットの舵を握っていたのは男だったと証言したときから、おれたち含め捜査機関はすべてジャスパーの行き先を探ってる」

「舵を握っていた男は、あなたの野球帽をかぶっていた」

「ロックが言うまでなくなったのに気づいてなかった。おれたちがディナーに出た夜、ジャスパーがアパートから盗みだしたんだ、まちがいない」

タリアは反論しようと口を開いたが、ドレックスはきっぱりと首を横に振った。「こまかな点はあとでいい。きみの将来を考えたとき大事なのは、短期的にも長期的にも嘘をつくのをやめることだ。いますぐに」

「嘘などついていないわ」

彼の顎が怒りにこわばった。「きみはあの刑事たちに、歯医者のことや鎮痛剤のことで嘘をついた。ささいなことで嘘をつく人間は、大きなことでも嘘をつく」

タリアは顔を伏せた。「罪のない方便よ。嘘というほど重大なものじゃないわ」

頭頂にかかる彼の吐息に怒りを感じる。「きみは大事なことでもたくさんの嘘をついてきた。航空会社に問いあわせて確認したんだ、タリア。ジャスパーはデルタのどの便にも乗ってなかった。プライベートジェットにも、ほかの航空会社の便にもだ。運輸保安局にも確認したが、彼の搭乗券はスキャンされておらず、防犯カメラにも姿はない。ホテル〈ロータス〉にも連絡した。彼はチェックインしてないし、予約したディナーにも現れなかった。きみが刑事たちに話したやつの予定はすべて嘘だ」ドレックスはタリアの顎に指をあてて、顔を上げさせた。鋭利な瞳が彼女を直視している。「あいつはど・こ・だ？」

「アトランタの〈ロータス〉にいないんなら、わたしにもわ・か・ら・な・い」

そのまま何秒か彼女の視線を受け止めてから、ドレックスは氷の残りをシンクに落として、蛇口を締めた。そしてふたりともディッシュタオルで手を拭いた。「火傷に唾を塗ってやろうか？」

「けっこうよ」

ドレックスは身振りでリビングを示した。「忘れるなよ。おれはきみにチャンスを与えたからな」

マイクとギフとふたりの刑事はコーヒーテーブルの周囲に椅子を引っ張ってきて、身を寄せあうようにして話し込んでいた。ドレックスとタリアが入っていったときは、ロックがしゃべっていた。「それなのに、死体はひとつも見つからなかったってことですか?」

ドレックスが答えた。「マリアン・ハリスの死体発見までは」

タリアがぴたりと立ち止まった。「マリアン?」

「きみの友人のマリアン・ハリスだ」ドレックスはソファを指さした。「座ってくれ」

「立ったままでいる」

「好きにしろ。だが、時間がかかるぞ」残る四人に加わるため、ドレックスもテーブルのそばに椅子を引いてきた。ジャケットを脱いで背もたれにかけ、腰をおろした。ネクタイをゆるめながら、マイクに尋ねた。「どちら向きに説明してる? 時系列に沿ってか、さかのぼってか?」

「時系列に沿ってだ。まずは——」

「リンジー・カミングス」ドレックスが言った。「最初にわかった被害者だ」

「そうだ」マイクは椅子にかけたまま、体を動かした。「で、ハリスという女までたどり着いたところだった」

「彼女のことをそんなふうに言わないで。わたしの友人だったのよ」

ドレックスは腕組みをして、椅子の背にもたれた。「きみとジャスパーは昨日の夜、マリアンについて長々と話していた。キーウエストに対するおれの〝尋常じゃない〟関心にどちらもびくついていた」

「キーウエストの話題を持ちだしたのは、わたしを罠にかけるためだったの？」

「そうだ。それで、どうなった？　きみはまんまと餌に食いついた」

ドレックスは刑事たちを見た。「彼女は夫との会話で、キーウエストやマリアン・ハリスの話題が出ると動揺すると認めていた」盗み聞きした内容を披露した。

「おれに関する発言をそのまま再現する。ジャスパーが『やつはマリアンのことを知ってると思うか？』と尋ねると、タリアは『いいえ。いえ、どうかしら』と答えた。ジャスパーは慎重な態度を崩さず、『やつは隣に住んでるんだぞ、タリア。なぜすぐに話さなかった？』と言った。

彼らの会話はそんな調子で十分ほど続いた。どちらかが輸送用の木箱に被害者を詰めたと告白したわけじゃないが、言っているに等しい会話だった。ふたりはそのすぐあとに町を離れる計画を立てている。録音があるから、なんだったら聞いてくれ」

タリアは恐怖の面持ちで彼を見ていた。「ジャスパーはあなたが探りを入れているんだと思っていたのよ。そう、あなたがマリアンを輸送用の木箱に入れたかもしれないと思ったから」タリアはほかの男たちを見た。「ジャスパーは最初から彼を完全には信頼していませんでした。彼のことをペテン師だと思っていたんです。

その疑いが強まったのは、ドレックスが興味を――そう〝尋常じゃない〟興味を――キーウエストに示したとき。盗聴器では拾えない場所で、ジャスパーは、マリアンの遺体が発見されたことで犯人が神経質になったのかもしれないと言っていました。それで、被害者の知り合いのところを訪ね歩いて、彼女の名前やキーウエストという地名にどう反応するかを見ているんじゃないかって」彼女はふたたびドレックスに目を戻した。「彼がびくついていたとしたら、わたしがマリアンのような目に遭うことを恐れていたからよ」

頭に血が上っているタリアに対して、ドレックスは落ち着き払っていた。「たしかに犯人は神経質になった。どうしてか？　やつは、自分がマリアンをだましたうえで殺したことをおれが知っているかもしれないと思ったからだ」

「ジャスパーは彼女と知り合いですらなかったわ！」

ドレックスは身を乗りだして、腰を浮かせた。「きみたち夫婦は彼女を通じて知りあった」

「いいえ、ちがう。彼との出会いについては以前に話したとおりよ」

ドレックスが椅子に戻る。「刑事たちにも話せよ。マイクとギフはもう知ってる」

タリアはつかえながらも早口で、ロックとメヌンデスに要約版を伝えた。

話し終わると、ドレックスが言った。「すてきな恋物語だが、嘘だ」

マイクは刑事ふたりに話しかけた。「おれたちの被疑者は、ほかの被害者女性をオンラインの出会い系サイトを使って見繕っていた」

「わたしと彼の出会いはちがうわ」タリアが言った。

「たしかに」ドレックスは言った。「マリアン・ハリスの紹介だからな」

「ジャスパーとわたしが出会ったのは、マリアンがいなくなって数カ月後のことよ」

ドレックスがマイクに身振りで指示を出すと、マイクは持参したファイルからパーティの写真を取りだした。ドレックスは立ちあがり、気を変えてソファに座っていたタリアに近づいた。彼女に写真を差しだした。「これを見たことは？」

「あるわよ。マリアンが写ってる最後の写真よね。彼女がいなくなったあと、この写真に写っている全員が警察から事情聴取を受けたわ。わたしを含め」

ドレックスは新しいなにかを発見すべく、改めて写真を見た。「きみはあまり楽しんでいないようだ。なぜ端っこでぽつんとしてた？」

「ほかの招待客を知らなかったから」

ドレックスが疑問を呈するように、小首をかしげた。

「わたしがキーウエストに出かけたのは、ホテルを視察するためだった。いいお客さんだったマリアンに電話をして、ランチでもどうかと誘ったの。彼女は、わたしが街に来てて運がいいと言った。その日の夜、彼女主催のパーティが開かれることになっていたからよ。それでわたしにも是非、出てちょうだいと」

「ほかに知り合いはいなかったのか？」

「そう言ってるでしょ」

「歓談してまわらなかったのか？」

「よそ者だったから、マリアンが何人か紹介してくれたわ」

「この男はどうだった？」ドレックスは背後から夕日を浴びるぼんやりとした人影を指さし

た。「彼にも紹介されたのか？」

タリアは写真に目を凝らした。「かもしれない」

「彼の名前は？」

「知らないわ」

「ダニエル・ノールズ」

「紹介されたとしても、覚えていない」

ドレックスは彼女に顔を近づけて、ささやいた。「きみはこの男と寝てる」

タリアはたじろいだ。「この人はジャスパーじゃないわ！」

ドレックスは写真をロックに渡し、ロックは写真を見て相棒に渡した。やがて戻ってきた写真を、マイクはファイルにしまった。ドレックスはふたたび席につき、しげしげとタリアを見た。彼女は反抗的な態度で敵意を込めて彼を見返した。「正直者のリンカーンにならって、きみも真実を語――」

「語ってる」

「イレイン・コナーとマリアン・ハリスが似ていると思ったことはないのか？」

彼女の目に表れた用心の色からして、思ったことがあるのだろう。ドレックスは質問をくすぶらせたまま言った。「きみはジャスパーと空港の駐車場で別れたと刑事たちに言った」

「そうよ」

「きみはジャスパーに出かける気分じゃないと告げ、自分は行かないのに彼の背中を押した。

お別れのキスをして、手を振って別れた」

彼女がうなずく。しかしそこに十億分の一秒の遅れがあったことをドレックスは頭の片隅に留めた。あとでその点を質す必要がある。

「きみはジャスパーの車で空港をあとにした」

「ええ」

「事実です」メヌンデスが言った。「防犯カメラの静止画像を送ってもらいました」

マイクも入手済みの画像だが、ドレックスはその点に口をつぐんだ。地元警察の前でマイクのハッキング技術のすばらしさを褒めそやす必要はないし、早々に規則違反を指摘されるようなことは避けたい。ドレックスはタリアに話しかけた。「きみの姿はカメラにとらえられていたが、もし車のトランクのなかに誰かがいたら、たとえばそれがジャスパーだとしたら、やつは誰にも見とがめられずに空港を出たことになる」

「いや、イーストン。ジャスパーはタクシーを使ってます」メヌンデスが携帯電話を掲げた。「動画が送られてきました。これで空港内に入らなかったのがはっきりした。タクシー会社に連絡して、どこで降ろしたか確認中だそうです」

マイクは一時間前にその情報を入手していた。ドレックスが車のトランクに乗って逃げたという筋書きを持ちだしたのは、ジャスパーから本当に見捨てられたと知ったときにタリアがどう反応するかを見たいというただそれだけのためだった。

彼女は愕然としつつも、静かに尋ねた。「動画を見せてもらえますか？」メヌンデスが携帯電話を差しだす。彼女は表情を変えることなく短い動画を見て、携帯を返した。「ありがとう」

ドレックスはふたたび立ちあがってソファに近づき、こんどは彼女の隣に腰をおろした。彼女の震えが感じられるほど近くに。「タリア、いまならまだ間に合う。ジャスパーがきみになんと言ったか、あるいはなにを約束したかは知らない。だが、やつはきみを見捨てて、責めを負わせようとしている」

「なんの罪で？」

「イレイン殺しだ」

「彼女が殺されたとは決まっていないわ。事故だった可能性もあるのよ。それに彼がまだ海にいて、救出を待っている可能性も」

「毎日何キロも泳いでる男がか？」

「負傷してるかもしれない」

「こうして話しているあいだにも無事、陸に上がって、外見を変えている可能性もある。つぎにきみが彼に会っても、ベッドをともにした男とわからないだろう。きみはマリアンのパーティにいた男も彼とはわからなかった。けれど、あれはやつだ。ダニエル・ノールズの名前で知られていた男だ。イレインの前だと、マリアンが最後の被害者だが、きみがやつと出会う前に大勢の女性が被害者になってる。忠誠を尽くす甲斐のない男だ。最後にもう一度訊く。やつはどこにいる？」

「知らない」タリアの声はかすれすぎて、聞き取れないほどだ。

ドレックスはその場に留まり、彼女の目をのぞき込んだ。彼女は瞳を潤ませながらも、決して目をそらそうとしない。

ドレックスは暗いため息をついて立ちあがると、ほかの男たちを手招きした。男たちはそろって入り口近くまで移動した。タリアの視界に入る場所に留まりつつ、ドレックスは彼女に聞こえないよう声を落とした。

誰とは特定せずに一同に尋ねた。「どう思う?」

ロックが答えた。「最初に海岸に打ち寄せられた死体のことを伝えたときのことだがね、彼女はひどい取り乱しぶりで、夫の動向には気づいていないようだった」ロックは相棒に目を向けた。

メヌンデスは肩をすくめた。「自分にはなんとも。意見が定まりません」

ドレックスはギフを見た。「おまえはどう判断する?」

「おれたちはたくさんのことを彼女のせいにしてきた。おれは棄権する」

ドレックスはギフに不機嫌な顔を向けた。「マイク、おまえは?」

マイクは刑事たちに話しかけた。「彼女のことはどの程度わかってる?　経済的に痛手を負っていないことは確認できているのか?」

「具体的な数字までは知らんがね」ロックは言った。「彼女にはかなりの財産があると聞いてる」

「実のところ、おれとギフとドレックスはここまでさんざん悩んできた。彼女はくそ野郎のつぎの被害者候補なのか？　それとも、悪事の共犯者なのか？」肉厚の肩を片方、持ちあげた。「彼女にはまだ息がある。イレイン・コナーは遺体安置所にいる。おれにとってはそれが答えだ」

「被害者か、はたまた共犯者か」ドレックスは言った。「おれたちは彼女に関して膠着《こうちゃく》状態に陥ってる」

ドレックスがリビングをのぞくと、タリアが座って膝で手を組み、体を前後に揺らしながら、虚空を見つめていた。恐怖に身をこわばらせて、はかなげだった。けれどドレックスの脳裏にあったのは、アパートに前触れもなく訪ねてきたときの、セクシーで魅力的な彼女だった。計算尽くだったのかもしれない。まんまと引っかかった。あのときは破れたジーンズの内側が見たくてたまらなかったのだから。

このいかにも被害者風の悲しげな姿も、別の本能に訴えかける演技かもしれない。げんにドレックスは彼女を守りたかった。彼女を抱え、安心させて、悲劇的な事件で友人を失った悲しみを慰めたかった。そんなふうに思わせる彼女に腹が立ったが、究極的に腹が立つのは自分自身にだった。

ほかの男たちに顔を戻した。「留置場でひと晩過ごさせたら、多少は協力的になるかもしれない」

23

ドレックスの提案にロックは顔をしかめた。「彼女を留置する材料はないよ」

「本気か、ドレックス」ギフが声量はそのままに、ひそひそ言った。「留置場だと？」

「ひと晩といっても短い」ドレックスは言い返した。「ほんの数時間だ。それだけあれば、こちらの本気さが彼女に伝わる」

「おれを悩ませている矛盾点がある」ギフは言った。「盗聴器のことです」ギフは刑事たちにジャスパーが盗聴器を見つけて、移動させていたことを話した。ふたたびドレックスに話しかけた。「おまえに盗み聞きされてるのを知ってたんなら、なんでマリアン・ハリスの話なんか持ちだしたんだ？」

「彼女を殺したうえで逃げおおせたことをふかしたかったからさ」ドレックスは刑事ふたりを見た。「おれは長年やつを追ってきた。実際にやつと時間を過ごし、言うも悲惨なマリアン・ハリスの殺害状況を知ったいま、おれにはやつが連続殺人犯特有のうぬぼれの持ち主であることがわかる。逮捕はいやだが、うぬぼれゆえに自分の賢さをひけらかさずにいられないんだ」

ドレックスは無念さを滲ませて言い足した。「認めたくもないが、今回はやつにしてやられた。やつは言いたいことを言いつつ、犯罪を認める手前で口を閉ざした。いざ裁判になって、仮に録音に証拠能力を認められたとしても——認められないがな——被告側の弁護士が音声記録の内容は犯罪の告白とは言えないと主張するだろうとわかっていた。盗聴を逆手にとっておれをまちがった方向に走らせたジャスパーは、いまごろ高笑いしてるだろう」

「おまえの言うとおりなんだろう」ギフが言い、残る三人も不承不承うなずいた。

ドレックスは一同に尋ねた。「で、これからどうする？」

「こちらが留置場と言えば、彼女、弁護士を呼びますよ」メヌンデスが言った。

「そうか」ドレックスは顔を撫でおろした。「たしかに。そうなると、おれたちの関与が明るみに出る。いまはまだでも、早晩ＦＢＩが捜査に乗りだしてくる。ここにも駐在事務所があるよな？」

ロックがうなずいた。

「善良な男女の集まりにちがいないが、できれば、このまま別個に捜査したい」

「協力を仰ぐ手もあるぞ、ドレックス」ギフは言った。

「まあな。でも、考えてみてくれ。ジャスパーはおれが絡んでるのを知っていても、その理由は知らない。つまりやつにしてみたら、おれはやつの縄張りに侵入しようとする悪党でも、やつの美人妻を狙うジゴロでも、あるいはやつの血まみれのケツを捕まえようとする警官でもありうるわけだ。やつにはそこがわからず、その分においてこちらは優位に立てる」

「そりゃまたどうして？」ロックが訊いた。

「おれが考えるに、知らないまま放置できる男じゃないからだ。おれが脅威にならないと見切るか、おれの正体を知って消すかするまで、やつは高飛びしない。ところが、おれがFBIによる捜査の中心にいたら、留まる危険は冒さずに、悪魔におれを委ねて消えるだろう」

マイクが言った。「おまえがやつの妻を拘束したら、姿を消すかもしれない。いみじくもおまえが彼女に言ったとおり、やつは彼女を捨てて責めを負わせる」

ドレックスは顔をしかめた。「賢明なる助言、感謝する、マイク」

「おれはただ――」

「そして、おまえの言うとおりだ」ドレックスはぴしりと言った。「おれはただ、彼女が逃げないという確信が持てないだけだ。かといって、足首に追跡装置を装着させることもできない」

「おいおい、よしてくれよ」ギフが言った。

弱り顔でロックが口をはさんだ。「だったらこうしないか？　拘束しないで、どこにも行かないでくれと本人に伝えるんだ。マウントプレザント市警察から女性警官を呼んで、彼女に付き添わせよう」

「おれたちが隣家にいれば、それでじゅうぶんだろう」ドレックスが言った。「それに、制服の警官が現れたらよけいに口を閉ざして、弁護士を呼ばれるのがオチだ。朝までギフとマイクとおれが順番で見張りに立つ」

「彼女がいやがるんじゃないかね」ロックだった。

「彼女がどう思おうが、知ったことじゃない」ドレックスはしばらく考えてから、言葉を足した。「だが、警官ふたりに外で見張ってもらうのは悪くない。監視の目がふた組増えるし、彼女の心の平安にもつながる」

「あなた方三人のことはどう説明する？」ロックが尋ねた。

ドレックスは肩をすくめた。「ありのままに言ってくれたらいいが、おれたちが潜入捜査中であることや、おれたちがここにいることを口外したら、相手がたとえ署内の人間でも、話したやつの舌を切り落とすと念を押しておいてくれ」

「つまり、繊細さと配慮を願うってことです」ギフが口添えした。

「急ぎましょう」携帯電話を取りだしたメヌンデスは、電話をかける前に、届いていたメールを読んだ。「あなたの言うとおりでしたよ、イーストン。地元のＦＢＩが乗りだしてきました」一同にそう言ってから、文面を読んだ。「うちの事件とマリアン・ハリス事件に類似点があるという話が漏れたみたいですね。マリアン・ハリス事件に詳しい捜査官が明日、ミセス・フォードの話を聞きに来るそうです」

マイクがうめいた。

「ラドコフスキーか？」ドレックスはメヌンデスに尋ねた。

「どうしてそれを？」

ギフとマイクとドレックスはうんざりしたようすで、顔を見あわせた。ドレックスが言った。「口うるさい自慢屋だ。口ばっかりで、脳みそがない。おれたち三人が適当な理由で休暇をとって、ジャスパー・フォードにつながる手がかりを追ってきたのも、ラドコフスキーに割り込まれて捜査を台無しにされたくなかったからなんだ。昨日はマイクが離れ業を演じて、やつのメンツを丸つぶれにした。おれたちに会っても喜ばないだろう」

「序列上は？」ロックだった。

「向こうが上さ、能力じゃなく年功で。何時に到着予定だ？」

「十時ごろだと。すぐにミセス・フォードの事情聴取を行いたいそうです」

「場所の指定は？」マイクが尋ねた。

　メヌンデスは首を振った。

「調べて知らせてくれ」ドレックスは言った。「おれたちが彼女をその場まで運ぶ」マイクとギフが狼狽《ろうばい》するのを見て、彼はふたりに言った。「時間の問題だ、いずれ会わなきゃならない。ここまでやつに捕まらずにすんだだけでも、ありがたいと思わないとな」

　タリアはそのままソファにいた。男たちの話し合いが終わると、刑事ふたりがやってきて、イレインが亡くなったことに対するお悔やみを述べた。「身元の確認をお願いして、すみませんでした」ロックは言った。

「それがあなた方のお仕事ですから」

　彼は協力への感謝を述べて、さらに続けた。「まだ協力していただかなきゃなりません、ミセス・フォード。街を出ないでいただきたい」

「夫が見つかるまで、どこへも行きません」

ロックはうなずいて名刺を渡し、メヌンデスもそれにならった。

捜査の参考になりそうなことがあったら、なんでもけっこうです、どちらかに電話してください」

ドレックスの論には裏付けがあるけれど、タリアはまだイレインとヨットに同乗していたのが夫だったと認める気になれなかった。「まだ男性の捜索は続いているんですか？」

「ええ。ご報告すべきことがあったら、お知らせしますよ」

「お願いします。たとえ悪い知らせでも」

ロックは穏やかな笑みを浮かべた。「できたら休んでください。明日またお目にかかりましょう」

メヌンデスは別れのあいさつの代わりにひとつうなずき、ロックについて外に出た。タリアはドレックスとその仲間ふたりとともに残された。

ギフが言った。「最初のシフトはおれが担当するよ」

タリアはすっくと立ちあがった。「シフトってどういうこと？」ドレックスに近づいた。

「いまのあなたたちはわたしの看守なの？」

「護衛だ」

タリアはあざ笑った。「ほかの誰より、あなたがいたら安全だとは感じられないわ」

「だったら、これを聞いたらほっとできるな。ふたりの警官が外に見張りに立つそうだ。身の危険を感じたときは彼らに助けを求めろ。すぐに駆けつけてくれる」

「二階の自分の部屋には行かせてもらえるのかしら？　ひとりで」

ドレックスは彼女の皮肉に取りあわなかった。「もちろんだ。むしろ、それを勧める。明日はきみにとって人生最良の日にはならない。眠れるようなら眠っておけ。また明日」

回れ右をして部屋から出ていくドレックスのあとに、巨漢がのしのしと続いた。ギフは名刺を差しだした。「携帯の番号です。夜のあいだになにかあったら、メールしてください」

タリアは名刺を受け取りつつ、ドレックスが立ち去ったアーチ型の出入り口を見ていた。「あの人はいつも拳銃を携帯しているの？」彼の背中のくぼみに留めてある拳銃のホルスターを見たのだ。

「勤務中は」

「彼は善人と悪人のどちら？」

「質問者が誰かによりますね」

彼女はギフを見た。「質問者はわたしよ。彼は信用できる人なんですか？」

「ウェストン・グレアム逮捕にかける情熱という意味では、信用できる」

「ジャスパーのことを言っているの？」

「ドレックスにとってはずっとウェストン・グレアムでした」

「どうして？」

「それはドレックスに訊いてください」ギフは遠ざかった。「おれはキッチンにいます」

ギフが消えると、タリアは階段に向かった。疲労困憊したいまのタリアにとっては、エベレスト登山なみの決意を要する。手すりにつかまりながら、ゆっくりと段をのぼった。

浴室に入ったはいいが、シャワーの下に座り込み、立てた膝に頭をもたせかけていた。刑事が訪れてからいままで、タリアには一定のレベルの冷静さと合理性が求められていた。

こうしてひとりになると、わが身の置かれた状況がずしりとのしかかってくる。イレインは死んだ。ジャスパーは謎だらけ。そしてわたしは？　タリアはめまぐるしい現実に呑まれ、状況を理解しようにも、できずにいる。

しぶきに打たれながら泣いた。泣きじゃくった。滂沱《ぼうだ》の涙を流して。シャワーが冷たくなってくると、浴室を出て、結婚以来、袖を通していなかった古いコットンのパジャマを着た。プリント生地のこのパジャマは上下ともゆったりしていて、セクシーさよりも着心地のよさが重視されている。

主寝室を出て、廊下の向かいにあるゲストルームのベッドに入った。暗がりで天井を見つめてじっと横たわる。

ジャスパーはどこにいるの？　アトランタに行かなかったのが事実なら、どうして連絡がないのだろう？　イレインの命を奪った事故で死ななかったとしたら、必死の思いで救助されるのを待っているかもしれない。それとも、もう死んでいるのだろうか。なぜ今夜イレインのところへ？　ヨットに乗ろうと言いだしたのは、ふたりのうちのどちら？　救命ボートに乗った理由は？　彼はなにをしたの？

イレインのことで泣きすぎて涙が涸《か》れたと思っていたのに、夫に関する考えられないような可能性に苦しめられているうちに、またもや涙が湧いてきた。頭のなかを疑問が蛍のように飛び交い、答えが出ないまま明滅をくり返している。

部屋のドアが開いたとき、タリアには声を聞くより先に誰だかわかった。彼は言った。

「お茶を飲んでなかったろ」

タリアは肘をついて、起きあがった。「なに？」

「ティーバッグだけ入ったマグがカウンターに残ってた。コンロのヤカンを持ちあげたときに手を火傷したせいで、きみはカモミールティーを飲みそこなった」

彼女がベッドサイドのランプをつけると、彼は湯気の立つマグを片手で掲げた。もう一方の腕の脇の下に厚みのあるアコーディオンファイルを抱えている。彼は許しを得ずに部屋に入ってきたが、疲れ果てていて文句をつける気力もなかった。彼はナイトテーブルにマグカップを、ベッドの足元にファイルを置いた。

「それはなに？」

「眠れないときに備えて、軽い読み物だ。だが、覚悟しろよ。読みはじめたら最後、一睡もできなくなるかもしれない」

「お茶をありがとう」

いらだたしいことに、彼は肘掛け椅子をベッドの傍らに引っ張ってきて、腰をおろした。

「お守りしていただかなくてけっこうよ」

出ていってくれというそれとない訴えに動じることなく、彼は手の具合はどうかと尋ねた。

「もうほとんど痛みはないわ」

「よかった」

それでもまだ、彼は動かなかった。開いた膝のあいだに組んだ手を置き、うつむいたまま、床に向かって言った。「イレインのことを考えると胸が痛いと言ってもきみは信じないだろう。でもな、タリア、ほんとなんだ。おれはジャスパーを監視していた。きみのことも見ていた。だからこそ、こうなることを予見するべきだった。彼女に警告するべきだった。なにか手があったはずだ」

「あなたがなにを言ったところで、彼女は信じなかったでしょうね。ジャスパーから離れろと言うならなおさら」

「たぶんな。だとしても、努力するべきだった。気をつけろと注意しても彼女は救えなかったかもしれない。だとしても、彼女をみすみす殺させたことで、ここまで苦しまずにすんだ」上体を起こして、まっすぐタリアを見た。「ふたりは不倫関係だったのか？」

「あなたは聞いていたんでしょう？　わたしが尋ねて、ジャスパーが答えるのを」

「きみが尋ねて、やつが否定するのを聞いた。あの質問はおれのためか？　それとも自分のために訊いたのか？　盗聴されているのを知っていて訊いたのか、それとも実際ふたりの関係を疑ってたのか？」

「盗聴器のことなんか、知らなかったわよ！　ジャスパーの答えを信じるべきかどうかも。わたしにわかるのは、遺体安置所送りになるぐらいなら、イレインには生きてわたしの夫と関係していてもらいたかったってこと」声が割れた。「いましなければならない話なの？　せめて明日の朝まで待ってもらえない？」

「そうだな」彼は意外なほどすんなり応じた。「いまさら言ってもしかたないが、おれは彼女が好きだった。ほんとに、すごく」

「好きになれずにいられない人だったもの。寂しくなるわ……彼女は……」

「生気にあふれ、活力があった」

彼に弱々しい笑みを向けた。「的確な表現ね。作家になるべきかも」

「じゃ、来世で」

長い沈黙をタリアが苦痛に感じだしたころ、彼は好奇心のままに室内を見まわした。ゲストの宿泊に備えて、ふだんから片付けてある。

けれど、これまでこの部屋に泊まったゲストはいない。週末にしろ休暇にしろ、ジャスパーが友人を泊まりがけで招くのを喜ばなかったからだ。納得のいく説明をしてもらったことはなく、彼女がどう訴えても、〝きみを独り占めしたいからね〟などと言って取りあってもらえなかった。タリアのほうも深追いはせず、出張ついでによその街に住む友だちを訪ねるようになっていた。

そういえばマリアンを訪ねたのは、キーウエストへの出張時だった。思いだしたついでに、彼女は言った。「パーティの写真のことだけど、あの男性に会った記憶はないの。あれがジャスパーなら、わたしは知らなかった」

ドレックスは片方の眉を吊りあげた。

「事実よ。あの夜、知り合いになりたい人物として彼を選んだ覚えはないわ」

「かもしれない。だが、あの夜、向こうがきみを選んだのはまちがいない」

「なにが言いたいの？」

「結局この話に戻る。続きは明日にしよう。明日は片付けるべきことが山積みだ」

彼の煮えきらない態度にむっとした。「だったらなおさらいますぐおやすみを言わないと」

「なぜここで寝てる？　主寝室じゃなくて？」

「あなたに監視されたくなかったから。この部屋ならあなたのリビングの窓から見えない」

「もっともな理由だ」

苦笑した彼の顔にえくぼらしきものが現れたことに、タリアはいらだった。「なにがもっともで、なにがもっともでないか、あなたにわかるの、ドレックス？　あなたは嘘をついているとわたしを責めるけど、そういうあなたがやってきたことは嘘だらけよ」

「その理由をいまはきみも知ってる」

「仕事の一環としてってことね」

「そうだ。きみの言い訳は？」

言い返す元気がなかったので、そのまま聞き流した。

彼はマグカップを指し示した。「冷める前に飲めよ」

「もう少し抽出してから」

「医者にはなんの予約だったんだ？」

話題の突然の変化は、戦略的なものだ。彼の狙いどおり、タリアは不意を衝かれた。「個人的なことよ」

「殺人も個人的なことだ」

「強引にこじつけないで。いいかげん、今夜は解放してもらえないかしら？」マグカップに手を伸ばす。その手が震えた。

ドレックスは彼女の手からマグカップを取りあげた。「また火傷するぞ」

「どうでもいいくせに」

「そんなことあるか！」

「お仲間にはそうは言ってなかったみたいだけど」どうやらまだ闘志を残してあったらしい。「わたしは耳がいいの。わたしの気持ちや好き嫌いに関してあなたがなんと言ったか、この耳ではっきり聞かせてもらったわ」

彼が反論しようとしていると見るや、タリアは手を上げて押しとどめた。「べつにいいの」疲れたため息をついて枕にもたれ、天井を見あげた。「ひとりにして、ドレックス。婦人科医の予約について知りたければ、あなたのお友だちに頼んだら、情報を掘りだしてくれるわ。たとえ倫理違反だろうと」

「マイクは調べると言ったが、おれが断った」

タリアは視線を彼に向けた。

「きみの口から聞きたい」

彼に知られてなにか不都合があるだろうか？　この件を打ち明けたら、多少は信頼を得られるかもしれない。この先のどこかで必要になるかもしれない信頼を。

「わたしは子どもが欲しかった。ジャスパーには、彼の年齢で親になるには心の準備をする時間がいると言われた。でも、わたしだって若返ることはできない。なにかと問題がある。出産可能年齢とか。それで、卵子を採取してもらったの。凍結しておいて……いつかその時がきたら体外受精できるように」

ドレックスは無言で動かず、まばたきひとつしなかった。

「コーヒーショップであなたが近づいてきたとき、わたしは残念な話を聞かされた直後だった。卵子の一部が——もともと数が多くなかったんだけど——元気がないと言われたの。成功率がうんと低くなるから、体外受精をするかどうかから検討しなおしたほうがいいと」

タリアはベッドカバーを握りしめている自分の手を見おろした。彼の手が視界に入ってきた。持ち手を彼女のほうに向けて、マグを差しだしている。受け取って口をつけた。ぬるくなっているけれど、もう少し飲んだ。飲んでいるあいだは彼を見ないですむ。

ジャスパーとつきあうようになってから、ほかの男性とふたりきりになったことは数えるほどだが、不安な気持ちになるのはドレックスがはじめてだった。彼からもたらされる脅威は言葉では説明しがたく、けれど切実だった。初対面のときから感じていた。離れていろ、と本能が忠告していた。彼から故意に傷つけられるのを恐れているのではなく、みずから裸火に近づいてしまいそうな感覚だった。蛾を引きつける光源に熱が備わっていることを、光源のせいにはできない。ましてや、衝動のままに蛾が飛び込むことで、光源を責めることはできない。

ほかの場面では自信を持って人生を送っているのに、ドレックスが近くにいると、不安定で自意識過剰になった。彼のせいで自分のすべてがやけに気になる。いまもそうだ。やわらかなパジャマの内側にある皮膚が敏感になり、コットンが体の形に沿って触れている箇所や、温かな吐息のようなわずかな摩擦が生じている箇所をいちいち感じる。

そしてそれ以上に意識してしまうのが彼のことだ。もうネクタイはなく、襟元のボタンは外してシャツの袖をまくり、裾をズボンから出している。髪は乱れて、せいぜい手櫛で整えた程度。崩れた服装なのに、かえって魅力的に見える。一瞬、タリアの視界に彼の裸の胸や腹がよみがえった。胸毛は下に行くほど幅がせばまり、腰履きしたズボンのウエストバンドのなかへ消えていた。

彼を意識すると、胸に圧迫感があった。それを押しやりたい……でも、抱きしめたいという思いもある。

「あともうひとつ聞かせてくれたら眠っていい」彼は言った。「なぜ別れのキスをしなかった？」

タリアは頭を起こし、彼の目を見た。口から息を吐きだす。「なんなの？」

「きみとジャスパーは空港で別れのキスをしなかったろ？　そして、きみが旅行に行かなかったのは吐き気のせいじゃない。ジャスパーは空港へ向かう車のなかで、きみにケンカを吹っかけたんじゃないか？」

「いいえ」

「タリア」

彼女はマグをナイトテーブルに戻して上掛けをはね、起きあがろうとした。ドレックスが両手で肩を押さえたので抵抗したけれど、手以上に彼の目が動くなと命じていた。

「ジャスパーはケンカを吹っかけた」彼は静かでいて重みのある声で言った。「きみたちは言い争った。それなのにキスして見送りをしただと？　それは嘘だ」

タリアは彼をにらみつけた。息が荒くなっているけれど、彼の言うとおりだと認めるぐらいなら、死んだほうがましだ。

「ケンカの原因は？　きみが体外受精を望んだのに、彼が望まなかったからか？」

彼女は首を振った。「卵子を採取することは、彼に話してなかったの。いまもよ」

「どうして？」

「その機会がなかったから」

「適当なことを言うな。彼に話す機会ならいくらでもあったはずだ。きみが話さなかったのは、やつがほっとするかもしれないと思ったからだ。そうなったらきみは深く傷つく」

「あなたとこの件について話すつもりはないわ。個人的なことだし、事件にも無関係よ」

「そうかな？」

「そうよ」

「いいだろう。だったら、空港への途上、なにが原因でケンカになった？」

「ただのちょっとした口論よ、たいしたことじゃないわ」

「いちゃつき旅行を拒否する程度には、たいした問題だったはずだ」

「できることなら、もう一度やりなおしたい」

「よく言うな！」

その声音の痛烈さにタリアは口をつぐみ、顔をそむけた。彼に顎をつかまれ、前を向かされる。「どちらがケンカをはじめた？」

彼の手を押しのけた。「覚えていない」

「いや、覚えてる」

「そんなこと、いまさらなんのちがいがあるの？」

「決定的なちがいだ。ジャスパーだな？」

タリアは頑として答えなかった。

頑固さではドレックスも負けていなかった。「そうだな？」

「わかったわ、そうよ！　向こうが怒りだしたのよ」

「なにに対して？」

「わたしに対して」

「どんなことで?」

「あなたのことでよ!」

ドレックスがたじろぎ、タリアの肩から手を離した。彼はじっと動かなくなった。

「どうしておれのことで?」

タリアはマグカップに手を伸ばしかけたが、気を変えて、手がベッドに落ちるに任せた。唇を湿らせる。「空港に向かう車のなかで、ジャスパーは前夜の話の続きをはじめたの。あなたがいかに信頼できないかを延々と話しつづけた。それでわたしは、あなたを弁護するようなことを言った。結局、わたしがまちがってたんだけど」言葉を切り、急いで息を吸って込みあげた嗚咽《おえつ》を呑み込んだ。「ジャスパーがあなたは正体を偽ってると言ったとき、耳を傾けるべきだった。最初っからあなたは嘘をついていた。すべてが嘘だったのよ。わたしたちをだました。ジャスパーとイレインとわたしを」

上掛けを引き戻して押さえ、整え終わるとドレックスを見た。「わたしを捕まえて留置場にぶち込むか、じゃなきゃここから出ていってわたしをひとりにして」

横向きに転がって、ドレックスに背を向けた。

ぎゅっと目をつぶって開けなかった。これでもかというほど彼は動かなかった。だが、やがて空気の動きで彼が立ちあがったのがわかった。ランプの明かりが消えた。暗いなかで彼がかがんで顔を近づけてくる。

彼がささやいた。「あのキスは嘘じゃない」指でタリアの髪を梳《す》いて、枕の上に置きなおした。

彼は部屋を出て、そっとドアを閉めた。

24

キッチンではギフがテーブルでシリアルを食べていた。「勝手にやらせてもらってる」シリアルを咀嚼しながら、彼はドレックスに言った。

「彼女も気にしないさ」

「おまえはなにをしてた？」

勝手口に向かっていたドレックスは、足を止めてふり返り、非難の目つきで仲間を見た。

ギフは動ずることなく、もうひと匙口に運んだ。「トイレに行って戻ってきたら、おまえの姿が見あたらなかった。メールしたが、返事がなかった。それでマイクにメールした。あっちにも現れていないと返事が来た。階下のどの部屋にもおまえはいなかったから――」

「言いたいことはわかった」

ギフは残ったシリアルをふた匙でずるずるっと流し込み、ボウルを脇に押しやった。「そのために工夫してこの状況に持ち込んだのか？　刑事たちを追っ払って、彼女を寝かしつけるために？」

「そうじゃない」

「『留置場でひと晩過ごさせたら、多少は協力的になるかもしれない』」ギフはドレックスがさっき言ったことを再現して、あきれ顔になった。「とかな」

「反対してくれて助かった。おかげでおれの提案の信憑性が増した」

「おまえとは長いからな。おまえが操ろうとしてることぐらい、お見通しさ」

「これなら彼らの考えで彼女をおれたちに託したと思わせられる」

「そういうことか。おれとマイクだけは操ろうとするなよ」

「おまえたちは鋭いから、ばれるさ」

「問題は」ギフは天井をちらっと見あげた。「彼女もおまえに関して鋭いかどうか」

ドレックスはカウンターにもたれて、腕を組んだ。靴のつま先を見つめて答えた。「わからないよ、ギフ」

「マイクは彼女が鋭いと思ってる」

「やつの態度にありありと出てる。ただし、あいつはすべての女性を疑ってかかる」

「すべての男性もだ」

「すべての男性もだ」ドレックスは笑い混じりに言った。そして真顔に戻った。「彼女にお茶を運んだだけだ。弱ってめそついてた。おれはそこを衝いて、彼女に探りを入れた」

「効果のほどは？」

「ゼロ。イレインの死とジャスパーが姿をくらましたことに心から動揺してるか――」

「じゃなきゃなんだ？」

「じゃなきゃ、一流の詐欺師か」

「いい先生がついてたからな」

「その点を無視できない」なんの喜びもない声でドレックスは言った。「そういうわけで、朝になったらおまえとマイクでラドコフスキーのもとへ送り届けてくれ」

「で、おまえはどこへ？」

「姿を消す」

ギフが頭を振った。「ドレックス――」

「言うなよ、ギフ。いまラドコフスキーに近づくくらいなら、この手で自分のムスコを切り落として、快楽などいらないとやつに宣言してやる」

ギフの沈黙が同意の印だった。「マイクとおれはどうする？　彼女を降ろしたあと、どうしたらいい？」

「おまえたちに決めてもらうしかない。おれやマイクとは関係なく、ひとりで決めてくれ。マイクにもそう伝えろ。この件でおれと行動を共にしてくれとは、口が裂けても言えない。そうしてもらえるとも思っていない。この先にくそみたいな大嵐が待ち受けてるのは、おまえにもわかってる。ラドコフスキーを見くびるな。前もやつにやられた」

「今回は以前とはちがうぞ」

「ああ、さらに悪い。ひと晩じっくり考えてくれ」カウンターから体を起こし、勝手口に向かった。

「ドレックス？」

彼はふり返った。

「おまえと行動を共にするか、ラドコフスキーの慈悲にすがるか、マイクとおれが熟慮するにあたって、知っておきたいことがある。もし彼女が夫と組んで犯罪に荷担していたのがわかったら、おまえは彼女にどう対処するつもりだ？」

質問自体がドレックスへの侮蔑だった。答えることすら、いまいましい。「あと二時間もしたらマイクが交代してくれる」


翌朝タリアがキッチンに入ると、男三人が食卓を囲んで会話に没頭していた。彼女はしばらく立ったまま、男たちが気づくのを待った。

気づいた男たちは黙り込み、タリアを凝視した。彼女の外見に呆気にとられているのはまちがいない。パジャマの上にローブははおっているけれど、身繕いせずにおりてきた。

ギフが椅子を引いて、立ちあがった。「おはようございます。コーヒーはいかがですか？」

挽き立ての豆の香りが馥郁《ふくいく》と立ち込め、そこにドーナツのイーストの香りが重なっている。テーブルの中央に箱入りのドーナツが置いてあった。ギフはそれを彼女のほうへ押した。

「マイクが買ってきたんです」ギフは言った。「よかったらどうぞ」

タリアはギフの申し出に応じることなく、まっすぐテーブルまで歩き、ドレックスの前にぶ厚いファイルを置いた。彼の前にあったコーヒーカップが倒れそうになる。「眠れなかったから、あなたの勧めに従って、軽い読み物に目を通してみたわ」

ドレックスはさっきまでギフが座っていた椅子の背に手をかけ、座れと彼女に身振りで示した。「彼女にコーヒーを頼む、ギフ」

彼女は勧められた椅子に腰掛けた。部屋に入ったときから、ドレックスを見つづけている。彼の目の下にクマがあるので、やはり眠っていないのだろう。

ギフが彼女の手の届く位置にコーヒーカップを置いて、砂糖やミルクは必要かと尋ねた。タリアは首を振った。ドレックスはチョコレートのかかったドーナッツを箱から取りだし、紙ナプキンに載せて彼女の前にすべらせた。

コーヒーとドーナッツには目もくれず、タリアはぶ厚いファイルを指さした。「ここに書いてある行方不明の女性たちにジャスパーが関係していると思っているのね？」

ドレックスは組んだ前腕をテーブルに置いて前のめりになると、それから半時間にわたって、ほぼ中断することなく話しつづけた。ときおり彼はマイクに日付や時間を確認した。彼に話を振られてギフが説明を補足することもあった。だがそれ以外のときは、タリアはひたすら彼の話に耳を傾け、彼もタリアから目を離すことがなかった。

「石油がらみの財産を引き継いだタルサの女性のライフスタイルに合わせて、やつは自分を変えた。被害者のピクシーの知人たちによるハーブ・ワトキンズ像は、短い黒髪にヤギひげをたくわえ、ピクシーが熱愛していたネイティブ・アメリカンのアートが好きな人物だ。マリアンのときは、やつはたぶんパーマをかけたんだろう、もしゃもしゃの髪形を採用した。彼女がヒッピー時代を思いだして、その髪形に惹かれるだろうと踏んでのことだ。そのあと、やつはパーティできみに目をつけた。きみが非常に裕福であることを知って、有望株と見た。マリアンから聞いたり自分で調べたりして、きみに関する情報をできるかぎり集めた。きみをつけたこともあるはずだ、タリア。きみがどこで食事をし、どこで酒を飲み、どこで買い物をするか、行き先を記録した。

そして世界じゅうを旅してまわるきみは、洗練された紳士に惹かれると踏んだ。二百五十キロの距離をものともせず、みずからハンドルを握って花束を届けるような人物にだ。品のいい服装をした料理上手。高価なバーボンなど、よいもの全般を好む人物。さらばダニエル・ノールズと縮れ髪。おつぎに迎え入れるは、国際的な視野をもつポニーテールの男性、ジャスパー・フォードだ」

彼が話し終えると、タリアは男三人を順番に見た。いずれも重苦しい表情だった。彼らが追っている人物がジャスパーにちがいないという信念の深さを物語っている。タリアは申し立てに反論せず、夫の弁護もしなかった。それは、夫が彼らのいう犯罪者だという恐ろしい仮説を受け入れるに等しいからだ。

ドレックスは、マリアンから友人のダニエル・ノールズに関することを打ち明けられたことがあるかと訊いた。

「いいえ」

「まったくか？」

「彼女はプライドが高くて、人と群れない女性だったわ。オンラインで出会ったのが事実だとしたら、知られたくなかったんでしょうね」

「それでつじつまが合う」ドレックスは言った。「やつにしてみたら、そのことを人に公然と話すような女性、つまり彼に好奇の目を向けさせるような女性は好ましくない。マイクがこれほどの記憶力の持ち主でなければ、この糸口は見つからなかっただろう」

「あんたからイレイン・コナーを紹介されたときは、しめたと思ったはずだ」マイクは言った。「たいして仕事をしなくてすむ」

彼女はうつむいて、眉を揉んだ。「ここへおりてくる前にロック刑事に電話したの。イレインとヨットに乗っていた男性が救命ボートにいっしょに乗ったのはまちがいないって。男性の身元と行方はいまだ不明だそうよ」

「おれは身元を知ってる」ドレックスが言った。「ジャスパーだ。そして岸まで泳いだんだ。この命を懸けてもいい」

タリアは信じたくなかった。いま求めているのはジャスパーからの連絡だった。旅行の計画を変えて別の場所に出かけ、後悔しきりの落ち着かない一夜を過ごしたのち、仲直りのため家に向かっている、という連絡だ。

時をさかのぼって、夫の人柄に対して一片の疑いもなかった新婚時代に戻りたかった。いや、この連邦捜査官たちの言うことが事実なら、いっそ彼に出会う前の人生に戻りたい。

だが時は巻き戻せない。この状況がタリアの〝いまここ〟である以上、この苦難に真正面から向きあうしかない。

彼女はドレックスを見た。「仮にそれが事実で、イレインとヨットに乗っていたのがジャスパーだったとしたら、彼はどうやってマリーナまで行ったの？　ロックから聞いた話だと、彼が空港で乗ったタクシーは近くのホテルで彼を降ろしたそうよ」

「チェックインはしていない」マイクが言った。

ロックからも同じことを聞かされていた。「ロックによると、ジャスパーはホテルの入り口から離れたところで降ろすように指示したそうよ。どうしてだか見当もつかないけど」

「防犯カメラを避けるためだ」ドレックスが言った。「彼はホテルの敷地内かその近くに車を用意しておいた。その車でアイル・オブ・パームズの、あらかじめ見繕っておいたビーチのひとつに向かった。ぽつんとした場所、日が落ちるとたちまち暗くなる場所、それでいてマリーナから無理なく歩ける場所に。

マリーナまでは徒歩で移動した。人目を避けて〈レイニー・ベル〉に乗船できるよう、ころあいを見計らった。万が一見られても、目撃されているのはオレンジ色の野球帽をかぶった男であって、灰色のポニーテールの男じゃない」

「ロックが言ってたけど、イレインのタウンハウスのご近所の人たちが、五時半ごろ、彼女がひとりで出ていくのを目撃していたそうよ。彼女とジャスパーはヨットで落ちあう約束だったんでしょうね」

「そうとは限らない」ドレックスが反論した。「やつがイレインに電話をして、きみと口論になった、落ち込んでるなり腹が立つなりするから、ヨットで慰めてくれと言ったのかもしれない。そんなようなことを」

「彼女だったら、そのときしていたことを投げだして、彼を慰めようとする」

「やつはそれをあて込んでたんだろう」

「でもイレインなら、悪天候のなか、ヨットを出すのは断ったと思う」

「ジャスパーは彼女の冒険心に訴えたのかもしれない。じゃなきゃ、甘い言葉で泣きついたか。イレイン、頼むよ、海風がわたしの頭をすっきりさせてくれる、とかなんとか。開水域に出たら、装置に不具合があるとか、船内で緊急事態が発生したとか言って、船を離れないと危険だと彼女に思い込ませた。そんなふうにして彼女を救命ボートに乗り移らせたんだ」

「携帯も持たずに？　彼女だけでなく、彼もよ」

「取るに足らないことだ」後先考えずに彼は言った。「適当に言い抜けられる。天候のせいで携帯がつながらないとか、電波が入らない場所だとか。彼女から携帯のことを尋ねられても、合理的な答えを返すのはむずかしくない。そして彼女を殺したあと――殺害方法は解剖が終わるまでわからないが――やつは岸まで泳いだ」

「服を着たままで？」

「ありうる。あるいはイレインを殺したあと着ているものを脱いで、なにかを重しにして沈めたかもしれない。着替えは岸の車のなかに用意してあった。賭けてもいいが、きみの知っているジャスパーが着るとは思えないたぐいの服をだ」

ギフが言った。「イレイン・コナーの死体が見つかったときには、すでに高飛びしていた可能性が高い」

タリアは手で耳をおおって、聞くのをやめたかった。でも、聞かなければ。聞いて対処し、とてつもないなにかを受け入れる心の準備をしなければ。「どれももっともらしい話ね。でも、なにもかも仮説でしかない」

ドレックスはうなずいてそれを認めた。

「まったくの見当ちがいかもしれないのよ」

「そうだな」

「だったら、どうしてそこまで確信を持って話を組み立てられるの？」

「おれだったらそうするからだ」

その発言にタリアの息が止まった。タリアは最初から、ドレックス・イーストンにはなにか秘密があると直感していた。抜け目なく、おおらかさにはほど遠い人、えくぼで擬装した暗い一面があると。

それでもなお、その上っ面のきざな態度の内側にどれほどの苛烈さを隠し持っているかを見誤っていた。ドレックスは任務に忠実な男だ。その献身は尊敬に値する。だが、そのことがタリアを不吉な思いでいっぱいにもした。

「いつから彼を追っているの？」

「以前からだ」

「どのくらい——？」

「どのくらい前とは言えないくらいむかしから」

「彼を捕まえるまで続けるつもりなのね？」

「まちがいなく」

タリアはテーブルのふたりのあいだに置いてあるファイルを指さした。「もしジャスパーが彼でないことが証明されたらどうするの？」

「やつだ、タリア。やつにちがいない」

その口調には一片の迷いもなかった。

25

「タリア、空港を出たあとはどこへ行った？」ドレックスは尋ねた。

「うちに帰ったわ」

「十時ごろにな」

「そうだった？」

マイクが口をはさんだ。「正確には十時三分」

「どうしてそこまで正確にわかるの？」

「おれは搭乗を待っていた」

ドレックスがあいだに入って説明した。「マイクはアトランタできみとジャスパーが〈ロータス〉に現れるのを待ってたんだ」

「わたしたちをスパイできるように？」

「そうだ」ドレックスは悪びれずに答えた。「だが、きみとジャスパーが飛行機に乗らなかったこと、死体が岸に打ち寄せられたことがわかって、急遽、計画を変更した。ギフとおれはマリーナに直行し、着くと、イレインの死体が運ばれるところだった。マリーナからアパートに戻り、電話でマイクに状況を伝えていたら、きみの車が私道に入ってきた」

「十時三分に」大男がくり返した。

タリアは彼を無視した。「帰宅したとき、アパートの明かりはついていなかったわ。わたしを監視してたんなら、つけていたはずでしょう?」

「いいや。明かりを消しておいたほうが監視はしやすい」

「ふざけたこと言わないで」

「ふざけちゃいない。楽しくもおもしろくもないさ、タリア。残りを聞く気はあるのか?」

屈辱感と怒りを抑えつけて、タリアはうなずいた。

「きみをどうするかギフと相談していたら、ロックとメヌンデスがやってきた。盗聴器から離れていたんで刑事たちの声は聞こえなかったが、そのうちきみがキッチンに移動した。そのときは刑事たちがきみを逮捕しにきたんだと思っていた。いまはきみに死体の身元を確認させるためだったとわかっているが」

「それがわかっているのなら、なぜいまさらそんなことを持ちだすの?」

「時間に空白がある。防犯カメラは午後四時四十七分に空港を出るきみをとらえた」

「八分」とマイク。

ドレックスは眉をひそめてマイクを見つつ、訂正した。「四時四十八分に。タリア、そこから十時までどこにいた?」

「そんなことが問題なの?」

「ロックやメヌンデスには問題になる。そしてこの事件に関わるすべての捜査官にも。郡だろうと州だろうと連邦だろうと。われらがビル・ラドコフスキーだってそうだ」

マイクが言った。「大問題になりうる。たとえばその五時間のうちにあんたが改めて旦那と合流したとする。あんたはビーチで明かりを掲げ、イレイン・コナーの死を確認したあとの旦那に上陸する場所を教えてやったかもしれない」

この男に対する嫌悪感はつのる一方だ。タリアは自分の辛辣な目つきでその思いが彼に伝わることを願った。ドレックスに顔を向けなおした。「空港からダウンタウンに向かったわ」

「なにをした？」

「そのへんをぶらぶら」

「ぶらつくにはうってつけの夜だったな」マイクだった。「霧やら雨やら」

「天気なんか関係なかった」

反論はされなかったけれど、男たちがタリアに向ける目つきには相変わらず疑いが浮かんでいた。

「どのあたりを散歩した？」ドレックスが尋ねた。

「ベイストリートよ。レストランに入って、ぐずぐずしていたわ」

「なぜぐずぐずしていた？」

「急いで帰る理由がなかったから。ジャスパーはアトランタに行ったとばかり」

男たち三人が互いに目を見交わした。信じられるとは言えないまでも、もっともらしいとは思ったようだ。

「ダウンタウンのどこに車を停めたんですか？」ギフが尋ねた。

「運良く横道に縦列駐車できる場所があったの」

「そりゃ、くそみたいについてたな」マイクがつぶやいた。

タリアはかちんときた。「あなたにも、あなたの論評にも、もううんざり。言いたいことがあるんなら、ちゃんと言ったらどうなの？　小声でぶつぶつ言ってないで」

ドレックスは落ち着けと手で宙を押さえる身振りをして、関連する発言以外は控えろとマイクに伝えた。そして、タリアにレストランの店名を尋ね、彼女は答えた。

「ウエイターがわたしを覚えているはずよ。ワインを二杯とディナーを注文したのに、食欲がなくて料理に手をつけなかったから。それに気づいたウエイターがお好みでなければ別の料理を持ってくると言ってくれたけど、わたしは断って、チップをはずみ、店を出た」

「支払いはクレジットカード？」

「ええ」

ドレックスはギフを見た。「いまの話をすべてロックに伝えてくれ。あっちで裏取り作業をしてもらえる」

ギフは電話をかけに部屋を出た。ドレックスはちらっと時計を見た。「メヌンデスがメールしてきた。ラドコフスキーはダウンタウンの本署できみの事情聴取を行うそうだ」ドレックスは彼女を見て、身なりが整っていないことに気づいた。「二十分ぐらいで出かける準備をしてくれ。ギフとマイクが十時までにきみを連れていく」椅子を引いて、立ちあがった。

「あなたは来ないの？」

「ああ」

「どうして？」

「ほかにやることがある」

タリアは立ちあがった。「どんな？」

「たとえば役所仕事に足止めを食らうことなく、きみの亭主を追いかけることさ。好運を祈る」

「待って。そのラドコフスキーという人と会って、わたしはどうなるの？」

ドレックスは肩をすくめた。「さあね」

「推測して」彼女は声をとがらせた。

「そうだな、おれが推測するに、やつなら今日の大半をかけてきみを厳しく絞りあげたり、長時間ひとりきりにしたりをくり返す。きみに良心を探らせ、考えさせ、なんなら立場をわきまえさせるためにだ。弁護士が同席するまでは、いっさい口を開くな」

「わたしの心配をしてくれているの？」

「いや、弁護士がいなかったのを理由に証言が認められないことを心配してる。ラドコフスキーはきみをＦＢＩで預かると主張するかもしれないが、もしロックが許されてきみの事情聴取にあたったら、やつはいい警官を演じる。若いメヌンデスははりきるだろうから、厳しい警官の役回りを担うと思っていい。だが、たぶん見慣れた顔には会わない可能性が高い。例外はきみの弁護士だけだ。きみの弁護士が有能であることを祈る」

「この人たちは？」タリアは手振りで男ふたりを示した。マイクは各種ドーナツの残りに目を光らせ、ちょうど部屋に戻ってきたギフはラドコフスキーの飛行機の到着を告げた。

彼女の質問に答えて、ドレックスは言った。「おれたち三人はラドコフスキーに嫌われてる。どんなしっぺ返しを食らうかわからない。手首をぴしゃりと叩かれる程度ですむかもしれないし、うんと厳しい懲罰もありうる。マイクとギフは進んでやっと捜査局の怒りを受け止めることでおれに有利なスタートを切らせ、法律上はまだきみの亭主である男を追いかけさせようとしてる」

「死んでるかもしれないのよ！」

「死んでない」

「あなたにはわからないことだわ」

「いや、わかる。もっと言えば、きみにもわかってる、タリア」

「わたしはそんなこと知らない」

「よせよ。きみはただの一瞬も、彼が海で遭難して救助を待っているかもしれないとは思っちゃいない。なぜおれたちにそれがわかるかって？　ギフ、話してやってくれ」

ギフが口を開いた。「もし亭主が水中墓場から救いだされようともがいていると思っているんなら、あなたはいまごろ半狂乱になっているはずだ」

ドレックスがテーブルをまわり、脅しつけるようにタリアを見おろしたので、彼女はバランスを保つために椅子の背をつかんだ。「半狂乱。身も世もなく取り乱して。悲しみに髪をかきむしり、沿岸警備隊に向かってわめき散らす。とにかく総出で彼を探して、夫を救って、と」ドレックスは顔を近づけ、小声で言い足した。「きみはそうなっていない」

タリアは彼からのがれるように動いたが、ドレックスもその動きに合わせて動き、彼女の顔から顔を離さなかった。「イレインの船の舵を取っていたのが男で、おれでなかったとなれば、きみには男の正体がわかったはずだ。そしてマイク、ギフ、おれ、さらにはこの事件の捜査にあたるすべての警官はこう考える。可能性はふたつだ。

きみがイレイン殺害をその男と共謀していて、最初から男の正体を知っていた。あるいは」ドレックスはテーブルに置かれたファイルを平手で叩いた。「いまになってきみもおれたちが追っている被疑者の最新の化身がジャスパー・フォードだと確信したか、だ。いまのきみは、やつがここに載っている女性たち八人を傷つけたと思ってる。昨日で九人になった。やつは彼女たちと仲良くなり、財産と命を奪い、彼女たちを処分した」

タリアは嗚咽を漏らした。「そんなこと信じたくない」

「だが、信じてるんだろう？」

夫の真の姿を知らないのではないか。長くひそかに抱えてきた恐怖がいま、ドレックスによってかき立てられていた。どうにか遠ざけてきた、もやもやとした不安。そこに理屈をつけて不倫のせいにし、罪悪感まで覚えてきた。そんなことが押し寄せてくる。その恐ろしさ、残酷さに、呑まれまいとした。「彼の有罪を示す証拠があるの？」

「まるでない」

「だったら――」

「じゃあ、答えてくれ。きみはジャスパーかその死体が見つかると本気で思ってるのか？いざ緊急事態となったとき、水に強いきみの亭主があんなご立派なヨットを離れると？たとえ携帯がつながらなくて、全制御システムが作動しなくなったとしても、やつがあのヨットから不安定な救命ボートに乗り換えることはありえない。

きみは本気で思ってるのか？傷ついてよれよれになった彼がよろめきながらあのドアから入ってくると？きみを抱きしめ、胸をかきむしられるような体験をきみに話して聞かせると？いいや、きみは思ってない。誰が見たって、きみは死亡した恐れのある行方不明の夫が戻ってくるのを一途に待ちわびる妻じゃない」

ドレックスは人さし指でふたりのあいだの空間を突いた。「やつはイレイン殺害を企図して彼女を海に誘いだした。そして、実行した。なんなら地獄が凍るまで否定してればいいが、きみにもわかってるし、おれたちにもわかってる」

タリアのなかで疑念が高まり、彼らの不快な主張の重さがのしかかってくる。タリアは両肘を抱えて、椅子のなかに沈み込んだ。

彼女がすぐに反論せず、わが身を守るようなボディーランゲージを見せたこと。ドレックスはそこに好機を見いだした。責めるならいまだ。ギフに言った。「警察署に電話して、時間を遅らせろ」

「どうやって？」

「そんなこと知るか。ロックにつないでもらえ。あいつなら聞いてくれる。彼女の気分がすぐれなくてバスルームから出てこないとでも言って、ラドコフスキーをなだめるよう頼むんだ。じき彼女を送り届ける、一時間は遅れないから、と」

「一時間でおさまるのか？」

「やってみなきゃわからない」ギフは指示に従うためキッチンを出た。ドレックスはドーナツの箱を指さして、マイクに言った。「外で立ってる警官たちに持ってってやれよ」

「これを買ってきたときに、連中にもひと箱渡してある」

「だったら、トイレ休憩にしなくていいかどうか訊いてこい。水やソーダでも勧めろ。ミセス・フォードはいま調子が悪いが、こちらで世話していると言ってこい」

「ラドコフスキーもそうは待たんぞ」

「ミセス・フォードもそうは踏ん張らない。いずれ自分のためにどうしたらいいかわかる」

それで彼女は起きあがった。丸めていた背を伸ばして、彼を見あげた。ドレックスは言った。「向こうはきみを取り調べたくてうずうずしてる。まちがいなく、今日はそんな日になる。長くて過酷な取り調べが続く。どう答えるか、心づもりをしておくことを勧める」

「時間が欲し――」

「時間はあった、タリア。昨日の夜はそのためにあった。もう時間切れだ」

「消化する時間がいるの。お願い」

ドレックスは考えてから、マイクに言った。「外の連中と話をして、少し時間稼ぎをしてくれ」

マイクは咳払いとしかめっ面を意見の代わりにして、ガレージにつながるドアから出ていった。シャッターが上がる音がする。ドレックスはテーブルにつき、彼女を凝視した。タリアが身じろぎして、尋ねる。「なに？」

「きみは時間を無駄にしてる」

タリアは両手を上げて、お手上げのしぐさをした。「わたしの手には余る」ファイルを見た。「恐ろしすぎて、どこからどう考えたらいいかわからない」

ドレックスは立ちあがって、椅子を彼女の近くに引っ張った。椅子の背を前にしてまたがり、タリアと向かいあった。真っ向から彼女の目を見て待った。なお待った。そして言った。「知ってもきみは驚かないだろうが、はじめて目にしたときから、おれはきみを求めてきた」

彼女は唇を開いただけで、言葉を発しなかった。

「イレインのヨットでふたりきりになったときは、きみから目をそらすことができなくなった。お行儀のいい会話を交わしながら、心のなかでは重ねられたきみの白い服が溶けてなくなり、乱れたベッドに仰向けになって裸体をさらすきみを見てた。きみがアパートになんの前触れもなく突撃してきたときにどうやってきみに触れずにいられたのか、正直いまもわからない。おれが自分に許したのは、きみの顔に触れることだけ、まるで責め苦だった。あのキス、きみの口の味はいまも残ってる。きみをくまなく味わいたい。おれは——」

言葉を切って顔を伏せ、荒っぽい口調で言い終えた。「すべてを求めてる」顔を上げ、小声ながら迷いのない口調でつけ加える。「それでも、いまきみがおれに嘘をつけば、かならずきみを刑務所にぶち込み、とてつもなく長いあいだ出られないようにする」

タリアはごくりと唾を呑み、力の入らない声で言った。「わたしがあなたに話したことはすべて事実よ。誓います。ジャスパー——彼のことはこの名前でしか知らない。出会った経緯もなにもかも、すべて本当なの、ドレックス。イレインはわたしの友人だった。マリアンも。そんなふたりをわたしが……」

いま一度、唾を呑んで気を取りなおすと、多少、挑戦的な態度で彼に向きあった。「どうでもいいことでは、適当なことも言ったわ。でもわたしは犯罪者じゃない。人を傷つけるような悪事を共謀したことはありません」

「そうか、わかった。だとしても、この問題が残る。きみが結婚している相手は連続殺人犯だ。おれは長年やつを追ってきた。やつのよこしまな脳に、その頭のなかに入り込んで考えてきた。不快で地獄のような場所に。おれはその場所を忌み嫌っている。いやでたまらない。残りの人生をやつの腐った頭のなかで過ごしたくない。

隣に引っ越してきてじかに会うまでは、幻影のようなもの、気体だった。霧と同じで触れられず、つかみどころのない存在だった。つかめないまま終わりそうで怖かった。だがいまはやつも人間だと知っている」

ドレックスは片方の手を上げて、それを握りしめた。「そうだ、生身の人間だ。食べて飲み、ズボンをはくときは片脚ずつ、汗もかく。実体があって、おれたちのあいだで暮らしている。触れることができ、おれはやつを捕まえようとしてる」言葉を切って、深々と息を吸った。「やつがいそうな場所は、タリア？」

「わからない。ほんとよ、わからないの」

「故郷はどうだ？」

「ないと言ってた。両親は各地を転々として働いていたと」

「どのあたりを？」

「わたしの印象としてはカリフォルニアの南部だけど、彼が言ったのか、わたしが勝手にそう思ったのか、はっきりしないわ」

「両親の名前は？」

「彼は両親のことを話そうとしなかった。自分は成りあがったんだ、過去は金輪際、思いだしたくないって。それにどのみちふたりとももう亡くなってると」

「家族はいないのか？」

「ひとりも」

「むかしからの友人は？」

「いないわ」

「都合のいい話だな」そんなことだろうと思っていた。「過去の関係を語ったことは？　前の結婚とか？」

「ずうっとむかし、一度結婚していたことがあるそうよ。相手は亡くなったって」

「やつが殺したんだ。彼女の名前はリンジー・カミングス」

タリアはファイルをちらりと見た。「八人いる女性のひとりめ？」

「こちらでつかんでいるかぎりでは」人さし指の側面で湿った鼻の下をぬぐった。「彼女や彼女との結婚生活について、やつが語ったことは？」

「思い出がつらすぎると言っていたわ」

「そうだろうとも」

彼女はファイルの上に手を置いて、それを見つめた。「遺体は見つかっていないのよ、ドレックス」

「だからといって、殺されなかったことにはならない。女性の連続失踪事件を結びつけたり、犯人像を浮かびあがらせるパターンを確立できるだけの法医学的証拠がないというだけだ。だがそれも、マリアン・ハリスの死体発見で事情が変わった」

タリアは指先を口元にあてた。「彼はそんなことしてない」

ドレックスに反論されたわけではないのに、ギフが戻ってくると、タリアの呼吸はいくらか楽になった。「ラドコフスキーから伝言だ。三十分以内に重要参考人をやつのもとに送り届けないと、うっとうしいことに、向こうから乗り込んでくると言ってる」

「まったく！」

「ロックがなだめてるが、ラドコフスキーは知ってのとおりの男だ。マイクは？」

「あいつなら外の警官たちをなだめてる」

「あとどれぐらいで出られそうだ、ドレックス？」

「五分くれ」

ギフはドレックスとタリアの両方を視界に入れた。座っている位置を見て、ドレックスが全面攻撃をしかけていると判断したのだろう。彼は言った。「マイクの力になれることがないかどうか、外を見てくる」ガレージにつながるドアから出ていった。

「聞いたろ」ドレックスは言った。「時間はあと五分、考えてさっさと話せ。結婚するにあたってジャスパーが持ち込んだものは？」

「え？」

「やつの持ち物だ、タリア」

「あなたがなにを訊きたいのかわからない」

「おれが分析した犯人像には、共通する特徴がある。善悪の観念がなく、規則に従わない。独善的で、肥大した自尊心の持ち主だ」

「昨日の夜、刑事たちに話していたのが聞こえたわ」

ドレックスはうなずいた。「そして、強迫的なコレクターでもある」

「コレクター？」

「記念品を持ち帰る」

　ドレックスは彼女の顔を見ていた。彼の話を理解しつつある。彼女はファイルに目を落とした。「なにがなくなっていたの？」

「歯痒いことに、それがわからない。女性たちの体つきはみんなちがった。青い瞳といった一致する特徴もなかった。歯並びの悪さとか、髪の長さとか、ほくろとか。身体的に異なり、ライフスタイルもちがっていた。共通する趣味もない。

　共通していたのは多額の預金があったこと、そしてそれが失踪から数日のうちに空になったことだけだ。銀行の金庫の鍵、ボールペン、髪、指の爪。まだわからないが、どれもやつのコレクションになりうる。ただ、この仕事を賭けてもいい、やつは被害者からなにかを奪っている。そして手元に置いている。ときおり取りだして、愛でている。それで自慰している可能性もある」

　タリアが吐きそうな顔になる。

「安全に保管できる箱とか、ツールボックスとか、釣り道具入れとか。彼に開けないでくれと言われていた箱はないか？」

　タリアは彼が言い終わる前に首を振っていた。「サバンナに引っ越してくるとき、すべて売ってきたと言っていたわ」

「フロリダにか」

「彼からはミネソタに住んでいたと聞いたわ。もう厚手の服や防寒具はいらないから、すべて処分してきたって」

「もっともらしい嘘だ。にしても、ほかに個人的な荷物はなかったのか？　たとえば写真や記念の品、切手やコインのコレクション、絵はがきの入ったシガーボックス」

「なかったわ、ドレックス」

彼は腕時計を見た。「考えろ、タリア」

「彼が持ってきたのは車と、衣類と、料理の本がいくらか」

ドレックスはすっくと立ちあがった。「どこにある？」

「料理の本のこと？」

「どこだ？」

質問をくり返したときには、コンロ上の棚を思いだしていた。移動して、その一冊を適当に手に取った。光沢紙の表紙がついた二年前の書籍だ。背表紙は曲がっていない。なかはまっさらで触れた跡がなく、貼りついているページもあった。ドレックスは本の新しさを指摘した。

「わたしと出会ったころには、まだ料理に興味を持って日が浅かったの。退職後にはじめた趣味よ」

「本はいい隠し場所になる。ギフにばらしてもらおう」彼女が反対しそうだったので、すかさずとどめを刺した。

「タリア、きみはやつの逮捕を望んでないのか？」

重苦しい雰囲気のなか、タリアはファイルをじっと見てから、顔を上げてドレックスを見た。「もしあなたが言うとおりのことを彼がしたのなら、当然、逮捕を望むわ。この女性たちが浮かばれない」

彼は黙ってタリアを見ていた。

「わたしの言葉を疑うの？」

「きみはやつと夫婦だ、タリア。結婚に付随するすべてを共有してきた。それだけに、ラドコフスキーたちを納得させるのは至難の業だぞ……自分の夫のおかしさをいっさい感じなかったとしたら」

「なにか秘密があるとは感じてた」タリアは不本意そうな小声で言った。「最初はそうでもなかったけれど、最近はずっと。それで不倫を疑ったの」

「一昨日の夜がはじめてか？　それとも前も疑って責めたことがあるのか？」

「いいえ」

「きみは不倫を責めたことで結果として手の内を見せた。やつがイレインを先に狙ってラッキーだった。ここサウスカロライナへ来たときのおれは、きみを救おうとあわてていた。金持ちのきみがつぎの標的だとみな思ってたからだ。だが、そうじゃなかった」

「残念そうな口ぶりね」

「いいや。その意味をきみに理解させたいだけだ。もしやつの死体が見つからなかったら、いや見つかるわけないが、捜査関係者はきみから目を離さない。表だって被疑者扱いはしなくても、きみの法令遵守の意識に関係なく、きみの持っている情報や事件への関与の有無については、ずっと疑いがついてまわる」

「わたしはなににも関与してない！」

「そうか」

「信じてないのね」タリアは言った。「わたしがなにをすれば無実を証明できるの？」

「きみが死ねば」

タリアは椅子の背にどさりともたれかかり、露骨な発言をした彼を不信の目で見た。

「きみが死んだら、捜査関係者たちはやつが口封じのためにきみを殺したと考える。きみが荷担しているかどうかに関係なくだ。きみがなにごともなく生きつづけていれば、きみの名前から疑問符が取れることはない」

彼女は周囲を見まわした。知らない場所にいるかのように、部屋のあちこちを見た。ふたたびドレックスに視線を戻すと、言った。「昨日の夜、気がついたのよ。でも認めたくなかった」

「気づくとはなにに？」

「どんな結末になろうと、以前の人生を取り戻せないってこと。そうでしょう？」彼は無言だったけれど、タリアは彼の言いたいことを受け取って、うなずいた。そして居住まいを正して、尋ねた。「わたしは留置場に入れられるの？」

「わからない」

「もしあなたが決めるとしたら？」

「そんなことにはならない。絶対に」

「でも、もしそうなったら。あなたの一存で決められるとしたら？」

「おれなら、捜査に対してきみに全面協力を求めるほうを選ぶ。きみからのインプットが欲しい。きみの第六感、記憶、逮捕に向けた無条件の協力が」

「もしわたしが無条件に協力すると言ったら？」

「おおいに助かるはずだ」

タリアは両手を置いていた膝に目をやった。「あなたは得意なんでしょう？」

「なにが？」

「人を操ること。自分の都合に合わせて使うこと」

「ああ、大得意だ。だが、きみを操るつもりはない。きみにはそのままを話してる」

「その言葉を信じていい理由はある？」

ドレックスには答えが思い浮かばなかった。「時間切れになるぞ、タリア」

タリアは訴えかけるように彼を見た。「あなたはいい人なの？」

「ああ、そうだ。神に誓って、嘘なら死んでもいい。聖書に誓って善い人間だと言える。とはいえ、額面どおりに受け取るようなら、きみは頭がどうかしてる」

「あなたにとってウェストン・グレアムというのはなんだったの？」

虚を衝かれる質問だったが、ドレックスは間髪を入れずに答えた。「だっ、たじゃない、現在形だ」

「あなたにとって彼はなんなの？」

「おれの母親を殺した男だ。リンジー・カミングスを」彼女の顔に言葉にならないショックの表情が浮かんだ。その衝撃が鎮まるのを待って、先を続けた。「だからやつを捕まえたいんだ、タリア。やつが灰になるのを見たい。そのせいでおれが善人になろうが悪人になろうが、そんなことはどうでもいい」

タリアが目をのぞき込んでくる。何秒かして、ついに彼女が口を開いた。「無条件の協力を約束するわ」

ドレックスは椅子から立ちあがった。「連中もさぞかし喜ぶだろう」

「約束するのは彼らにじゃなくて、あなたによ」

若い警官ふたりがマイク、ギフと一列になってドレックスのアパートの外階段を上がり、順番にバスルームを使った。マイクとギフは冷蔵庫に入っていた水のボトルを渡した。キャビネットには未開封の〈ナターバター〉クッキーの箱があり、警官たちはそれもお礼とともに受け取った。四人はまた一列になって階段を下った。マイクとギフは手を振って警官たちをパトカーに戻し、自分たちはフォード家に向かった。

芝生を歩きながら、ギフはフォード家の裏側を惚れぼれと眺めた。「きれいなとこだよな。人生の選択をまちがえた気がしてくる」

「そうか？　この芝を刈るんだぞ。おれは遠慮しとく」

「おまえには美的センスってものがないのか、マイク？」

マイクは考えた。「タルタルステーキには新鮮なパセリを飾ってもらいたいがな」

ギフは笑い声をあげたが、ポーチに近づくと、声を落として尋ねた。「あのふたり、なにを話してるんだろう？」

「ドレックスはあの女が弁護士を呼ぶ前にせいぜい情報を絞りだすつもりなんだろう」

「おまえは彼女がクロだと思ってるんだよな？」

「クロにしろシロにしろ、危険な女だ」

「どうして？」

「ドレックスにとって危険だ」マイクはぼやいた。「あいつはあの女のスカートに頭を突っ込んでやがる。そういうときの男はおろかだ」

「そのことだが、少し手控えたほうがいいんじゃないか？」

マイクは立ち止まって、ギフを見た。「手控える？」

「彼女のことでやつを突っつくのをさ」

「あの女とやらせといて、知らんぷりをしろってことか？」

「そうだよ、マイク。おれたちの知ったことじゃない」

「なんでそうなる？」

「あいつがまだ彼女とやってないからさ。その気があるのにあいつが手を出さなかったことがあるか？」

マイクはギフの発言の行間を読むと鼻を鳴らして、アダムの堕落以来、人間存在から切り離せなくなった弱さに対する軽蔑を表し、とくになにも言わずにふたたび歩きだした。

ふたりは裏のポーチからなかに入った。キッチンには誰もいない。ふたりは顔を見あわせ、ギフが声を張った。「ドレックス？」

名前が屋内に響いた。マイクはギフを肘で押しのけると、その巨体が許すかぎり急いでダイニングに進み、さらに奥のリビングに移動した。「上を見てこい」

ギフは階段を駆けのぼった。すべての部屋を——空の部屋を——見てまわり、下に戻り、マイクに向かって首を振った。マイクも一階の部屋をすべて点検してきたところだった。「あの野郎！」マイクは声を荒らげた。「なんてやつだ、こんなことやってられるか」

ギフは彼の脇をすり抜けた。「あれはなんだ？」

ダイニングテーブルに置かれた料理の本の上にドレックスの手書きのメモが載っていた。ギフは声に出して読んだ。「料理本をすべてばらしてくれ。記念品の隠し場所か？」料理本といっしょに真鍮の留め具のついたマニラ封筒があった。封筒の表にもドレックスの手書きの文字があった。〝ラドコフスキー特別捜査官、おめでとう。あんたの望みが叶ったぞ〟

恐怖におののきながら、マイクとギフは顔を見あわせた。ギフが留め具を外して、封筒の中身を出した。

ドレックスのバッジと身分証明書の入った革のケースだった。いっしょに紙が一枚出てきた。〝追伸：拳銃と女はいただく〟

26

「辞職だって?」ロックが電話口で叫んだ。

ギフとマイクは、実直な警官にして善良さの塊のようなこの刑事にこんなことを伝えなければならないのが残念だった。予測していたとおり、刑事は驚きを表明した。ギフとマイクと同じくらいの。

ギフは言った。「それだけじゃなくてですね」ドレックスのメモの最後の一文を読みあげた。

「つまりミセス・フォードを連れて、どこかへ行ったってことか?」

「どうやら」

「ふたりが出てったと、そういうこと?」

「どうやら」

「どこへ行ったんだ?」

「訊きたいのはこちらもでして」ギフは言った。「最後に見たときは、彼女を陥落させようとしているふうで、実際、進展があったんでしょう。ひょっとすると、彼女とふたりきりにすれば――」

「しかし、バッジを手放した時点でその資格を失った。で、どの車に乗ってったんだ？」

「どれにも。彼女の、彼女の夫の、ドレックスの、おれのと、四台ともあります」

「徒歩で立ち去ったのかい？」

「羽を生やしたのでないかぎり」

「どうやったらそんなことができるんだか。そもそもなぜそんなことに？」

「筋の通った説明があるはずです」

「あるだろうとも」ロックはこれまでになく、悔しそうだった。「イーストンは重要参考人から頼まれて隠れ家を提供したか、彼女を誘拐したか。わたしは後者に傾きつつある」

「ドレックスが無理強いとか強要とか、ありえません。それは確実です」ギフはマイクを見て、マイクから意味ありげな目つきで見返されると、言い方を訂正した。「ほぼ確実です」

ロックは言った。「昨夜の段階では、彼女はイーストンを怖がってた」

「彼女はおれたち全員にびくついてました。ドレックスに限らず」ギフはドレックスが彼女とふたりきりで寝室に三十分いたことを明かさなかった。「ですが、ドレックスが彼女に言って聞かせたんです。彼女が恐れるべきは行方不明の旦那のほうだと」

ロックはため息をついた。「その点については、残念ながらイーストンが正しいかもしれないな。解剖の結果、イレイン・コナーの死は殺人と断定されたよ。溺死じゃなくて、絞殺だった」

ギフは黙ってそのニュースを受け止め、マイクは罰当たりな言葉を連発した。どちらにも彼女の最期を言いあてたことに対する喜びはない。

ロックが言う。「この電話が入ったとき、わたしはイーストンに絞殺の件を伝えようと携帯を手にしてた。まだジャスパー・フォードが犯人とはわかってない――」

「おれたちにはわかってます」

「彼の遭難救助活動はまだ続いてる」

「やつは見つかりません」

「とはいえ、まずは彼の奥さんのほうを見つけないと」ロックは辛辣に言った。「彼女が捜査の鍵を握ってる。絞殺の件をイーストンに伝えてくれ。正気に戻って、ふたりがいなくなったことが外に漏れる前に彼女を連れ戻してくれるかもしれない」

「もう十回以上電話したんですが」ギフは言った。「出ないんです」

「ミセス・フォードの番号を知ってるかね？　いや、わたしが知ってるな。こちらから電話してみるよ」

「かけるだけ無駄です。試してみましたが、通話できない状態です」

ロックが言った。「追跡されないように、バッテリーを抜いてたりしてな」

「十中八九そうでしょう」

「無実の人間がやることじゃないね、ルイス捜査官」

「無実の人間だってしてしまいますよ。罪のある人間を恐れていれば。おれたちが彼女の電話を追跡できないということは、フォードもできないということです。おれたち、いやドレックスにしてみたら、フォードは行方不明でなく、自由に動きまわってる。この表現のちがいは大きい」

「ヨットに乗ってたのがフォードだとは断定されてないんだよ」

「ほかに誰がいます？」

「いくらでもいるのでは？」

「よく言いますね。指紋はどうなってます？」

「操舵輪から採取できた。だが、たとえ一致してもフォードは何度もあの船を操縦したことがある。巡回検事からは証拠不十分と言われる」

「誰だって？」ギフが尋ねた。

「ＤＡ、地方検事のことだ。サウスカロライナではそう呼ばれてる」マイクが説明した。マイクはスピーカーでふたりの会話を聞きつつ、ここまで黙っていた。「ロック、フォードを検事に突きだすにあたって証拠が必要なら、この家を徹底的に調べられるように捜索差押許可状を取ってくれ」

「やってみたんだが」ロックは言った。「判事に拒否された。ヨットにいた男がフォードだと特定されてないってことで。ミセス・フォードのアリバイは裏が取れてる。彼女が言ったとおり、ウエイターが覚えてた。となると、捜索相当の理由もないわけで。だが、行方をくらませたとなると、もう一度、請求してみよう」

ギフには、ロックがタリアに関するこの展開の重大さを感じはじめているのがわかった。犯行に関与した疑いのある重要参考人がいなくなったとあれば、署内でのロックへの風当たりは強くなる。

加えて、ラドコフスキーの怒りがある。ラドコフスキーは埋め合わせを求めるだろうし、ドレックスの頭を載せた大皿以外に彼を満足させられるものはない。

そしてなにより、ロックはドレックスの行動に困惑している。この刑事にしてみたら、突飛でしかない。捜査官にあるまじき行為、もしくは捜査機関の規範に合致しない行為に見えている。

ギフはこの刑事が気の毒になった。「いいですか、刑事。ドレックスにはめられたと思っているかもしれないが、そうじゃない。おれが保証します、いずれあいつは埋め合わせをする。メヌンデスにもです。バッジのことにしたって、今後の行動を考えてそれが最善、いやそれしかないと判断しなければ、投げだしたりしない。あいつはなんらかの事情でタリアをここから連れださざるを得なくなったんです。そうとしか考えられない。

なのでやつへの信頼を失わないでもらえませんか。昨夜おれたちが話した連続殺人犯を捕まえようとするやつの執念をどうか疑わないでください。あいつがここまで犯人に迫れたのははじめてです。決してそのチャンスを無駄にはしない。あいつはすべてを賭けてます。どんな犠牲もいとわず、たとえそのせいで身の破滅を招こうとも」

刑事はしぶしぶながら、敬意を滲ませた。「なんとなく感じてたよ。熱意の塊みたいな人だ。ただ、あなた方は長年あの人と仕事をしてきたが、わたしは出会ったばかり。今回のようなことが前にもあったのかね？」

ギフが視線を向けると、マイクが肩をすくめた。いずれドレックスの不正行為が刑事の耳にも入るという意味だ。ギフは言った。「そのあたりはラドコフスキー捜査官に尋ねてもらったら、喜んで教えてくれます」

「彼にはそちらに向かう道すがら、状況を伝えるよ」

ギフはぎくりとした。「こっちに来るんですか？」

「イーストンがミセス・フォードを連れてくるのを待てないからと、ラドコフスキーが決めたんだよ。彼女に話を聞くため、そちらに向かう途中だった。この件を伝えたら――」

「やつに話すときは、首を引っ込めておけよ」マイクが言った。

「最後に彼女の姿が確認された場所を捜索したがるだろう。イーストンの辞職に対しては、どう反応するかね？」

「大喜びでしょうね。そして、こんな離れ業をやってのけたドレックスに対して殺意をいだく。ラドコフスキーに伝えるのがあなたで、助かりました。好運を祈ります。じゃあ、待ってますんで」ギフは電話を切った。

「かわいそうに」

マイクは部屋に背を向けて、表側の窓から外を見ていた。めったに他人に感情移入しない男が低い声でつぶやいた。「あの人殺しの被害者がまたひとりか」

「これで九人だ」

「やってられないな、ギフ」ギフはため息をついた。「ああ。しかも、見のがしてる被害者がどれぐらいいるか、見当もつかない」

「考えたくもない」

ギフは言った。「検視官の鑑定結果についてドレックスにメールした。ショックを受けることもないだろう。ドレックスにはあらかじめわかってたことだ」ギフは、まだ存在するかどうかわからないまま、最後にドレックスのために調達した携帯電話にメールを送った。

イレイン・コナーの司法解剖の結果が、ギフとマイクに暗い影を落としていた。長い沈黙を続けた末に、マイクが例によって人をさげすむように鼻を鳴らした。「あの制服警官ふたりは通りの向こうで茂みを探してる」ふたりはフォード家を見張っていた若い警官たちに、ドレックスとタリアの形跡がないかどうか近隣を探せと指示しておいたのだ。「藪のなかでふたりが見つかると、本気で思ってるのか?」

質問の形を取っているが、尋ねてはいないので、ギフも答えなかった。マイクは窓から顔をそむけて、つぎの質問を繰りだした。「こんな短時間にどうやって徒歩で姿をくらました? いくらドレックスでも手際がよすぎる」

「彼女には土地勘があるし、ドレックスも住みはじめてからこのあたりの地理に詳しくなってる。この前、おれのモーテルに来たときも、地元のミニマートまでジョギングして、そこからタクシーを呼んでた。翌朝はおれがそこまで車で送って、降ろした」

「念のため、そこまで車でひとっ走りしてみるか？」

「同じ場所は使わないだろ。そもそも同じ手を使うとは思えない」

「だな」マイクは言った。「暇に飽かして言ってみただけだ」

ギフは頭のなかでざっと計算した。「おれがキッチンを通ったときは、額を突きあわせんばかりにして話をしてた」

「女のほうはまだパジャマだったのか？」

「ああ。だが、おれがおまえに合流してから、十分以上あった」ギフは言った。

「それだけあればじゅうぶんだ。警官たちが小便をしておれたちが〈ナターバター〉を出してやるあいだに脱出できる。まんまとやられた」マイクは自分のめでたさ加減を自嘲した。

「なにをどう丸め込まれて、あいつらをふたりきりにしたんだ？」

「丸め込まれてないさ。おまえを見てくると、おれのほうから申しでた」

「そう思ってるのはおまえばかり」マイクは言った。「いいように操られたのさ」

ギフは苦々しそうに笑みを浮かべた。「おれたちは賢いから操れないとあいつが言ったのは、昨日の夜だぞ」

「今朝のおれたちはまぬけだったってわけだ」

「おれの心配がわかるか？」ギフは皺の寄った額をなにげなくかいた。「あいつの抜け目のなさが本人の徒《あだ》になることだ」

「おれも心配してる」マイクが言った。「さっき言ったとおり、あの女はドレックスの思考をくるわせる。あいつは女を連れて忽然と消えて、誓って言うが、ろくなことにはならない。しかも、おれたちをラドコフスキーのもとに置き去りにした」

ギフの目はダイニングテーブルの上にある料理本に向かった。「そのうえ宿題まで残していくとは」


ラドコフスキー宛の封筒がダイニングテーブルで彼の到着を待っていた。ドレックスのふざけた書き置きに触れ、前夜、見張りに立った若い警官ふたりをにらみつけた。

「あいつらはどこへ行った？」

そのどなり声に警官のひとりが跳びあがった。「知りません。近隣を捜索してまわりました。ミセス・フォードを知ってるという近所のご婦人に会ったんですが——」

「そっちじゃない」ラドコフスキーは吠えた。「マロリーとルイスだ」

「ああ、出かけました。およそ——」警官は相棒に確認を取ってから言った。「二十分前です。およそですが」

ラドコフスキーはロックを見た。「わたしが来ることは言ってあったのか？」

「ルイスは待ってると言ってました」

ラドコフスキーはかろうじて怒りを抑えながら、小さな円を描いて歩いた。ひとめぐりすると、若い警官たちに尋ねた。「行き先を言ってったか？」

「あなたに会いに行くと」

「どの車で出かけた？」

「ルイスのじゃないですか。彼が運転してました」

「まさか車のナンバーは控えてないだろうな？」

「控えてません、ま、まさか必要とは……」

メヌンデスが前に出た。「ちょっとした行き違いです」

ラドコフスキーの血圧が急上昇した。「ここへ来る道すがら、あの三人組についてわたしがさんざん話してきたのに、それでも行き違いだと思うか？　行き違いでマロリーとルイスがいなくなったと？」

ロックは若い相棒の肩を持った。「イーストンの連絡を受けて、急遽、出たのかもしれませんよ。決めてかからずに、電話してみたらどうです？」

ラドコフスキーは指を鳴らした。「名案だ。おまえがかけたらどうだ？」

ロックはメヌンデスにうなずきかけた。年下の刑事は指示に従うべく移動しながら、軽蔑の目つきでラドコフスキーを見たが、ラドコフスキーは無視を決め込んだ。「そこのふたり」制服警官に声をかけた。「おまえたちはさっきまでの作業に戻れ。ささやかな作業にな」

「署かＦＢＩに電話して、応援を呼んだほうが――」

「いいや」ラドコフスキーは言った。「当面、表沙汰にしたくない」

これ以上、道化師に見えてはたまらない。指示系統を飛び越してコロンビア支局長に連絡を入れ、緊急事態なので電話をくれるように頼んだ。彼と話をしてイーストンが最後にしでかしたことを伝えるのを楽しみにするべきか、またもや裏をかかれたことでののしられるのを恐れるべきか、わからなかった。

いまロックとふたりきりになって、ラドコフスキーは言った。「家のなかを見せろ」

「まだ許可状がありません」

「事情聴取を避けるために逃亡した重要参考人がいる」

「まだそうと決まってませんから」

「パジャマ姿で消えたんだぞ。これが逃亡でなくてなんだ？」

「無理強いされた可能性もある」ロックは言った。

「イーストンならお手の物だし、倫理的にもそれぐらい歯牙にもかけない男だ。だが、同じ敷地内にほかに四人いたんだぞ。もしやつが無理強いしたんなら、彼女はなぜ絶叫しなかったんだ？　抵抗した形跡もない。そういうことだぞ、刑事、彼女は自分の意思でここを離れた。さあ、なかを見せろ」

ふたりは二階に上がった。主寝室の窓からロックはガレージ上のアパートメントを指さした。「あのオークの背後に窓があるんですよ。イーストンは有利な立場にあったってわけです。自分の姿をさらすことなく、ふたりを監視できた」

ラドコフスキーは鼻を鳴らした。「窓からののぞきと、違法盗聴を監視と呼べるならな」

ロックは奥歯を嚙みしめつつ、沈黙を守った。

どちらの階についても部屋から部屋へと歩いてまわったが、とくに興味深いものは見つからなかった。メインの階段の背後にある小部屋がツアーの終着点だった。「ミセス・フォードの書斎です」ロックは説明した。「昨日の夜、玄関で自分たちを出迎えたとき、彼女はここに靴を置き忘れてましてね。わたしが取りにきました」

「どの殺人事件の被疑者にも、そんなに親切なのか？」

「その段階では殺人とわかっていなかったんで、彼女は被疑者じゃありませんでした」

「まあ、そのときはそうだったろうが、いまは被疑者だぞ」

メヌンデスが戻ってきた。「自分の知っているマロリーとルイスの番号に電話したんですが、ボイスメールに切り替わりました」

「ふうん。まだただの行き違いだと思うか？」ラドコフスキーは冷笑を浴びせた。「わたしの言ったことがおまえには理解できてなかったようだな。イーストンはピーターパン、ルイスとマロリーはロストボーイだ。最初からそうだったわけじゃないぞ。ふたりはいい捜査官だったんだ。ルイスはむかしっから冴えないやつだったが、贅肉だらけになる前のマロリーは現場仕事もやってた。

そのうちふたりはイーストンと組んで仕事をするようになった。イーストンはふたりをおだて、個性があって特殊な技能を持った人材が必要だと言って、仲間に引き入れた。イーストンが彼らを堕落させたんだ。家族も社会生活もなにもないふたりの世界は、やつを中心にまわってる。やつのためなら、火の上だって歩くだろう。実際、そうしてる」

「イーストンのやっていることを信じてるからです」メヌンデスが言った。「ふたりの執念はイーストンに負けてないと思います」

三人に対する若い刑事の賛嘆の言葉に、ラドコフスキーはかちんときた。「規則を破ることに対する執念ならな」

「お言葉ですが、手法がどうあれ、犯人は実際にいます。彼らは多くの情報を――」

「黙れ、メヌンデス」ラドコフスキーはさえぎった。「イーストンは長い年月をかけて筋書きを練り、想像上のお化けに合わせて調整してきた」両手を体の両側で開いた。「女性たちが死んだことを証明しようにも、その死体すらないような有様だ」

彼のがなり声に対して、ロックの声は低かった。「キーウエストのハリスという女性は亡くなってます。彼女の事件とイレイン・コナーの事件に重なる点があるのは確かでして」

「あの写真だな？　背後にいたもしゃもしゃの髪形の男だろう？　そして、手前には――最近になって注意を引かれたんだが――タリア・シェーファー・フォード。写真の男がジャスパーかどうかは確認できないが、写真の女が彼女なのはまちがいない。その金持ちの友人がふたり、どちらも死んだ。

マリアン・ハリス殺害事件とこの事件につながりがないとは言ってない。ただ、このふたつの事件と、イーストンのほかの事件とのあいだにはつながりがないと言ってるんだ。ふたつの事件に共通する特徴はなんだと思う、おまえたち？」答えをうながすように、何度か指を鳴らした。

「タリア・シェーファーだ。彼女の夫はコナーを殺したあと溺れたのかもしれない。サメにやられたのかもしれない。あるいは逃げおおせて、彼女に全責任をおっかぶせたのかもしれない。なにが起きたにしろ、彼女はぐるだ」

「自分は納得できません、ラドコフスキー捜査官」ロックは言った。

「ふむ。この家の捜索差押許可状が手に入った暁には、おまえを納得させられるなにかを発掘できるかもしれん。判事の腕をねじりあげろ。外の新米どもを署に返せ。あいつらは役立たずだ。イーストンは近くにはいない」

「車がまだここにあります」

「やつはもう遠くまで行ってる」ラドコフスキーはくり返した。「わたしがあんなに話して聞かせたのに、まだ理解できないのか？　やつはおまえが出会ったことのないタイプの人間なんだぞ。おそらくこの先も二度と会うことのないタイプの」

ラドコフスキーは刑事ふたりを交互に見て、最後にメヌンデスを見た。「いいか、あいつが夢中になってるのは尋常ならざる犯罪者だ。それを忘れるな」人さし指でこめかみを突いた。「あいつは捜査対象と同じように思考する。狡猾で節操がなく、自己中心的で容赦ない」

その発言を漂わせておいて、言い足した。「あいつを見つければ、被疑者も見つかる。捜査局は全面的に協力する。イーストンの雄弁な辞職願をコロンビア支局長に読んで聞かせるのが楽しみだ。きっと喜んでもらえる。イーストンの名は組織内に知れ渡っている。この十年以上、ＦＢＩの疫病神だった男だ」

玄関に移動した。「判事に電話して、許可状が必要だと伝えろ。それを待ってるあいだに昼食だ」ふたりに背を向けて歩きだしたが、足を止めて引き返した。「ミセス・フォードは写真どおりの女なのか？　若くて、顔も体つきもきれいで？」

刑事ふたりは目を見交わして相談し、ふたりを代表してロックが口を開いた。「そう言えるでしょうね」

ラドコフスキーは鼻を鳴らした。「あのスケコマシ、女に関しちゃ運がいい」

タリアがラドコフスキーの下品な発言に対して抗議の声をあげそうになるのを感じたドレックスは、彼女の唇に指を縦にあててそれを止めた。ごくささいな音、息を呑むといった音でも、隠れている場所がばれる可能性があった。

27

身じろぎもせず音も立てずに、ラドコフスキーと刑事ふたりとの会話を聞くのは苦痛でしかなかった。とくにギフとマイクをこきおろす言葉を聞かされるのは責め苦だった。

ラドコフスキーの足音が書斎を出て廊下を遠のいたとき、ドレックスはほっとした。聞かれる心配のない距離までラドコフスキーが離れるや、メヌンデスがスペイン語でなにかつぶやき、ロックが意味を尋ねた。ラドコフスキーとその一族に対する非難だったが、あのろくでなしに対する侮蔑としては不十分だった。

刑事たちは書斎に残り、ロックが判事に電話をかけたが、不在だったようだ。「進展があったんで、折り返し電話をくれるようお伝えください。それじゃ」

少ししてメヌンデスが尋ねた。「あの人たち、どこへ行ったんでしょうか？」

「具体的に言わないとわからんぞ」

「マロリーとルイスです」

「イーストンのために動いてるんだろ」

「ですよね。じゃあ、イーストンと彼女は？」

ロックが答える。「彼女が逃げようとして、イーストンが追ったのかもしれんな」

「本気で言ってますか？」

「まさか」

「イーストンは肝っ玉が据わってる。それは確かです。こんなこと、できますか？」

「できるもんか」

「たいしたもんです」

「ラドコフスキーに聞かれたらことだぞ」

「あのくそ野郎。イーストンたちがなにをしたか知ったいまでも、命令されたり背中を任せたりするなら、あのくそよりイーストンのチームを選びます」

「イーストンはあいつのことを口うるさい自慢屋と言った。そんな生やさしいもんじゃないな」

「なんであんなのがＦＢＩに入れて、いまも残ってられるんですかね？」

「おおかた誰かの甥っ子かなんかだろ」ロックが言った。「やつのために捜索差押許可状は取ってやるが、ここだけの話、時間の無駄だとしか思えない」

「どうしてですか？」

「ジャスパー・フォードがイーストンの捜しているやつで、イーストンが言うとおり狡猾なら、犯罪の証拠は残さないはずだ。これまでだって残してないんだぞ」

「証拠はあったのに捜査員が見のがしたのかも」

「イーストンなら見のがさない」ロックは不明瞭な同意の言葉を聞いてから、先を続けた。

「ラドコフスキーに合流したほうがよさそうだ」

「ほんとにいっしょに食事しなきゃならないんですか？」

「やっこさんを送らなきゃならない」

その件でメヌンデスはなおも不満たらたらだった。ふたりが部屋を出ると、声が遠ざかった。

タリアの緊張がゆるんだ。「間一髪だったな」ドレックスはささやいた。

「こういう冒険は得意じゃないわ」

「おれだってそうだ。背が高すぎる。首の筋が痛くてかなわない」天井が低いせいでずっと首をすくめっぱなしだ。

「さっきのこぶはどう？」

「死にゃしないさ」せまい場所に潜り込もうとして、頭をぶつけたのだ。「天井が低いと警告しておいてもらいたかった」

「時間がなかったのよ」

「時間ならあった。一秒半くらいの間隙は」

閉じられた空間のなかに入ると、そこは真っ暗闇だった。姿の見えない彼女が声を立てずに笑ったらしく、彼女の胸がふくらんで彼の肋骨のくぼみに落ち着いた。押さえつけられていない乳房はやわらかで、こうして否応なしに身を寄せているのは、苦痛であると同時に喜びでもあった。

タリアの唇を指でふさいだのが唯一の動きで、あとはいっさい動かなかった。彼女から無条件に協力すると言われて行動を開始してから、およそ二時間。あのとき裏のポーチのスクリーン越しに、アパートの階段をのぼる自分の仲間ふたりとついていく若い警官ふたりが見えた。

「ここからきみを連れだす」ドレックスはタリアに言った。「いますぐ、ふたりが戻る前に。当然ながら、ふたりはおれを引き留めようとする」

アパートのなかへ消える四人を見ながらドレックスは問題を熟考した。どうやったら家の表側か裏側から、タリアを連れて抜けだせるだろう？　誰かの車を使ったところで、追跡されるだけだ。

そのときはじめて、フォード家に侵入するにあたって検討した間取りが脳裏によみがえった。「階段の下にそこそこ広い謎の空間があった」彼はタリアに言った。「物置か？」

「隠し部屋よ」

「出入り口はどこだ？」

「わたしの書斎」

「それを知ってるのは？」

「ジャスパーとわたし」

「だったら、そこだ。やつがいれば別だが。急ぐぞ」

家事一般に関わるもろもろが入っているキッチンの引き出しを引っかきまわして、ペン、紙片、封筒を見つけた。なにに使うかわかると、タリアが驚きの声をあげた。「辞職なんてだめよ！」

「話はあとだ」彼は手早く封筒に紙を入れてダイニングテーブルに置くと、タリアをせかして廊下を進み、書斎に入ったところでぴたりと止まった。「隠し部屋はどこだ？」

タリアは仁王立ちになった。「ドレックス、あなたに職を投げださせるわけにはいかない」

「そうじゃない、職務を果たそうとしてるんだ。隠し部屋にはどうやって入ったらいい？」

窓に目をやると、警官たちと別れて広い芝生を引き返してくるマイクとギフが見えた。

「タリア？　さあ、早く」

迷いながら探るようにドレックスの目を見ていたタリアは、やがて造りつけの本棚に近づき、本のあいだに手を伸ばした。小さな金属音とともに、棚の一部が十センチほど飛びだす。ドレックスはタリアをそちらに押しやった。「空調はあるのか？」

「ええ」

「入って」いま一度、窓の外を見る。仲間ふたりはポーチに近づいていた。

タリアがなかの空間に入り、ドレックスがあとに続いた。「どうやって閉じる？」

タリアは回れ右をして彼と向きあい、取っ手に手を伸ばしてドアを閉めた。以来、取っ手はドレックスの右の腎臓に食い込んでいる。ドアが閉まったと同時にふたりとも息を殺し、ドレックスは小声でだいじょうぶかと彼女に尋ねた。

「せまい場所は苦手なの」

「目を閉じてろ」

「マリアンのことを考えてしまう」

ドレックスはタリアの耳元に顔を近づけた。「それはなしだ。目をつぶって呼吸してろ」

それきりふたりは黙り込んだ。上階から足音が聞こえたし、それとはべつに、廊下を近づいてくる足音がある。足音の重さから察するに、マイクがふたりを探しに書斎まで来たのだ。ふたりが息を詰めるなか、マイクは廊下へ戻り、家の玄関に移動してギフと合流し、そのあとギフが、ダイニングテーブルの上に置かれたものを発見した。

ふたりをだましたことはいまも気が咎めるが、知らなければ責任を取らされずにすむ。許しはあとで請うしかない。

タリアとふたり、暗がりに押し込められていた。そのあいだ、ドレックスも何度かマリアン・ハリスの最期を考えずにいられなかった。その最期は数分だったのか、数時間だったのか？　逃げよう、生き延びようと、どれぐらいのあいだもがき苦しんだのだろう？

その一件だけでもいま自分のしていることの正当な理由になる。性急かつ賢明とは言えない行動で、取り返しもつかない。いくら謝罪しようと正当化しようと、ＦＢＩや地元捜査当局を納得させることはできないだろう。それでも、この結果を受け入れて生きていく覚悟はできている。ほかの女性たちについては見当ちがいだったとしても、マリアン・ハリスが死に、いままたイレイン・コナーが死んだ。タリアまで殺されるようなことになったら、死んでも死にきれない。

ここを隠し〝部屋〟と呼ぶのは看板に偽りがある。電話ボックス程度の広さしかないのだから。姿勢を変えるだけでも、音がしそうだった。ぶつかったりこすれたりしたときのささやかな音でさえ、壁を伝えば、居場所がばれる。いつ誰が家にいるかわからない以上、とにかく身動きせずにいるしかなかった。

時間は遅々として進まなかった。音は聞こえるが、不明瞭でなんの音か判別できないことも多かった。ときおり表側の部屋からひと言、ふた言聞こえてきたが、そのあとはふたたびふたりの軽い息遣いだけが残った。

何度めか訪れたそうした静寂の時間のなか、タリアがささやいた。「いつまでここに？」

「もうしばらく」

ため息をつきながらも、彼女は不平を漏らさなかった。

そのときはギフとマイクがまだ家にいるのかどうかわからなかった。ガレージ上のアパートに戻って、若い警官ふたりに室内を見張らせている可能性もあるので、じっとしているに越したことはないと感じていた。

そうこうするうちにラドコフスキーが仰々しく登場した。ドレックスがラドコフスキーの来訪を感じ取ってしばらくすると、マイクとギフを行かせてしまったことで警官をどなりつけるラドコフスキーの声が聞こえてきた。ラドコフスキーを待たずにふたりが立ち去ったと知って、ドレックスの頰はゆるんだ。

ラドコフスキーとロックが書斎に入ってくると、タリアとドレックスは体をこわばらせた。すでに固まっている筋肉にさらに負荷をかけることになったが、おかげでありがたいことにラドコフスキーの計画を聞くことができた。

当然ながら、下劣な感想を述べるラドコフスキーの喉を嚙み切ってやりたくなった。自分のことならまだしも、タリアへの侮蔑だったからだ。とはいえ、ロックとメヌンデスの的確な人物評を聞いて溜飲《りゅういん》が下がった。ふたりは彼と食事をすることすらいやがっている。

彼らの足音が遠ざかって聞こえなくなると、タリアがささやいた。「もう行った？」

「あと数分ようすを見てから、賭けに出よう」

「思い切って家を出るの？」

「彼らが許可状を手に戻ってくる前に、思い切って家捜しする」

「そうなの。そのあとは？」

「そのあと思い切ってこの家を出る」

「できるかしら？」

「そう願おう。いまだおれたちは森のなか、危険を脱していない」

タリアが小さくうなずき、髪が彼の頰を撫でた。無精ひげに髪が引っかかったようだ。

「お腹が鳴りそうで怖かった」

「ドーナツを食べないから」

「信条の問題で手をつけなかったのよ」

「おれが渡したものだから？」

「そういうこと」

「次回は浅はかなプライドで分別ある行動が妨げられないようにしろよ」

「次回はね」ぽつりと言うなりうなだれた。前途に待ち受けることを思い浮かべて、気力が萎えたのかもしれない。「怖いわ、ドレックス」

「怖くて当然だ」

「疲れた。もうくたくた。疲れ果ててる」

「おれに寄りかかって」

タリアがもたれてきた。

まずい、このままだと死ぬ。「あと数分で手足を伸ばせる」

「そうじゃなくて、疲れ果てたのは、いままでの暮らし方によ」

「どういうことだ？」

タリアは時間をかけて言葉を選んだ。「張り詰めててね。しばらく前からジャスパーといるときは、つねに緊張を強いられていた」

ドレックスは興味を惹かれた。「聞かせてくれ。なにもかも。ただし、あとで。ここを出てからだ。いいな？」

タリアはふたたびうなずいた。こんども髪がひげに引っかかる——そう思っただけで、近くにいるせいもあってか、ドレックスの体の芯を熱いものが駆け抜けた。

ドレックスは気を引き締めにかかった。「ちゃんと言ってくれ。わかった、と」

「わかった。あとで話す。いまはお礼だけにしておくわ」

「おれがなにをした？　きみをこの物置に押し込んだだけだぞ」

「あなたに責め立てられたせいで、ジャスパーについて感じていながら受け入れられなかった部分を認められた。重荷を下ろして、自己否定から解き放たれた気分よ。あなたに脅しつけられたおかげね。あなたにとってはただの仕事でしょうけど、やっぱり感謝してる」

「タリア」ドレックスはうつむいて、彼女の耳の下に顔をうずめた。「ただの仕事じゃない」タリアの耳たぶを嚙んだ。

タリアは体をよじりドレックスの名前を漏らした。ドレックスは吐きだされた小さな息の出どころに顔を近づけ、開かれた唇に唇を押しつけた。彼女の唇は熱く湿っていて、押しつけられた舌を口のなかに迎え入れた。

前回キスしたときとはちがって、こんどのタリアは顔をそむけなかった。口だけでなく体ごとドレックスを受け止めている。

ふたりは本能のおもむくままに姿勢を変え、重なりあうように作られた肉体の部分部分をぴったり合わせた。それでも、その先を思うとじれったさがつのる。さっきまで、これ以上は密着しようがないと思っていたにもかかわらず、隙間はあった。ドレックスは片腕で彼女の腰を抱いた。

そのとき肘が壁にぶつかった。音で居場所を知られることを恐れていたのに、いまはそんなことなどおかまいなしに、開いた手でタリアの尻をつかんで引き寄せた。彼女が弓なりになり、体をさらに押しつけてくる。ああ！　ぴたりと重なった体に、ふたりして息を呑む。続いていた激しいキスを中断し、ふたりそろって息をついた。

　ひと息つくと、ふたたびふたつの唇が溶けあい、肉体の本能に乗っ取られた。ドレックスは手のひらで腰から腿までをなぞり、ぬくもったシルクのようなその肌を撫でまわした。自分がいつ手を彼女のパジャマのズボンのなかに潜り込ませたのかわからなかった。

　いつしかタリアの手が頭にあった。髪に潜り込ませた指がせがむように彼を引き寄せている。

　円を描くドレックスの親指の下で乳首が硬くなったが、パジャマの上からどうやってそこを見つけたのかわからない。だが、その感触は、タリアの感触は、おおいに気に入った。彼女の興奮が伝わってくる。その興奮をかき立てたのは自分だった。

　誘っているような股間のV字に突き入れることなど考えていなかったのに、いまはちがう。タリアのなかに入れないことでおかしくなりそうだった。

　この信じがたいほどの衝動に一瞬、明晰さが合わさった。いま引かなければ、やめられなくなる。

　夢中で求めてくるタリアの唇から唇を離し、彼女の両頬を手で包んだ。「タリア、タリア」額を合わせ、息を荒らげながら、彼女の名前をくり返していると、タリアが動きを止めてもたれかかってきた。「どれほどきみが欲しいかわからない」彼はうめいた。「だができない。やつの家の屋根の下では」

タリアから手を離し、背後を手探りしていまいましい取っ手を引きあげた。後ろの壁が軽い音を立てて開く。ドレックスはかがんで後ろ向きにせまい空間から書斎に出た。続いてタリアに手を差し伸べて隠れ部屋から連れだした。

家のなかはしんとして、ほかに人がいないことが感じ取れた。今日も曇天で、ブラインドは一部閉まっているため、書斎のなかは薄暗い。たぶん、いまは互いの姿がはっきりと見えなくてよかったのだろう。高ぶった下半身は見のがしようがない。いつになく猛っている。女性を組み敷いているわけでも、またがられているわけでも、あるいはしゃぶられているわけでもないのに。

しどけない姿のタリアは、たまらなくそそった。ぷっくりとして湿った唇。乱れた髪。たっぷりしたローブの片側が肩からずり落ち、パジャマの下で胸の先端がとがっている。陶然としている。行為のあとのように。突き進むべきだったか？　いや、なにを考えてる？

そうだ、踏みとどまって正解だった。

「こうするしかない」ドレックスはかすれた声で言った。「ここできみを抱くことはできない。やつの家では」

タリアはさも苦しげに唾を呑み込み、乱れたローブを整え、胸の前で腕を組んだ。「わかってる。わたしだって。たぶんあとで自己嫌悪に陥ったわ。つい流されていたら」

ドレックスは両手で顔をこすった。

「そうだ。なにより、おれのせいでふたりとも深刻な状況に追い込まれてる。いまならまだ間に合う。考えを変えてもいいんだぞ。ここに残って、ロックたちが戻るのを待ち、おれに説得されそうになったけれど、途中で目が覚めたと話せばいい」

「いいえ。あなたと行く」

「おれはきみの信頼を得たってことか？」

「ええ、やっとね」

ドレックスは深く息を吸い、うつむいてしばらく床を見ていた。顔を上げて、重々しい口調で言った。「だったら、このことも伝えておく、タリア。もしそのチャンスが与えられたら、おれはやつを殺す」

「そうして」タリアはかすれた声で言った。「さもないと、わたしがあの人に殺される」

28

　ドレックスの推察どおり、家のなかには誰もいなかったが、路肩にパトカーが一台停まり、二名の警官が見張りをしていた。

「ラドコフスキーが、ファストフードの昼食を嫌うといいんだが」ドレックスは窓からふり向いて、ささやいた。「明かりはつけず、無用な音も立てず、この数分を有効に使わないとな。どこからはじめたらいい？　主寝室はもうすんでる」

「いつ？」

「昨日、きみたちが空港へ行ったあとだ」

「警報装置を解除したのはあなただったのね」

「新しい暗証番号を手に入れて悦に入ってたら、ジャスパーがしかけた罠だった。やつのスマホのアプリに気づいていたか？」

「アプリ？」

「もういい。いまさら関係なかった」ドレックスはしばし考えた。「あの隠し部屋みたいな場所はほかにもあるのか？」

「いいえ。あの部屋だって今日まで、使う理由がなかったのよ」

「ジャスパーの記念品がなんであれ、小さくて隠しやすいもので、手近だがきみには手の届かない場所にしまってあるはずだ。やつがもっとも長く過ごす場所はどこだ？」

タリアは上の階にある廊下の突きあたりの部屋まで彼を連れていった。なかの配置はタリアの書斎と似たようなものだった。デスクとパソコン、革の安楽椅子、そして壁かけの薄型テレビがある。ごくありふれた初老の男の部屋。ただあまりに殺風景なので、生活感はあるが小道具が足りない舞台装置のようだった。

硬い木の床には絨毯もラグも敷かれていない。ゆるんだ床板がないか確かめる時間はないが、隠し場所がありそうな隙間は見あたらなかった。そもそもジャスパーがそんなに凡庸な場所に隠すとは思えない。

ドレックスはデスクの椅子を引き、パソコンの電源を入れた。「パスワードはわかるか？」

タリアから教わって入力した。「きみがパスワードを教わってるってことは、なにも見つからないってことだ。やつのパソコンはこれだけか？」

「わたしが知るかぎりは」

ドレックスはジャスパーのメールにアクセスした。タリアが見知った名前がならんでいる。大半は利用しているさまざまなサービスの会社や、カントリークラブの知人だった。

「ジャスパーの友人は？」

「彼はたまにダブルスでテニスをするの。その人たちと昼食をとることがあるけど、せいぜいその程度よ。人づきあいがいいほうではないから」

イレインとのやりとりが何通かあったが、とくに内容のないものだった。彼女からの最新のメールは前日の朝、つまりイレインが死亡した日に届いていた。前の晩の酒と夕食のお礼だった。夜ヨットで出かけようとは、どこにも書かれていない。

ドレックスはジャスパーが閲覧したウェブサイトの履歴を確認した。ほとんどがグルメやワイン愛好家のページだった。注目に値するものはない。

ドレックスがパソコンのスイッチを切っていると、背後からタリアが言った。「ドレックス、わたしたちの写真がなくなってる」彼女は安楽椅子の横にある丸いカクテルテーブルを見ていた。「この家に越してきた日に、ジャスパーがまるで儀式みたいに結婚式の写真をここに置いたの」

「なんと感動的な」

「あのときはわたしもそう思ったわ」

「写真をフレームに入れたのはきみか？　それともやつか？」

「わたしよ。なぜ？」

「やつが写真を持ち去ったことに大きな意味があるのかもしれない。記念品は携帯できるものにしまってあるはずだ。たとえば写真立てのような。あとで回収するつもりで壁のなかに隠したんなら別だが」

「もし壁に手を加えたら、わたしが気づくはずよ」

「家の内装に手を加えたことは？」

「家の構造には手をつけていないの」

「だったらきみが出張中とか？　やつが〝改装〟めいたことをしたことはないのか？」

「わたしの知るかぎりは」

「ほかに写真は？」

「わたしのだけ。彼の写真はないわ」

「だろうとも。おれが知ってるのは、マリアンのヨットで撮影された一枚だけだ。撮られたことに気づいてなかったんだろう」

ドレックスはタリアに言って、家の表側を確認させた。彼女は外から見られないよう注意しながら、ブラインドの隙間から外をのぞいた。「まだいる。ただ座ってる。通りにほかに車はない」

ドレックスは殺風景な部屋を見まわして、どの棚もがらんとしていることに注目した。

「やつは散らかってるのが嫌いなんだな？」皮肉な口調で尋ねた。「ＤＶＤとか、本とか、ふざけた文言が描かれたマグとかはどこだ？」

「言ってたでしょう。彼はほとんど荷物を持ち込まなかったの」

「ああ、だが荷物のない人間などいるか？」言うなり、自分がそうだと思いあたった。なんと殺伐《さつばつ》としたアパートかと、マイクとギフからしょっちゅう言われている。ジャスパーとのあいだに共通点があるという思いをふり払い、屋根裏にはどこから上がるのかとタリアに尋ねた。

「ガレージよ。天井から引きおろす梯子《はしご》があるの」

「そこまでの時間はないな」

「わたしは服を着なきゃ」

ドレックスはうなずいた。「黒っぽい服装にしてくれ。華美でなく、動きやすいものを」

「身の回りのものを持っていってもいい？」

「片手で持てるか、肩にかけられるバッグに入る範囲でなら。さあ行け。おれはここをすませる」

タリアは部屋を飛びだした。ドレックスは片目で時計を見ながらクローゼットのなかを調べたが、見つかったのは差し渡された棒に専用のフックで吊されたテニスラケット二本と水泳用の足ひれひと組だけだった。クローゼットの奥の壁を叩いても空洞を思わせる音はせず、仮に空洞があっても、壁を破る手立てがなかった。クローゼットの床にはなにも置いていない。履き古したスニーカーの一足もなかった。

時間が足りないことにいらだちながら、最後にもう一度、部屋を見渡し、廊下を通って主寝室に入った。タリアが前夜ここで寝なかったので、昨日捜索したときと一分のくるいもなく、すべてが同じ場所にあるようだった。タリアのアクセサリーが入ったクリスタルのトレーがいまもナイトテーブルに置いてある。

万が一、ジャスパーがこっそり戻っていた場合を考えて、ドレックスはジャスパー側のナイトテーブルの引き出しを改めて確認した。やはり空っぽだ。下着、靴下、芸術的に折りたたまれたハンカチ。タンスの中身もまったく乱れていない。クローゼットも同様だった。
　クローゼットをのぞき込みながらドレックスはつぶやいた。「いかれた野郎だ」
「どうかした？」タリアが背後に来ていた。
「おれのクローゼットにそっくりだと言ったんだ」
　タリアは微塵《みじん》も楽しさを感じさせない笑い声をあげた。「結婚当初、整理整頓にうるさい
彼をよくからかったものよ」彼女は整然とならぶジャケットの袖を手で払った。ドレックス
は彼女のそんなしぐさから、完璧さを崩す楽しさを感じ取った。「このワードローブを残し
ていくなんてびっくり。すごく好みがうるさくて、しょっちゅう着替えてて。ほとんどがオ
ーダーメイドなの。専任の仕立て屋の手をわずらわせていたわ」
「ジャスパー・フォードにはオーダーメイドか。あの男の別人格には、ジーンズにフランネ
ルのシャツ、カウボーイブーツだった。乗馬や毛針釣りに出かけてた」
「どうしてそんなことを知っているの？」
「ほかにもいろいろ知ってる。ただ、それよりいまは、とっととここを出よう」
「どうやって？」
「裏から抜ける道がある」
「見られるわ」
「警官が見張ってるのは入ってくる人物で、出てく人間じゃない」話しながらギフの携帯に

電話をかけた。

ギフはすぐに出た。「これはこれは。おまえの捜索をあきらめるところだった」

「おれたちを迎えにきてくれ」

「おれたち？　まだ彼女といっしょなんだな？」

「ああ。ミニマートまで行く道を覚えてるか？」

「忘れるもんか」

「そこまでどのくらいかかる？」

「ざっと四十五秒」

ドレックスはその言葉の意味をしばし考え、小さく笑った。「どっちが気づいた？」

「マイクだ。女ってのはそんなにさっさと着替えられないから、おまえは家のなかにいるにちがいないと」

タリアはジーンズと黒いTシャツ、そしてフードのついたレインジャケットに着替えていた。小さなバッグを肩からかけている。「きっと驚くぞ」ドレックスは彼女にウインクした。

「ミニマートで会おう」

「そこまで行かなくていい。じつは隣の通りにいてな。あの朝、おれがミニマートで降ろしたあと、おまえが四分間タリアと話していた場所だ」

「油断ならないな」

「見つかるなよ」

通話を終え、ドレックスはタリアのバッグを指さした。「ちゃんと選んだか？　いつ戻れるかわからない」

彼女はナイトテーブルに近づき、結婚指輪を外した。指輪は音を立ててクリスタルのトレーに落ちた。「ここへは二度と戻らない」


キッチンの勝手口からスクリーンに囲まれたポーチに出ると、ドレックスは足を止めて警報装置をセットした。

「なぜそんなことを？」

「戻ってきたラドコフスキーをいらだたせるために」

「あなたがここにいたことがわかってしまうわ」

「それでこそさ」

「あなたたちふたりってどういう関係なの？」

「話せば長い。そのうち話す」

見られずに抜けだせるとタリアに語ったほどに自信があったわけではないが、都合のいいことに雨が降りはじめていた。しかも、これまでに芝生と緑地帯を何度となく横切っていたので、正面の通りから敷地の裏のどこが見えるか把握できていた。

ギフは電話で聞いたとおりの場所で待っていた。タリアとともにセダンの後部座席に乗り込み、雨水を払った。「間一髪だ」ギフが言った。「たったいまパトカーが連なって後ろの交差点を通りすぎてった」彼は反対方向に車を出した。「どこへ行く？」

「とにかく遠ざかってくれ」ドレックスは答えた。「少し考えたい」

「おれたちはホテルに部屋を取った」マイクだった。「チェックインして何分もしないうちに、おまえたちがあの家から出ていないことに気づいた。どこに隠れてたんだ？」

ドレックスは説明した。

マイクがうめいた。「間取りにそういう空間があったことを覚えておくべきだった」

それで思いついたとばかりに、タリアがはじめて口を開いた。「そういえば」ドレックスに顔を向ける。「わたしたちが空港へ出かけたとき、見張ってたの？」

「鷹のように」

「あの朝、ジャスパーはカントリークラブへ泳ぎに行ったわ」

「十時ごろだったな」

「問題は時間じゃない。戻ってきた彼を見た？」

「車でガレージに入るのを見た。時刻は――」

「でも姿は見なかったのね？」

「車だけだ」

「帰ったときジム用のバッグを持っていなかったような気がするの」

「車のトランクに入れっぱなしだったんじゃないか？」

「いいえ。空港へ行くとき、彼がスーツケースを積み込むのを見たから。トランクにジム用のバッグはなかった」彼女は身を乗りだして、ギフに言った。「カントリークラブの場所はご存じ？」

「いや、道案内を頼みます」

タリアは彼に最初の角を曲がってと伝えてから、ドレックスに言った。「わたしは彼のロッカーの暗証番号を知ってる。彼がロッカーに腕時計を忘れたことがあってね。ちょうどクラブで女友だちとランチをしていたわたしに電話してきて、時計を持ってきてくれと頼んだの。スタッフにロッカーの暗証番号を教えたくないから、わたしに教えて、誰もいないときにわたしをロッカールームに入れるようスタッフに頼んだのよ」

「その後、番号を変えたかもしれない」マイクが口をはさむ。

タリアが答えた。「試してみる価値はあるわ」

「どうやって男性用ロッカールームに入る？」ドレックスは尋ねた。

「わたしは夫の身を案じるあまり正気を失いかけ、捜査当局に夫を見つけてもらえず取り乱していてもおかしくないわ。ロッカーのなかに捜索に役立つものが入ってるかもしれない。わたしの頼みを断れる人がいるかしら？」

マイクはおれなら断ると言いたげに咳払いした。バックミラーのなかでギフが肩をすくめている。ドレックスはにやりとした。「おれの影響のようだ」

「なんてこった」マイクがうめいた。

タリアはひとりで行くと言い張った。「みんなでぞろぞろ行ったら目立つもの」

「全員で行く必要はない。おれだけだ」ドレックスが言った。「ロッカールームに入れないと言われたら、同行したおれがちらりと――」彼は言葉を切った。

タリアは片方の眉を吊りあげて彼を見た。

ギフが同行すると申しでた。「必要となったら、おれがバッジを見せる」

「おまえはバッジを手放すほどばかじゃないからな」マイクはふり向いてドレックスをにらんだ。「なんにしろ、誰かが付き添うべきだ」

タリアはマイクの後頭部に話しかけた。「わたしが逃げないように？」

「深読みするな。誰かが付き添うべきだと言っただけだ」

カントリークラブに到着するころには、ギフが彼女についてクラブハウスに入ると決まっていた。入り口でタリアが車を降りると、ドレックスはその手を握って好運を祈った。彼は近づいてきた駐車係を追い払い、降りたギフに代わって運転席に座った。「向こうに停めておく」彼は駐車場の一区画を指さした。

スタッフはタリアに気づいたものの、びしょ濡れのみすぼらしい姿に誰もが驚いたようだった。雨のなか緑地帯を歩いたせいで、いかにも自暴自棄になった女性らしい印象が全体としてできあがっていた。

男性用ロッカールームの外のカウンターにいたスタッフは、心底驚いているようだった。

「ミセス・フォード？」

「あら、トッド。トッドだったわよね？」

「はい、マダム」トッドは若い。体つきからして、クラブのトレーニングルームを頻繁かつ長時間、利用しているようだ。「ご主人について、なにかわかりましたか？」

「いいえ。だから来たのよ。なかに誰かいるかしら？」

「なかとは――」

「ロッカールームよ、ロッカールーム」タリアはしゃべると同時に、いらだたしげにカウンターを叩いた。「なかに入りたいの」さらに声を甲高くする。「夫のロッカーを確認したいのよ。もしかしたらなかに残されてるもので――」

「空っぽですよ」

「なんですって？」タリアは偽りなくがっかりした声を出した。

「さっき刑事がふたり来たんです」

「いつ？」

トッドは顔をしかめた。「一時間くらい前かな。支配人にご主人のロッカーを開けさせたんです。空っぽでしたよ。ぼくもなかを見ました」

タリアは口を開いて話そうとしたが、そこへギフが進みでて、戒めるように彼女の肩に手を置いた。「その件は警察から奥さんに説明があったんだよ、トッド。少なくとも、説明しようとはしてくれた。ロック巡査部長とメヌンデス巡査部長だね？」

「名前までは――」

「ラドコフスキー特別捜査官もいたかな?」

「三人めの人ですか? 上司かなと思いました」

「ああ、ご本人はそのつもりだ。警察はミセス・フォードにロッカーは空だったと伝えたんだが、奥さんは、その、ひどく動揺されていて。わかってもらえると思うが……自分で確認したいと言われてね。それでわたしがお連れしたというわけだ」

「あなたも刑事さんですか?」

「警察付きの司祭だ」

「ああ」

「お手数をおかけするが……」

「いえ、どうぞどうぞ」若い受付係は安心させるようにギフにウインクした。「入ってください、ミセス・フォード。誰もいないはずです。この天気じゃゴルファーもマスター室にいるでしょう。でも念のために確認してきますね。すぐに戻ります」

ギフはタリアの演技を褒め、タリアは彼を褒めた。だがカントリークラブをあとにする四人は、意気消沈していた。骨の髄まで落胆したドレックスは、ふたたび運転をギフに任せ、考えごとに集中した。

短縮版の家宅捜索ではなにも発見できなかった。カントリークラブへの遠征は空振りに終わった。なんの手がかりもない。なにひとつ。十年一日、進歩なし。ジャスパーは取りに戻るようなものはなにも残していない。例外はタリアだけだ。

持ち去ったのは結婚式の写真だけ……あとは？

ドレックスは身じろぎし、動きを止め、そしてまた身じろぎした。「タリア、空港へはスーツケースを持って行ったんだろう？」

「そうよ」

「きみとジャスパーと、それぞれがひとつずつ？」

「ええ。機内持ち込みできるキャリーバッグを」

「ジャスパーの荷物はきみが詰めたのか？　あるいは、やつが詰めるのを見てたとか？」

「いいえ。彼がカントリークラブから戻ってきたとき、わたしはもう荷造りを終えていたから、彼を置いて寝室を出たの。下の書斎でメールを処理したり電話をかけたり、それから空港へ出かける直前まで仕事をしていたわ」

「マイク、防犯カメラにタクシーに乗り込むジャスパーの姿が映ってたよな？」

「それが？」

「やつはキャリーバッグを持ってたろ？」自分の記憶には自信があったが、念のためにコンピュータなみの記憶力を誇るマイクに尋ねて裏を取りたかった。

「後部座席に座って、キャリーバッグを横に置いていた」

ドレックスはふたたび背もたれに寄りかかり、横を向いて雨水が筋を描く車窓から外を眺めた。ジャスパーは仕立てられたワードローブを残し、キャリーバッグに入るものだけを持ちだした。人生のすべてを手荷物におさめたのだ。ドレックスは窓の外を流れ落ちる水滴を指先でたどった。

キャリーバッグになにを入れた？　それはいまどこにある？

ギフは一同を乗せて、彼とマイクがチェックインしたホテルまで車を走らせた。車寄せに車をつける。マイクがギフに言った。「おれに言わせろ、ルイス司祭」そしてドレックスをふり返った。「どのスイートにも寝室はふたつある」

ドレックスは挑発に乗らなかった。「それなら丸くおさまるな」

マイクはタリアを一瞥してから、助手席のドアから体を押しだしてのっそりとロビーへ向かった。

「控えめに言って」タリアがドレックスに言った。「彼はわたしが好きじゃないみたいね」

「きみにかぎったことじゃない。人嫌いなんだ」

マイクは数分後に戻って、ドレックスにカードキーを渡した。「頼まれちゃいないが、おまえの私物をすべてアパートから持ってきてある」

「助かる」

「取りに戻れるとは思えなかったからな」ギフが言った。

場の雰囲気を取り繕おうと、ドレックスはへたな冗談を言ってみた。「早くもあのアパートが恋しいよ」誰も取りあってくれない。

ギフが言った。「車はどうする？」

「とりあえず放置してある。押収されるかもしれない。どうなるかわからないが、どうとでも。その心配は……あとだ」

　ギフが車を停め、全員が車から降りた。マイクが言った。「おれたちの部屋はここだ。おまえたちはあそこ」随所に小型のヤシの木が植えられた砂利敷きの中庭をはさんで向かいにある部屋を指さした。

「タリアを部屋まで送ってから、荷物を取りにいく」ドレックスは言った。

　話はあとにしてタリアを部屋の前まで送り、鍵を開けて、数分で戻ると彼女に伝えた。

「チェーンをかけて」ドレックスの心の内と同じくらい、しょげたようすのタリアがうなずいた。

　ドレックスは鍵がかかる音を聞いてから、雨をものともせず中庭を突っ切りドアをノックした。ギフがドアを開いた。ドレックスは彼の脇をすり抜けて、まっすぐマイクに近づいた。彼はリビングの椅子に、『スター・ウォーズ』のジャバ・ザ・ハットよろしくどっかり座っていた。

「やめてくれ、マイク」

「なんだ？」

「いいかげんにしろ。わかってるはずだ」

「わかった」マイクは降参とばかりに両手を上げた。

「こっちは本気だ」ドレックスは言葉に力を込めた。

「お行儀よくしろ、さもなくば立ち去れか?」

「まさにそのとおりだ。おれにはおまえが必要だ。だが、その不愉快な態度は必要ない。ただでさえ状況は悪いんだ。お行儀よくしろ、さもなくば去れ」

マイクの両手がさらに高く上がった。「わかったと言ってるだろ」

ドレックスは引いた。ふたりのあいだの暗雲を払ったうえで、マイクに頼んだ。「おそらくラドコフスキーはすでにおまえをブラックリストに載せてる。イレインの検視報告書をハッキングできるか?」

「その必要はない」マイクはギフにうなずきかけた。「ギフがうまいこと言って検視局の誰かから手に入れた」

「メールで送ってくれ、頼む、ギフ」

「了解」ギフが答えた。

ドレックスはリビングのサイドテーブルに重ねられた数冊の料理本に目を留めた。「メッセージは届いたようだな。あれを探ってくれ」

「秘密があるほど使い込まれてるふうはないが」ギフが言った。

「にしても、確認してくれ」

「そのあいだ、おまえはなにをするつもりだ?」

タリアに関する皮肉を待ち受けるように、ふたりはそろってマイクを見た。彼はこんども両手を上げた。「なんだよ? これがお行儀のいいおれだ。それに、状況が安直すぎて揶揄する気にもなれない」

　ドレックスは苦笑しながらソファのダッフルバッグを手に取った。「自分の部屋で考えごとをする」

「なにを？」

「おれがジャスパーだったら、いまなにをするかを」

29

タリアがチェーンを外してドアを開けた。ドレックスがどうしたのかと尋ねずにいられないほど、哀れっぽい姿だった。

「閃いたと思ったのに、うまくいかなくてがっかり」

「閃きっていうのはたいがいそういうもんだ。たまにうまくいったら大喝采だ」

「たまにうまくいくから、続けていられるの？」

「続けてるのは、まだやつを捕まえられないからだ」

「あなたがバッジを返したいまは、ますますやりにくくなるわ。ラドコフスキーにかけあえば、今朝の行動に目をつぶってもらえるかもしれない」

「やつの話を聞いただろ。不徳の致すところです、と言ったくらいでほだされる男だと思うか？」

「いいえ」

「時間があれば、かけあってみてもいいんだが」

「でも時間がなにより重要？」

まだタリアを警戒させたくなかったので、あいまいに答えた。「とにかく、じゃまされずに考えたい。しばらくひとりにしてもいいか？」

「あんな夜と朝を経験したのよ。わたしも休まないと」

ドレックスはタリアの髪を手ですくい、しばらくそのままでいた。「ロッカールームでの演技を見たかったな。真に迫った話しぶりだったとギフから聞いたよ。猛々しいと同時に痛々しかったと」

「わたしなんか全然よ」

ドレックスは彼女の髪を耳の後ろにかけながら、さっき嚙んだ耳たぶに触れた。「残念ながら、おれもだ」

「なぜそんなことを言うの？」

ドレックスは手をおろした。「ジャスパーはおれの三倍、こういうことを続けてきた。経験値がちがう」暗い笑みを浮かべて、腕時計を見た。「六時に集合だ。ギフが夕食を買ってきてくれる」

ふたりは階段を上がった。短い廊下と共用のバスルームをはさんでふたつの寝室があった。

「わたしの持ち物はこちらに置いたわ」タリアが右側の部屋を指さした。「じゃあ、六時少し前にまた」

タリアが背を向けて歩きだそうとしたとき、ドレックスは手を伸ばして彼女をふり向かせた。彼女を引き寄せて、包み込むように両腕で抱いた。

「たまらなくきみと横になりたい」首筋にキスをした。「だがおれはこれから、きみには行きたくない場所に行かなきゃならない」

彼女を強く抱きしめ、力をゆるめて、最後には腕をおろした。タリアを放し、薄暗い部屋に入ってドアを閉めた。

ギフが買ってきたのは中華だった。各自が容器を持って、ダイニングテーブルを囲んだ。

料理本がばらばらにされていた。本から切り離されたページが降り積もった雪のように部屋の隅に溜まっている。ドレックスはそれを見ながら言った。「なにもなかったのか？」

「書き込みひとつなかった」ギフが答えた。「一ページずつ確認したんだが。本の背に貼りつけたものもなし。なにひとつ見つからなかった」

「よさそうなレシピがいくつか」マイクが言った。「それはおれがもらった」

「なんならあれも、あの紙くずの山に加えろ」ドレックスがフォークで指し示したのは、さっき部屋に来たときにカウンターに置いた偽原稿だった。マイクとギフがアパートから回収したドレックスの私物に入っていたのだ。「もはや用済みだ」

「本当にあなたが書いたの？」タリアが尋ねた。

「ペーパーバックの本からの盗用だ」

「イレインがジャスパーに言っていたわ、できがよくないって」

「パムががっかりするな」春巻きを平らげながらマイクが言った。

タリアがドレックスを見た。「パム？」

ドレックスはマイクに警告のまなざしを向けた。「職場の女性に入力してもらった。おれは読んでさえいない。それらしく見えるように原稿の束をいじくりまわしただけだ」

「すっかりだまされたわ」タリアが言った。「あの日、あなたのアパートへ行った……」

ドレックスはマイクとギフが興味津々で聞き耳を立てているのに気づいた。「そうだ、重要なのは、きみをだますことだった」

それきり会話は湿りがちになり、四人は食事に専念した。食べ終わるとさっさと片付け、リビングで思い思いの席を選んで座った。マイクはいちばん大きな椅子に陣取り、ギフはダイニングの椅子にまたがり、タリアはソファの隅で膝を抱え、ドレックスはソファの反対側の肘かけに腰掛けた。

ドレックスは話し合いのはじめ方を決めていた。タリアがつらい思いをするのはわかっているが、単刀直入に切り込むべきときもある。仲間の胸中で尾を引くタリアに対する疑いを消すにはそれしかなかった。

「タリア？」

彼女は息を吸い、そしてゆっくり吐きだした。「あとで聞かせてくれ、と言っていた、その話をしろってことね」

「そうだ。おれたち三人に話してくれ。どうしていままで異常者と結婚したことに気づかずにいられたのか、そこのところを説明してもらいたい」

　これがマイクが待ち望んでいた最初の質問だった。「マリアン・ハリスのパーティで撮られた写真にあんたがいるのを見たとき、おれが引っかかったのはそこだ」

「そしてあなたのその思いはいまも変わっていない」タリアが言った。

「仮に、旦那と出会ったのがあの夜じゃないとして――」

「あの夜じゃないわ」

「――ほかの話も事実だとしても、どこか調子外れだと感じたことはなかったのか？」

「おれもそれを聞きたかった」マイクほど批判がましくない口調でギフは静かに言った。

「そうね、おかしいのはなんとなく感じていた」タリアが答えた。「でもどこがとは特定できなかった。あなた方は日々、犯罪学や心理学の観点で物事を考えているわ。わたしはそういう世界で生きていない。だから、答えは、いいえ、よ」彼女はマイクを見つめて言った。

「夫が連続殺人犯だという考えがある日頭にぽんと浮かぶなんてことはなかった」

「いいだろう」ドレックスは言った。「ひと息ついてくれ。これは尋問じゃない。分析して、理解したいだけだ。それもきみをというより、やつをだ。どこかおかしいと最初に閃いたきっかけは？」

「閃いたわけじゃなくて、だんだんにそうなったの。最初は年齢が離れているせいだと自分に言い聞かせた。三十近くちがうから」

「それでも結婚した」ドレックスは言った。

「結婚するまではおかしいと思わなかった。でも、結婚するとすぐに、おかしさを感じるようになった。たとえば彼のものの言い方よ。言葉遣いや表現のしかたに、わたしには把握できない裏の意味があると感じた。とくにふたりきりでいると居心地が悪かったけど、理由がわからなかった。ホルモンのせいにしたこともある。いろんな処置を進めていたから」彼女はドレックスをちらりと見た。「でも、いつまでも不安感がとれなかった。そしてこの数カ月、彼の言動がさらに不可解になって」

「違和感が強まったのはマリアンの死体が発見されたころか?」ドレックスは尋ねた。

タリアは眉を寄せた。「言われてみれば、そうかも。ええ、そのころね」

「それなら合点がいく」ドレックスは言い、マイクとギフも同意してうなずいた。「動揺したんだろう。マリアンを生き埋めにしたことをふり返らざるを得なくなった」

「意図的ではなかったのかもしれない」ギフが言った。「うっかりマリアンが死んだと思い込んで、箱を封印した可能性がある」

マイクが即座に反応した。「〝うっかり〟はキーワードだ。やつにとってそういう手ぬかりは唾棄すべきものだ。それが行動のきっかけとなりうる」

ドレックスはふたりの話を興味深く聞いていたものの、その点にはまだ深入りしたくなかった。「どちらもきっかけになったんだろう。埋めた場所が見つかったせいで、全勝記録が絶たれた」

ドレックスはふたたびタリアに話を振った。「先週、夫婦で外食した日があったろ。おれは出かけるきみたちに手を振った」

「そうだったわね」

「似合いの夫婦だった。ふたりともめかし込み、まさに最愛のお嬢さんを食事に連れてく夫そのものだった」

「あの会話を聞いていたのね？」

彼はうなずいた。

タリアは当惑していた。「誘われて驚いたわ。もう長いこと夜いっしょに出かけていなかったから」

「おれに見せつけるためにやつが仕組んだのか？」

「たぶん。でもわたしは、浮気の埋め合わせだと思った」

ドレックスは仲間の意見が知りたくて、ふたりを見た。ギフは関心を引かれつつ迷い顔、マイクにいたっては不信感がひしひしと伝わってくる。

ドレックスはタリアを見た。「やつの奇妙な言動はどんな形になって現れた？　彼のどんな行動で本格的におかしいと思うようになった？」

「とくに恐ろしかったわけでも、明らかに異様だったわけでもない。ひどい扱いだって受けたことないし。むしろ思いやり深くて、ときにはわずらわしいほどだった。でも、彼の妙な目つきに総毛立つことがあった。それでなんだかんだ言っては彼との触れ合いを避けるようになった」

「それに対して向こうは？」

「平然としていたわ」

「手荒なまねはしなかった?」

「まったく。それどころか気にもしていないようだった」

タリアはソファのクッションを膝に載せて抱きしめた。盾だ、とドレックスは思った。いまだ認めるのがむずかしいことから身を守りたがっている。

「彼の無関心さは異常なほどだった」タリアが言った。

「異常なことだらけだ」ドレックスは言った。「異常者だから。なかには暴力を伴わないと性的に機能しないやつもいる。だが、ジャスパーが求めてるのは性的興奮じゃない。人を操るのが快感なんだ。おれの母以外の女性とはプラトニックな関係だった」マイクとギフがはっとした。「ああ、タリアには、今朝打ち明けた。彼女ならほかに漏れる心配がないと判断した。さあ、本題に戻ろう。ほかの女性との関係は性愛がらみじゃなかった」

マイクが言った。「出会い系サイトのプロフィールにも、セックスやロマンスへの言及はなかった。交際だけを求めていた」

タリアを見てドレックスは言った。「慰めになるとも思えないが、イレインと色恋沙汰はなかったろう。彼女がきみを裏切るとは思えない。きみが、あの男の奇妙なふるまいの説明をつけたくて不貞だと考えただけだ」

「なぜわたしはプラトニックな関係の例外になったの?」タリアが疑問を口にした。

「その点はあとでまた検討するとして」ドレックスは言った。「さっききみが言ってた点に戻ろう。ジャスパーの異常さはどんなふうに明らかになったんだ?」

「ささいなこと、見過ごしてもおかしくないようなことが重なるうちに、引っかかるようになったのよ。たとえば服装への執着とか、彼のクローゼットとか」

ほかのふたりのためにドレックスはクローゼットがどんなようすだったか話した。

「どの衣類についてもフィット感にとことんこだわったわ」タリアが続けた。「袖の長さ、ボタン、なにもかもをうるさく言った。わたしには洗濯した衣服をたたんでしまうことも許されなかった。自分の〝やり方〟があると言って。キッチンの引き出しに入れる調理道具のならべ方で、彼をからかったこともある」

「だが、ジャスパーは笑って終わりにはしなかった」ドレックスは言った。

「ええ。とても不愉快そうだった。そういうおかしなこだわりがわたしの気に障るようになった。毎日毎秒、細い線の上を歩いていると、神経がすり減ってくる。出張が逃げ場になった。リラックスできるのは彼から離れているときだけだったから。そんな状態だったらなにかおかしいと思ったはずだと、そう思うわよね?」

タリアは三人全員に問いかけ、ひとりずつ視線を移して最後にドレックスに戻した。彼は黙っていた。みずからの問いに対する彼女の答えを聞きたかった。

「人は自分の感じた恐怖を疑わないものだと言われている。でも、わたしはちがった。理由をつけて打ち消し、頭から否定した」タリアは一拍はさんでつけ加えた。「あなたが隣に越してくるまではね。あれですべてが変わった」

マイクは椅子のなかで身じろぎし、ギフは咳払いをした。ドレックスは動かず、ただタリアの不安げな目を見ていた。

「ジャスパーは最初からあなたを信用していなかったの。疑う理由はなかったのによ。あなたは借りた扇風機もちゃんと返してくれた。彼が反感をいだく理由がわたしにはわからなかった」

「ドレックスを競争相手と見なしたんですね」

タリアはギフの言葉にうなずいた。「男の自己主張とか、縄張り争いとか、時間がたっていたのであれば理解もできる。わたしとドレックスが彼に嫉妬させる原因を作っているとかね。でも、ドレックスがここにいたのはたかが一週間だし、彼が引っ越してきたほぼ当日からジャスパーは彼に対して猜疑心を持っていた」

「〝やましさを知るものは、つねに疑念にさいなまれる〟」ドレックスは引用した。

「なに？」

「シェークスピアだ」マイクが答えた。

「そんなに感心しないでくれよ」ドレックスは言った。「ジャスパーのような男にぴったりだと思って、覚えてたんだ」人さし指を立てる。「ただし、ジャスパーは疑念にさいなまれるだけで、やましさを知らない。やつにとっては、自分の行いにはすべて正当性がある。

なんと、とらえがたい男だ」ドレックスは続けた。「やつはハエの羽をむしり取ったり、子猫の内臓をえぐりだしたりしない。いや、若いころはわからないし、いまも隠れてやってるかもしれないが。だとしても〝活動〟中のやつは、うわべを取り繕ってまともに見せてる。必要とあらば痛恨の念を示すこともできる。『おたくの犬が車に轢かれて気の毒だ』とか。約束の時間に遅れたり、誕生日を忘れたり、そんなささいな無礼をはたらいたときは謝る。招待されれば招いてくれた人へのささやかな手土産を持参する。近所に越してきた人がいればディナーに誘う。それが文明人としてあるべき姿だからだ。

だがやつは役を演じてる。人を見くだしてるんだ。自分の演技にだまされる人たちを陰であざけってる。やつはおれが知ってるだけで九つの人格を演じてきたが、どれも同じゆがんだ精神から生まれ、その精神の支配のもと、自分は他人よりはるかに上等で、規則は適用されないと考える」

「自分のばかさかげんが身に染みるわ。なんておろかだったの」

「やめろよ、タリア。やつはまんまときみをだました。今夜はやめておこうハニーとか？　たいしたもんだ。その点では完璧な紳士だった。思いやりの権化だ。カッとしない、文句を言わない、結局は求めることもなくなった。だろ？」

タリアがわが身を恥じるように小さくうなずいた。

「そうやって、やつが希望するとおりの関係を受け入れることになった。支配者面をせずにきみを支配した。かくも理想的な夫に文句をつける妻がいるか？　きみはあのクローゼットや乱れひとつない引き出しを見て叫びだしたくなったが、叫ばなかった。世間の大半の妻は、だらしない夫がただの一度でも汚れた下着をバスルームの床から拾えば奇跡だと思ってるからだ。

ジャスパーはわざと不穏な言葉や表現を使い、そのあとこれ以上にないほどの思いやりを見せてそれを際立たせた。そうやってきみを不安定な状態に置きつづけたんだ。きみを……なんだったかな、きみがさっき言ったろう？〝張り詰めていた〟だ。あの男にとってはそれが興奮をかき立てる最高の刺激になった。やつは、きみの警戒心が高まるのを感じ取っていた。やつにとってはそれを高めるのが前戯だった」

「なにの？」

「殺しの」

「尋常じゃない」マイクがつぶやいた。

タリアがつらそうにクッションを抱きしめた。「一生、自分が許せない。直感を信じて、なにか言うなりするなり、イレインに疑念を打ち明けるなりしていれば、彼女は生きていたかもしれない」

「そしてきみが死んだ」

ドレックスの冷徹な言葉のあとに沈黙が落ちた。しばらくしてギフが言った。「となると続いてやつはイレインに慰めを求めただろう、まちがいなく」

「そして彼女も殺される」とマイク。

「その点も話しあいたい」ドレックスは言った。「今回はこれまでと状況がちがう。女性がふたりいて、一方とは結婚した。マリアン・ハリスも基準から逸脱してる」

「どこがだ?」尋ねたのはギフだった。

ドレックスは立ちあがると、リビングと簡易キッチンを仕切るカウンターまで行き、そこに両手をついて腕で体を支えた。

「おれはマリアンが生き埋めにされたのは、うっかりじゃないと思う。それまでのやり方に飽きて、新しいことを試したくなったんだろう。自分に対する挑戦。やり遂げて、逃げおおせられるか。そして、いまのところ成功してる。

タリアもやはり挑戦だった。彼女は中高年ではなく、おとなしくも臆病でもなく、多額の財産を相続したわけでもない。それまでとは大ちがい、ずっと若くて美しく、財は自分で築いた。そんな女性を誘惑できるか? いやいや、結婚まで持ち込めたらすごいよな? そして成功した。

そしてイレインを紹介された。彼女ひとりなら挑戦にはならない。だが、ふたりならどうだ? 友人同士、頻繁に会って、ジャスパーについて話しあえる間柄のふたりなら?

これこそどんな冒険にもまさる危険な挑戦だ。悲鳴を聞かれるかもしれないのにマリアンを放置して死にいたらしめる以上に危険だ。タリアとイレインの抱き合わせは、あらがいがたい誘惑だった。一か八かやってみるか?」ドレックスはうなだれた。「やつはそれに挑み、目的の半分を果たした」

彼の背後にいた三人は誰も動かなかった。口も開かなかった。ついにギフが言った。「そうやってやつはエスカレートしていってるわけだ」

「おれが思うには。やつにとっての中年期の危機ってやつだ。これまでとちがって危険を冒したがってる。それがおれには恐ろしい」言葉を切って、ふたたび話しだした。「ロックに電話をかけてみてくれ」

案の定、ドレックス以外の三人は、はっとした。誰かから理由を尋ねられたり文句を言われたりするより先にドレックスは言った。「内部に味方が必要だ。最新の状況がわかるように、情報を提供してくれる人間が。ラドコフスキー？　ありえない。見込みなし。どちらかサウスカロライナのＦＢＩ駐在事務所につてがあるか？」

マイクとギフは首を横に振った。

「となると助けは求められない。それに、どうせもうラドコフスキーが手をまわして、おれたちに悪印象を持たせてる。チャールストン市警察、保安官事務所、州警察、国土安全保障省もご同様、捜査に関わる全組織がそうだ」

「ロックもその一員だぞ」マイクが言った。

「メヌンデスも」タリアが言った。

「ああ。だとしても、書斎で彼らふたりの会話を聞いただろう、タリア？」ドレックスは隠し部屋のなかで聞いた話をマイクとギフに伝えた。「ふたりとも、ラドコフスキーが威張り屋だと見抜いて嫌ってる。おれたちのことは褒めてた。メヌンデスならおれたちを助けるチャンスに飛びつくはずだ」

「だったらなぜそちらに電話しない？」マイクが尋ねた。

「ロックのほうが経験豊富で分別があり、思慮深くて衝動的でなく、年齢も上だ。おれたちが必要としているのはそういう人物だ」

ギフはとまどいつつも携帯を取りだし、発信履歴を表示してロックに電話をかけた。「スピーカーにしてくれ」ドレックスはカウンターの上を指さし、ギフがそこに電話を置いた。

ドレックスは椅子をカウンターに引き寄せて座った。

マイクはその場を動かなかった。タリアはドレックスの隣に移動した。彼はタリアを見て、小声で言った。「きつい思いをさせてすまない」

「あれでよかったのよ。溜め込んでいるよりずっといい。あんな男、消滅させてやりたいわ、ドレックス」

「おれもだ」

タリアは探るようにドレックスの目を見た。「あなたはもっときつい思いをしたのよね？あの暗い部屋に何時間もこもって」

「それで給料をもらってる」

「もらってた」

ドレックスが彼女に小さくほほ笑みかけたちょうどそのとき、ロックが電話に出て、うんざりしたような声で名乗った。

ドレックスは名前を告げて、電話に話しかけた。「人に聞かれないところで話せるか？」

「五分待て。かけなおす」

「だめだ。いますぐ話すか切るかだ。イエスなのかノーなのか？　おれは重要参考人を連れて逃げた。連絡した理由を知りたくないのか？」

「人質交換？」

「そうか、ふざけた野郎め。じゃあな」

「待ってくれ！」小さな悪態に、長い沈黙が続き、くぐもった音がしたかと思うと、ようやく声が戻った。「いいぞ、ひとりになった。連絡してきた理由は？」

「あんたはどう思う？　イレインを殺したのはジャスパー・フォードか？　警察の規則にのっとった答えはやめてくれ。イエスかノーで答えろ」

「イエス」

「それはよかった。だが残念ながら、あんたたちにはあの男を捕まえることができない」

「なにが言いたい？」

「警察はお定まりのやり方を踏襲する。航空会社。レンタカー会社。ホテルの宿泊者。ちがってたら言ってくれ」

沈黙。

「いいか、おれが思ってることはこうだ」ドレックスは続けた。「あの男はもはやジャスパー・フォードじゃない。ほかの誰かだ。すっかり姿を変え、やつが近づいてきてあんたの股間をつかんでも、あんたにはやつだとわからない」彼はロックに考える時間を与え、刑事は発言を控えて考えていた。ドレックスは続けた。「やつは手荷物用のキャリーバッグを持って空港を離れた。タクシーにキャリーバッグは残ってたか?」

「なかった」

「ヨットで発見されたか?」

「いいや」

「車にあったんだ」

「彼の車にはミセス・フォードが乗っていた」

ドレックスは刑事に自分の仮説を伝えた。タクシーを降りたホテルの近くに別の車を置いていたはずだ、と。「足のつかない、ありきたりの車。やつはあの夜、その車で動いた。車のなかにはキャリーバッグ。ジャスパーは岸に泳ぎついたが、ビーチを離れるときには別人になってた」

「あんたの仮説にすぎない」

ドレックスは額をさすった。「今日の午後、おれはあの腐った野郎の頭のなかをうろついた。やつはジャスパー・フォードが海で消えたと思わせたがってる。その点はいいか?」

「いいだろう」

「そのジャスパー・フォードがふたたび目撃されるわけにはいかない。これまでの人格と同じように、ジャスパー・フォードも退場する必要がある。だからビーチのどこかで外見と身元を変えた」

「ビーチは捜索班がくまなく——」

「見つかるのはせいぜいガムの包み紙くらいだ。あの男は潔癖だ。綿密だ。くそ野郎だ。もう一度すべてをキャリーバッグに詰め込んだ。そのあとキャリーバッグをどうしたかは、わからない。なんにしろ、別人に変身するために必要な小道具はすべてそこに入ってた」

「いいだろう、仮にそうだとし――」

「仮定の話で争ってる暇はないんだ、ロック」ドレックスは声を荒らげた。「おれはあの男を捕まえたいが、やみくもに動いてる余裕はない。おれがあんたに言いたいのは、あの男を逮捕したいなら、捜査の手順書をそのへんのゴミ箱に捨てろ、ということだ」ひと息つく。

「いや、聞こう。仮にそうだとしたら、どうなんだ？」

「あんたが言うように、やつが外見なりなんなりを変えてるとしたら、もはや手遅れなんじゃないか？　やつは立ち去ってる」

ドレックスはギフを見た。「今朝ギフにも言われた。イレインの死体がビーチに打ちあげられるずっと前に立ち去ったんじゃないか、と。その推測におれは反論しなかった。今朝の段階ではおれも似たようなことを思ってたからだ。だが、いまはちがう」

「その理由は？」ロックが尋ねた。

「ジャスパーの身になって考えてみたら、このあたりをすぐに立ち去らない理由が三つ浮かんできた。第一に、精緻な計画が成功したら、喜びを堪能せずにいられないからだ。優勝したのに花火を打ちあげずにいられるか？　誰しも自分で生みだした副産物の煌めきに浸りたいものだ。さっき見たローカルニュースで、ジャスパーはイレイン殺害事件の重要参考人扱いされてた」

「被疑者扱いは避けようということになってね。いまもフォードがヨットや救命ボートに乗っていた証拠はなく、未知の第三者がいた可能性が捨てきれない」

「その線にこだわると、取り逃がすぞ。あの男は昨日の朝起きたときにふと女友だちを殺そうと決めたわけじゃない。そういう男じゃないと捜査班に徹底しろ。痴情のもつれでもなければ、よくいる強盗でもない。やつは衝動では動かない。

今回の事件にしても、まちがいなく時間をかけて計画してる。やつの最近の言動についてタリアと話してみたが、マリアン・ハリスの死体発見が今回の行動のきっかけになってる可能性が高い」

「刑事さん?」タリアが声をかけた。

「ミセス・フォード?」ロックが声を張った。「あなたが聞いておられるとは思わなかった。ご無事ですか?」

「自分の意思でドレックスに同行したのかという意味なら、イエスです。強要はありませんでした」タリアは少し間を置いた。「ですが、あなたとミスター・メヌンデスにご迷惑をかけたことが申し訳なくて。おふたりとも、昨晩はつらい思いをしていたわたしにやさしく接してくださって、感謝しています」

「どういたしまして」ロックは堅苦しく答えた。「イーストンの推測をどう思われますか?」

「賛成できない部分はありません。じつを言うと、ドレックスのおかげで、見ないようにしてきた多くの部分に対して目が開かれました。警察や捜査当局にとやかく言う立場にはありませんけれど、彼の話を聞いて助言に従うべきだと思います」

刑事はため息をついた。「イーストン、あの男が近くにいると思う理由が三つあると言ったな。ふたつめは？」

「タリアを殺すためだ」

ドレックスの率直な物言いにロックが怯んだ。彼は咳払いをしてから、ジャスパーに脅されたことはあるかとタリアに尋ねた。

「いいえ」

「言葉には出さなくとも、それとなく脅かされていると感じたり――」

「いいえ」タリアはさえぎった。「そのことがいまはとても恐ろしい。彼には妙な癖がいくつもあったのに、異常性を疑いませんでした。気づくべき危険信号を察知できなかった」

「タリアから聞いたジャスパーとの関係をここでくり返している時間はないから」ドレックスは言った。「おれの話を信じてもらうしかない。やつはタリアが生きているかぎり、ここを離れない。おさまりが悪いからだ」

「彼の言うとおりです、刑事さん」タリアが言った。「わたしはジャスパーと暮らしていたので、彼の気質を知っています。わたしというほころびを始末せずにここを離れるとは思えません」

「彼女に金があることは言うまでもない」マイクが言った。

「いまのは誰だね?」ロックが尋ねた。

「マロリーだ」

「ギャングが勢ぞろいってことか?」

「どうも」ギフがあいさつした。

「わかってるのか、全員まずい立場なんだが」刑事は言った。「ラドコフスキーが思い知らせてやると息巻いてる。ほんとに——」

「なあ」ドレックスが口を出した。「おれたち全員、しかるべきときが来たらなんとかする。いまはジャスパーを表に引っ張りだす方法を考えるのが先決だ」

ロックが言った。「彼がまだ近隣にいると考える三番めの理由をまだ聞いてない」

「やつの慢心だ」

ドレックスはカウンターに手を突いて立ちあがると、出入り口のドアに近づいた。その両側にある細長い窓の一方のそばに立ち、操作棒をまわしてブラインドの羽根の角度を変えた。

「やつはおれに追われているのを知ってる。バッジの有無など、やつには関係ない。わざわざ作家のふりまでしたおれの本気度をうすうす察しているにちがいない。

そしてまんまとおれを出し抜いた。殺人を計画して、遂行した。タリアをだまし、おれには無駄骨を折らせた。なんらかの方法でイレインを惑わせた。おれたち全員、気づかないうちにやられてた。気づいてしかるべきおれですら、察知できなかった。やつはおれの裏をかいただけでは飽き足らず、さらなる屈辱を与えたがってる」

「なるほど、でも、どうやって？」ロックは尋ねた。「ミセス・フォードを殺すことでか？」

それこそが、その日の午後暗がりで寝転んで獲物に意識を集中するドレックスを悩ませた問題だった。もし自分がジャスパーなら、いますぐタリアを襲って決着をつけたいと思うだろうか？　それでゲームは終わる。つまらない。

「おれが思うに」ドレックスはおもむろに口を開いた。「おれにタリアの心配をさせたいはずだ。やつがいつどんな形で襲ってくるかでおれをやきもきさせながら、彼女には緊張と恐怖を強いる」

「さっきの話と矛盾してる」マイクは不満そうだった。「やつは彼女を始末するまでここを離れないと言ってたろ？」

「にしても、すぐには殺さない」ドレックスは窓の外に降る雨を見つめた。「おれの注意を引くため、まだおれとの問題は終わってないと知らしめるため、いまだ陰で操ってるのは自分だと誇示するため、早々に攻撃に出る。だが、殺す相手は別の誰かだ」

ロックが音を立てて息を吐いた。「なんだって？」

30

刑事の口調の変化にはっとしたドレックスは、窓からふり向いてカウンターの上の携帯電話を見た。「どうしたんだ、ロック？　なにがあった？」

ロックは前言の撤回に入った。「いや、あの男の手口じゃないな。まったくちがう」

ドレックスはカウンターへ近づき、携帯に向かってどなった。「どうした？」

「ウォーターフロント公園で女性の死体が発見されたそうだ」

「水辺なのにやつの手口じゃないだと？　やつがおれに宛てたバレンタインの贈り物だ。いつのことだ？」

「第一報からまだ一時間たってない」

「どうやって殺された？」

「目につく外傷はないそうだ。流血もないし、これといった凶器もない」

「だったら死因は？」

「首が折れてた。素手で殺したらしい」

ドレックスは髪をかきあげ、その手を頭頂に押しあてた。

　ロックが言った。「いいかい、あんたはいっさいこの話を聞いてない。担当はほかの刑事だ。そいつらの事件だから――」

「いや、いまやおれの事件だ」ドレックスはギフに携帯を押しやった。「詳細を聞いといてくれ」

「ロックは話したくないんじゃ――」

「だったらほかから情報を収集するまでだ」

　ギフは携帯電話を手に取り、ロックと話しはじめた。

　ドレックスはマイクに指示した。「パソコンであたってくれ。オンラインニュースにアップされてるかもしれない。情報を拾うんだ」

「拾えたってせいぜい噂程度のものだぞ」

「とにかくやってくれ」

「おまえはどこへ行くんだ？」

「車を持ってくる。キーは？」

　いまだロックと電話中のギフは、ポケットからリモコンキーを取りだしてドレックスのほうに投げた。だが、タリアが手を伸ばして横取りした。「わたしが運転する」

「きみはマイクとここにいろ」

「あなたたちがチャールストンにつてがないと言ったのは三十分前よ。道もわからないでしょ」

「道ぐらい調べられる」

「いっしょに行くわ」

「きみはここにいるべきだ」

「いいえ、行くべきよ。行くしかないの」

彼女をにらんで従わせようとしたが、それは不当だと気がついた。彼女は手を貸すと言っている。イレインに対する罪悪感をやわらげるため行動せずにいられないのだ。

マイクが背後でどなった。「正確な場所がわかったぞ。おれも行く」


四人はギフの車に乗り込んだ。ドレックスは助手席に座り、あとのふたりは後部座席におさまった。タリアが車を走らせ——猛スピードで——クーパー川が大西洋に流れ込むウォーターフロントに向かった。そこにはウォーターフロントの名前を冠した公園や、遊歩桟橋などの施設があり、あたり一帯がチャールストンの一大行楽地になっている。

ギフがロックから聞いた話をみんなに伝えた。「ＣＩＤが動きだしたと言ってた」

「ＣＩＤ？」タリアが尋ねた。

「犯罪捜査課」三人の声が重なった。

ギフは続けた。「二十四時間以内に連続して女性の犠牲者が二名。警報発令だ」

「そりゃそうだ」マイクが言った。

「被害者の身元はわかってるのか？」ドレックスは尋ねた。

「サラ・バーカー。死体の下で本人のバッグが発見された。肩紐は肩にかかったままで、運転免許証、クレジットカード、すべてバッグのなかにあった。指にはダイヤモンドの結婚指輪。車に乗り込もうとしたところを背後から襲われたらしい」

「年齢は？」

「三十九。女友だち三人と外食してた。夫は子どもふたりと家にいた。九歳の息子と六歳の娘だ」

ドレックスは握りしめたこぶしで額を叩いた。「被害者に規則性がまったくない。これもいままでにはなかったことだ。いや、ちくしょう、過去にもあったのか？　やつが何十人も殺してるのに、こちらがパターンに合うものしか捕捉できてない可能性がある」

「今回はパターンを外れてる」マイクが言った。「つまりあの男のしわざとはかぎらない」

「やつだ」とドレックス。「やつはひけらかしている。できるもんなら捕まえてみろ、まぬけめ、とでも思ってるんだろう」

タリアが口をはさんだ。「あそこが空いているわ」混雑したレストランの駐車場を指さした。「近づけるのはこのあたりまでかも。ここなら目立たずにすむし」

ドレックスはうなずいた。タリアが車を駐車場に入れて、空きスペースに停めた。エンジンが切れるやいなや、ドレックスは助手席のドアの取っ手に手を伸ばした。

「ドレックス、おまえは出るな」ギフが言った。「タリアもだ。ロックに最後に警告されたんだよ。チャールストン市警察の意向などおかまいなしに、ラドコフスキーがこの事件にも首を突っ込んでくるだろう、と。姿を見られたら——」

「おれたちは捕まる」ドレックスはギフの理性的な意見に毒づき、ギフが正しいからこそ語気を強めてもう一度毒づいた。

マイクが言った。「おまえは残れ。おれとギフで嗅ぎまわって、たんまり情報を集めてきてやる」

「気持ちはありがたいがな、マイク」ギフが言った。「その巨体だと、いやでも人目につく」

ドレックスは言った。「まったくだ」

「そうか。だったらおれは雨に濡れない快適な車のなかからパソコンで最新情報を調べる」

ドレックスはギフからロックの電話番号を教わった。ギフは車を降りる前に、とくに注目すべきことはあるかと尋ねた。「ラドコフスキー」ドレックスは答えた。

「言われるまでもないよ」

「見かけたら、視界に入らないようにすぐに引き返せ。あとは目と耳の穴をしっかり開いて、ジャスパーが名刺代わりに残したものを拾ってくれ」

「どういう意味だ？」

「あの男は自分がやったとおれに知らせたがってる」ドレックスは言った。「おれ宛になにかしら残してるはずだ」

「たとえばどんな？」

「さあ。ささやかなもの。やつとおれにだけ通じる内輪の冗談のような」

ギフが車を出ると、ドレックスはロックに電話をかけた。ロックは車で移動中らしかった。

「いまどこだ？」

「メヌンデスともども、殺人現場に呼びだされた」

ロックの口ぶりから、さっきの会話をメヌンデスには告げていないことをそれとなく伝えたがっているのがわかった。「願ったり叶ったりだ」

「担当するわけじゃないがね、こちらが担当する昨夜の事件と今回の殺人に関連があるかもしれないから、現場を見てくれと頼まれた」

「被害者の性別以外の関連をか？」

「そうだ。同一犯だとわかるなにかがないかどうか」

「おれにはわかってる、同一犯だ。それを示す証拠があったら、すぐに連絡してくれ」

「話は現場を見てからだよ」

ロックがメヌンデスの耳に入れないつもりでいるのがよくわかった。保身のためというより、後輩を守るためだろう。あっぱれな態度とはいえ、いまはそれがドレックスの足かせになる。だとしてもドレックスは若い相棒を巻き込むまいとする刑事に敬意を感じた。

「なるほど。わかった。とにかく、折を見て詳しいことを聞かせて――」

「それは約束できないね」

「わかったよ。信頼の証しとしてひとまずこちらの電話番号と現在地をメールで伝えておく」

「そこにはいつまで？」

「立ち去るまで」

「この番号はいつまで使える？」

「応答しなくなるまで」

「切るよ」ロックが言った。「着いたんで」

刑事に続いてドレックスも通話を切り、約束したとおりその場でメールを送った。手にした携帯電話でもどかしげに顎を叩きながら、タリアとマイクにロックの話を伝えた。

「重要なつながりが見落とされてる可能性がある。くそっ」ドレックスはドアの取っ手をつかんで動かした。

「ドレックス？」タリアが大声を出した。

「じっとしていられない」彼は言った。

「そうするしかないぞ、ドレックス」マイクが言った。「現場に押しかけて捕まれば、万事休す。ギフとおれも。ロックは吊しあげを食らう。情報を漏らしたのが彼だとラドコフスキーにばれるからな」

「ロックがとばっちりを食わないようにするさ」

「おまえにどうこうできることじゃない。ロックから仕事を奪いたいのか？」

ドレックスは決心しかねてドアを開けたまま、それでも外には出なかった。タリアを見た。

「マイクの言うとおりよ」彼女は言った。ドレックスがふり返ると、マイクがいつにもまして険しい顔をしている。慎重な行動が賢明だと認めるしかない。「わかった。だが、ぼけっと座っていられない。駐車場を出ずに、脚を伸ばしてくる。頭をすっきりさせたい」

ウインドブレーカーのフードをかぶって外に出た。

ついていこうとタリアが運転席のドアに手を伸ばすと、後部座席のマイクが言った。「ほっといてやれ。だいじょうぶだ。たまにああなる」

タリアはシートにもたれた。「つらいことなのよね？　彼にとっては自分のしてることが」

「よくあることだ。そうなったときおれたち――ギフとおれ――は距離を置いてやつが乗り越えるのを待つ。いずれは抜けだす」

「わたしが出会ったドレックス・イーストンは――いまとなっては嘘みたい。今日で一週間なのね」もっと前からドレックスが暮らしのなかにいた気がして、びっくりする。「そのドレックスはおおらかで軽妙な人だった」

「それもあいつの一面だ。その気になればひょうきんにもなれる」

タリアは雨に打たれながら遠ざかっていくドレックスを見つめた。肩をすぼめ、ウインドブレーカーのポケットに両手を突っ込んでいる。「彼はいつからこんなことをしているの？」

「仕事としてか？　犯罪心理学の博士号を取ったときからだ」

タリアはマイクをふり向いた。後部座席の半分以上を占めている。彼女が驚いているのを見て、彼はドレックスが消えた方角に頭を動かした。「ドクター・イーストンだ」

「考えてもみなかった」

「自分から言うやつじゃない」

「ドレックスとラドコフスキーは旧知の間柄みたいだけど」

「もう長い」

「仲たがいしたの？」

「いや、一度は仲がよくなければ仲たがいとは言わない。あのふたりは最初から水と油だ」

「どういうことで？」

「ラドコフスキーの愚劣さのせいで。ドレックスには早くからそれがわかってた。カリフォルニアでのことだ。サンタバーバラで女性が行方不明になった」

「行方不明のままなのね」

マイクはうなずいた。「彼女の財産ともども。それはともかく、事件後ラドコフスキーはルイビルに異動になり、ドレックスがレキシントンにいることを嫌悪していた。近くにいるとドレックスにたやすく実情を探られる。だがラドコフスキーのほうもドレックスを押さえつけておきやすい。事実、そうしている。鎖帷子《くさりかたびら》みたいに」

「だからドレックスはラドコフスキーを避けているのね」

「ラドコフスキーは無能で、その自覚があるから、ドレックスに嫉妬する。ドレックスは切れ者で、生まれながらのリーダー、見栄えもいい。だから女もわんさと寄ってくる」

マイクは間を置いて、最後の一文をつけ加えた。挑発だ、とタリアは思った。それに乗った。「わたしに身のほどをわきまえさせたいの？　ドレックスとの関係、あなたとの関係で、どういう立場にいるか思い知らせたいのかしら？」

マイクはなにも言わなかった。

「おわかりかしら、ミスター・マロリー。この三十六時間でわたしの人生はもろくも崩れ去った。大混乱に陥って、今後この惨状を抜けだせるかどうかわからない。いえ、生き延びられる保証すらないわ。だからあなたに認めてもらうことを優先してる余裕なんかないの。実際、あなたが味方になろうがなるまいが、かまっていられない」

険しい目でにらまれてもタリアはたじろがなかったが、彼の大きな口の片方がぴくりと動いて、これまで見たなかでもっとも笑みに近い形になったことには驚いた。「そんな演説をぶたれると、味方したくなるな」

そこへドレックスが戻ってきた。彼は助手席のドアを開いて乗り込んだ。「本降りになってきた。なにかあったのか？」

タリアはマイクをちらりと見て、首を横に振った。

マイクはドレックスにロックから連絡があったかと尋ねた。「いや、もしかしたら――」

びっくりして三人は跳びあがりそうになった。何者かが助手席側に駆け寄って、窓を強打したのだ。車内をのぞき込んでいたのは、しかめ面で雨に打たれるメヌンデスだった。

ドレックスがドアを開いた。「なんでおれたちの居場所がわかった？」

「ロックから迎えに行けと言われました」

ドレックスは早くも片脚を車から降ろしていた。「なにを見つけたんだ?」

「ルイスです」

ドレックスは硬直した。「なんだって? ギフがどうした?」

メヌンデスはタリアからマイクへとすばやく視線を動かし、ふたたびドレックスに戻した。

「いま救急車で運ばれました」

31

メヌンデスはギフが歩道で倒れているところを発見されたと途切れとぎれに話した。「激痛に苦しんでました。しゃべることもできず、息も絶えだえで。誰かが緊急通報したんです。救急車が到着したときには意識がなくて」

ドレックスは車に引き入れんばかりの勢いで刑事の襟元をつかんだ。

「息はあるんだな？」

「わかりません。ほんとにわからない」

「なにがあった？」

「誰にもわからないんです。野次馬のなかにいて、ばたりと倒れたって。周囲の人たちは心臓発作か脳卒中だと思ったそうです。ロックはいまも聞き込みをしてます。自分はルイスのことをあなたたちに知らせろと言われました」

「恩に着る」

タリアは早くもエンジンをかけていた。ドレックスがメヌンデスを放すやいなや、刑事をその場に残して、急発進で駐車場から車を出した。

向かうはメヌンデスからギフが搬送されたと聞いた大学病院の救急治療室だった。曲がる箇所を一度だけまちがえて、一方通行の道に突っ込んだ。パッシングされたりクラクションを鳴らされたりしながらも、アクセルをゆるめることなく対向車をかわした。

助手席のドレックスはギフをひとりで行かせた自分のせいだと、われを忘れて取り乱していた。タリアは救急治療室への入り口に車をつけた。ドレックスは車を飛び降りてなかに駆け込み、タリアとマイクは車を停める場所を探した。

ふたりが駆けつけたときには、ドレックスは友人の容体を教えないと病院をめちゃくちゃにしてやると受付係を脅していた。

「せめて傷の程度だけでも教えろ」彼は担当者らしき女性をどなりつけた。「撃たれたのか？刺されたのか？出血は？どうなってる？」

受付係は動じなかった。「お話しできることはありません。どうぞ座ってお待ち――」

「のうのうと座ってなどいられるか！」

タリアとマイクはそれぞれドレックスの左右の腕をつかんで、その場から引き離した。待合室まで引きずるように連れていくと、マイクがドレックスを押して椅子に座らせ、落ち着けと言い聞かせた。

「動揺してるのはおまえだけじゃないぞ。怒ったところでどうにもならない」

ドレックスは放っておいてくれと言い、膝に肘をついて両手で顔をおおった。

「こいつを見ててくれ」マイクはタリアに言った。「バッジがあれば、あのがみがみ女の愛想がよくなるかもしれない」

「待って」タリアはマイクの袖をつかんだ。「バッジをちらつかせたら、いらない注意を引くことになるかも」

すでに待合室にいる人たちが携帯電話や雑誌や特効薬のパンフレットから顔を上げ、興味津々でこちらを見ていた。ドレックスのそれにくらべたら、今夜、救急治療室に来ることになった自分たちのドラマは見劣りするとでもいうように。

大半はマイクにひとにらみされると、それまでやっていたことに戻った。

タリアはドレックスの前にしゃがんで、彼の膝に手を置いた。「ドレックス、わたしの携帯とバッテリーをまだ持ってる？」

ドレックスは顔を上げ、外国語を聞かされているような目で彼女を見た。言葉の意味が頭に届くと、彼はうなずいた。「なぜ？」

「バッテリーを入れて」ドレックスが首を横に振りだすと、タリアは彼の膝をぎゅっと押した。「一度かけたら、またあなたが持っていていいから。信じて。どうしても必要なの」

タリアを信用したからか、ギフが心配で言い争っていられなかったのか、ドレックスは素直に従った。タリアはマイクにドレックスを任せて、受付に向かった。

受付の女性はのろのろ書類をそろえてから、顔を伏せたままおもむろに言った。「なにか？」

「今夜ドクター・フィリップスはいらして？　アンドリュー・フィリップス先生よ」

受付係はようやく顔を上げた。「手術主任です」

「ええ、そうよ。先生か助手に伝言をお願いできるかしら?」

おもしろい冗談だとでもいうように、受付係は早口で言った。「無理だと思います」

「あら。そう、ありがとう」タリアは屈託なくほほ笑んだ。「だったらわたしからマーガレットに電話するわ」

「誰ですって?」

「アンドリュー・フィリップス先生の奥さま」タリアは受付係を見つめた。「ただ、あなたから先生のスタッフに連絡してわたしに電話するように伝えてもらえたら、奥さまをわずらわせずにすむんだけど。わたしはタリア・シェーファーよ」

受付係は、突然、靴がきつくなったかのように態度を改めた。「あの児童基金の?」

「ええ、そう。マーガレットには基金の委員を務めていただいてるわ」

受付係はしばらく考えてから尋ねた。「あなたの電話番号は?」

タリアが伝えた番号を受付係が書き取った。「救急治療室の待合室にいると伝えて。ギフ・ルイスという患者の容体を知りたいと」

受付係はむっつりした顔でうなずいた。

タリアはドレックスのもとへ戻った。隣に座って力の抜けた彼の手から携帯をもぎ取り、バッテリーが入っているのを確認して電源を入れた。「すぐになにかしらわかるはずよ」

「おれよりうんとそつなく立ちまわったようだな」

「立ちまわってなんかいない。コネを使ったのよ」

ドレックスが会話に身が入っていないのがタリアにはわかった。前方を凝視する目が荒涼として、なにかに取り憑かれているようだ。タリアは彼の手のなかに手をすべり込ませて、指を絡めた。どちらも押し黙っていた。

ふたりの向かいにならぶ椅子のひとつに座ったマイクは、座席からはみだしているものの、屈強そうに見えた。気がつくとタリアの彼に対する評価は、前ほど厳しくなくなっていた。不愛想で気むずかしいけれど、分別のある頼もしい味方だ。ドレックスほどギフへの心配をむきだしにしていないが、同じように深く心配しているのが伝わってきた。

ふとドレックスがマイクを見てかすれ声で言った。「なあ、マイク」

「わかってる」

「心臓発作ならいいんだが」

同感だとマイクは胸の内を明かした。「それなら生き延びる可能性がある」

しばらく重苦しい沈黙が続き、それを破ったのは、ドアを押し開けて大股で待合室に入ってきた恰幅のいい男性だった。手術着をまとい、白いひげをたくわえたその姿は、まさに司令官——すなわち、一流大学病院の手術主任だった。

彼はあたりを見まわしてタリアを見つけると、まっすぐ歩いてきた。タリアは立ちあがり、ドレックスとマイクもそれにならった。「アンディ、来てくださるとは思わなかったわ！人をよこすか、電話でよかったのに」

「ジャスパーと関係あることなのかい？　マーガレットもわたしも話を聞いて驚いたよ。なにか知らせはあったのか？」

「ご心配をおかけします。ジャスパーの失踪について新しい情報はないけれど、ここへ来た間接的な理由はそれなの。少し前に事件の捜査班の男性が救急車でここに運ばれて」

「ルイスだね」

「ええ。なにかご存じ？」

「生きていることはまちがいない」

タリア、ドレックス、マイクとも、ほっとして力が抜けた。「それがわかってこんなにうれしいことはないわ」タリアは言った。「ありがとう、アンディ」彼女は手短にふたりを紹介した。「ふたりにとってミスター・ルイスは単なる同僚ではなく、とても親しい友人なの。言うまでもなく、容体をひどく心配してて」

「それなのにあそこの女性は、彼になにがあったのかすら教えてくれなかった」ドレックスが言った。

医師はドレックスをじろじろ見た。「ひどく口が悪く無礼な人、と彼女が言ってたのはきみのことだな」

ドレックスは言い返した。「ギフは回復するのか？」

アンドリュー・フィリップスのやさしさをタリアは知っていたが、一方で彼は飾り気のない性格でもあった。「来たまえ」

それ以上の説明は不要とばかりに医師は背を向けて歩きだし、三人はあとに続いてさっき医師が入ってきたドアからエレベーターホールへ向かった。医師が上階へ向かうボタンを押した。「ミスター・ルイスは肝臓に深手を負い、緊急手術が必要だった」

タリアが手で口を押さえた。「そんな」

「ナイフか？」エレベーターに乗り込みながらドレックスが尋ねた。

「鈍的損傷」

「腹を殴られたと？」マイクが尋ねた。

医師は肋骨が集まるV字型の部分にこぶしを置いた。「ここ、急所だ。ボクサーに訊いてみるといい。ここを殴られるとマットに沈む。くそ痛い。言葉遣いが悪くてすまないね、タリア。動けず、息ができなくなる。血圧が異常になる。さて、着いたぞ」

医師がエレベーターを先に降り、さっきよりせまい待合室へ導いた。誰もいない。「犯人はすべて承知で彼を襲った」医師は言った。「ダメージを与えられる正確な位置を狙って殴ったんだ。メリケンサックのような武器を使用した可能性も除外できない。いずれにせよ、深い裂傷を与えるほどの強打だった。さいわい、きみたちの友人は失血が手遅れになる前にここへかつぎ込まれ、優秀な外傷チームが治療にあたった。裂傷の治療はすんだよ。全般的に経過は順調だ。合併症の懸念はないと思うが、それさえ防げれば、快復するだろう」

マイクとタリアは安堵をあらわにし、ドレックスは顔をそむけて片手をうなじにあてた。そこに不安と緊張が凝縮していたのだろう。感情を抑える時間を必要としているようでもあった。「きみからの伝言が来たとき、彼は傷の縫合中だった」医師は言った。「まだ終わっていないにしろ、あとはたいしてかからない。終わったら連絡があるだろう」

ドレックスが顔を向けた。「会えるのか？」

「術後はＩＣＵに移されて、数時間はそこにいることになる」

「会えるのか？」ドレックスがくり返した。

「意識が朦朧《もうろう》としているぞ。それでも会いたいなら――」

「会いたい」

ドクター・フィリップスは、評判どおり無礼な男だとでも言いたげにドレックスを見たが、一方で言葉を飾らないその人柄に感服したようだった。「可能になったらすぐに短い面会を認めるようスタッフに伝えておこう」

「感謝します。なにからなにまで。本当に」

医師はドレックスの礼にそっけなくうなずくと、タリアの手を取って軽く叩いた。「ジャスパーのことは……」言葉を濁す。「マーガレットとわたしがついてるよ、いつでも」

「こうして今夜も力になっていただいたわ。ありがとう」

医師は最後にもう一度、タリアの手を叩いて力づけ、ドレックスとマイクに顔を向けた。「ＦＢＩには最大の敬意をいだいている。きみたちの友人の快復を祈る」そしてつぎの急患の治療が待っているとばかりに立ち去った。

「ずいぶんお偉いさんの友人がいるんだな」マイクが息を切らしながら、布張りのふたりがけのソファに巨体をおろした。

タリアは言った。「多少は役に立ててよかった」

「ああ、助かった」マイクが言った。

ドレックスは礼の言葉を口にすることなく、タリアを引き寄せて抱きしめた。


行きつ戻りつ、どれだけ歩いたかわからない。ようやくドレックスは看護師から呼ばれてギフと面会の運びになった。看護師のあとについてICUに入り、ひとり残された。ぶかぶかの患者用ガウンを着たギフは青ざめて弱々しく、話を聞かされていなければ死んでいると思ったかもしれない。体につながれた機器類の規則的な光の点滅や信号音が、彼の肉体が機能していることを示していた。

ドレックスを連れだすために戻ってきた看護師は、ギフはよくがんばっている、脈拍や呼吸などのバイタルサインが力強いから、完全に快復するだろうと力強く語った。

「しっかり見てやってくれ」

「もちろんですとも」

「ぶつくさ言うだろうが、耳を貸さないで、治るまで必要なことをやってくれ」

「そうします」

ドレックスはこの看護師もぎゅっとハグした。

待合室に戻るとすぐ、気を揉んでいたマイクとタリアを安心させた。「哀れなようすだが、よくやってる。容体がよくなっていまは安定してる」ふたりが質問を浴びせかけようとしたとき、ポケットのなかでドレックスの携帯電話が振動した。「待て。ロックかもしれない」彼は電話を見た。「ロックからのメールだ」

〝警告！　ラドコフスキーが行く。いまいっしょにそちらに向かってる〟

ドレックスは黙読して、悪態をついた。「くそっ」ギフの緊急事態のせいで、ほかの危機からいっとき意識がそれていた。このメールでふたたび危機的状況に引き戻された。

「もう一通、届いた」マイクとタリアに言って、新たなメールを読みあげた。「〝非常階段を使え。Mを探せ〟」

「メヌンデスだな。行け！」マイクはふたりを非常階段のドアへ追いやった。

ドレックスは言った。「ギフを置いてはいけない」

「置いていかないと、ギフはおまえを一生、許さんぞ。行け！」

「ラドコフスキーはどうする？」

「おれがいけにえの羊になる」マイクは太鼓腹をさすって言いなおした。「いや。いけにえの牛だな」

非常階段を一階まで急ぎ駆けおりた。メヌンデスがロビーの非常階段口で待っていた。

「ルイスの容体は？」

「手術室から出てICUに移った」ドレックスは手短に状況を伝えた。「知らせてもらったこと、いくら感謝しても感謝しきれない」

「いえいえ」メヌンデスはいつになくあわただしいロビーの動きに注意をうながした。「ごらんのとおり、警察がうようよしてます」

「おれたちを捜してるのか？」ドレックスは尋ねた。

「忙しい夜です。同じエリアで数時間のうちに襲撃事件が二件、そのうち一件は被害者が亡くなった」

「マイク・マロリーが残って時間稼ぎしてくれてるが、ラドコフスキーはタリアとおれの居場所を聞きだそうとするはずだ」

「でしょうね。顔を伏せててくださいよ」刑事は出口に向かって進みだした。周囲を見ながら、声をひそめて言葉を続けた。「ラドコフスキーはばかだ。ルイスがこんな目に遭ったんで、ロックが自分も仲間に入れてくれました」

「ギフが倒れたときにそばにいた目撃者から話を聞いたんだろう？」

「ええ、でもろくな証言がなくて。ちょうど港の遊覧船から降りてきた人が大勢いました。女性が襲われて死んだ噂が広まって、犯罪現場に向かって人の流れができてた。ルイスはそれに近づいて人波に押されつつ歩いてたんでしょう」

「襲撃されたところを誰も目撃してないのか？」

メヌンデスは首を横に振った。「ルイスが倒れると同時に、男がひとり急いで人だかりのなかをすり抜けていったという証言がありました。そのときはなんとも思わなかったとか」

「人相は？」

「後ろ姿しか見えず、フードつきのレインコートを着てたことしか覚えてないと。ただ急いでただけの男かもしれない。念のため防犯カメラをいまチェックしてます」

「どんな情報でも教えてもらえればありがたい」

「任せてください。ロックも自分もできるだけ手を貸します」

「この件できみたちが矢面に立たされることになっても、約束する、辞職に追い込まれるようなことがないようにする」

「ミスター・イーストン」メヌンデスは改まった声で言った。「それでフォードが逮捕できるなら、そうなってもかまいません」

まもなく出口だった。制服警官がふたりいるが、警戒よりも世間話に熱心だった。「とにかく歩きつづけて」メヌンデスが口の端で言った。「また連絡します」

メヌンデスは方向を変えて警官に近づき、歩きながら話しかけた。「どうも、チャールストン市警察のメヌンデスだ。埠頭《ふとう》での二件めの事件か？　傷害だった」

「殺人との関連は？」

「まだわからないが……」

ドレックスとタリアに聞こえたのはそこまでだった。ドアから外に出た。ドレックスは人目がないと見るや明るく照らされた車寄せから建物の陰へと彼女を引っ張り、そこで足を止めた。

「急いでるんじゃないの？」

「つけられていないかどうか、一、二分ようすを見よう」

「警察に？」

「ジャスパーに」ドレックスはしゃべりながら考えをめぐらせた。「やつはおれをおびきだすためだけに女性を殺し、おれを表に引っ張りだして、つけるつもりだった。おれをつけてきみを見つけるために。おれは姿を現さなかったが、やつはギフを見つけた」

「でも、どうやって？　どこから見てたの？」

「さあな。それはわからない。ギフはただ背景にまぎれ込むんじゃない。背景そのものになれる。だが、ジャスパーはあの人混みのなかでギフを見つけだした」

ジャスパーがギフにしたことを思うと、ドレックスの目は怒りで鋭くなった。「あの男が名刺代わりに残したものは、さりげないどころじゃなかった。いまジャスパーが目の前に現れたら、どんな姿をしていようと、絶対に殺してやる」

さらに数分待ち、不審者がいないことが確認できると、ドレックスはタリアの手を取り、ふたりでタリアがギフの車を停めた場所まで行った。ドレックスはキーを求めた。「おれが運転する」

「道に迷うかもよ」

「そのほうがいい。かえって尾行が目立ちやすくなる」

さかのぼること数時間前、ジャスパーはハワード・クレメントとの別れを惜しんでいた。派手な柄物のシャツが大好きなその男は目的に適った役目を果たしてくれたが、そろそろ別人格に引き継ぐべきころあいだった。

今夜、平凡きわまりない連中に交じって動いているあいだ、誰ひとり彼に注目しなかった。彼が殺した女にしたところで、近づいてくる彼を仮に見たとしても、危険を感じることはなかっただろう。あの女がひとけのない暗い駐車場をひとりで歩いているときに――なんとおろかな行動だろう――もし彼を見たとしても、にっこり笑ってこんばんはとあいさつしてから、背中を向けて車のドアのロックを開こうとしたのではないか。

だが彼はあの女に見られることなく暗がりを出て、その背後に忍び寄った。気づかぬうちに首固め《フルネルソン》の技を決められた女は、驚いて甲高い声を漏らすことしかできなかった。両手で頭を抱えて万力のように締めつけ、力を入れて急角度で首を前に倒すと、まるで小枝のように頸椎《けいつい》がぽきりと折れた。脊椎《せきつい》が切断され、女は死んだ。あっけなく。

倒れた場所に女を置いて、ゆっくりと埠頭へ向かった。悪天候をものともしない観光客に交じりのろのろ歩いた。その一員になった。埠頭の先端まで行き、何分か立ち止まって海辺の光景を楽しんだ。戻りかけたとき、最初のサイレンの音が鳴り響いた。トランペット吹きが彼の偉業を高らかに告げているようだ。彼は足を止めて一礼したくなった。

事件現場に近づきたかった。野次馬が集まりだすなか、目立たない程度に足取りを速めた。

すでにかなり人が集まり、なおも増えつづけている。家族連れや、十代の子どもたちのグループ、騒々しい若者のあいだを縫ってゆっくり進んだ。みな寄り集まり、それが捜査中の警察関係者に近づくにつれてまばらになった。

死体などどうでもよかった。それはもう見ている。彼はドレックス・イーストンを捜していた。

きっと来る。昨日ビーチに来たように。ジャスパーには確信があった。イーストンはこの殺人がジャスパー・フォードのしわざなのかどうか確かめずにいられない。そしてジャスパーには、そのとおりわたしだよ、とイーストンに知らせたい気持ちがあった。

どうだ、イーストン。

イーストンはいつから追跡をはじめたのだろう？　ジャスパーは長らくその存在を感知していたが、最初がいつかと言われると定かではなかった。突如、誰かに追われていると気づいたわけではない。知らず知らずのうちに染み入っていた。はじまりはいつだったのだろう？　ピクシーのあとか？　ロレッタの前か？　最初の偽名であるウェストン・グレアムに至るまで、イーストンはすべての偽名を知っているのか？

そんなはずはない。ウェストンが存在したのは三十年前。イーストンはまだほんの子どもだったはずだ。

自分がイーストンにとって職業上、探し求めるべき北極星になったいきさつを考えていたとき、彼は人混みのなかにある男を見つけ、改めて目を凝らした。ありえないほど特徴のない男だが、ジャスパーにはすぐにわかった。ビーチの桟橋でイーストンといっしょにいた男、イーストンの仲間だ。

男は現場を見物しつつ、ジャスパーが誇る能力と同レベルの能力を発揮して、ごくさりげなくひとりひとりの顔を調べていた。それで、男が捜しているのは自分だと即座にわかった。ただし捜しているのはジャスパー・フォードであって、新たに採用した別人格ではない。なんとしてもイーストンを見つけたかった。イーストンを見つけ、ひいてはタリアを見つけたい。

とはいえ、この好機をのがすわけにはいかない。贈り物はありがたくちょうだいするもの。ジャスパーは男を視界にとらえながら、自分は見られないように注意した。野次馬が増えるのもかまわず、チャンスをうかがった。そのうち、なにが起きたのか尋ねたり首を伸ばして見ようとしたりする新たな人たちで、動きが取りづらくなってきた。

ついにジャスパーは方向を変えて、まっすぐ男のほうへ歩いた。触れあうほど近くに人が密集していたが、ジャスパーが男を強打しても気づく者はいなかった。

イーストンの仲間は音も立てずにくずおれた。周囲は押し合いへし合いしていて男が倒れたことにしばらく気づかず、ジャスパーは短いながら貴重な時間を使ってその場を離れることができた。流れに逆らったり、ときには周囲の人々に揉まれたりしながら、それでも彼は進みつづけた。

すぐに背後で叫び声があがり、男が倒れた場所から外側に向かって波のように騒ぎが広がっていくのが感じられた。ほかの人たちと同じように足を止め、新たな騒動の原因を確かめるようにふり向いた。

狙い澄まして強打したので、イーストンの仲間は体の自由がきかなくなっているはずだった。どの程度かは関係ない。これでイーストンにメッセージが伝わる。

付近から立ち去りながら、胸の内で満足感が高まるのを感じた。充実した晩だった。期待以上だ。成功した記念に祝いたかった。しかし慎んだ。大胆ではあっても、無鉄砲ではない。だから用心深く自分の車に戻り、最新の戦利品をベルベットの袋に入れて、トラックスーツのジッパー付き内ポケットにしまった。

走り去る途中で、新たに起きたさらなる緊急事態——彼のもうひとつの傑作——の現場へと急ぐ救急車とすれちがった。

彼は市内でのんびりと車を走らせ、つぎなる潜伏場所を探した。

32

　ドレックスは病院から遠回りして帰った。行くあてのないドライブを続けること二十分、何度か来た道を折り返した末、ようやく尾行者はいないと納得した。

　ホテルを替えることも考えたが、チェックインというプロセスを経なければならず、それはもっと避けたい。なのでその日の午後借りた部屋に戻り、なかに入るなり椅子に腰をおろしてマイクにメールを送った。意外にも数秒後には携帯が鳴った。

「おおっぴらに電話がかかってくるとは思わなかった」

「ひとりで侘《わ》びしくやってる」

「ラドコフスキーは？」

「おまえたちふたりがとんずらしたと知ると大爆発して、おれを逮捕すると脅した。やれるもんならやってみやがれ。重要参考人を連れだしたのはおれじゃない。おれはただ今夜にも亡くなるかもしれない友人に寝ずの番で付き添ってるだけだ。

　ロックが理不尽だと口添えしてくれた。そこへ騒ぎを聞きつけたタリアの腕利きの外科医がやってきて、おとなしくしないと警備員につまみださせるとラドコフスキーに言った。で、ラドコフスキーからおまえに伝言だぞ。おまえはおしまいだ、目に物見せてやる、だと。ラドコフスキーはそれだけ言うとロックとメヌンデスとともに帰った。あのふたりは頼りになりそうだ」

「おれもそう思う。ギフに会ったか？」

マイクはまだ会えていなかったが、定期的にギフは持ちこたえていると教えてもらっていた。

殺人事件に関しても、ギフの襲撃事件に関しても、捜査には進展がなかった。「警官たちは防犯カメラの映像を見なおしてる」マイクは言った。「だが、なにせ量が膨大だ。ラドコフスキーが聞いていない隙に、今後も情報を流すと刑事たちが約束してくれた。今夜殺された女性の検視報告書は、明朝の予定だそうだ。おれたちにも送るとロックが言ってくれた」

「ジャスパーのおかげで、今夜はみんな徹夜だ」

「本人は鼻高々だろう」マイクはおどけた口調で返した。「なんにしろ、こっちは今夜は待つぐらいしかすることがない」

「おまえがベッドで寝れないのに、おれがベッドで申し訳ない」

「おれは座ったまま眠れる。ふだんから似たようなもんだ」

「ギフの容体に変化があったら知らせてくれ。すぐに駆けつける」

「了解」

「絶対だぞ、マイク。どんな変化でもだ」

「こき使われているおれの心臓に誓って」その言葉を最後に電話は切れた。

ドレックスはタリアを見た。「多少は聞こえたか？」

「要点はわかったわ」

「タリア」彼は言葉を切り、つぎの言葉に重みを持たせた。「ありがとう」タリアは尋ねるように小首をかしげた。「コネを使ってくれて。あれがなかったら、いまだギフのことがわからず、おれは自分を見失ったままだったかもしれない」

「受付の女性はあなたのこと、そう思っていたみたいね」

「拘束班に引き渡されなかったのが、不思議なぐらいだ」

ふたりは笑みを交わした。ドレックスは椅子の背に頭をもたせかけ、両手のひらの付け根をまぶたに押しつけた。「ああ、今日という日はいつまで続くんだ？」

「長いわね」

手をおろして膝をぴしゃりと叩きながら、椅子から腰を持ちあげた。「シャワーを浴びてくる。それとも先に浴びるかい？」

「どうぞお先に」

ドレックスは足を引きずるようにして階段をのぼり、自分の寝室に入ってウインドブレーカーと靴を脱いだ。ベルトからホルスターを外し、拳銃をバスルームに持ち込むべきかどうかで悩んだ。手の届くところに置いておきたい。しかし結局は、ナイトテーブルに置いてバスルームに入った。タリアの部屋のドアは閉まっていた。

服を脱ぎ終わるころには、シャワーのしぶきから湯気が上がりだしていた。蛇口の上の壁に手をつき、シャワーの真下に立つと、激しい水しぶきが後頭部から首に突き刺さるようだった。

そしてショックとともに、肩胛骨のあいだにやわらかくやさしいなにかが触れていることに気づき、勢いよく頭を起こした。

「だめ、そのままでいて」タリアが背後から体を――全身を――押しつけてくる。彼女は腹部をドレックスの臀部にすりつけた。背骨の両側に乳房がある。

「ああ、タリア――」

「あなたはそのまま」

「きみを見たいのにか？　それに気持ちよすぎる」

「わたしもよ」彼女が背中に頬をつけた。「必要とされるのは気分がいいわ。あなたのためにこうさせて。ね？」

返事の代わりに黙ってその場に留まった。彼女がなにかを取ろうとして、少しだけ離れた。シャワージェルだったのだろう。首筋に戻ってきた手には泡がついていた。

首の付け根からはじめ、上に移動して凝りをほぐすと、髪に指を差し入れて頭皮をマッサージした。ふたたび下へと移動する途中、耳の先端や耳たぶをそっと引っ張り、続いて肩の上を行き来して緊張を揉みほぐしていく。

ドレックスは長々と深いため息をついた。「最高だよ。ありがとう」

「どういたしまして」

「もうふり返ってもいいか？」

「だめ」

「いつならいい？」

「わたしの用事がすんだら」

「それはいつ？」

「わたしがもういいと言ったときよ」

彼女はジェルを足して、彼の背骨の両側にしかと両手を押しあて、円を描いて広背筋をマッサージしながら手を下に移動させ、指で臀部をぐっと押した。

「筋肉がこわばってるわ」彼女は言った。「リラックスして」

「リラックス？　よく言うな。いまにも死にそうなおれに」

彼女が小声で笑った。「そうは思えないけど」

彼女の親指ふたつが背中のくぼみに押しあてられて、圧がかかる。その指は凹凸のある椎骨沿いを尻の割れ目まで行くと、羽のように軽く撫でまわしてドレックスの息を奪った。

「なあ、タリア。もういいか？」

「まだよ」

こんども彼女は手を引いてジェルを足した。そろそろボトルが空になるころだ、とドレックスは思った。だがつぎの瞬間、彼女の両腕が体に巻きついてきて、すべての思考が吹き飛んだ。胸筋が彼女の手でおおわれている。

「この毛がいいの」タリアがささやきながら、胸毛を引っ張る。

「そうなのか?」

「そうなの。ちょうどいい量だわ」

親指が乳首をかすめたかと思うと、彼女の両手はしなやかかつ縦横無尽に動いて胴体をゆるゆると下っていった。肋骨、腹部をたどり、ヘソを通りすぎて、やがて太股の上の溝へと至った。その溝の合わさった先にペニスの根元がある。

ちくしょう。懇願してしまいそうだ。

その必要はなかった。彼女は左右の手で順番にやわやわとペニスを握り、片方が上に移動して離れるともう片方が続くといった具合だった。いよいよ辛抱できなくなったとき、片方の手が離れずに止まり、先端に留まった。泡まみれの指がくるりと割れ目をなぞり、もう一度、こわばり具合を確かめるようになぞってから、なにかふざけたことをした。

ドレックスは食いしばった歯のあいだから、声を絞りだした。「いつだと?」

ふり返って、彼女を引き寄せた。動きを止め、濡れた裸の彼女を抱えることで生じた信じがたいほどの衝撃を記憶に刻もうとしたが、脳はもっと原始的な層で機能していた。

彼女の髪をつかんで後ろに引き、顔を上げさせた。彼女の目をのぞき込んで、唇をおおった。奪うようなキスだった。いくらキスしても足りない。彼女も飢《かつ》えている。

手のひらで乳房をさっと撫で、手に持って、つかみ、持ちあげ、顔を下げて乳首を口にふくんだ。吸いつくたびに彼女は甘い喜びの鼻声を漏らし、彼の頭を抱き寄せた。

正面から彼女の体を撫でまわし、たおやかな丸みやくぼみや肌のえもいわれぬやわらかさに感嘆した。一瞬股間の毛に指を絡ませてから、その下のやわらかな割れ目に指を添えた。しなやかですべりのよいその部分に指を押し入れた。指を動かしだすと、彼女がうつむいて彼の胸に頭をもたせかけた。胸筋に彼女の歯がこすれている。彼女が追い詰められたように手を伸ばして、勃起したものをつかんだ。

「タリア」ドレックスは息をはずませて彼女の手を払い、自分も指を抜き取った。「熱にうかされたようなセックスになる。シャワー室でそんなことをしたら、おれたちまで救急治療室送りだ。ベッドに入ろう」

タリアは朦朧とした顔で、うなずいた。

ドレックスは十五秒で泡を流して蛇口を閉め、彼女に手を貸してシャワー室を出た。かかっていたタオルを手に取って彼女に渡し、自分も一枚取った。どちらもやみくもに体を拭きながら、おぼつかない足取りで寝室に入った。たぶん自分の側だとドレックスは思ったが、それすら定かではなく、気にもならなかった。ベッドはある。

上掛けをはねて端に腰掛け、彼女の下半身に両手をかけて開いた脚のあいだに引き寄せた。彼女にもたれかかって顔を乳房にすりつけ、乳首に舌をあてる。胸に散ったそばかすをかすめ、粗糖のように口のなかで溶けるのを想像した。腹部を鼻でくすぐり、舌をヘソにめぐらせる。下へ移動して湿り気を帯びた毛に吐息を吹きかけた。

タリアがかすれた小声で彼の名を呼んだ。

彼女の向きを変えてベッドに仰向けに横たわらせた。タリアは手のひらを上にして肩の高さに手を置いている。その無抵抗のポーズと煙色の瞳のなかに宿るものを彼女からの誘いと受け止めて、ドレックスはベッドにひざまずいた。太股を開き、思いを込めて唇を寄せ、さっきまで指で行っていたことを舌で再現した。やわらかに甘噛みし、そっと吸いつき、官能に訴える動きでじらしにじらしてから、肝心な部分をあらわにした。

最初のひと舐めで体をびくりとさせたあと、彼女は湿った刺激を与えるたびにそれに応え、またつぎを期待して体を動かしはじめた。しだいに頻度を高め、内側の摩擦が少しずつ強まり、彼女の体が弓なりになる。さらに体が持ちあがって、ついにその時が彼女をとらえた。ドレックスは留まって唇をかすめ、彼女の名前をつぶやきながら、絶頂の余韻がすべて抜けて静かになるのを待った。

体を起こして彼女を見おろし、彼女のこめかみから髪に涙が伝っているのを見てショックを受けた。彼女が手を伸ばしてドレックスをつかむ。唇が重なるころには、彼女のなかに入っていた。

だが、留まっておける程度の深さにしか入れなかった。そして待った。はじめて彼女のものに包まれる感覚を記憶に刻みつけたかった。やがて腰を押しだして、しっかりとつながった。

彼女が抱きついてくる感触はすばらしかったが、動かないと死んでしまう。彼女の髪に顔をうずめた。「乱暴になりすぎたら、弱めたり止めたりするから言ってくれ。おれは……う

うう っ……」

つがおうとする本能に乗っ取られた。彼女に対する気遣いとは裏腹に腰の動きが速く強くなる。わずかな姿勢の変化で深さが変わってくる。ドレックスはそうした。さらに奥へ。

「もっと」タリアが泣きそうな声で言い、ドレックスの頭を首元から起こさせて顔を見つめた。

ドレックスは改めて彼女にキスした。キスを続けるうちに意識が朦朧としてきて、彼女を揺るがせているオーガズムのこと以外が吹き飛んだ。彼女は体を弓なりにして、ドレックスのものを締めつけてくる。身の破滅だ。彼女とつながったまま、絶頂とともに光の爆発に包まれた。

彼女が眠そうな声で言った。「ベッドに移動するのはいい考えだったわね」

「近年最大のヒットだ。あのままシャワー室にいたら取り返しのつかない傷を負ってたかもしれない」

「それだけの価値はあったけど」

ドレックスは片方の眉を吊りあげた。「そうか？」

「うーん」彼女はたっぷりと体を伸ばした。

仰向けになりつつ、少しだけドレックスに体を向けている。ドレックスは横向きで片肘をつき、タリアの裸体に一心に注意を向けているようだ。それでいて、自分の裸体には無頓着なようすだった。

もちろん、彼には自意識過剰になる理由などどこにもない。引き締まった体に、長い腕と脚。筋肉質だけれどこれ見よがしではなく、これぞという場所にきれいな茶色の毛が生えている。

その体毛が体に触れると、なんとも言えないいい気持ちだ。

「セックスに酔えた？」タリアは尋ねた。

「きみに酔えた」

「そんなに見られたら、陳列されてるみたいな気分」

ドレックスがゆったりとほほ笑んだ。「目を楽しませてやってるんだ」

「トラみたいな目よね」

「トラ？」

「その目を見てると、トラを思いだす」

ドレックスは前のめりになって、乳房のふくらみを舐めた。「おれが喉を鳴らすのが聞こえるかい？」

タリアは笑い声をあげて、彼の乱れた髪に指を差し入れた。「うなり声が聞こえたわ。何度も」彼を引き寄せてキスした。物憂げで急ぐことのない、贅沢なキスだった。

ようやく離れると、彼はさっきまでの姿勢に戻り、指先で乳首に触れて彼女の体の探索を続けた。「新しい形容詞を作りださないとな、この色……」彼の愛撫で乳首が硬くなる。

指先を触れるか触れないかぐらいに浮かせて、彼女の胴体の中央を下る。土手までたどり着くと、やわやわと毛を撫でた。「でも、表現されることを拒むなにかがある」

「表現する言葉なんか、いらないでしょう? 作家じゃないんだもの」

「まあね」それよりドレックスは指先を動かすのに夢中だ。「研究のためにやってみてもいいかもしれない」頭を引いて彼女を見る。乱れた髪から足のつま先へと視線を動かした。

「きみは最高だよ、タリア・シェーファー」

「あなたにも同じことを言おうとしてたところ」彼女はひげでごわつく顎のラインをこぶしでこすり、日焼けして輝く眉を人さし指で撫でつけると、頰を下ってえくぼに指を添えた。

彼が笑顔を作ってくぼみを深め、タリアは小さく笑い声をあげた。

あまりにいい気持ちだった。彼といるとしっくりくる。こんなときに自分をちくちくと苦しめているなにかを持ちだすのは気が進まない。タリアは彼の手を持って引き寄せ、乳房のあいだに抱えた。ただし、刺激する意図はない。彼の手の甲に浮いている血管を指でたどった。「ドレックス、さっきの行為はすごかった」

「一から十の数字で表すと?」

タリアは笑みを浮かべたが、ドレックスは彼女がその気ではなく、深刻な話をしたがっているのを感じ取ったらしく、ふたりの体の上に上掛けを引っ張りあげ、彼女の隣に落ち着いて脚を絡めてきた。

「……そして、この感触」

「この時間を台無しにしたくない」彼女は言った。「でも、これだけは尋ねておかないと」

ドレックスの眉根が寄った。「なに？」

「さっき言ってたわよね。ジャスパーがあなたに対してしたことは内輪の冗談みたいなものだって」

「まんまと出し抜いたことをおれに伝えたがってる」

タリアは目を彼の手に戻して、手の甲の盛りあがった部分に触れた。「あなたが彼の妻と寝たのは、彼を出し抜くため？」

彼があんまりしんとして動かないので、大切ななにかを壊してしまったのかと怖くなった。ひどく気分を害した彼がベッドから、この部屋から、そしてタリアの人生から出ていってしまう場面だけが記憶として残されるのかもしれない。

けれど重い沈黙の末に、彼は言った。「おれを見てくれ」タリアは彼を見た。「答えはノーだ。よく聞いてほしい。きみとベッドに入りたいという思いには、内輪だろうとなんだろうと、冗談につながる部分などいっさいない。おれはマイクとギフと口論した。あいつらが未婚の叔母よろしく、下半身に振りまわされるなと説教したからだ。やつらは利害の衝突を心配してた。この行為――」ドレックスはふたりのあいだにある手を動かした。「この行為によって生じるものを。やつらの賢明な助言の影響は、見てのとおりだ」

彼はタリアが胸に抱えていた手をひっくり返して、指と指を絡めた。「もしきみを使ってジャスパーを挑発したければ、とうにそうしてた。そう、挑発を。やつにおれがきみと寝ているか、その機会があったらすぐにでも手を出すと思わせただろう」

彼はつないだ手を見た。「信じてもらえないだろうが、誓ってもいい、過去に追いまわしてきた女性のなかにはひとりとして既婚者はいなかった。既婚者とこういう関係になったのは、はじめてだし、ジャスパーをへこますためだけにおれ個人の道徳律に傷をつけたりしない」

「でも、奥さんを裏切ったのよね」

「いや、裏切ってない」

「そうジャスパーに話した――」

「裏切る妻がいなかった」

タリアが顔を引いた。「え？」

「結婚したことがないんだ」

それを聞いて、あきれるほどの喜びが体に広がった。「あなたに女を追いまわすのをやめさせるほど、特別な人はいなかったってこと？」

「時間もなかったし、特別な関係を発展させる気持ちもなかった。それに、善良な女性をおれ独特の地獄に引き入れたくない」

「あなたが出かけていく暗い場所？」

彼はうなずいた。「職業病だ」

「でも、今日の午後あなたはわたしをその地獄に引き入れなかったわ。閉めだしはしても」

「およそ前戯にはつながらないし、できればきみとそういう関係になりたかった」

タリアは彼の発言にほほ笑みつつも、本題を見失わなかった。「マイクと話をしたのよ」

「へえ、すごいな。また未婚の叔母さんが登場したか？」

「少しね。ドクター・イーストン」

マイクとの会話を再現した。話し終わると、ドレックスが言った。「ウェストン・グレアム捜しは博士号を取得するうんと前にはじめてた」

「その男にお母さまが殺されたのがわかったのは、いつだったの？　どんな経緯で？」

「ほんとに聞きたい？」

「ええ、聞かせてもらえるなら」

「ウェストン・グレアムとジャスパー・フォードが同一人物であることは受け入れてるのか？」

「あなたの話を聞いてね。ううん、そうじゃない。この二日間の彼の行動のせいね」

ドレックスはふと考え込んだ。「証拠があるわけじゃないんだが、やつはおれの母親をきっかけにいまのキャリアを築いたんじゃないかという気がしてならない。最初から連続殺人犯の道を歩むつもりだったんじゃなくて、母を処分して無傷で逃げおおせたとき、自分の才能に気づいてそれを追求する気になったのかもしれない」

タリアはさっと身を寄せて、手を彼の胸に置いた。「あなたのファイルでお母さまの写真を見たわ。おきれいだったのね」

「母のことは覚えてないんだ」

「失踪したとき、あなたはいくつだったの？」

「十歳ぐらいかな。だが、その何年か前におやじがおれを連れてアラスカに引っ越した」

「その話をして」

彼はひとつ深呼吸をして、脚をタリアの脚にすりつけてから、枕の上で頭の位置を直した。

「だいたいのことは自分で寄せ集めなきゃならなかった。おやじがしゃべらなかったからね。まったくと言っていいほど。で、おれが集めた情報だと、母はおれとおやじを捨ててウェストン・グレアムといっしょになった」

「あなたも捨てたの？」

「母が悩んだのかどうかとか、おやじが絶対におれを手放さないと譲らなかったのかとか、そのへんの事情はわからない。おやじはおれを母から切り離した。完全に」名前を変えたことをタリアに話した。「おかげでジャスパーにも本名を名乗れた。気づかれる心配がないのがわかってたから」

「そこまでするのは、お父さまに悪意があったから？」

「悪意が動機になってたのはまちがいない。母がおれを捜しだせないようにしたんだろうが、それがもっけの幸いだった。おかげでウェストンは母を処分したあと、おれたちを捜せなかったんだから。やつにとっておれたち親子は、きみがさっき言っていた始末してないほころびみたいなものだったんじゃないかと思う。

いま話したことも、当時はまったく知らなかったし、わかってなかった」彼は言った。「おれにとって最初のはっきりした記憶はアラスカでの生活だし、そこにはおやじとおれしかいなかった」

「わたしに話して聞かせてくれたこと、引っ越しばかりだったとか、そういう話は？」

「すべて事実だ」

「寂しい暮らしだったわね」

彼は侘びしい笑みで返事の代わりにした。「だとしても、おれはほかの生活を知らなかった。よその父親が食事のときに会話するのを知ったのは、もっと大きくなってからだ。その人たちは子どもと笑ったり、からかったりしてたし、飲みに出かけたり、野球観戦したりする友だちがいて、いっしょにベッドに入る女性がいた。うちには女性的なものがいっさいなかった。おれは友だちのうちにはあって、うちにはない雰囲気があることに気づいた。それは……女性が放つ好ましいなにかだった」

彼はいっとき黙り込んだ。「母に逃げられたせいで、おやじは喜びも楽しさもすべて失った。母がおやじの魂を奪った。そのあとウェストンが母から奪った」

「お母さまはお金を持ってらしたの？」

「当時にしたらかなりの額を。いまの基準だとたいしたことない。母を殺したあと、ウェストンは別の人間に成り代わって、さらに高い目標を掲げるようになったんだろう。母が行方不明になり、捜査がはじまってその人生に調べが入ると、母が両親から受け継いだ財産のすべてが母とともになぜかなくなってることがわかった」

「お父さまはどうやってそのことを知ったの？」

「新聞に載った。おやじが記事を保管してたのを知ったのは、のちのことだ。だが、おやじに変化があったのは覚えてる。それまでは決して大酒を飲まなかったのに、夜になると深酒するようになった。毎晩、夜遅くまで飲んでた。それまでよりさらに寡黙になった。おれはどうしてかと尋ねなかった。おやじの返事が怖かったんだろう。もし尋ねていても、おやじは答えなかったと思う。おれの人生から母は根こそぎ抜き取られてた」

「でも、お父さまはお母さまをまだ愛していた。その人を奪われた」

「いまならわかる。当時はわからなかった。ずっとあとになって、母の失踪に関する新聞記事を読める年齢になると、おやじが本格的に潰れた暗い時期と重なっているのがわかった」

「そのころあなたは十歳前後だったのよね？　あなたにとってもつらい時期だったはずよ」

「ある意味、好都合だった。おれが人づきあいを覚えた時期だったからだ。しょっちゅう友だちの家に泊めてもらった。友だちの親たちはおれをかわいそうに思ってくれたんだろう。おれを気遣って、食べるものの心配までしてくれた。そのうちおやじも飲むのをやめて、だいぶ元に戻ったが、悲嘆の状態から抜けることはなかった。おれの母親を、彼女をめぐるすべてを嘆き悲しみ、おやじ自身が死ぬ日までそれが続いた」

「いつ亡くなられたの？」

「ミズーラの大学に入って一年めだ。家に呼び戻された。発作を起こしたんだが、死ぬまでには時間があった」

「お父さまと過ごす時間はあったの？」

「そのとき母のことを打ち明けてくれた。母の失踪に関する新聞記事の切り抜きがこっそり保管してあった。被疑者と目されながら捕まっていないウェストン・グレアムのことも、教えてくれた。母の失踪は、ロサンゼルス市警察の未解決事件になっていた」

ドレックスは右手を彼女の顔の少し前に掲げた。「傷跡が見えるか？」手のひらを二分する白い線がうっすらと見えた。「おやじが亡くなるときふたりの手のひらに傷をつけ、ふたつを重ねあわせて血の誓いを立てた。絶対にやつを捕まえると」顔をしかめて、付け足した。「ずいぶん時間がかかってしまった。成人してからずっと。それがまだ続いてる」

そっけない口調で彼は続けた。「それでも、おやじとの最後の時間は何物にも代えがたい。その誓いを立てたとき、おやじは泣いた。おやじが見せたもっとも生々しい感情だった。おれの人生のなかで、あのときだけだ。おれにとってはもっとも本物の父と息子の関係に近いものだった。おやじはその日のうちに死んだ」

タリアは彼の手を取り、手のひらに口づけした。「お父さまはあなたのことを心から愛してらしたのね」

ドレックスは疑わしいと言いたげに彼女を見た。

「あなたを連れ去ったのには、お母さまへの恨みとか傷つけたいとか、そういう気持ちもあったかもしれないけど、ウェストンの人となりを感じ取って、あなたに害が及ぶのを恐れたんじゃないかしら」

「それもあるかもしれない」しぶしぶといった口調だった。「そう思ったこともある」

「ドレックス、もしあなたを愛していないのに、あなたを手元に置いたんだとしたら、どこかの段階であなたを捨てていてもおかしくないわ。独り身の男性がひとりで子どもを育てるためにパイプラインで働くのは並大抵のことじゃなかったはずよ」

「おれに対する義務感があったんだろう。だが、おやじは生きる意欲を失ってた」

「だったら、なぜ自分で命を絶たなかったの？　あなたを放りださなかったのはなぜ？」タリアは尋ねるように両方の眉を吊りあげた。

ドレックスは険しい目つきでタリアを見つつも、無言だった。

「そうよ。お父さまはあなたを愛していた」タリアはふたたび彼にすり寄った。「お母さまに対してはどんな気持ち？」

「おれを捨てていったことに対する深い恨みと、彼女が受けたであろう苦しみに対する悲しみとのあいだで、揺れ動いてる。葛藤があると言っても、許されるよな？」

「許されるわ」

それから何分かふたりは黙って横たわっていた。やがてドレックスは前腕を目元に載せて、うめいた。

「どうしたの？」

「やっと裸のきみとベッドに入れたんだぞ。みだらな話もせず、お涙ちょうだいのくだらない話をくだだと」

「これからみだらな話をしてもいいのよ」上掛けの下に手をすべらせ、たった一度の動作で勃起させた。タリアは笑った。「それに、時間はかからなかったわね」

「おれは悲しい話を聞かせた。哀れみからこんなことをしてくれてるのか？」

「こんなに才能豊かな男性を哀れむ人なんか、いないと思うんだけど」

彼の顔に笑みが浮かんだ。悪魔でも喜びそうな笑みだ。

「でも、もし哀れみからの行為だったら、中断してほしい？」タリアはからかった。

「いや、冗談じゃない。やってくれ」

タリアは彼の上に転がり、胸にキスの雨を降らせた。

「タリア？」

「忙しいの、じゃましないで」

「ちょっと訊きたいことが――」

「あとで」

タリアは脚を開いて、彼のものを導いた。彼の口から漏れたかすれた悪態を聞きながらゆっくりと腰を沈め、動きはじめると、彼がこんどは気持ちよさそうにうめいた。「最初だからいいんだと思ってた」ドレックスは上体を起こして、乳房に顔を寄せた。熱くて貪欲な口での愛撫に乳首が濡れる。

ベッドに横たわったドレックスは、彼女の腰を両側からつかみ、みだらな言葉で彼女をなだめ、おだてて、導いた。数分後には息を切らしながら言っていた。「たしかに言った、やってくれと。にしたって、スイートハート……たまらない」

彼はふたりのあいだに手をすべらした。回転する親指の魔法で、一分もしないうちにタリアは彼の上下する胸板の上に満足げに横たわった。

呼吸が戻るとタリアはささやいた。「なにか言ってたわよね」

「うん？」

「わたしがはじめる前になにかわたしに訊きたいって」

「ああ。もういい」

「だめよ。なんだったの？」

指で彼女の髪を梳いて、肩に流した。

「昨日の夜、ゲストルームに来たときも同じことをしていたわね」

「触れずにいられなかった。ほんとならみっともないパジャマのなかに手を突っ込みたかったが、妥協して髪を撫でるだけにしておいた」

「気持ちよかった。あのときのわたしには必要な触れ合いだったわ。それで、なにを尋ねようとしてたの？」

ドレックスはためらいつつ言った。「きみはシャワー室で、必要とされるのは気分がいいと言った。そして、かつてないほど気持ちのいい手業を加えるのに許可まで求めた」

「そんなに気持ちよかった？」

「話をそらすなよ。おれが訊きたかったのは……いやなら答えなくていい。きみにそんな義務はないんだ。ただ――」

「ジャスパーはああいう行為を求めも歓迎もしなかった。彼は……言ったことがないわ、『やってくれ』とか」

すぐには返事ができなかった。口をついて出たのは、ジャスパーとの関係を問いただす質問ではなかった。「もうちょっとロマンティックな言い方ができればよかったな」

「わたしにはロマンティックだったけど」

ドレックスは彼女の顔を上げさせ、その隅々に目をやり、親指で下唇をなぞった。「眠い？」

「目を開けてるのがたいへん」

「寝よう」長い腕を伸ばして、ナイトテーブルのランプを消した。

タリアが離れようとすると、彼女の体に腕をまわした。片方で腰、もう一方で肩の下あたりを抱いた。頭を起こしてチュッとキスし、唇をつけたまま言った。「ここにいて」

「こうやって？」

「そう、こうやって」舌先でタリアの口の端を舐めた。「きみを手放す心構えができてない」

「わたし、重いかもよ」

「おれはいびきをかくかもしれない」

彼女は彼の胸に頬をつけて目をつぶった。こんなにものびのびと安心感を感じたことがあったたろうか。「わたしのパジャマがみっともないですって?」

彼の返事は小さな寝息だった。

33

真夜中過ぎ、ドレックスはいつのまにかタリアにまわしていた腕をほどいて、彼女を少し離して横向きに寝かせ、その体に背後から自分の体を重ねていた。そしていま彼女の頭を支えていた腕の痛みで目を覚まし、ナイトテーブルの時計を見た。驚いた。こんなに寝るつもりはなかったのに。まもなく夜が明けようとしている。

タリアとまどろんでいたいのは山々だけれど、考えなければならないことがあった。タリアの頭の下から腕を引き抜き、彼女を起こさないようにそっとベッドを離れた。携帯電話と拳銃だけを持ち、忍び足で寝室からバスルームに移った。五分後にはシャワーを浴び、床に脱ぎ捨ててあった前日と同じ服を着てバスルームを出た。

一階に移動してコーヒーを淹れると、マイクにギフの容体を尋ねるメールを出した。マイクは電話してきた。大きな声を出さないよう、ドレックスは一度めの呼び出し音で応答した。

「あいつの調子は?」

「四時半ごろ会ってきた。目は覚めてたが、まだ朦朧としていた。自分の身になにがあったか、知りたがってたよ」

「覚えてないのか？」

「人が群がっていたのは覚えていた。そのなかを立ち入り禁止の犯罪現場に向かってぎりぎりまで近づこうと進んでいたことも。つぎに覚えているのは、例のない痛みに気が遠くなって地面に転がっていたことだそうだ。息をするのもやっとだったと言ってる」

「襲ってきたやつを見てないのか？」

「襲われると思っていなかったからな」

「たしかに」とドレックス。「おまえも少しは眠れたか？」

「二、三時間は。おまえは？」

「いくらか」

「タリアはだいじょうぶか？」

「まだ寝てる」

尋ねられなかった質問がふたりのあいだに横たわっていた。ドレックスは気づかないふりをすることにした。「ロックから連絡はあったか？」

「メールをチェックしろ。十分ぐらい前に検視報告書を送ってきた」

「まだノートパソコンを起動してない。電話を切ったらすぐに見てみる」

「イレイン・コナーの検視報告書には、まったく意外な点がなかった。昨夜の女性はどうか？　やつは彼女の背後についておそらく羽交い締めにし、脊柱を折った。頸椎の六番を」

「ひどいな」

「まったくだ」

ドレックスは言った。「なにより心配なのは、やつのふてぶてしさだ。女性を殺しておいて、その周囲をぶらついてた」

「おまえが現れるのを期待してたんだろう」

「まちがいない。だが、現場近辺に留まるのはやつのこれまでのやり方じゃない。なのにそれを二十四時間のうちに二回やってる。大胆にもほどがある」

「いや、そうじゃない」マイクが言った。「異常性が高まってるんだ」

「トルネードの速度で渦を巻いて」

「おまえが迫っているからだ」

「やつはおれを愚弄してる。亡くなった女性ふたりはおれをあおるための赤いケープみたいなもんだ」

「この見下げ果てた野郎を引退させないとな」

「そうだな。ところでマイク、聞いてくれ。おまえをここに戻らせるわけにはいかない」

「だろうと思ってた」

「ラドコフスキーをタリアとおれに近づかせないためもあるが、それより、ギフのそばについててもらわなきゃならない」

「それも、そうだろうと思ってた。せめて今日まではここにいて快方に向かうのを見守りたい」

「ずっとその場所でだいじょうぶか?」

「ギフのことを思えば、どうということはない」

「そりゃそうだが――」

「おまえ、看護師にハグしたか?」

「なんだって?」

「ハグだよ、看護師に。グレーヘアの、やさしい目をした」

それでドレックスも思いだした。「しっかりギフのめんどうを見ると約束してくれた」

「そのハグがよっぽどうれしかったんだろう。おまえがいないもんだから、代わりにおれの世話をしてくれてる。昨夜は枕とブランケットを運んでくれたし、今朝は体をこする布とタオルを持ってきてくれた。おかげで便所で体を拭けたよ。それにここにはでかいカフェテリアがある。おれの手元にはノートパソコンと充電器。そっちでおまえのためにするはずだった作業をここでするだけのことだ。なんの支障もない。これでラドコフスキーがちょっかいを出してこなければ言うことないんだが、昨夜みたいな大騒ぎをまた起こしそうな気がしてならない」

「助かるよ、マイク。また連絡する。もしおれがギフと話せるチャンスがありそうだったら、知らせてくれ」

「わかった」

ふたりは電話を切った。ドレックスは二杯めのコーヒーをついで、食事用のカウンターでノートパソコンを起動した。ロックからのメールにはこう書いてあった。〝被害者の性別と誕生月が四月であること以外にふたつの殺人事件には共通点がなかった。それでもまだ彼だと？〟

「そうだ、おまえのケツに誓って」だが、ドレックスにも〝彼だと感じる〟だけでは捜査関係者を説得できないとわかっていた。海で行方不明になって死んだかもしれないと思われている男が陸にいて、元気いっぱい人を殺してまわっているのだと。

メールに添付されていたひとつめのファイルを開いた。イレイン・コナーの検視報告書だった。一語ずつじっくり目を通した。まったく意外な点がなかったとマイクが言っていたとおり、ロックからすでに聞いていた内容だった。

昨夜殺されたサラ・バーカーという女性についての報告書は、読むのがつらかった。人を人とも思わない忌まわしい行為だった。ジャスパーのやりたい放題だ。

報告書にひととおり目を通すと、カウンターを離れてリビングに移り、テレビをつけた。キー局提供のモーニングショーの真っ最中だった。途中に短く入る地元局提供のニュースでサラ・バーカー殺害事件を扱っていた。家族の代弁者である友人女性は、被害者のことをやさしくて愛すべき人物だったと述べていた。「いったい誰がこんなひどいことを？」「ほんとに誰なんでしょう？」若い女性リポーターは、悲劇的な口調と表情でカメラに語りかけた。

「女性を生き埋めにしたのと同じ男だ」ドレックスは答えた。

リポーターが天気予報士と闊達《かったつ》におしゃべりをはじめると、音声を消して、カウンターに戻った。イレイン・コナーの報告書をもう一度開いた。「頼む、イレイン。きみはおしゃべりが好きだった。おれにしゃべりかけて、おれが見落としているなにかを教えてくれ」

答えはここにある——そう、ウェストンでありジャスパーである男のトレードマーク、イニシャル、スタンプ、署名が。なにかが。それはなんだ？

もう一度報告書を音読した。口に出すことで言葉の定義が明確になり、天啓を受けやすくなるかもしれない。

そしてある単語を口にしたとたん、急ブレーキがかかった。文章の先頭に戻って再読し、その単語まで来るとふたたび止まった。

両手が汗ばみ、心臓の鼓動が速くなった。だが、興奮を抑えてサラ・バーカーの報告書に戻った。さまざまなフォームをスクロールして、ついに探していた箇所を見つけた。モニター上で拡大して、文字を大きくした。これだ。同じ単語。検視報告書のなかに登場する、見たところ無害そのものの記述だ。

全身が粟立った。

急に立ちあがったせいでスツールが後ろに倒れた。一段飛ばしで階段をのぼり、戸枠に思いきり肩をぶつけながらもドアを抜けて寝室に入った。

「タリア！」ベッドをめぐって彼女が向いている側に腰掛けた。「タリア」肩を揺さぶる。

目を覚ました彼女がまばたきしながら彼を見あげ、眠そうな笑みを浮かべた。「おはよう」

タリアの両肩に手を置いて、自分を支えつつ彼女と向きあった。「ジャスパーのワードローブのことをもう一度話してくれ。オーダーメイドで仕立て屋の手をわずらわせてたと言ってたよな?」

タリアは苦労して起きあがると、胸までシーツを引きあげて、顔にかかっていた髪を払った。「なに?　なにかあったの?」

「いろいろうるさかったと言ってたろ?　たとえばボタンとか?」

「ええ。つい最近、仕立て屋にボタンを替えさせたわ。『流行遅れ』だとか言って」

ドレックスの胃が締め付けられた。「そうなのか?」

「それからまだ一週間もたっていないわ。何着かの古いボタンを外して新しいボタンをつけさせたのよ」

ドレックスは動くのをやめて、彼女の言葉を嚙みしめた。タリアを放し、片膝を折って座りなおした。宙を見つめ、静かに言った。「やつはボタンを持ち去る」ふたたびタリアに意識を向け、彼女の目を見た。その目から眠気が吹き飛んでいる。「やつはボタンを持ち去ってる」

立ちあがり、ベッドの脇を行きつ戻りつした。「そしてボタンをコレクションしてる。仕立てさせた服にそのボタンをつけ、身に着け人目にさらす。やつは戦利品を見せびらかしているのに、誰もそれが殺した女性から奪い去られたものだとは思わない。それこそがまぬけなおれたちを愚弄するやつのジョークだ」

ドレックスは頭頂に手をやり、首筋を撫でおろした。まだ息が整わない。胸の高鳴りがおさまらない。階段を駆けのぼったせいではなかった。

「どうやってその結論にたどり着いたの?」タリアはそっと尋ねた。彼の思考をそらしたり、その理由を演繹的に求める流れをじゃましたりするのを恐れているようだった。

「イレインの検視報告書には、ビーチで発見された彼女の死体の状態が記してある。姿勢は横向きだったとか、そういうことだ。服はすべて着ていた。右足にはローヒールの黒のサンダル。左はなくなっていた。着ていたのは黒のカプリパンツと、ライトブルーのシャツ。検視官はシャツの袖のボタンがひとつないと記している。

昨夜の女性は飾りボタンがずらりとならんだスカートをはいていた。左側、ここに」ドレックスは太股の側面に手を走らせた。「報告書には彼女の服の写真も入っていた。その写真を見ると、列の端のボタンがなくなっていた」

タリアはこの話のすべてを吟味した。「それがどう役に立つの?」

「それによってふたつの殺人事件が結びつけられる、イレインとサラ・バーカーの。これは確実な特徴なんだ。いままで見つけられなかったのは、死体がなかったからだ。マリアン・ハリスがはじめてだった」ドレックスは鋭い目つきでタリアを見ると、寝室を出て階段を駆けおり、カウンターの携帯を手にしてマイクにかけた。マイクが出ると、彼は言った。「やつはボタンを持ち去ってる」

「なんだって?」

早く伝えたいと焦り、早口になる。ドレックスは自分の発見を話して聞かせた。

「偶然ってこともありうる」マイクは言った。

「おれが教皇に選ばれることだってありうるが、そんな可能性がどの程度ある？　キーウエストの保安官助手はおまえにマリアン・ハリスの検視報告書を送ってきたか？」

「こちらから一度も頼んでないのにか？」

「ちくしょう！　おまえの言うとおりだ。グレイ——保安官助手の名前だ——は死体の腐乱がどうのと言ってた。その残虐性に気を取られ、あとはパーティの写真を拡大させたりしてた。これからグレイに電話する。マリアンが着衣のまま埋められていれば、部分的には分解されていても、生地に関する記述があるかもしれないし、なくなったボタンのことも書いてあるかもしれない」

「希望的観測だな」

「そうだ。だが、今回は手応えを感じるんだ、マイク。マリアン殺しと最近の二件を結びつけられれば、ラドコフスキーといえどもおれたちが連続殺人犯を追いかけていることを否定できない。なお否定するようなら、命令系統を飛び越えればいい」

「にしたって、ジャスパー・フォードがその連続殺人犯であることはまだ証明できてない」

「遅々たる歩みだが今回の一歩は大きい。すぐに連絡がつくようにしててくれ。いまから保安官助手に電話を入れる」

タリアが階段をおりてきた。シャワーを浴びたせいで、まだ髪が濡れている。彼女からはジェルのにおいがした。あのエロティックな経験を永遠に呼び覚ますであろうにおいだ。

キッチンに入ろうとタリアが脇を通ったとき、ドレックスは言った。「それはそうと、おはようのあいさつを返してなかった」かがんで唇にすばやくキスしてから、携帯にバッテリーを入れる作業に戻った。

タリアが言った。「ジャスパーが最近になってボタンをつけ替えさせたのは、逃亡するときに記念品のボタンを持ち去るためだったのね」

「おれはそう思ってる。ボタンなら小さくて、持ち運べる」

「逃亡したら、持参したボタンを別の服につけさせる。そのときには新しいふたつも加わってる」

「いずれは。ただ、やつはまだ逃亡しないぞ、タリア」携帯電話のカバーをはめた。「今回はまだ逃げだざない」

キーウエストの保安官事務所の番号を打ちこんで、グレイが勤務中であることを神に祈った。代表番号につながるとグレイと話したいと告げ、待ちながらタリアがコーヒーを淹れるのを見ていた。彼女の手が震えている。ふり返った彼女にドレックスは言った。「だいじょうぶか?」

頼りない笑みが返ってきた。「ええ。この話はただの推論の域を越えているから、すごくリアルに感じて」

「わかるよ」彼女に近づき、顔を撫でた。「悪かった」

タリアはその手を両手で包み、頬に押しつけた。「謝らないで。謝ることじゃないわ」ドレックスはもう一度やさしくキスすると、スツールを起こして彼女を座らせた。

「グレイ保安官助手です」

ドレックスはいっきに電話に注意を向けた。「グレイか、イーストン特別捜査官だ」

続く短い沈黙には恨みがこもっているようだった。若い保安官助手が言った。「ラドコフスキー捜査官から三十分ぐらい前に電話があって、あなたのことやあなたがしたことを聞きました。あなたとはお話しできません」

「保安官助手――」

「失礼します」

「グレイ！　切らないでくれ。聞いてくれ、おれは――」

「あなたとは話せない」語調を強めつつも声は低く、人に聞かれるのをはばかっているようだった。「ＦＢＩから警告されました。あなたと話すことも、なにかを送ることもまかりならないと。話はすべてラドコフスキーから上司にも伝わっていて、上司も怒り心頭です」

「わかった。そのとおりだ。おれはきみを利用した。真っ当じゃないやり方で」

「真っ当じゃないどころか、あなたは重要参考人を連れて逃げたんですよ」

「ああ、彼女の命を助けたい一心でだ。マリアン・ハリスのような目には遭わせたくない。いまこうして電話しているのも、それが理由だ。どうやら事件に共通点――」

「話を聞いてないんですか、イーストン？　あなたにはなんの権限もない。あなたに手を貸すことはできない」

「ただマリアン・ハリスの検視報告書を送ってもらいたいだけなんだ」

「その報告書は公開されてない。まだ捜査が継続中だからです」

「暗記した内容を唱えてるみたいだな」

「そうです。ラドコフスキーに指示されました。図々しくまた連絡してきたら、そう答えろと言われました」

ドレックスは悪態をつきつつも、平静でいることを自分に強いた。高圧的な態度をとってもグレイには効かない。彼は全方位からプレッシャーをかけられて脅えている。こんなときでなければ、まだ保安官助手になって日の浅いグレイの、力になりたいという当初のやる気を悪用したことに罪悪感を覚えていただろう。

ドレックスは言った。「わかった。きみが送りたくないのは理解できる。だったら代わりに、マロリー捜査官に送ってくれ。覚えてるか？　きみから彼に――」

「彼にもなにも提供するなとラドコフスキーから言われてます。ルイスという人にも。あなたたちは三人で勝手につるんで、同盟を結んでると言ってましたよ。それで二件の殺人事件の捜査をじゃましてると。しかも、法にも道義にももとる離れ業をやってのけたのは、今回がはじめてじゃないとも聞きました」

ドレックスは眉間をつまんだ。「だったらせめて報告書に目を通して、報告書に関するおれの質問に答えてもらえないか？」

「あなたとは話せない」

「話せとは言ってない。イエスとノーでいい。いや、それだって言う必要がない。咳をしてくれ。イエスなら一回、ノーなら二回だ」

「ラドコフスキーが言ってました。あなたはきっとゲームのように扱うだろうと」

「質問をひとつに絞る。ひとつ、それだけでいい。それならやってもらえるか？」

「いえ、残念ですが」

「命が懸かってるんだ、グレイ保安官助手」

「そうも言うだろうとラドコフスキーから釘を刺されました。あなたは――」

「おれがなんだ？」

「妄想が強いと」

「きみはどう思う？」保安官助手は沈黙を守った。ドレックスは言った。「もしおれから電話があったらその番号を控えておくように指示されてるはずだ。ラドコフスキーがおれの居場所を特定できるように」

グレイがごくりと唾を呑む音がした。「すみません、イーストン」電話が切れた。

「あなたがマイケル・マロリー？」

そのときマイクは前夜のサラ・バーカー殺害事件に関する捜査報告書のハッキングを試みようとしていた。病院の職員の誰かだと思って顔を上げると、彼を見ているのは男女ひとりずつ、制服を着た保安官助手のふたり組だった。

マイクはノートパソコンを閉じた。「そうだ」

「お尋ねしたいことがあって」

「チャールストン市警察のロック刑事とメヌンデス刑事に聞いてくれ。彼らがすべて把握している。ウォーターフロントで昨夜襲われた男性はおれの友人だ。寝ずの番をする許可はもらってある」

「でしょうね。ですが、最初にここをあたれと自分たちに指示を出したのは、ＦＢＩのラドコフスキー捜査官でして」

いやな予感がする。「そうか、それで見つかったわけだ」

「サミー・マークソンを知ってますか？　またの名を――」

「サミーの別名は全部知ってる」

「じゃあ、彼を知ってるんですね？」

「最初のお勤めのとき、収監に寄与した」

「数日前のことです。ケンタッキー州レキシントンからアトランタまで彼から提供された車を運転しましたか？」女性の保安官助手は小さなメモ帳を見た。ミニバンのメーカーと型式とナンバープレートの番号を読みあげた。「色は青です」

マイクは渋面を作った。「なぜそんなことを尋ねる？」

「運転しましたか？」

頑として舌を動かさない。

「答えたくないんなら」男性の保安官助手が言った。「ご同行いただいて、お話をうかがうことになります」

「その前になんのためなのか、聞かせてもらおう。おれを連行して取り調べをすると言うんなら、向こうに着いた時点で弁護士を呼んでもらう。さもないとひとことも話さない」

「非公式の事情聴取です」女性が言った。

マイクは鼻を鳴らした。「きみたちも承知のとおり、そんなものはない。どんな相当な理由があって、おれにめんどうをかける？」

ふたりは顔を見あわせて、意見の一致をみたらしい。女性が言った。「昨日の夜、サミー・マークソンが自動車重窃盗の疑いで逮捕されました」

あの小悪党め。ケンタッキー州ファイエット郡の保安官事務所に取引を申してでたな。

マイクはチャールストンに来るとき、後日回収してもらえるよう、ミニバンをアトランタ空港に乗り捨てていくとサミーに連絡した。そのときは適切な処置に思えたが、それが徒となった。

男性が言った。「マークソンが保証人としてあなたの名前を出しましてね」

「有罪と無罪、どちらの保証だ？」

「本人がはっきり言わないんです。それがあなたにごめんどうをかける理由でして」

マイクは低い声でうなって、軽蔑をあらわにした。「サミーなら実の母親でも売り渡す」

「そうしました。昨夜遅くに。さあ、行きましょう、ミスター・マロリー」

「待ってくれ、友人が――」

「ルイスさんの容体についてはラドコフスキー捜査官に随時、連絡が入ってます。最新の報告によると、いまは安定してるとか。悪化するようなことがあったら、あなたにも知らせが入ります」

このふたりを相手に揉めるのは意味がない。彼らは職務を果たしているだけだ。闘うべき相手はラドコフスキー。マイクはふたりがけのソファから重い腰を持ちあげ、ノートパソコンを小脇に抱えた。折しもそのとき携帯が鳴った。「出ていいか?」

こんどもふたり組は無言で相談した。男のほうが答えた。「手短にお願いします」

電話に出ると、ドレックスが言った。「ラドコフスキーがキーウエストの保安官助手に手をまわした。保安官助手は黙り込んで口を開かない。情報源として使えなくなった」

マイクはため息をついた。「そりゃまたけっこうな知らせで」

ドレックスが投げた携帯電話がカウンターにあたり、誰からも顧みられることのない騒々しい音を立てた。だが、彼が怒りをあらわにする前から、タリアにはマイクが好ましくないことをドレックスに伝えたのがわかった。

暗い気持ちになりながら、彼女は言った。「ギフがどうかしたの? お願いだからちがうと言って」

「ちがう。ギフはまだ踏ん張ってる」

「だったらなに？」

さっきタリアを起こして大発見について語ったときのドレックスは、興奮のしすぎで過負荷の電気回路のようだった。フロリダの保安官助手への電話でワット数が落ちた。だが、今回のマイクへの電話では、彼から活気が完全に抜けてしまった。

「助っ人という意味で、ギフは昨日の夜を境にあてにできなくなった。こんどはマイクが動きを封じられた。そんなことはありえないが、運命に背を向けられた気分だ。ちくしょう！」

ドレックスはコーヒーカップをつかみ、野球のマウンドに立つピッチャーのようにそれを手に持った。さらに距離を測るように奥の壁を見ている。

タリアは彼が投げる前に近づき、手からカップを取ってカウンターに戻した。「マイクになにがあったの？」

ドレックスがあらましを説明した。そのあとタリアは尋ねた。「盗難車だったってこと？」

「たぶん」

「マイクは知っていたの？」

「マイクはサミーに尋ねなかった。サミーもいまの状況ではマイクの助力が必要だろうから、罪を着せることはないだろう。問題はマイクがいまこのぬかるみにはまり込んで、おれのために動けなくなったことだ」

「わたしにできることは？」

ドレックスが答えかけたとき、彼の携帯電話が鳴った。彼は画面を見た。「ロックだ」電話に出て、タリアにも聞こえるようスピーカーに切り替えた。「おはよう」

ロックは言った。「まだこの番号はつながるんだね」

「しばらくは。マイクの件、聞いたか？」

「いいや。彼がどうした？」

「長くなるから、あとだ。それより、どうした？」

「昨夜話したことだが、覚えてるか？　わたしたちが話を聞いたなかに、ルイスが倒れた場所から歩き去る人物を目撃していた人がいるという」

「急いでるようだったと証言したんだったな」

「二台の防犯カメラでその人物が見つかった」

ドレックスはタリアを見た。「ジャスパーなのか？」

「こっちはやつに会ったことがないし、あんたの話だと、外見を変えてるだろうから、確認のしようがない。それであんた方に一度、見てもらえないかと」

「もちろんだ。こちらにも大発見があった」

「どんな？」

「先に確認したいことがある。すぐに。できればいま」

「ミセス・フォードはまだいっしょかい？」

「おはよう、刑事さん」彼女は言った。「ここよ」

「どうも、ミセス・フォード。ご無事ですか？」

ドレックスは言った。「あんたは彼女がおれといると、彼女に話しかけるたびにまず無事かと尋ねてるぞ。たび重なると、腹が立つだけじゃなくて、悲しくなってきた」

「で、ご無事なんですか？」

「わたしは元気よ」タリアは言った。「それで、落ちあう場所は？」

「ここ、署は使えない」

「ラドコフスキーが居座ってるのか？」ドレックスは尋ねた。

「ＦＢＩの支局に移ったらどうかと言ったんだがね。わたしたちといっしょに捜査すべき事件だからと言ってる」

「支局の捜査官たちも歓迎しないだろう」

「なんにしろ、彼のお守りをさせられてるよ。メヌンデスといっしょにそちらに行くのがいいかと」

ドレックスは軽く笑った。「それはどうかな」

「昨晩はどこにいるか教えてくれた。結果、助かったわけで」

「ああ。だが、今回は防犯カメラの映像を餌にした罠かもしれない」

「それはない。でもまあ、昨日その手を思いついてたらよかったとは思うがね」

ドレックスから見られたので、タリアは肩をすくめてロックに同意した。

「わかった」ドレックスは言った。「ただし、頼みたいことがある。ふたつ」

一瞬静まりかえった。刑事が言った。「あんたからの頼みごとなら、もうやってる」

「ささやかなことなんだ。情報漏洩にもあたらない」キーウエストのグレイ保安官助手に電話をしてもらいたいと頼んだ。「マリアン・ハリスの検視報告書を要求してくれ」

「昨日して、メールで送ってもらった」

「すばらしい！」

「あんたの大発見に関係があるのか？」

「おれの推理が正しければ」

「転送する」

すぐに報告書を見たいのは山々だったが、ドレックスはその考えを握りつぶした。電子メールを送れば跡が残る。ロックには内部情報を提供しつづけてもらわなければならない。ドレックスに協力したことが問題になれば、事件に対する重要なつながりが失われる。「いや、出力して持ってきてくれ」

「なにを知りたいか言ってくれたら、それですむんじゃないか？」

「おれがまちがっていた場合、無駄に喜ばせたくない。それにこの目で確認したいんだ」

刑事は仰々しいため息をついた。「ふたつめの頼みごとというのは？」

「食い物だ。朝食用のサンドイッチをふたり分頼む」

「いいとも。どこにいるんだ？」

ドレックスはホテルの名前と住所を伝えた。

「二十分で着く」

「そうだ、ロック」ドレックスは電話が切れる前に刑事を呼び止め、タリアの視線を受け止めながら言った。「タリアのラストネームはシェーファーだ」

34

ノックの音を聞いてドレックスはドアを開いた。「二十五分かかった」

「ドライブスルーの列が長くて」メヌンデスが入ってきて、持ち帰り用の袋をタリアに渡し、タリアはそれをダイニングテーブルに置いた。

「あんたの大発見というのは？」ロックがさっそく尋ねた。

ドレックスは言った。「フロリダから送られてきた報告書を見せてくれ」

四人がテーブルを取り囲んだ。メヌンデスは胸のポケットから文書の束を取りだした。クリップで留めて折りたたんである。受け取ったドレックスはせわしげに用紙を繰った。

タリアが報告書の中身を読もうと身を寄せた。そこには地中から見つかって、はじめて検視官が検視したときの木箱の中身が詳述されていた。ボタンに関する記述はなかった。失望感を抑えながら、ドレックスはほかの書類を繰って、検視報告書を見つけた。

彼はすばやく目を通したが、先に記述を見つけて指摘したのはタリアだった。彼は声を落としながらも、あっけなく見つかった驚きを声にした。「やっぱりあったか」

「あなたが正しいって書いてあるわね」彼女がささやいた。

タリアに笑いかけながら、ドレックスは心のなかでこぶしを突きあげたが、そのあと自分がなにを祝っているかに思いあたった。「喜んでいいことじゃないな」

テーブルの下でタリアがドレックスの太腿に手を置いた。

痺れを切らしてロックが声をあげた。「しっぽりやってるところ申し訳ないんだが、そろそろ説明してもらえないか？」

「ふたりともこれは読んだか？」答えを待たずに、ドレックスは報告書をふたりのほうに向けて、該当する箇所を指さした。「ボタンの紛失だ」

ロックはすぐにつながりに気づき、まばたきしながらドレックスを見た。「コナーもバーカーも衣類からボタンがなくなってた」

「それがやつの記念品」とドレックス。「これまでおれが見落としていた共通点だ」

メヌンデスが満面の笑みになった。

ロックはそこまで手放しに喜ばなかった。「あんたが唱えてる連続殺人犯による犯行説を補強する材料にはなるがね、それがジャスパー・フォードだとは証明されてないわけで」

「そうなんだ、そのせいでおれの喜びには水が差されてる」ドレックスは認めた。「鉄板の証拠がないかぎり、この類似点はいまだ偶然で片付けられる可能性がある。防犯カメラの映像が役に立つかもしれない」

ドレックスはタリアが包みから出して手渡してくれたサンドイッチにかぶりついた。刑事ふたりが突如、はっきりと失望したのがわかったので、咀嚼するのをやめて飲み込んだ。

「どうした?」

「防犯カメラの映像は役に立たないが、いちおう見せよう」ロックはノートパソコンを開き、ドレックスとタリアのほうに向けて、静止画像を見せた。「こちらで注目してるのはこの男なんだがね」

ロックが指さした男は土産物店で売っているビニール製の安いレインポンチョをまとい、幽霊のように輪郭がぼやけていた。顔も一部しか見えていない。ドレックスは言った。「この画像だと、おれにはギフすら見つけられない」

「ギフはここだ。拡大してはじめてわかった」

問題の人物はギフに向かって歩いていた。

「体つきがちがうわ」タリアが言った。「背も高すぎるし、痩せてる。わたしにはジャスパーだと思えない」

「実際ちがうんですよ」ロックが陰気に言った。「昨晩話を聞いた目撃者は、今朝早い時間にこの静止画像を見て彼を選んだ。ポンチョに見覚えがあったそうで。で、調べてみたら、ポンチョの男の姿は二台どころか五、六台のカメラに残ってた。駐車場付近の一台には奥さんと子ども三人を連れてSUVに乗り込む姿が映ってた。車両番号を調べてみたんだが、まったく問題なかった。メヌンデスがさらに追究してくれてね」

若いほうの刑事が先を引き受けた。「車両登録から自宅の住所がわかったんで、男をふるいにかけるため制服警官がひと組派遣されました。男は群衆のなかにいたのを認めました。

そして遊覧船を下船したとき家族からはぐれ、家族に追いつこうと急いでた。その数分をのぞくと、昨夜はずっと家族といっしょだった。こう主張しています。外出の計画はもう何週間も前に立てたものだそうです」

ドレックスは半分食べかけのサンドイッチを脇に押しやった。「つまり、実際に急いでたわけだ」

「そうだ」ロックは言った。「となると、手がかりはもはやないわけで」

「昨日うちを捜索したんだから、ジャスパーの指紋が採取できたはずよ」タリアは言った。

「だが、ダニエル・ノールズにしろその前の人格にしろ、こちらにはその指紋がない」ドレックスが言った。「照合できないんだ」短い沈黙のあと、ポンチョ男を追った結果はラドコフスキーの耳にも入っているのかと尋ねた。

うなずくロックは、嫌悪を隠そうとしなかった。

「どんな反応だった？」

それにはメヌンデスが進んで答えた。「あなたは妄想が強くて偏執的だと、そしてジャスパー・フォードを被疑者にしたがるのはその妻を狙ってるからだと言ってました」若い刑事はそれとなくタリアのほうを見た。「すみません」

「謝らないで。感じの悪い人の意見なんか、気にするだけばかみたいだもの」

ドレックスはラドコフスキーに向けた悪態をつぶやいただけで、とくに論評しなかった。

「まだある」ロックが言った。

ドレックスはため息をついて、椅子の背にもたれた。「言えよ」

「今朝、沖合で釣りをしていた連中が男物の靴を釣りあげてね」ロックはタリアを見た。「あなたからうかがった、最後にご主人のはいていた靴と特徴が一致したんですよ。サイズ十、茶色のタッセルローファーです」ドレックスに視線を戻して、追加した。「救援にあたっている沿岸警備隊を含むチームは、これきり見つからないだろうとの見解に傾きつつある」

「やつがまだ生きているというおれの仮説を打ち消す流れってことだな？」

「今日の日暮れまでになにも上がらなければ、捜索は打ち切られる」

「妻にはその知らせが入ってしかるべきじゃないの？」タリアが言った。

「知らせようとしてますよ。あなたに連絡がつかないだけで」ロックは彼女に言うと、ドレックスに目をくれた。しばらく視線を外さず、さらに言った。「まだあるぞ」

「おいおい」ドレックスは言った。「これ以上のよい知らせにどこまで耐えきれるやら」

ロックは暗い笑みを見せた。「イレイン・コナーとミズ・シェーファー、ふたりの金融資産は――」

「あてさせてくれ」ドレックスが口をはさむ。「手つかずなんだろ？　このところ動きがない。多額の引き出しもなく、一セントまですべて説明がつく」

ロックは肩をすくめた。「死者を装ってるんなら銀行の預金は下ろせない。騒ぎが静まってから現金化するつもりか、あるいは逮捕を避けるために全額あきらめるか」

「これぞプライスレス」ドレックスは笑い声をあげたが、ちっともおもしろそうではなかった。「あんたの言うとおりだが、やつはおれが金の行方を監視してるのを知ってる。だから手をつけないんだ」

ふたたび前のめりになり、ほか三人に熱っぽく語りかけた。「わからないか？　ジャスパーはおれがなにを主張するか知ってる。そしておれがやつのいままでの手口をならべ立てたら、おれの主張がひっくり返されるように動く。おれが信用を失って辱められることこそが、やつの望みだからだ」

ドレックスはうめいた。刑事たちが意味深な目つきを交わしたからだ。「まだあるのか？」

「とびきりのを最後に取っといたんだ」ロックはスポーツジャケットの胸ポケットからたたんだ用紙を取りだし、そのままテーブルに置いた。「あんたに対する逮捕令状だ」

「なんですって？」タリアが声をあげた。

「フロリダ州キーウエストの保安官助手から、今朝あんたから電話があったと知らせがあってね。すかさずラドコフスキーが動いた。どうしてもと言い張って。これでこちらはお手上げだ」

ドレックスは用紙を開いて、令状に目を通した。「この取るに足らない軽犯罪に対処するためこちらの刑事おふたりが送られてきたわけか？」

「ラドコフスキーの考えだ。わたしたちなら、誰より早くあんたたちに会えるだろうと」

「信じられないわ」

「おれは信じる」ドレックスは言った。「あの男の小物ぶりには限りがない。身を守るすべを知らない女性に背後から近づいて首を折る男を逮捕することより、自分の一方的なライバル意識を優先するつもりだ」

「それで、あなたは拘束されるの？」

ロックがドレックスに成り代わって答えた。「急いで連行する必要はない」

「助かる」ドレックスは立ちあがり、うろうろと歩きまわりはじめた。「問題はあの怒れる能なしがたくみにおれの動きを封じたことだ。しかも、たったの一時間が大きなちがいを生じるいま、このときに。ジャスパーはタリアの財産や命には、逮捕される危険を冒すほどの価値はないと判断して、これまでどおり、このまま消えることを選ぶかもしれない。あるいはこの殺害騒ぎに味をしめて、追い詰められるまで暴走を続ける可能性もある。ある種、悪名がとどろくことに興奮しきりのはずだ。いまどこにいようと、テレビにかじりついて、自分が昨夜殺した女性に関するニュースをもれなく観てると思ってまちがいない。有名になってますます増長し、高揚して同じ行為をくり返す」

「そうでないことを祈るしかないな」

「まだわからないか、ロック？」ドレックスはテーブルに戻り、両手をついて、前のめりになった。「やつに祈りなど通じない。女子学生クラブのカイオメガを忘れたか？　テッド・バンディはクラブの女子学生たちを殺した数分後には、数ブロック先でまた別の女性を襲った。ジャスパーは同じやり方でおれたちを愚弄してる。それができることを昨晩、証明してみせたんだ。そういう気分だったこと、そして鎖を引っ張っておれを苦しめるため、それだけの理由で無差別殺人を行った。ギフを襲ったのはその場の衝動だろう。あらかじめ計画できることじゃない。

あんたらはその種の気ままな暴力にびびることはないかもしれないが、おれは縮みあがるほど怖い。やつがほかの誰かを殺してもあんたとメヌンデスとラドコフスキーの睡眠には影響がないのかもしれないが、おれは眠れなくなる。

そしてもしやつがもういいとなって、このあたりを離れてどこかへ逃げたら、二度とやつを捕まえるチャンスはない。なぜか。向こうがおれを知っているからだ。やつもこれから先はおれを探して肩越しにふり返り、おれが近づけばそれに気づく」

ドレックスは激しく首を振った。「いましかない。やつを止めなければ。仕事に励むやつを捕まえるんだ。戦利品のボタンを持っているあの男を」

「そうか、了解した」ドレックスの怒りが、一部ロックにもうつったようだった。「だが、あんたは長年やつを追ってきた。こちらはたった二日だ。なにか妙手があるか？」

ドレックスは刑事のいらだちに屈して白状した。ドレックスに劣らぬ熱量だ。「いいや」

テーブルを押して離れ、リビングを横切って奥まで行くと、パネルカーテンを開いた。相変わらず小雨が降っている。もう何日も晴れていない。だがもし好天なら、腹立たしさを覚えていただろう。この侘びしさはいまの状況に合っている。

背後でタリアが刑事たちにマイクをめぐる動きを伝えていた。刑事ふたりはサラ・バーカー殺害事件の捜査に関する彼女の質問に、当たり障りのない公式的な答えを返していた。ドレックスは片耳をその会話に傾け、キーワードを把握しつつ細部は聞き流した。もとより大半が見当ちがいだ。教科書どおりの捜査手順を踏んでいてはジャスパーには近づけない。やつを逮捕したければ、警察的な思考方法は捨てなければならない。やつと同じように思考するのだ。

ドレックスはいま自分がジャスパーだったら、そしていま彼が置かれている状況に置かれていたらどうするかを自問した。どんな策略を用いるだろう？ 急激な変化？ いたずら？ 皮肉？ やつが考えそうな究極のジョークはどんなことだ？

一瞬の閃きとともに、天啓が降りてきた。

テーブルに戻って、ロックのノートパソコンに近づいた。静止画像を表示したものの、それ以外の部分が見えないことにいらだった。「動画はこのパソコンに入ってるのか？」

尋ねたとき、ロックは話の最中だったが、いったん口を閉ざし、じれたように問いを重ねるドレックスを見た。「ギフが攻撃される前後の動画だ。このノートパソコンに入ってるのか？」

「いや。動画は映像ががたついてて、誰が誰だか見分けがつかないんで、静止画像だけダウンロードしてきた。動画そのものは署にある」

「それを見たい。いますぐ見る必要があるから、誰かに言って、メールさせてくれ」

どちらの刑事も動かない。見るからに及び腰だ。

「なんだ？」ドレックスは言った。「さっきはそっちからメールで送ると言ったじゃないか」

「これが出る前だったからな」ロックは逮捕令状を手で示した。「いまあんたに証拠を送ったら、それこそこちらの首が絞まる」

「わかった、だったら署におれを潜り込ませろ。そこで見せてくれ」

「潜り込ませる？　あんたをラドコフスキーのもとに送り届けろと言われてるんだぞ。命令に従わなければ、身の破滅だ」

「そうか、わかった。まいったな、このタイミングで」片方のこぶしをもう一方の手のひらで包んだ。「ジャスパーは激化、ラドコフスキーは爆発寸前。ふたりいる敵の両方が同じもの、つまりこのおれを撃ち落とすことを望んでいる」

「あなたが信用を失って辱められること」さっきドレックスが言ったことをタリアがくり返した。

ドレックスはその言葉に引っかかった。ゆっくりと小声でつぶやく。「ふたりは同じものを求めている。おれがへこまされることを」

計画が形を取りはじめた。ドレックスはそれが蒸発してしまう前につかんだ。さらに形ができ輪郭がはっきりしてくると、刑事たちに訴えた。「警察署におれを潜り込ませてくれ。ラドコフスキーとの頂上決戦の前に、動画を見たいんだ」

「動画になにを期待してるんですか？」メヌンデスが尋ねた。

「あんたたちは人混みのなかを急いで移動する人物に注目してた。ひょっとしたら、注目すべきはそんなに急いでない人物かもしれない」ドレックスは言った。刑事ふたりを説得するには不十分なようだったが、現時点でこれ以上のことは話したくない。

「おれに動画を見せてくれ。頼みごとはこれが最後だと誓う、頼む」ドレックスは腕時計を見た。「いますぐ決めてくれ。ラドコフスキーとの対決を急がなきゃならない。やつが早まったことをする前に」

「あんたを留置するとかか？」ロックが言った。「あんたに会ったら、真っ先にそうするだろうね」

「そのとき、やつを説得できるかどうかはおれにかかってる」ドレックスは刑事ふたりを交互に見た。「必要なら手錠をはめてもらっていい、動画さえ見られれば。取引に応じてもらえないか？」

「はい」メヌンデスが言った。

同時にロックが言った。「だめだ」

「十五分でいいんだ」ドレックスは粘った。

ロックが揺らぐ。「ラドコフスキーになにかしら届けなきゃならない」彼はタリアを見た。

「彼はいまもあなたから話を聞きたがってます。それで十五分ぐらい稼げるかもしれない」

ドレックスは彼女を見た。タリアが質問した。「それで役に立てるの？」

「正直に言うと、確約はできない」

彼女は笑みとともに肩をすくめた。「いずれは探しだされるわけだから、いま終わらせたほうがいいかもね」

　ドレックスは拍車でもかけられたように、いっきに動いた。タリアの手を取って、彼女を椅子から引っ張りあげた。「荷物を持ってすぐに戻る」

　ドレックスが急いでいるのを見て、タリアは階段を駆けあがり、ドレックスもそのすぐあとに続いた。

　踊り場まで着くと、タリアは彼を寝室に引き入れてドアを閉めた。「どういう計画なの？」

「時間がないから、いますべては説明できない」

「説明しないってことね」

「そうだ、そういうことだ。聞いてくれ」ドレックスは彼女の反論を封じた。「きみは靴が片方見つかったとか、銀行預金に手がつけられていないとか聞かされて、ジャスパーは死んだと思うか？」

「いいえ」

「いいえ、だ。もしやつがその輝かしいキャリアを積みあげたいなら、おれたちを生かしておくわけがない。ギフやサラ・バーカーのように、やつにひっそり後ろから忍び寄られないためには、やつを引っ張りださなきゃならない」

「わかるけど、でもどうやって——」

「知ってることが少ないほど——」

「いいから教えて！」

ドレックスは首を振った。「おれが片付けるべき問題なんだ」

「あら、お忘れのようだから言っておくけど、わたしの問題でもあるのよ」

ドレックスはすぐに後悔の念を表明した。「もちろんだ。おれが悪い。こんなことは言いたくないが、おれのせいできみの問題になったんだよな？」

タリアは彼の肘の上のあたりを持って、揺さぶった。「いいえ、ジャスパーのせいよ。彼と過ごした月日は取り戻しようがないけれど、もう二度と、一日だって彼に人生を支配されるのはいや。手伝えれば本望よ」

「おれを信じてくれるだけで助けになってる」

「わたしは自分を信じる必要があるのよ、ドレックス」タリアは開いた手を胸にあてた。「以前は自分の直感を信じなかった。ありとあらゆる理由をつけて不安を抑え込み、本質的に邪悪な男と暮らしてきた。いまわたしの本能はあなたを信じろと声をかぎりに叫んでいるけれど、その一方であなたに性的に惹かれているせいかもしれないと、またもや否定的になっている。あなたは自分のことを善い人間だと言うけれど、法律の範囲外で動いているわ。だから迷うのよ。わたしは本能を疑うべき？　それとも信じるべき？」

「信じろ」ドレックスは両手で彼女の顔を包み込んだ。「おれのやり方は危うい。規則を曲げる。破ることもある。それでもおれはいいやつだ」

「その危ういやり方が怖くなる」

「わかる。だが、おれがなにをいちばん恐れているか覚えてるか？　きみがアパートに来たとき話した」

「失敗」

「そう、失敗。やつをとり逃がすこと」

激しいノックの音にロックの叫び声が続いた。「イーストン！」

「いま行く」叫び返した。ささやき声に切り替える。「最悪の恐怖はジャスパーがこの指からすり抜けること。失われたボタンという共通点が、いかれたおれの妄想として黙殺されて、世間的にやつが溺死で処理されることだ。そして誰からも追われなくなったやつは、きみを片付けるために戻ってくる。決着をつけるしかないんだ、タリア。いますぐおれの手で。おれのやり方に疑問を持つのはわかるが、おれの目的を疑うのはやめろ」

彼女はドレックスの目の奥をのぞき込むと、ひとつうなずいてかすれ声で言った。「それは信用してる」

彼は額を彼女の額に合わせて心からの感謝を伝えたうえで、言った。「性的に惹かれてる？」彼女を抱き寄せて深くキスし、彼女の腰に手をあててしっかり抱きしめた。彼女の指が髪に潜り込んでくる。キスの短さがかえって情熱をかき立てる。

「イーストン！」

ドレックスはドアを叩く音を無視しつつも、唇を離した。「最後にひとつ。ラドコフスキーはきみを脅しつけようとするぞ」

「なんとかするわ」

「きみならできる」別れのキスをして彼女をくるりと回転させ、ドアに押しやった。「ロックが心臓発作を起こす前に行ってやれ」

35

ロックはタリアを連れて下におりた。ドレックスは一分もらってトイレに行き、ドアを閉めてマイクに電話した。

「誰だ？」

「おれだ。ささやき声ですまない。トイレに入って鍵をかけた。ギフのことでなにか入ってきたか？」

「病院にいるおまえのひいき筋が三十分前に電話してきた。ギフを個室に移したそうだ」

「そりゃ朗報だ」

「そうだな」マイクはギフの病室番号を伝えた。「ただ、おれは会いに行けていない」

「まだ保安官事務所に足止めを食ってるのか？」

「連中はただのらくらしてる。サミーの野郎、ぶっ殺してやる」

「なんとか出してもらうわけにはいかないのか？」

「いまやってる。前科者の力になるため、そいつから車を借りた。その車が盗難車だったことをおれが知るわけがない、長生きするといろいろある。それがおれの言い分で、そこからぶれないようにしてる」

「ラドコフスキーをすっぽかして街を抜けだしたことが尾を引いてるんだろう」

「連絡ミスでラドコフスキーがおれを非難してるんだと言い張ってるところだ。うちを見張ってた捜査官たちはやつが大嫌いなうえにおれが運んでやった自家製のラザニアが気に入ってたから、おれの味方をしてくれるだろう。なんにしろ、ここの連中はおれを引き留めておく材料を持ってない。死ぬほどおれの怒りを恐れるサミーが、おれはなにも知らなかったと誓って証言してる以上、いずれはおれを解放するしかない」

「いつぐらいになりそうだかわかるか？」

「なんでだ？」

「じつは、ラドコフスキーといえば……」マイクが何度も口出ししようとしたが、それをさえぎって超高速で話し、ここへ来ての挫折を伝え、逮捕の話で締めくくった。「彼らにはおれを連れてく以外の選択肢がない」

「見下げ果てた野郎だな、ラドコフスキーは」

「まったくだ。だが、おまえには悪口を言うよりやってもらわなきゃならないことがある」

「たとえば？」

ドレックスが要求を出すとマイクは応じた。「おまえ、頭がどうかしたのか？」

「理由を説明する時間も、おまえと言い争ってる時間もない。すでにロックの我慢は限界に達してる。イエスかノーかだけ答えろ」

「おまえにもわかっているとおり、それをやったら、後戻りできなくなるぞ」

「九件の殺人をなかったことにはできない」

ノックの音がした。「さあ、イーストン」

「聞かせろ、マイク」ドレックスはささやいた。「やってくれるのか？」

「おまえを墓に送ることになるんだぞ」

マイクがその発言を独特の不満声で言ったのを聞いて、願いが聞き入れられたのがわかった。「ありがとう。あとで」

電話を切り、鍵を外してドアを開けた。

ロックはすぐそこに立っていた。「誰と話してたんだ？」

思い切り笑みを浮かべて答えた。「病院だ。ギフがＩＣＵから個室に移された」

ロックはドレックスから携帯電話を取りあげた。最近の履歴を呼びだし、最後にかけた番号を表示した。「マロリーの番号だぞ」

「そうだ、途中を省いた。マイクに電話したら、病院から聞いたばかりのニュースを教えてくれた」

「あんたはごまかしてる」

ドレックスはため息をついて顔をそむけ、改めてロックを見た。「マイクに電話して保釈してもらえるかどうか尋ねた」

「彼はなんと？」

「オブラートに包まず率直に聞きたいか？」

「今後はそうしてもらえると助かる」

「あいつから、頭がどうかしたのかと言われたよ」

ギフの車も運んでもらいたい、とドレックスは頼んだ。タリアが足止めされずにすむように。ロックはドレックスが自分の車に同乗するという条件でその願いを聞き入れた。タリアはメヌンデスの運転する車に乗る。

警察署に到着すると、ロックは決められた区画に車を駐車し、職員用の出入り口でタリアとメヌンデスと合流した。入るに先立ってロックはドレックスを見た。「携帯してるか？」

「ああ」

「よもややつを撃つ気じゃないだろうね？」

「ラドコフスキーをか？　その計画はない」

「そりゃ残念だ。にしても、武器を携帯したままじゃ入れられないんで、メヌンデスに渡してくれ」

抵抗しても無駄なので、ドレックスは若い刑事に拳銃を渡しながら言った。「タリアをラドコフスキーのところへ頼む。おれが動画を見る時間をなるべく長く稼いでくれ」

ロックが横から口を出した。「いいか、ふつう被逮捕者は命令を出さないもんだぞ」

「あんたはおれに十五分くれると約束した」

「わたしはなんの約束もしてない」

「ラドコフスキーに会う前に動画を見なきゃならない」

「やつを説き伏せて逮捕をまぬがれるなんて無理だぞ」

「おれの説得力を見くびってもらっちゃ困る」

ロックは疑心暗鬼のようすだったが、メヌンデスに指示した。「部屋に入ったら部屋番号をメールしておいてくれ。十五分後か、それより少し前に、そこへ行く」

ドレックスはふた手に分かれる前に、手を伸ばしてタリアの手を握った。「あいつに地獄を見せてやれ」彼女はにっこりして、彼の手を握り返した。

ロックはろくにプライバシーを確保できそうにない部屋にドレックスを伴った。そこにあったパソコンを使って防犯カメラの映像をダウンロードした。ドレックスは静止画像に表示されていた時刻を記憶していたので、そこまで早送りし、三分戻したところから再生をはじめた。がっかりしたのは、大型モニターで見てもロックのノートパソコンで見たのと画像の明瞭さに大差がなかったことだ。

「言っただろう、ひどい画像なんだ」ロックはドレックスの後ろから画面をのぞきながら言った。

そのとおりだった。ドレックスは一時停止と再生をくり返した。静止画像を拡大したり縮小したり、早送りしたり巻き戻したりをあんまり頻繁に行うので、そのうちロックが言った。

「目がまわってきた」

「おれもだ。コークでも飲みたい。手に入るか？」

「いやいや、あんたをひとりにするつもりはないぞ」

「あんたを置いて逃げたりしない。ボーイスカウトの誓いだ」

「あんたに許されるのはあと十分だ。わたしは折り返さなきゃならない電話がある」

ロックは少し離れたが、視界に入る位置で電話をはじめた。ドレックスはある位置で動画を停止し、静止した人物像のひとつをよく見るためモニターに顔を近づけた。映像を戻して同じ人物を見た。そしてこんどはゆっくりと再生して、さらにその人物に目を凝らした。

ロックが戻ってきた。「時間だ」

ドレックスは椅子を引いて立ちあがった。「ありがとう」

「おいおい。わたしに見せたいものは見つかったのか？」

「ラドコフスキーが待ってる」

「いいかね」ロックはいらだちをあらわにした。「そうやってでたらめを続けるのもありだがね、計画にわたしを引き入れることもできるんだぞ」

「計画？」

ロックは仰々しいため息をついた。「イーストン、あんたを好きとは言わないが、すごいとは思ってる。頭が切れるし、ひたむきでもある。メヌンデスにいたっては、あんたに惚れ込んでる。あいつが憧れてるカウボーイ警官のイメージにぴったりだったんだろう。ラドコフスキーからあんたのこと、あんたが〝任務〟と称してやったことを聞かされたときは、最初、彼が嘘をついてるにちがいないと思ったくらいだ」

「で、なにが言いたい……？」

「仲間として背後を守ってもらいたいのは、バッジを持ってるあの男じゃなくて、バッジがなくてもあんたのほうだ。それには、あんたの頭のなかで孵化《ふか》しようとしてる計画を教えてもらわなきゃならん」

ドレックスはロックはもっと体面を保とうとする人物だと思い込んでいた。「おれがあんたの立場ならやっぱり欲求不満になると思う。だが、いまだ孵化するにはほど遠い、胚の状態の計画をあんたと話しあうのは抵抗がある」

「手を貸すよ。こちらには現場の知恵がある」

「そのときが来たら」

いまだ納得のいかない顔でロックは言った。「コロンビアの支局長に会ったことは？　ラドコフスキーが報告してる相手だ」

「いや」

「この際、指揮系統を飛び越えて、支局長に直接電話したらどうかね？　あんたとラドコフスキーのあいだの遺恨試合を説明したほうがいい」

「おれのことをおかしいと決めつけた人物にか？　仮に支局長までたどり着けたとしても、おれが妄想が強くて偏執的な人間じゃないと説得できるころには、手遅れになってそうだ」

「わかった、だったらこういうのはどうだい？　あんたをうちの署長に会わせる。理屈のわかる男だし、このふた晩にふたりの女性が殺されてる。署長としては被疑者が欲しいところだ。あんたのアイディアをぶつけてみたら……悪くないと思うんだが？」彼が尋ねるそばから、ドレックスは首を振りはじめた。

「理屈のわかる男なら、規則に従う。おれをどうするか決めあぐねているあいだに、時間切れになる」

「すでにそうなってるんじゃないか？　ジャスパー・フォードはとうに亡くなってるかもしれない」

「本気で言ってるのか？　そうならそうと言ってくれ」

「いや。あんたが言うとおり、生きていて、別の人間になりすましてると思ってるよ」

「それなら、よかった。おれは試合終了のブザー直前に勝敗のかかったスリーポイントシュートを打とうとしてる。同じチームのやつにブロックされたらたまらないからな」

「問題はそこでね。わたしたちは同じチームじゃない」

「いやチームだ」ドレックスは言った。「まちがいない」

釈然としない目つきのまま、刑事は小声で尋ねた。「シュートは打てるのか？」

「わからない。打ちたいとは思ってるが、幻想はいだいてないんでね。失敗したら悲惨だ。にしても、切るのはおれの首になる。おれのだけだ」

「そういうことか」ロックは言った。「あんたが永遠に捜査に関われなくなったら、才能と気骨の大いなる浪費だ。勝ってくれよ。ただ、規則に従ってプレイしてもらえるとありがたい」

「できない相談だな」

「どうして？」

「やつは規則に従わない」

「とぼけるのはやめろ、ミセス・フォード。わたしがあんたと話したがってたのを知らなかったとは、よく言ったもんだ。あんたはイレイン・コナーの誘拐殺人事件という、重犯罪の重要参考人なんだぞ。ご主人の謎の失踪事件もさることながら」

ラドコフスキー特別捜査官に接する機会は一度しかなかった。ドレックスといっしょに書斎の隠し部屋で彼が人と話すのを聞いたあのときだ。実際に会ってみても、彼に対する評価に好転はなかった。ラドコフスキーは、タリアがメヌンデスに連れられて取調室に入った瞬間から、文字どおり息をつくまもなく彼女に不満をぶつけつづけていた。

タリアはできるだけ表情を変えることなく、どなり散らす彼を正面から見据えていた。警官に犯人扱いされる状況にも、人から面罵《めんば》されることにも、慣れていないが、彼女が恐怖に震えずにいることで、ラドコフスキーのボルテージは最高潮に達した。

メヌンデスが言った。「そう興奮しないでください、捜査官。彼女は被疑者じゃないんですよ」

「それを決めるのはわたしだ」

タリアはここではじめて口をはさむ機会をとらえた。「ラドコフスキー捜査官、犯罪の重大性はわたしにもわかっています」

「そうか？　だったらなぜ事情聴取を避けて捜査を妨害した？　証拠の改竄にまで手を染めただろう？」

「そんなことはしていません。わたしが家を出たのはあなたが捜索令状を取る前で、家からはなにも持ちだしてないんです。着替えが何着かと洗面用品だけで」

「ご主人の料理の本を持って出てる。コンロの上の棚にあったと、ここにいるメヌンデスが言ってるぞ。その棚ががらんと空になってる」

「わたしじゃありません」

「だったらイーストンだな」

「彼は家を出たときなにも持っていませんでした。個人の荷物も」

「だったら、やつの取り巻きだろう。どうしてだ？　料理本でなにをしようとしてた？」

結局ジャスパーの料理本は空振りに終わって無関係だったことがわかっているので、否定することにも反論することにも意味を感じなかった。だが、ラドコフスキーはそのことでどなり散らすことに気を取られている。ドレックスがタリアに期待していた役割はこういうことだ。

ラドコフスキーはテーブルの角に腰をかけて、タリアに身を寄せた。怖がらせようとしているのが見えみえだ。「あんた、やつといっしょに姿をくらますにあたって、やつはどんな戦術を使った？」

「戦術など使っていません」

「おやおや。あいつはペテン師だぞ。少年のような魅力であんたを長話に引き込んだのか？　あんたにこんなことを伝えるのはいやだがな、陥落させられたのはあんたがはじめてじゃないんだぞ」

「彼から話を聞かされて、夫が前科のある犯罪者であること、そしてチャンスさえあったらわたしを殺そうとしていることがわかったわ」

ラドコフスキーはあざ笑った。「そんな話を信じたのか？」

「一片の疑いが残っていたとしても、昨日の夜、ジャスパーが女性を殺して、ミスター・ルイスに重傷を負わせたことで、完全に消えてなくなった」

「まだジャスパー・フォードのしわざとは断定されてないぞ。なんのつながりもない。あんたのご主人はイーストンの見当ちがいな衝動に巻き込まれたと考えてまちがいない。ご主人がギフ・ルイスに会ったことは？」

「わたしが知るかぎりありません」

「だったら、どうして攻撃すべき相手だとわかったんだ？」

ドレックスもその点を説明できずにいた。タリアは答えを控えた。

ラドコフスキーは耳に手をあてた。「聞こえなかったんで、もう一度言ってもらえるか？」揶揄している。

「これでわたしが言いたいことがわかるな、ミセス・フォード？　イーストンはおかしな仮説にもとづいて話をでっちあげた。やつの言う連続殺人犯説には根拠がないし、これからだって出てこない」ラドコフスキーは人さし指でこめかみをつついた。「あいつはどうかしてる。自分が作りあげたお化けに取り憑かれてる」

タリアは体をのけぞらして彼とのあいだに距離を作ると、おもむろにその全身を見た。

「だったらどうしてそんなに大騒ぎするんです？」

ラドコフスキーが目をぱちくりする。「いまなんと？」

「あなたが興奮するのがわからないわ。ドレックスに精神的な問題があると思うのなら、彼の衝動なんか取りあわずに、ご自身のお仕事をなさればいいのに」

「あの男のせいで捜査に支障が出てる」

「失礼ですけど」タリアはしれっと言った。「わたしには、あなたがイレイン・コナー殺害事件の捜査と、夫の――彼が生きているか死んでいるか、罪を犯したのか無実なのかわからないけれど――捜索に寄与しているようには見えない。逆にドレックスの追跡には多大な時間をかけているし、ことあるごとに彼を侮辱しようとしている。なにかに取り憑かれている人がいるとしたら、それはラドコフスキー特別捜査官、あなたじゃないんですか？」

メヌンデスが忍び笑いを漏らした。

ラドコフスキーの全身が屈辱感にふくれあがった。額から脂ぎった汗が噴きだしている。彼はテーブルからおりると、両膝に手を置いてかがみ、タリアの顔と顔の高さを合わせた。

「口に気をつけるんだな、ミセス・フォード。いや、あんたが呼ばれたがってるのはシェーファーだったか。協力する気になるまで留置場に入っててもらうこともできるんだぞ」

「これ以上どう協力しろと言うの？　自分の意思でここまで来たのよ」

「だが、わたしの質問に答えようとしない」

「どの質問？」

ラドコフスキーは腰を起こして立ちあがった。「イーストンはどこにいる？」

にこやかな笑みとともに彼女は答えた。「あなたのすぐ後ろに」

36

到着したドレックスの耳に、タリアがラドコフスキーをやり込めている声が入った。頭から湯気が出そうなラドコフスキーのようすから察するに、タリアにまんまとあおられて圧のかかった圧力鍋のようになっている。ドレックスは入り口から声をかけた。「ご機嫌斜めだな、ビル。廊下の向こうからでも声が聞こえたぞ」

ロックがドレックスを部屋に押し入れてドアを閉めた。彼はメヌンデスに、マリアン・ハリスの検視報告書をラドコフスキーにも見せたかと尋ねた。

「まだです。その役目はイーストンに譲ろうと思って」若い刑事は報告書を取りだしてドレックスに渡した。「要点を赤で囲っときました」

「助かるよ」

ラドコフスキーが割り込んできてドレックスから書類を奪った。「おまえを逮捕する。彼女も逮捕するかどうか検討中だ」

タリアが驚いた声を出した。「なんの罪で？」

「許可なく警察の監視下からのがれた罪。司法妨害」

ロックとメヌンデスが抗議をはじめ、さらにドレックスが声をかぶせた。「タリアの逮捕などありえない。ばかなことを言ってないで、これを読むんだ」

ラドコフスキーはいらだたしげに老眼鏡をかけ、印のついた箇所に注目した。「被害者のブラウスのボタンがなくなっていた。だから？」

「だから……」ロックが的確に関連性を説明した。「これでフロリダの未解決事件と本管轄の二件がつながるんですよ」メヌンデスはほか二件の検視報告書も持っていて、紛失したボタンに関する記述をラドコフスキーに見せた。

ラドコフスキーはメガネを外して言った。「そうだな、この共通点は捜査をさらに深める根拠となりうる。だが、偶然とも考えられる」

「うちの署長の考えはちがいます」ロックが言った。「保安官事務所、州警察、イレイン・コナー事件を担当する当地のＦＢＩ駐在事務所も、そしてコロンビア支局長も」

ラドコフスキーが言った。「これをわたしに見せる前に、わたしを飛び越えて支局長に話を持ち込んだのか？」

「あなたが見あたらなかったんで」メヌンデスがなに食わぬ顔で答えた。「便所にでも行ってたんでしょう」

ラドコフスキーが言い返す前に、ドレックスは再度、片手を上げて黙らせた。「ロック、よければ、ラドコフスキーとふたりきりで話したい。頼む」

ラドコフスキーが不機嫌に言った。「またもや得意になってしゃべりまくるつもりだな」

「三人の女性の殺害事件は、得意になってしゃべるようなことじゃない」ドレックスは淡々と応えた。

「ほう、やけに感傷的じゃないか。こちらの新しい恋人の影響か?」

タリアが殴りかからんばかりの勢いで前に出た。ドレックスは腕で彼女をさえぎった。

「了見のせまいやつだな、ビル。誰に訊いてもそう言うぞ。たしかに、おれたちのあいだには山ほどわだかまりがある。だが頼むから、しばらく忘れてくれ。こうしてあんたが自分の千倍も優れた女性に侮辱の言葉を投げつけたり、おれを言い負かそうとしたりしてるあいだも、連続殺人犯は野放しになってる」

「だとしても」ラドコフスキーが言った。「おまえには関係なかろう? 忘れたか、おまえは終わったんだぞ」ドレックスの鼻先に書類を突きつけて振りまわした。「ちなみに、これは連邦政府の捜査活動における書類盗難に相当する。なんならこれもほかの違反につけ加えてやる」

ドレックスは鼻先の書類を押しやった。「報告書はおれが盗んだわけじゃない。ロックが手に入れたんだ。相変わらず、大局が見えない男だな。一対一で話しあおうじゃないか」

「話をするのはかまわんが、おまえの影響は受けんぞ。なにを言われようとわたしの意志は変わらない」

ドレックスはほかの三人を見て、ドアを指さした。「説得することができれば、ラドコフスキーもあんな逮捕令状は破り捨ててくれる」

「ありえんな」ラドコフスキーが言った。

ドレックスはそれを聞き流して、ロックに頼んだ。「数分でいい、ふたりきりにしてくれ」

ロックが答えた。「まあ、あんたは人を説き伏せて、本人が望んでないことをさせるのが得意だからな」彼はメヌンデスとタリアに外に出ようと合図した。

タリアが心配そうにドレックスを見た。彼はだいじょうぶだと小さくうなずきかけた。彼女はなおも顔に不安と心配の表情を浮かべながらメヌンデスに連れられて出ていき、ロックが最後に言った。「あんたは自分の意思でここに来たから、ある程度、好意と信用を得られる。失敗するなよ」

「しかと承った」

ロックはふたりを残して出ていった。ドレックスはドアを閉め、ラドコフスキーをふり向いた。彼は正面に立ち、片目を細めて首をかしげていた。「和平交渉をしたいのか？」

「あくまでもほかの選択肢を使い果たしたからだ。あんたに頼みごとをするのは苦痛だが、休戦しないか？」

「なにをしようとしてる？　お得意のたちの悪い冗談か？」

「ちがう」

「だったらお得意の態度の豹変か？　自分では気が利いていておもしろいつもりだろうが」

「今回はちがう。本当だ」

ラドコフスキーが鼻でせせら笑った。

「最後まで聞いてくれ、ビル」ドレックスはテーブルから椅子を引きだした。「座らないか？」ラドコフスキーは、人が座ったらぺしゃんこになるピエロの小道具でも見るような目で椅子を見つめたが、ついに腰をおろした。ドレックスはその正面の椅子に座った。

ラドコフスキーが言った。「聞いてやろう」

「バッジを返してくれ」

ラドコフスキーの表情が消えた。「その冗談の落ちはなんだ？」

「落ちなどない」

「つまらん冗談を」

「冗談じゃない」

「こんなおもしろい冗談はこの十年、聞いたことがない」ラドコフスキーはげらげら笑いだした。「わたしがバッジを返したとしても、いまさらどうにもならんぞ」

「一日、たった一日、二十四時間だけバッジが必要なんだ。そのあと……」ドレックスはどうとでもしろとばかりに両手を上げた。「おれを捕まえればいい」

「すでに捕まえてる」

ドレックスは息を吸った。「あんたは検視報告書をすべて見た。どういう意味があるかわかるだろう？」

「愚鈍なわたしには意味がわからんとでも言いたいのか？」

「そうじゃない。おれが言いたいのは——」

「おまえはドクター・イーストンのほうがわたしより利口だと暗にほのめかしてる」

「暗に言ってる、だ」ドレックスは小声でつぶやいた。

ラドコフスキーは敵意をあらわにドレックスをにらんだ。「話は終わりだ。もう聞かんぞ。いつになればわかるんだ？　刑務所に入るまで無理かもしれんな。反省する時間はたっぷりある」

「自白書にサインしてやるよ、ビル。血文字でな」

「そいつはいい」

「明日になったらだ」

ラドコフスキーは椅子を引いて立ちあがった。「誰かに調書を取らせる。ここで待ってろ」

「待て。待ってくれ、頼む」ドレックスはくり返し、ラドコフスキーを椅子に留めようとするように手を伸ばした。

ラドコフスキーはためらっていたが、また椅子に座った。

ドレックスは戦略を切り替えることにした。「あと少しなんだ」親指と人さし指を二センチほど離して見せた。「あの男に迫ってる」

「確証があるのか？」

「感じる」

「感覚で地方検事を説得できると思うか？　そういう人物が存在する証拠もないんだぞ。ボタンのことがあるだと？　そんなもんはただの状況証拠だ」

「わかってる。だとしても、これまでの事件にはなかったことだ。やつはおれたちの裏をかいたと思ってる。だが、そうじゃない。こちらのほうが上手《うわて》だ。向こうはしくじり、そのことに気づいていない。これはあの男を捕まえる千載一遇のチャンスだ」

「あの男というのはフォードのことか？　近いうちに、膨張したあの男の死体が岸に流れ着くさ」

「ないとは言えないが、おれにはそうは思えない。おれにバッジを持たせて二十四時間くれ。やつを引きずりだせなければ、おれの負けだ。おれを閉じ込めて、存分に笑いものにするがいい。誰憚《はばか》ることなくおれをばかにできる」

ドレックスは黙ってラドコフスキーにそそられる提案を味わわせた。「逆に成功すれば、われわれはあのくそ野郎を逮捕できる。そうなれば、あんたはさらにいい思いをする」

「どういう意味だ？」

「手柄は全部あんたのものだ」

「おまえはなにを？」

「なにもいらない」

「なにもいらんだと？」

「取り決めは書いて残す」

「おまえが書いたものなど、ただの紙くずだ」

「メールで送ろう。電子メールならいつまでも残る」

「おまえのは残らん。マロリーに頼めば操作してもらえる」彼はしたり顔でにやりとした。「おまえの友だちのギフは一時的に逮捕されずにすんでいるが、あの巨漢はすでに保安官事務所で拘束されてる」

「あんたのせいでな。だが州外の常習犯が行った犯罪でマイクが逮捕されることはない」

「わたしが一本電話をかければ、この州における捜査妨害で捕まることになる」

ドレックスは言った。「だったら、強硬手段に出ろよ。さっさと電話するがいい。マイクを逮捕させせろ。彼がどうするかわかるよな？　一本だけ許される電話でコロンビア支局長に連絡して、ロックが伝えた話とそっくり同じ内容をくり返す。当地の殺人事件の捜査にフロリダの検視報告書がどれほど重要かを訴え、あんたがおれに意地悪をしたいというだけの理由でその入手を妨げたと力説する。支局長にもマイクやおれよりあんたのほうがこの捜査の妨害となっていることがすぐにわかるぞ。

少なくとも、支局長はここの駐在事務所の捜査官にあんたを調べさせる。そうなれば、あんたの立場はますますまずいぞ。なぜ駐在事務所に行って協力を求めず、この警察署で二件の殺人事件の捜査に追われる熱心な刑事たちをわずらわせているのかを知りたがるだろう」

ドレックスはそこでひと息ついた。「なあ、ビル。醜態をさらすよりおれにあと一日、自由を与えないか？　それとも、おろかで、執念深くて、悪辣な人間だと思われたいか？」

「こけおどしだ」

「そう思うか？」ドレックスは肩をすくめた。「それならそれでいい」言い放ってしばらくしてから、つけ加えた。「おれが直接支局長に連絡してない理由はただひとつ、表に出たくないからだ」

「刑務所に入れられずにすむようにな」

「まあ、そうだ。悔しいが、認めるよ。だが、ああいう組織がどんなものか知っていれば、目立たずにもいたくなる。機密漏洩に関してはザルだ。おれはこれまで息をひそめ、フロリダの事件と当地の今回の事件を関連付けたという話がマスコミに漏れないように警戒してきた。それが外に出てフォードの耳に入れば、やつのうぬぼれはマッシュルームのようにふくれあがる。そしてきっと——」

ドレックスは話をやめて、ラドコフスキーを凝視した。ラドコフスキーの顔が紅潮している。「なんだ？」

ラドコフスキーはかたくなに押し黙っている。

「なんだ？」ドレックスは彼をにらみつけた。と、椅子から勢いよく立ちあがり、身を乗りだした。「まさかマスコミに話してないよな？」

ラドコフスキーは弁解がましく息を吐いた。「インタビューを受けることにした」

「なんだと！　いつ？」

「正午」

ドレックスはふり向いて壁の時計を見た。「あと十分じゃないか」

「というわけで、そろそろ切りあげなきゃならん。ほかになにか？」

「ビル、そのインタビューは受けるな」

「受けない理由がどこにある？」

「相手は？」

「ケリー・コンローというリポーターだ。依頼があった」ラドコフスキーが得意げに答えた。

ドレックスは今朝、サラ・バーカー殺害事件を報じていたリポーターを思いだした。美人で自信満々、はっきりした物言い、仕事熱心。しぶとそうな印象だった。カメラの前で演じる人間、話を聞きだし、それをうまく利用する人間だ。

ラドコフスキーはまだしゃべっていた。「ここの誰かがＦＢＩ側の捜査を代表する人物としてわたしの名前を伝えたわけだ。おまえは除外されたってことだな？」

「リポーターに連絡しろ、ビル」ドレックスは言った。「明日までニュースを伏せておくよう頼むんだ」

「なぜわたしがそんなことを頼まなきゃならん？」

「さっき説明したとおりだ」

「フォードのうぬぼれがマッシュルームのようにふくらむ？　笑止千万だ」彼は立ちあがった。「階下でリポーターに会ってくる。ロックが戻ってくるまでそこでじっとしてろ」

「冗談じゃない」ドレックスは背を向けると、うつむいて首筋を揉んだ。「悪夢だ」すばやくふり向いて言った。「わかった。ケリーなんとかにインタビューを録《と》らせろ。そして、今晩遅くのニュースまで伏せておくように頼んでくれ」

「ニュース番組はそんなふうに制作されるもんじゃない」ラドコフスキーがドアに向かって歩きだしたので、ドレックスは腕をつかんでふり向かせた。「頼む、考えなおしてくれ」

「放せ」ラドコフスキーはつかまれた腕を振りほどこうとしたが、ドレックスは放さなかった。「二十四時間だけくれ」

「放せ、さもないと暴行罪で逮捕させるぞ」

「なんでも好きな罪を負わせればいい」ドレックスは叫んだ。「あんたがどんな罪をかぶせようと、裁判官には、罪を認めると答弁してやる。ただし明日になったらだ。今日一日はおれにくれ」

ラドコフスキーは腕を振りほどいた。「おまえの今日の予定は、罪状認否手続きだ」彼は向きを変えてドアを開けた。

ドレックスは彼を追って突進し、ロックにぶつかった。ちょうどドアの前にいたのだ。ロックにがっちりと抱きすくめられ、ドレックスは必死にのがれようとした。落ち着けとロックが言い、ドレックスはラドコフスキーを追おうと、さらにもがいた。

ラドコフスキーは廊下が交差する地点まで行くと、首だけふり向き、勝ち誇った笑顔でドレックスを見た。

「やめろ、ビル!」

ラドコフスキーは角を曲がって視界から消えた。

ドレックスはうなだれた。「あのばか、本気でやるつもりだ」

ロックが彼を押し戻し、壁に寄りかからせた。手は肩に置いたままだった。「放しても、おかしなことをせんよな？」

ドレックスはうつむいたままうなずいた。

ロックは徐々に手をゆるめて、最後に手をおろした。「どうにもならなかったようだな」

「びくともしなかった」

「意見を変えると本気で期待してたのかい？」

「いいや」

「うまくいかなくて残念だ」

ドレックスは顔を上げてウインクし、にやりとした。「完璧にうまくいった」

37

ジャスパーは朝のニュースで自分が襲ったドレックス・イーストンの仲間の名前を知った。ギフォード・ルイスは予断を許さない状況ではあるものの、無差別とみられる不当な襲撃から無事、快復するもようだ。

「無差別でも不当でもない」ジャスパーはモーテルの部屋のテレビに向かって異を唱えた。

ルイスのニュースは十秒ほどだった。はるかに大きな騒動となっていたのは、これといった動機が見あたらないなか、致命的な襲撃を受けた女の事件だった。リポーターはサラ・バーカーがいかにすばらしい人だったか、ぺらぺらとしゃべりつづけている。画面には、子どもたちと夫に囲まれて明るく笑っている、胸が張り裂けるような写真が映しだされた。

ジャスパーが見るところ、いわれのない暴力の被害者は決してひねくれた自堕落な人間だとは言われない。人をだます嘘つきとも、社会から排除したほうがいい下等な寄生虫とも。被害者はつねに自己犠牲的な聖人として褒め称えられる。

「皮肉屋なもんでね」

ニュース番組を観たのち、午前中の残りはチャールストンを立ち去る準備をして過ごした。

ところが正午に近づくにつれて、自分が引き起こした騒動の報道をもっと聞きたいという欲が出てきた。

テレビをつけるとちょうどニュースがはじまった。キャスターのひとりが言っている。

「当番組のケリー・コンローが、事件の捜査主任のインタビューを生中継でお伝えします。では独占インタビューをお届けしましょう。ケリー、最新情報は?」

金髪のリポーターが映った。薄い唇に深紅の口紅が塗られていて、ジャスパーに言わせれば目障りだった。

「こちらにおられるのは、ウィリアム・ラドコフスキーFBI特別捜査官です。地元捜査当局と協力して、一昨日の夜、岸辺に遺体が打ちあげられたイレイン・コナー殺害事件の捜査にあたっておられます」

カメラが引いて、男の姿が画面に映った。五十代後半だろうか、たいして特徴のない男だが、自分を過大評価している人間に特有の強気さがうかがえる。たぶん、自信のなさと欠点を補うための虚勢だろう。

リポーターは、FBIがどのように事件に関わっているかの説明を求めた。

「わたしがコナー事件に注目したのは、二年前のフロリダ州キーウエストでの殺人事件をめぐる状況と驚くほど類似しているからだ。現在、共通点を捜査している。このふたつの事件に関連があることがはっきりすれば捜査の大きな突破口となり、連続殺人犯の特定、逮捕に向かって前進できる。この犯人は、少なくとも九人の女性の失踪事件と関わりがあると考えられる」

リポーターがふたつの事件の共通点を詳しく教えてほしい、さらに、新たな証拠は発見されたのか、と尋ねた。「捜査中なのでコメントは差し控える」特別捜査官が答えた。「現時点で言えることは、犯人は思い違いをしているということだ。犯人はわれわれの裏をかいたと思っているが、そうじゃない。こちらのほうが上手《うわて》だ。犯人は特徴的なサインを残し、しくじったことに気づいていない」

そんな話を聞かされても、痛くも痒くもなかった。どうせふかしているだけだ。もしジャスパーとマリアン・ハリスをつなぐ証拠があるなら、ドレックスが作家志望者にばける必要などなかった。捜査官が家に押しかけて、ジャスパーを逮捕したはずだ。

無駄話をさんざん聞かされて、テレビを消そうとしたとき、リポーターが言った。「今朝、ある男の身柄を確保したそうですね。ドレックス・イーストン。犯罪心理学の博士号を持つ男だとか。その人物とこれらの事件との関連は？　身柄を確保されたと？　罪状はなんですか？」

ドレックスは博士号を持っているのか？

キャスターのひとりが核心に切り込んだ。「その男は、最近、イレイン・コナー、ジャスパー・フォード、フォードの妻であるタリア・シェーファーと知りあったそうですね。コナー殺害事件の容疑者なんですか？」

「いいや」捜査官が答えた。「だが、イーストンはその権限もないのに長きにわたってFBIが担当するほかの捜査を妨害してきた。またフォードが行方不明になり、ミセス・コナーが殺された夜以来、彼はフォードの妻の捜査協力を妨害してきた。イーストンは今朝、逮捕された。フォードの妻とイーストンは事情聴取のために連行された。本日午後、イーストンの罪状認否手続きが行われる。容疑は、この州における証拠改竄と司法妨害。同種の連邦犯罪についても検討中だ」

特別捜査官はまだ話し足りなさそうだったし、ジャスパーもまだ聞きたかったが、好奇心は満たされずに終わった。リポーターがＦＢＩ捜査官に礼を言ってカメラに向きなおると、画面は彼女の顔にズームした。

「事件の主要人物に対するイーストンの関与、それによって引き起こされた彼の逮捕は、すでに捜査当局を混乱させているこの事件をさらに複雑化させています」

「ケリー、ミスター・フォードの捜索は現在どうなっているんでしょう？」キャスターのひとりが尋ねた。

「継続中です。ただ、進展がありました」ケリーは、漁師が彼の靴の片方を釣りあげたことを伝えた。「ミスター・フォードは溺れたという見方がさらに強まっています。それを裏付ける発言は聞けていませんが、本日以降のミスター・フォードの捜索は一時中断されることになりそうです」

リポーターは中継を締めくくり、画面はスタジオに戻った。ジャスパーはテレビの音声を消し、まるまる一分間、声もなく動いている画面上の顔を見つめながら、今日の午後ドレックス・イーストンが罪状認否のため召喚されるという衝撃的なニュースを消化しようとした。

やつにぴったりの失墜ぶり！　判事の前に立つとなれば、あの男も気取っていられないだろう。人なつっこさも口達者も通じない。イレインが褒めちぎっていたえくぼにしても、法廷が胸をときめかせるはずがない。つまらない犯罪者に成り果てたドレックス・イーストン、これは見ものだ。

といっても、裁判所に近づく気はないが。

いまのこの姿なら見破られる心配はほとんどない。だが、あと少しで今回の冒険を抜けだせるというときに、人目に姿をさらす危険を冒すのはおろか者のすることだ。自由の身になって、つぎに進めるのだから。

彼はテレビを消し、リモコンを丁寧に拭いた。すでに室内のあらゆるものから徹底して自分の痕跡を消してある。キャリーバッグの荷造りもほぼ終わり、あとはふたつのものを詰めるだけだ。キャリーバッグは開いてベッドの端に置いてあった。さっき〈起こさないでください〉の札を部屋の外のドアノブにかけたから、ここにいるあいだも、出ていってからも、掃除係にじゃまされることはない。

出発前のやることリストには、昼のニュースを見ることなど入っていなかった。自分への多少の甘さが三十分の遅れを招いたことは認めるが、自分に関する報道をすべて観たいという気持ちにはあらがいがたいものがあり、心ゆくまで楽しめた。これで誇らしさに胸を張ってチャールストンを立ち去ることができる。

とはいえ、癪に障るのは、大いなる野望を果たせないまま立ち去らなければならないことだ。そう、タリアの殺害を。これまで計画を完遂させずに断念したことはなく、そうせざるを得ない現状がいまいましくてならない。

むろん、このまま放置するつもりはない。いずれはタリアを殺す。にしても、すぐに実行に移すのは危険が大きすぎる。数カ月、場合によっては一年ほど待つことになる。考えてみれば、それも悪くないかもしれない。彼女の命を奪うという期待を、上質のワインのように醸成できる。相手は自分のことを死んだと思っているのだからなおさらだ。その空想に耽《ふけ》りながらのんびりと日々を過ごせばいい。

そういえば、タリアとドレックスは薄汚い色欲を満足させたのだろうか？　まちがいなく、そうしている。彼女が警察の捜査に協力しているはずの時間を使って。ふたりがウサギのようにつがっていようと、なんの苦痛もない。できることなら、こちらには微塵も関心がないことをふたりに知らせてやりたいくらいだ。

もうひとつ、心残りがあるとしたら、そもそもなぜドレックスが自分に関心を持ったのかわからないまま立ち去らなければならないことだ。長きにわたって、つまりドレックスは成人以降のほぼすべての時間を使って執念をつのらせ、それにのめり込むあまり、ＦＢＩに逆らった。

なにが彼をそこまで執着させたのか、考えずにはいられない。きっかけとなる出来事があったのか、誰かのせいなのか、それともたんにドレックスが生まれながらに、自分で正義を勝ち取れない者のために正義を求める熱血漢だからなのか。

その答えを知りたかった。あくまでも好奇心からだ。いくらご立派な博士号を持っていようが、ドレックスがいつか迫ってくる恐れなど感じなかった。ドレックスにいかなる権限があったとしても、それは剝奪《はくだつ》された。一線を越え、規則を軽視し、いまや罪に問われて身動きが取れなくなっている。ドレックスが答弁を強いられているさまを法廷で傍聴できたらどんなに楽しいか。

いや、だめだ。むちゃをするのは浅はかだ。予定どおり立ち去ろう。タリアとドレックスは俗っぽい恋愛メロドラマをジャスパー抜きで演じればいい。

自分はそのドラマの主役を演じたいわけではない。

新たな挑戦の数々が待っている。それに向けて出発だ。FBIは犯人を特定し、連続殺人犯逮捕に向かっているだと？　サインを残した？　こちらのほうが上手《うわて》？　ちゃんちゃらおかしい。誰が相手だと思っているんだ。

「こっちは素人じゃないぞ。彼女に訊いてみるといい」

彼は背後のベッドの上で死んでいる女を見た。うつぶせで、頭が肩に対して異常な角度に曲がっていた。ワンピースの後ろがまくれあがり、太い腿とでこぼこのセルライトがあらわになっている。

ばかな牝牛め。ジャスパーは隠れる場所を必要としていたが、危ない橋を渡ってホテルにチェックインするのは避けたかった。この女はやすやすと彼を信じた。まあ、信用しない理由がないか。それほど彼は人畜無害に見えたはずだ。

その女にまた触れると思うとぞっとしたが、嫌悪感をこらえ、爪の手入れ用の小さなハサミを使って、ワンピースの襟ぐり、ジッパーのすぐ上のボタンの糸を切った。糸を通す穴の部分を持って、その丸いくるみボタンをくるくる回す。これをどんな形で見せびらかそうか、とジャスパーは考えた。

決めるのはいまでなくていい。時間をかけて創造性を発揮する。これまでのコレクションでも、ボタンによっては時間がかかった。だが、最後にはかならず人目につく場所に巧妙に隠す方法を考えだせた。

彼はハサミを爪の手入れ用具を入れてある革製のケースに戻してジッパーを閉じ、キャリーバッグにしまうと、内ポケットからベルベットの袋を取りだした。この二日間で、コレクションのボタンがきっかり一ダースから十五個に増えた。FBIが、彼が仕留めた女の数を六人分少なく見積もっているということは、テレビに映っていたまぬけ男が自慢するほどにはFBI捜査官が優秀ではない証拠だ。このジャスパーの鋭敏な頭脳をもってすれば、ドクター・イーストンなど悠々と負かすことができる。

実際、すでに負かしているだろう？

ベルベットの袋を絞っていた紐をゆるめて、新しく加わったものを入れようとしたとき、あらがいがたい衝動が湧いてきて、中身を化粧台の上にあけた。この数日間は慌ただしかったので、こんなふうに記念品をならべて眺める余裕がなかった。

FBIの言う〝驚くほど類似〟や〝サイン〟とは、なくなったボタンのことなのか？　イーストンが結びつけたのか？　イーストンの推理についてはどうでもよかったが、改めてタリアのボタンがないことへの悔恨の念が鋭く胸を刺した。最高の記念品となるはずだった。だが、そんな失望は抑えなければならない。そのせいで手間取るわけにはいかない。当面――そう、さしあたり――タリアは手の届かないところにいる。受け入れろ。

いらだちをなだめるため、彼はボタンをひとつずつ、ほれぼれと眺め、手に入れたときの思い出に耽った。パールのボタンは三つあるが、それぞれサイズがちがう。べっ甲のボタンがふたつ。形や質がちがう真っ黒なものが四つ。つや消しの白いボタンは昨晩、殺した女のスカートを飾っていたものだ。飾り気のない真鍮製のふたつはどことなく軍服のボタンを思わせる。銀色の平らな円形のボタンはサテンのようになめらかな仕上げがほどこしてある。そして、手に入れたばかりの布のくるみボタン。

彼はその特徴を時間をかけて堪能してから、最初に袋に入れた。続けてひとつずつ入れていくと、カチンと触れあう小気味よい音とともに袋のなかに溜まった。そして口の紐を絞ろうとしたときだった。なにかがおかしいことに気づいた。手を止めて考え、そして袋を逆さにしてまたボタンを取りだしてならべた。数を数える。もう一度。細心の注意を払って分類し、五つずつの列にした。

数え違いではなかった。ひとつの列がボタン一個分、短かった。

胸をどきどきさせ、剃りあげた頭に汗を浮かべながら、ベルベットの袋を握って、小さなボタンが裏地に引っかかっていないかどうか確かめた。触れるものはなかったが、念のために袋を裏返した。

化粧台に積まれた雑誌のあいだを探した。もしかしたら下にすべりこんだのではないかと、テレビの下を手探りした。アイスペールとビニールに包まれたグラスを脇へ押しやった。化粧台の上にはなかった。膝をつき、ベッド、デスク、化粧台の下をのぞいた。床にはいつくばって、必死でカーペットの上を手探りした。

立ちあがって、何十キロも泳いだあとのように荒い息をついた。目の裏に赤い光が放射状に広がっていた。両耳のなかを貨物列車が轟音を立てて走っていた。

戦利品がひとつ消えた。

38

望みどおりの成果を上げたラドコフスキーとの対決のあと、ドレックスは取調室でロックとメヌンデスとタリアの四人で会議をした。

「あいつにテレビで全部しゃべらせたかったんだな？」ロックが尋ねた。

「罪状認否の法廷にジャスパーをおびきだせないかと思ってね。おれが公に恥をかくと知れば、それを見のがせるやつじゃないはずだ」

「それがあんたの計画なのか？」刑事は疑わしげだった。

「代案があるか？」誰も答えず、ドレックスは話を続けた。「成功の鍵となる第一段階はうまくいった。ラドコフスキーがテレビスターになって忙しくしているうちに、もう一度、防犯カメラの映像を確認しよう」

「わたしはあんたの調書を取ることになってるんだが」ロックが言った。

「一、二分なら問題ないだろ」

刑事はしぶしぶ言われたとおりにした。ドレックスは小さなテーブルを前にして座り、ほか三人が周囲に集まってビデオを観た。

「映像を流すあいだ、この人物から目を離さず、どう動くか見ていてくれ」ドレックスはモニターに映るぼやけた人影を指さした。「いいか？　この男はギフのそばを通りすぎ、向きを変えて戻ってくる。人々が押し合いへし合いしてるんではっきりはわからないが、二度めに横を通ったとき、ふたりの肩がぶつかった。そのとき襲われた可能性がある」

「どうやったらそんなにすばやく攻撃できるの？　しかも気づかれることなく」タリアが言った。

「気づいた人間もいる」ドレックスはビデオを一時停止させた。「ほら、ここだ。五秒後、ギフの姿が消える。知ってのとおり、地面に倒れたんだ。その直後、同じ人物が数メートル離れたところに立って見ている。救急救命士が到着。男はゆっくりと付近を一周する」

ドレックスは早送りで、カメラに映る範囲のさまざまな場所にいるその人物をピックアップした。「ギフが搬送されたあと――」早送りして、また一時停止した。「――男は一瞬ここに現れ、それから群衆に呑み込まれた。ここに後ろ姿が見える」ドレックスは指さした。

「どうなんだか」ロックは眉をひそめた。「わたしにも興味津々の野次馬のひとりに見えるが。周囲には何十人もいるし」

「だが、ギフが倒れるほんの数秒前にこれほどギフに近寄った人物はわずかだ。興味津々の野次馬に見せかければ、うまくまぎれられる。ジャスパーが走ったり急いで逃げたりして人目を引くとは思えない」

「背の高さは合ってるわ」タリアが言った。「ジャスパーより少し胴体が太いけど」

「詰め物をしてるんだ」

「だとしても、わたしにはジャスパーだと断言できない」

「すみません、イーストン、自分もそうは思えません」メヌンデスは目を細めて画面を見ていた。「本音を言えば、あなたが疑ってる人物が自分には女性に見えちゃって」

ドレックスは画面に背を向けて三人と向きあい、意味深な笑みを浮かべた。「完璧な変装さ。誰も女性を捜していなかった。まさか年配の女性が、ギフが受けたようないわれのない襲撃をするとは思わない。相手がそういう女ならサラ・バーカーも平気で背中を向けただろう」

「なんて悪党だ」ロックが小声でつぶやいた。

メヌンデスがスペイン語でなにか言った。ロックよりどぎつい言葉なのだろう。

タリアはただドレックスを見つめていた。驚愕で唇を開いている。

ドレックスはロックに、署内の信頼できる者を何人か集めるよう頼んだ。「目を見ひらき、口を閉じていられる連中にしてくれ。このビデオを見せたうえで、今日の午後、法廷を歩きまわって目を光らせているよう指示するんだ。このビデオからわかるのはせいぜい、男女どちらが着てもおかしくない、ごくありふれた黒っぽいトラックスーツを着ているということだけだ。ショートカットのかつらをかぶってる」

「また姿を変えてるかもしれない」

「そうだな」ドレックスは言った。「だが、これこそ老獪《ろうかい》な策略じゃないか。ジャスパー好みのジョーク。昨晩、それが功を奏した」

ロックが言った。「では、よさそうな署員を見つくろってくるか。そのあいだにメヌンデスがあんたの調書を作成するよ」


刑事たちはラドコフスキーの反対を押し切り、罪状認否までの時間、ドレックスを留置場には入れなかった。こっそり逃げだして信頼を裏切るなときつく言い渡したうえで、取調室に戻したのだ。

ドレックスは約束したものの、ドアの外には警官がひとり見張りに立った。ラドコフスキーは地方局からの電話対応に忙しく、ドレックスの優遇措置にまで目が届かなかった。もし気づいていたら大騒ぎしたにちがいない。

携帯電話はほかの私物ともども取りあげられていたが、ドレックスはタリアの携帯電話を借りてギフに連絡した。

ドレックスは電話に出たギフに言った。「よお、声が聞けてうれしいよ」

「ドレックス、頭がおかしくなったのか？」

「マイクと話したようだな」

「ちょうどいま切ったところだ。やっと保安官事務所から解放されて、そちらへ向かってるよ。ウーバーで呼んだ車から電話してきて、詳しい話を教えてくれた。ラドコフスキーをうまくだまくらかしたそうだな」

「マイクに協力してもらった。リポーターに匿名で連絡したのはマイクなんだ。内密の情報とくれば、リポーターはなんとしてもラドコフスキーからコメントを引きだそうとする。ラドコフスキーはテレビでおれを公然と非難するチャンスに飛びつくに決まってる。おれは表向きはそれを制止しつつ、ジャスパーに聞かせたいことをラドコフスキーに吹き込んだ。ラドコフスキーのやつ、おれの言葉をそのまま使いやがった。あとはジャスパーが誘いだされるのを待つばかりだ」

「その論法はわかるがな、ドレックス、これで後戻りできなくなったぞ。おまえはこの国の法律に違反して罪に問われようとしてる」

「実際、国の法律に違反した」

「今回の件でそれが世間に知れ渡った」

「それだけの価値はあるさ、ギフ。あの男を捕まえられるなら」

「拘束されてるのか？」

「取調室に。面会権もある」正面には、にこりともせずにタリアが座っていた。

「どう申し立てするつもりだ？」

「無罪。ラドコフスキーの手間を省いてたまるか。裁判所が任命した弁護士と会った。くたびれたじいさんだが、仕事のやり方は心得てる。彼が言うには、運のいいことに、担当の検察官は怠惰で頭のにぶい新米だそうだ。おれは州法の軽犯罪で告発された。裁判になっても、まあ、ならないと思うが、おそらく罰金と執行猶予ですむ」

「ラドコフスキーはそれじゃ承知しないぞ。連邦犯罪を主張して、おまえを服役させようとする。まちがいない。しかも——」

「ギフ、おれに頭がおかしいと言いたいのはおまえだけじゃないんで、列にならんでもらおうか。だがな、正気を失ったんじゃない、破れかぶれだったんだ。さあ、もうこれぐらいにしよう。調子はどうだ？　痛むのか？」

「自分で薬を注入できる装置を持たされてる」

「薬は効くか？」

「ばっちりってわけにはいかないが」

「やっちまったよ、ギフ。昨晩、おまえをひとりで行かせた自分が許せない。あんな異常者がいるとわかっていながら——」

「話をそらすな」

「そらしてない」

「いや、そらしてる。おまえのやり口はお見通しだ。タリアはおまえがしたことをどう思ってる？」

ドレックスはタリアを見た。椅子に腰掛けて不安げに眉間に皺を寄せている。体の前で組んだ腕がうるわしい胸の支えになっていた。もっとも、誘惑しているわけではないが。

「おれにかんかんに腹を立てて、そばかすが薄れて見えなくなってる」

「なぜそうまで怒る？」

「おれが自分を餌にして罠をしかけてるから」

「たしかに、それは言えてる」

「いいか、ギフ、こんな話をしてもおまえを疲れさせるだけだ。声でわかる。しっかり休めよ。よけいな心配はするな」

「追い払われてるみたいだな」

「そうだ」ドレックスは言った。ギフは息を切らし、すでに声が細くなっている。

「やりきれないんだ、ドレックス。いちばん必要とされてるときに、こんなところでただ寝てなければならないとは。手伝いたい。とにかくなにかしたい」

「おまえは快復してるじゃないか。それこそ立派ななにかだ。こんど顔を合わせるときには、おれに殴りかかれるくらいよくなってろ」

「いつになることやら」

「さあな。おれが保釈されるかどうかによる。ラドコフスキーは、逃亡の恐れがあるとして反対するだろう」

「実際、逃亡するんだろう?」

「まあな。でも、判事があのばか者より逃亡の恐れのあるおれの肩を持ってくれるかもしれない」

「冗談じゃないぞ。刑務所行きになるかもしれないんだ。長年、犠牲を払ってきた苦労がおまえの投獄で終わるかと思うと、たまらない」

「まさか泣きだすんじゃないだろうな？」

「どうかな」

ドレックスは笑顔になりつつも、胸を打たれてかすれた声になった。「おまえこそ真の味方だよ、ギフ。ありがとう」

ドレックスは通話を切ると、しばらく近くを見つめていた。そして感傷をふり払い、タリアに携帯電話を返した。「誰かから連絡が入ってるぞ」

彼女はその番号を表示した。「今日、三度めだわ。知らない番号だから、きっと営業ね」

携帯電話を脇に置き、テーブルの上のドレックスの手を自分の近くに引き寄せた。「ドレックス――」

「その話は終わりだ」ふたたび言いあいになるのを察して、ドレックスは彼女の発言を制した。もっともな言い分ばかりだが、またぞろやりあう気にはなれない。「きみは裁判所に近づいちゃいけない。きみが法廷に現れれば――」

「あなたはどうするの？」タリアが食ってかかった。

「きみはあの男がなにをするかを心配すべきだ」

「心配してるわ」彼女が小さく叫んだ。「だからあなたが心配なの。あなたはみずから標的になった。あなたの親友だって理解できないと言ってる」

「いや、ふたりとも文句は言ってても、理解してくれてる」

タリアが彼の手のひらを上に向けた。「そうよ、あなたと、あなたのそのいまいましい道義心を」彼女はその手を口に近づけ、ドレックスがみずから負った傷跡にキスした。「でも、あなたが信念を曲げていれば、これほど好きにはならなかった」

「人生とはかくも残酷な皮肉であふれてる」ドレックスは彼女の髪に手を伸ばし、そのひと房を親指と人さし指のあいだにすべらせた。「宿敵を捜してここまで来て、きみを見つけた。きみは青天の霹靂《へきれき》だった、タリア・シェーファー」

「あなただって、ドレックス・イーストン」

「あのとき……」彼は意味ありげに片方の眉を吊りあげた。「起こしてくれたやり方が気にいった」

「一生、気づいてもらえないかと思ったわ」

彼は含み笑いを漏らした。「男が女を上に乗せて寝てて、特殊な方法で下半身を握られたら、だいたいは気づくものなんだ。念のために伝えておくよ」

彼女は恥ずかしそうに首をすくめた。「後学のために頭の奥にしまっておくわ」

「半分眠ったような状態でゆったりセックスするのがこんなに好きとは自分でも意外だった」

「わたしにとってははじめての経験だった」

「おれもだ。だからこんなにいいもんだとは知らなかったんだ」ドレックスは物憂げにタリアの胸まで視線を下げた。「とびきりいかがわしいのをアンコールするつもりだった」

「そうなの？」

「ああ。ぶっ飛ぶようなのを」

タリアは手を伸ばし、彼のえくぼをつついた。「ヒントをちょうだい」

ドレックスは彼女の手のほうへ顔を動かし、指を噛んだ。「はじまりは退屈そのもの。でも、最後にはきみが神を見いだして、おれの名前を絶叫する」

「妄想が暴走してるわね」

ドレックスは残念そうに笑った。「悲しいかな、おあずけだ。おれは刑務所行きだからな」

「軽々しく言わないで」

「わかってる」ドレックスは重々しい口調になった。「おいで」ふたりは小さなテーブル越しに身を寄せ、唇を触れあわせた。

折しもそこへマイクがやってきた。親密な時間をじゃましたと気づいて足を止めたものの、一秒後には部屋に入ってドアを閉めた。「廊下でメヌンデスに会ってな。ギフの車のトランクからこれを持ってきてくれた」彼はドレックスのダッフルバッグを床に置いた。

「スーツが入ってるんだ。出廷するなら少しは身だしなみを整えないと」

「ロックが、十分間やるからダウンタウンへ行く前に着替えろと言ってた」

「メヌンデスからギフの車のキーを受け取ったか？」

マイクがリモコンキーを掲げた。

「おまえとタリアはホテルに戻ってくれ。まだ正式にはチェックアウトしてないから、うまくしたらおまえたちはまたあの部屋に戻れる」

「おれたちはそこでなにをすればいい？」マイクが尋ねた。

「あなたはわたしのベビーシッターよ」タリアが甘ったるい声で言った。

ドレックスは彼女におどけた表情を向けてから、マイクに目を戻した。「連絡を待ってくれ。うまくしたら夕食前におまえがおれを保釈することになる」

「わかった。だが、きっちり警告しておくぞ。ラドコフスキーがまたもやおかしな考えに取り憑かれても、おれは知り合いの大ばか野郎のように自分を刑務所にぶち込んでくれと言いくるめるようなまねはせず、すたこら逃げるぞ」

「了解。さあ、おまえたちはさっさと行けよ。着替えをするから」

ドレックスは出入り口に近づいて、ドアを開いた。タリアがそばまで来ると、言った。「携帯の電源を切るのを忘れるな。マイクにバッテリーを抜いてもらえ」

「メールを確認したらすぐに」こちらを見つめるタリアの表情にはいらだちと不安が入り混じっていた。彼女に話したいことが山ほどあったけれど、ドアの外の聞こえる場所に警官が立っていた。タリアはそれきり別れの言葉を言わずに廊下に出た。

近づいてくるマイクをドレックスは手で押しとどめ、彼だけに聞こえるようにささやいた。「もしおれが収監されて、ジャスパーが野放しのままになったら、あの男はタリアを狙う。そうなったら彼女にはボディーガードが必要になる」

「さっきのおれの、すたこら逃げるって話か？」彼は打ち消すように大きな手を動かした。「彼女を置いてはどこへも行かない」

「ありがとう。おまえが友人でよかった」

「わかった、わかった」マイクはうなるように言った。「おれには悪癖がいくつもあるが、そのなかで飛び抜けて悪いのがおまえとのつきあいだ」

マイクが部屋を出るとドレックスはドアを閉め、しゃがんでダッフルバッグを開いた。なかからスーツとワイシャツを出す。絶望的に皺だらけだが、これで間に合わせるしかない。ネクタイは締めないことにした。服を脱ごうとしたとき、ドアが開いてタリアが飛び込んできて、マイクがそのあとに続いた。

彼女は携帯電話を振りまわした。「さっきから電話がかかってたでしょう？　わたしが知らない番号から三回。ミスター・シンからだったの」

「何者だ？」

「ジャスパーの仕立て屋よ」

39

　タリアは急いで話そうとするあまり、舌をもつれさせていた。「前の二回の着信もその仕立て屋からで、今回は留守番電話にメッセージが残ってたの。ボタンのことで訊きたいことがあるって」

「ボタンがどうしたって？」

「なまりが強くてよくわからないんだけど、わたしがボタンを見つけたかどうか確認したくて電話してきたみたい」

「見つけた？」

　タリアは首を振り、彼女にもわからないと伝えた。「これから電話をするわ。あなたに知らせたほうがいいと思って」

「かけてくれ」ドレックスはタリアに言うと、ドアから顔を出し、廊下にいる警官にロックとメヌンデスを呼ぶよう頼んだ。

「おふたりはあと十分で戻ります」

「すぐ来るように伝えてくれ」

「理由を聞かれると思いますけど」

「だったら、おれが逃げだそうとしてると言え」

彼は乱暴にドアを閉めた。タリアが電話をかけていた。タリアとマイクとドレックスは息を詰めて呼び出し音を聞き、そのうちにシンが店名を告げて電話に出た。「ご用件をうかがいます」タリアの言うとおりなまりが強く、スピーカーで増幅されると、ますます聞き取りにくかった。

「ミスター・シン、タリア・シェーファー、いえミセス・フォードよ」

「ミセス・フォード」シンはいかにもほっとした声で言った。「ボタン、見つけたのですね」

「いいえ……ちがうの。悪いんだけど、ミスター・シン。なんの話かわからなくて」

「わたしがうっかりして、ほかといっしょにお返しできなかったボタンのことです」

ドアが勢いよく開き、ロックとメヌンデスが駆け込んできた。あわてふためき、腹を立てているようすだ。質問を浴びせかけられる前に、マイクがふたりを黙らせた。そして、低い声で簡潔に事情を説明した。

シンの礼儀作法は申し分なく、うやうやしい態度もすばらしかったが、ドレックスはもどかしさにどうかなりそうだった。タリアが如才なくうながして、ようやく仕立て屋は事情を話しはじめた。

端的に言うと、ミスター・シンはジャスパーからつけ替える前のボタンをすべて預かっておいてくれと頼まれた。そこでボタンを封筒に入れて封をし、仕上がった服を受け取りに来たときジャスパーに返却した。

そして翌日の土曜日、つまりフォードがアトランタへ出かけるはずの日に、ミスター・シンは閉店時間に店の掃除をしていて、床に落ちているボタンを見つけた。

「カウンターの後ろです」シンがすまなそうに言った。「とんでもないミスです。封筒に入れたときに落としたのでしょう」

シンは悲しげに謝罪を続け、タリアがそつなく彼をなだめて話を戻した。「いま、ボタンはどこにあるの、ミスター・シン?」

シンは〝残念な発見〟をすると、すぐにミスター・フォードに電話をした。ボイスメールにつながったので、謝罪の言葉をたっぷり残したものの、ミスター・フォードからはなしのつぶてだった。そして翌朝、彼が行方不明になっていることをニュースで知った。シンは苦悶した。きっとミセス・フォードがそのボタンを欲しがるはず、ミスター・フォードが見つからなければなおさら思い出として大きな価値を持つと思い、今日じかにボタンを返そうとフォード家へ出向いた。

「でもどなたもいらっしゃいませんでしたので、ボタンを入れた封筒をお宅の郵便受けに入れました」

メヌンデスが空中でハイタッチのしぐさをした。ロックが自分の額に向けて息を吹いた。マイクは満足げに咳払いした。ドレックスは目をつぶり、夢でないことを神に祈った。タリアが力強く彼の手を握ってきたから、まちがいなく夢ではなかった。

「ミセス・フォード？」

「そうだったのね、ミスター・シン。あなたのご親切に感謝の気持ちでいっぱいよ。電話してくださって、お礼の言葉もないわ。ボタンが手元に戻ったら、どんなにうれしいか」

シンがまたひとしきりくどくどと謝罪をはじめ、ドレックスはタリアにボタンの特徴を聞きだせと身振り手振りで指示した。タリアはスピーカーを切り、携帯を耳にあてて質問しはじめた。

男四人が寄り集まった。ドレックスは言った。「ジャスパーがボタンを返せと言ったということは、ボタンが記念品だと思ってまちがいない。今回のボタンはそのなかのひとつだ」

一同に満面の笑みを向けた。「さあ、行くぞ」

「待ってくれ」ロックが言った。「これから三十分もしないうちに、あんたは出廷することになってる」

「冗談じゃない！」ドレックスは叫んだ。「いまいましいボタンを手に入れさせろ！」

マイクは冷静沈着だった。「おれが取ってくる」

「いっしょに行くわ」タリアは通話を終えていた。「ミスター・シンから特徴を聞いて、すぐにわかった。錨の浮き彫り模様がある真鍮の丸いボタンよ。ネイビーブルーのブレザーにひとつだけついてたボタンなの。ジャスパーのお気に入りのジャケットの一着だったわ」

「錨。海に関連するモチーフ」ドレックスは言った。「やったぞ。マリアン・ハリスがおさめられてた間に合わせの棺のなかで発見されたボタンとそれが一致したら、状況証拠じゃなくて動かぬ証拠になる」ふたたびロックを見たが、ロックは首を振った。

「あんたを罪状認否に連れてく」

タリアがドレックスの腕に手を置いた。「マイクとわたしでボタンを回収してあなたに渡すわ。たとえ拘置所にいてもよ」

選択の余地はなかった。「わかった。証拠品としては、満足いく状態ではないだろう」ドレックスはマイクに言った。「それでも証拠として扱ってくれ。安全に保管するんだ。裁判所でおれがどうなろうと、ボタンはＦＢＩに引き渡してもらわなければならない」

「承知した」

ドレックスは思いを込めてタリアに視線を向けたが、近くに観客がいるので、どちらも黙っていた。いつになく慇懃にマイクがドアを開いて脇に立ち、タリアを先に行かせた。そのあとふたりは足早に廊下を歩き去った。

ロックがドレックスに、いまからでも着替えるか、と尋ねた。

ドレックスはうなずいた。「すぐにすむ」

「五分で」

二分ですんだ。ドレックスはダッフルバッグを肩にかけてドアを開けた。「もう行けるぞ」彼は見張りの警官に伝えた。

「ロックから、戻ってくるまで待つようにとのことです」

ドレックスは部屋に戻り、ドアを閉めた。

マイクとタリアが彼女の家に到着するまでどのくらい時間がかかるだろう。頭のなかで道順をたどり、到着予定時刻を計算した。ふたりのことは信頼してやまないものの、運命は信用できない。もし運命のじゃまが入るようなら、ふたりのそばにいて、介入を防ぎたかった。それに、自分勝手は承知のうえだが、長年探し求めてきた宝が手に入る場に自分も居合わせたかった。

とはいえ、ジャスパーの逮捕をしくじるわけにはいかない。悲惨なのは、裁判所で起こりうる事態に対しては備えようがないことだった。なにが起きるにしろ、ドレックスの力は及ばず、すべてはジャスパーしだいだった。難なく逮捕できるのか、危険な逮捕劇になるのか。それを知るのは神のみだった。

考えうる最悪の可能性は、なにも起こらないことだった。そうなればウェストン・グレアムはドレックスの手をすり抜けたことになる。おそらく永遠に。

成否どちらに転ぶにしろ、動きだす準備はできている。見通しが立たないうえに、ふたつの場所に同時に身を置くべき状況に陥って、頭がおかしくなりそうだった。興奮し、エネルギーが体に満ちてじっとしていられない。小さな四角を描いて延々と歩きつづけていると、ようやくドアが開いて、ロックから外に出るように合図があった。

「なぜこんなに時間がかかった？」

「ラドコフスキーにインタビューしたリポーターから電話があってな。裁判所であんたからひとこと、コメントが欲しいと」

「おれが口を開けば、検閲が必要になるぞ」

ふたりは署内を歩いて抜けた。メヌンデスが車でエンジンをかけて待っていた。車が走りだしてから、ドレックスは警官が配置についているのかどうか尋ねた。

「あんたのお望みどおり、私服でうろついてる」ロックが答えた。

「何人だ?」

「裁判所内に六人。建物の外の四つの角にそれぞれひとりずつ。全員がビデオを見て、なにに目を光らせたらいいか承知してる」

警官たちの能力と、彼らを選出したロックの人を見る目を信頼すべきだった。だが、すべてが急ごしらえの粗い体制で、あまりに多くがジャスパーの手に委ねられているという気がしてならない。ちくしょう! ジャスパーの動きが予測できない。しかも、絶えず気持ちがあのボタンに引き戻されるせいで、なかなか集中できない。

「あんたのパソコンにキーウエストから送られてきた検視報告書は入ってるか?」ドレックスが尋ねると、ロックがうなずいた。「見せてもらえないか?」

ロックがファイルを呼びだしているあいだ、ドレックスは口に出しながら考えた。「ジャスパーをつまずかせるものはつねにあったんだ。誰もそれがボタンだとは思わなかっただけで」

「ほんと風変わりですね」メヌンデスが運転席から口をはさんだ。

ロックがパソコンをドレックスに渡した。「送られてきた写真はすべてここにある。木箱のなかで発見された衣服の残存物は、ぼろきれの山のようだ。木箱の中身として取れたボタンやついているボタンに関する記述はない。ボタンひとつがなくなっていた」

「つまり、殺されたときマリアンはボタン穴がひとつきりの服を着ていた」

「ジャスパーのブレザーのように」ロックが言った。

「ジャスパーのブレザーのように」ドレックスはふいに思いついて、言った。「ファイルにヨットで行われたパーティの写真はあるか？」

「ＦＢＩからもらった出力紙しかないし、それも署だな」

「くそっ」ドレックスは言った。「頼む、電話を貸してくれ。ギフが手伝いたがっていた」

ロックが携帯電話をよこした。ドレックスはギフの番号を入力した。電話に出たギフの声はくぐもっていたが、目は覚めていた。

「いまも役に立ちたいと思ってるか？」

「なにをしたらいい？」

「ヨットでのパーティの写真がスマホに入ってるか？」

「ああ」

「記憶が確かなら、マリアンはジャケットを着てたよな」

「白。サマージャケット。リネンかな」

「そうだ」ドレックスは思いだした。「ジャケットのボタンを最大限拡大してくれ」

「ボタン？」

「詳しい話はあとだ。ボタンのスクリーンショットを撮って、いちばん写りのいいのをメールで送ってくれ」

信号待ちのあいだにギフは仕事をすませてメールを送ってきた。不鮮明で、焦点のぼやけた写真だったが、それでじゅうぶん事足りた。

ドレックスは言った。「真鍮、円形、錨の浮き彫り模様」

ロックは携帯電話を受け取って、写真を見た。「おおっと。これは驚いたな」

メヌンデスがバックミラーに映ったドレックスに笑いかけた。「尻尾をつかみましたね」

「まだだ」ドレックスは言った。「あの男のしわざだとはわかったが、これからやつを捕まえなきゃならない」

しかも、なぜか喜ぶ気になれなかった。なぜだ？　疑念も、そんな疑念をいだく自分もいまいましいが、どちらのことも信用していた。いつだって疑念には根拠があったからだ。

車のシートに頭を預けて目をつぶり、この展開のどこにひずみがあるのかを探った。どこがおかしいと感じているのか？　うれしい知らせになにが暗い影を投げかけているのだろう？

ジャスパーについて知っていることはなにか。おれは、どんな推測をした？　ジャスパーはどの程度犯人のプロファイルに合致する？

鋳造されたパズルのピースのようにぴったりはまるのはどこだ？

連続殺人犯の性質をタリアに説明したときの会話に思いが飛んだ。

善悪の観念の欠如。肥大した自尊心。独善的。そしてコレクターでもある。

記念品を持ち帰る。

ジャスパーが被害者のものを収集しているのはまちがいなく、その秘密のコレクションは、彼にとってもっとも神聖な所有物だ。記念品にゆがんだ愛情をいだき、それを愛撫し、性的興奮を高めているかもしれないと、あのときドレックスはタリアに力を込めて説明した。ジャスパーはそのボタンをいとしい恋人のように扱う。絶対に――

ギフがジャスパーから不意打ちのパンチを食らったように、ドレックスも不意に打たれた。いかなる状況であろうと、ジャスパーは絶対にほかの誰かに記念品を委ねない。それが仕立て屋であろうとも。

「ああ、くそ、くそっ！」ドレックスは体を起こし、車の天井をこぶしで叩いて叫んだ。「それなのにおれは、ご丁寧にやつに自分の行き先を教えてしまった」

あの家には二度と戻らない。タリアがドレックスにそう語ったときは、本気でそのつもりだったのだけれど、自宅のある道にマイクが車を入れたいまは、およそ実行できない宣言だったのがわかる。タリアにとって自宅はジャスパーの象徴であり、だからこそあの屋根の下では、もうひと晩も過ごすつもりはないことに変わりはない。

けれどそこには、ジャスパーとまったく無関係なものもある。両親の形見や、両親や特別な友人と過ごした人生の年代記である写真のアルバムは手元に残しておきたい。それらを回収することを思うと、気が重くなる。

でもいまのタリアは、すぐにでも家に入りたかった。

マイクが急ハンドルを切って私道に入ると、タイヤのひとつが縁石ではずんだ。「見張りの警官はどこだ？」マイクが言った。

「今朝ロックが引きあげさせたわ。ドレックスとわたしがおとなしく連行されたから。それにジャスパーは死んだか逃亡してると思われていて、誰も彼が戻るとは思っていないし」

タリアはドアを開けて車を降り、玄関へ向かった。

「待て」マイクが巨体をねじって運転席から抜けだした。「ドアを開けると、封筒が動かされる。発見したそのままの状態の写真を撮らなきゃならない」

「リモコンがないとガレージを開けられないの。裏のポーチから入りましょう」

ドレックスが壊したポーチのドアの蝶番が緩んでぶら下がっていたが、勝手口は鍵がかかっていた。タリアは自分の鍵を使った。ドアを押し開けると警報装置が鳴った。

ラドコフスキーにも家の捜索から引きあげるとき警報装置をセットする程度の礼儀はあったか、とマイクが感想を述べた。

「実際にはロックよ」タリアは言った。「昨日の夜、彼から警報装置の暗証番号を訊かれたわ。ロックに言われて見張りの警官たちがセットしたの」

ふたりは足早にキッチンとダイニングルームを抜け、広い玄関ホールへ行った。ドアの郵便受けの投入口の下の床に郵便物が山になっていた。「いちばん上の封筒ね」

切手もレターヘッドも住所の表記もないごくふつうの白い封筒だった。中央に目につくふくらみがあった。マイクが携帯電話のカメラで写真を撮りはじめた。「密封できる袋はあるか？」

タリアはキッチンに戻った。食品貯蔵庫のドアを開けて明かりをつけ、ジッパーバッグの箱を棚から取って、リビングに戻った。

「いろいろなサイズがあるけど。これでいい？」

メールを送ろうとしていたマイクが顔を上げた。「いいぞ。ロックにこの写真を送る。手に入ったことをドレックスに知らせてやりたい」

マイクはメールを送信すると、携帯電話を胸ポケットにしまい、箱から袋を一枚取りだした。膝をつき、直接封筒に触れないように袋に入れて封をした。苦労して立ちあがろうとしながら、彼は言った。「ブレザーも持っていくか」

「そうね。いま取ってくる。昨日、警察が捜索したとき押収されていなければだけど」

「確認してみよう」上階までついてくる気のマイクに、タリアは言った。「ここにいて」

膝をついた姿勢から立ちあがったマイクは肩で息をしながら、うなずいた。「わかった。おれは水を飲んでくる」

「冷蔵庫に入ってるわ。キッチンで落ちあいましょう」

タリアは階段を駆けあがり、足早に廊下を進んだが、閉じた主寝室の両開きのドアの前まで来て、二の足を踏んだ。この部屋の毒された空気のなかにふたたび入るのがいやでたまらない。ジャスパー・フォードの隣で横になり、同じ空気を吸って、無防備に眠っていたベッドを見たくなかった。

でもドレックスが待っている。

タリアは覚悟を決めてドアを開き、一瞬なかの乱雑さに怯んだものの、すぐに捜索が行われたことを思いだした。ラドコフスキーに率いられた警官たちが破壊のかぎりを尽くしたとは思わないけれど、物が移動していたり、ゆがんでいたりした。

いまのハンカチの引き出しの状態をジャスパーが見たら、激怒するだろう。

彼のクローゼットのドアは半開きになっていた。タリアは近づいて大きくドアを開けた。服は横に押しのけられ、セーターの箱は開けてなかをかきまわされ、靴は棚からおろされて床に積まれていた。なくなったものはないようだ……でも、紺のブレザーが見あたらない。すばやく二度、色別に分類された服をかきわけて調べた。ブレザーはなかった。

「これをお探しですか、ミセス・フォード？」

タリアははじかれたようにふり返った。

開いた出入り口にジャスパーが立っていた。あのブレザーを着ている。ボタンホールにボタンがひとつ、しっかりとはまっていた。真鍮、円形、そして錨の浮き彫り。

こびへつらうような鼻持ちならない笑顔、声はミスター・シンにそっくりだった。「なくなったわけではなかったのですよ」

ドレックスがいきなり感情を爆発させたせいで、仰天したメヌンデスが急ブレーキを踏んだ。周囲の車もブレーキを踏み、タイヤのきしむ音が響いた。けたたましくクラクションが押し鳴らされる。

大騒動に負けじとドレックスはロックに叫んだ。「マイクに電話しろ。マイクに電話だ。急げ。フォード家に行くなと言うんだ。タリアに電話しろ。罠だ。メヌンデス、方向を変えろ。タリアの家へ向かってくれ」

ロックが怒ってドレックスを見た。「いったいなにを血迷ってるんだ？　これから裁判所へ行こうってときに」

「ジャスパーは裁判所へは来ない。まずい、マイクに伝えないと」ドレックスはロックの携帯に手を伸ばしたが、刑事がその手の届かない場所へと引き寄せた。ドレックスはわれを忘れて叫んだ。「メヌンデス、くそったれ、Uターンしろ！」

錯乱状態に見えれば見えるほど、話を聞いてもらえないと気づいたドレックスは、自分を抑えて声を落とした。「頼む。一瞬われを失ったのは認める。だが、聞いてくれ」

「もう聞いてる。だからここにいるんだ。みんな所定の位置についてる。あいつもそのひとりだ」ロックが指し示した先には、ぴったりしたサイクリングウェアとヘルメットを身に着け、派手な自転車に乗った男の姿があった。男は警官特有の鋭い目つきでこちらを見ていた。

ドレックスは泣きたかった。髪をかきむしりたかった。メヌンデスにUターンさせたい！

「これが最後だ。もう一度だけ信じてくれ」

ロックが手にした電話が鳴った。ドレックスは身を乗りだして携帯電話を奪おうとした。

「電話に出ろ、早く。ふたりかもしれない」

ロックが電話に出た。ラドコフスキーの叫び声がスピーカーから流れた。「どこにいる？あと少しでドレックスの番だぞ。あのろくでなしを連れてこい。早く！」

もはや聞くまでもない。ドレックスは後部座席のドアの取っ手に手を伸ばした。

「やめろ！」メヌンデスが叫んだ。

ドレックスはふり向いて、メヌンデスの拳銃の銃口を直視した。「撃っていいから、タリアの家へ行ってくれ」ラドコフスキーの金切り声がドリルとなって頭蓋骨を直撃している。

「そんなまぬけの電話は切って、おれの言うことを聞いてくれ！」

ロックは動かず、メヌンデスは拳銃をおろさなかった。ドレックスの声はしゃがれていた。

「頼む。あの男が罠をしかけた。タリアが殺される」

刑事たちは顔を見あわせた。メヌンデスはドレックスに拳銃を向けつつも、銃口を下げた。

ロックが電話に答えた。「緊急事態でして」わめきたてるラドコフスキーにかまわず通話を切った。「まちがいないのか？」

「ああ」

ひとことに込められた確信を聞き取って、ロックはメヌンデスに車を動かせと合図した。

若い刑事はすかさず行動に移った。車の屋根に磁石式の警告灯を取りつけ、手を振りまわしてほかの車を脇に寄らせると、渋滞のあいだを縫って走りだした。そして前方が開けるやいなや、アクセルをめいっぱい踏み込んだ。

「さあ」ロックが言った。「望みどおりにしたぞ。納得いく説明をしてもらわないとな」

「まず、マイクに電話だ」ロックは反論せず、言われたとおりにした。全員が不安をつのらせながらマイクの電話の呼び出し音に耳を傾けたが、五度、六度と鳴らしても応答はなかった。

食いしばった歯の隙間からドレックスはつぶやいた。「頼む、だめだ、だめだ」

「あの人ならだいじょうぶ」ロックが言った。「さっき写真をメールで送ってきた。仕立て屋が言ってたとおり、封筒があったんだ」

「あったとしても、それを置いていったのは仕立て屋じゃない。タリアの電話にかけろ」

ロックは電話をかけた。「ボイスメールに直行するな」

「おれが携帯の電源を切れと言ったからだ」ドレックスは苦痛にあえいだ。「メヌンデス、急いでくれ！」

ロックはドレックスに落ち着けと言った。「なぜジャスパーが家にいると思う？」

「やつは仕立て屋にボタンを預けない。他人に委ねるはずがないんだ。タリアに電話したのはジャスパーだ。彼女を含むおれたち全員をだまして、親切なミスター・シンが幸運をもたらしたと信じ込ませた」

メヌンデスが悪態をついた。

なおも疑わしげにロックが言った。「あんたは法廷うんぬんの話も、正しいと思ってた」

「一生、背負って生きていかなければならないまちがいだ。死ぬまで」

「なんにしろ出廷せず、検事やラドコフスキーをないがしろにしたんだ。正しいことを神に祈るんだな」

ドレックスの心臓は喉までせり上がっていた。「おれのまちがいであることを祈る」

40

寝室の開いたドアのところに立つ男を見ても、かつて自分が結婚の誓いを立てた花婿だとはタリアにもにわかにはわからないほどだった。男は頭とひげを剃りあげていた。これまでの粋な服装とは似ても似つかず、だらしないぶかぶかの黒いカーゴパンツとゴルフシャツに、あのブレザーをはおっている。

でも、見ればわかる。ブレザーを着ているのは演出だ。

どうやってマイクに阻止されずに入り込んだの？　いや、たぶんふたりが到着したときには、もうなかにいたのだろう。なかに入って警報装置を切り、またセットしたのだ。

彼が念入りにしかけた罠が発動するのをいまかいまかと待ちわびていたかと思うと、タリアの背筋に震えが走った。

動悸《どうき》がする。だがタリアは恐れを見せまいとした。できるかぎり平静を保って言った。

「あら、ジャスパー。空港で別れてから、ずいぶんせわしなく動きまわっていたようね」

「そう言うきみもだ、スイートハート」

「その呼び方はやめて」タリアはぴしゃりと言った。「滑稽だわ」

「まったくだね。だが、きみをだますには役立った」

さげすみに裏打ちされた彼の笑顔はいやになるほど見慣れたものだった。ともに過ごした一年足らずのあいだどうしてぞっとしなかったのだろう？　いまは身の毛がよだつのに。

「ダニエル・ノールズの声のほうがお好みかな」彼はインドふうのアクセントから、低いしわがれ声に切り替えた。「マリアンのパーティにいたわたしを覚えていないんだろうね？」

タリアは答えなかった。

「マリアンが引きあわせてくれた。きみは礼儀正しく、けれどわたしに関心を示さなかった」彼はぶらぶらと部屋に入ってきた。タリアは同じ距離だけ後退した。警戒するタリアを彼はおもしろがっているようだった。

彼は言った。「ところがわたしのほうは、若くて魅力的で非常に裕福な彼女の友人においに興味をいだいてね。マリアンに飽きがきてたからだ。すでにオンラインのデートサービスでマリアンの後釜を物色していたんだが、その必要もなくなった。きみは理想的な候補者だったからね。きみはいわば、あの赤々と燃える夕空からわたしのもとへ転がり込んできたようなものだった。そしてあの夜、わたしはマリアンを亡き者にすることを考えはじめた」

タリアは意図せず身震いした。

それに気づいたジャスパーは、むしろ彼女の嫌悪感を喜んでいるふうだった。「タリア、つまり事実上、マリアンのおぞましい死の責任はきみにある。考えてみれば、イレインの死もそうだ。きみと友人でなければ、あのふたりはいまも生きていた」

タリアがたじろぐと、さらに追い打ちをかけた。「どうしたんだ、タリア？　友人を殺させた罪を受け入れられないのかい？」

「わたしの友人が亡くなった理由はひとつだけよ。あなたが異常な犯罪者だから」

「誰がそんなことを言ったのかな？　ドクター・イーストンか？」

ジャスパーと対峙《たいじ》しつつも、タリアは必死に考えていた。彼を出し抜くか、脇をすり抜けるか、彼を圧倒して動けなくしたうえで助けを待つか。助けはかならず来る！「マイクはどこ？」

彼は笑った。「あの脂肪の塊のことか？」

「マイクになにをしたの？」

「惨めさから解放してやったんだよ。蒸気エンジンのように激しく呼吸していたんで、息の根を止めた」

抑えきれない苦痛が声になって漏れたが、純粋な意志の力で姿勢を崩さなかった。ここで弱みを見せれば、完全に打ち砕かれる。そうなったらもはや命はない。どのみち死ぬにしても、壊れるところを見せてジャスパーを満足させたくなかった。

「ドレックスはわたしがここにいるのを知っているわ」

「だろうとも。きみたちは吐き気をもよおすほど密着している。だが、あの男は裁判所でわたしの登場を待っている」彼は頰を小刻みにつついて、考え込むふりをした。「ただし、認めるしかないな。今日、ほんの一瞬、裁判所に出向いてこの目で落ちぶれたあの男を見物してやろうかという思いが頭をよぎった」

「かつらをかぶって女性用の服を着て？」タリアは愚弄した。「ドレックスは防犯カメラの映像であなたに気づいたのよ、ジャスパー。画質の不鮮明さなどものともせずに。あなたの変装はばれていた。自分が思っているほど利口じゃないってことよ」

「だとしてもあの男は向こうにいる。きみがここで、これを手に入れたがっているときに」

彼はブレザーのボタンに触れた。

「封筒のなかにはなにが入っていたの？」

「小石だよ」彼はにやりとした。「なんの証拠にもならない。じつはさっき一瞬、この美しいものをなくしたと思い込んでパニックに襲われてね」いま一度、ボタンを撫でる。「だが、このボタンはつけ替えなかったのを思いだした。こんどはどんなワードローブになるかわからないが、ほかのボタンを新しい服につけるまで、身に着けておくボタンがほしかったからだ。

このボタンのついたブレザーをキャリーケースに入れておいたのを思いだすと、パニックはおさまった。そしてその一件で、きみをここにおびきだす方法を思いついた。きみとのあいだに未完了の問題を残して立ち去るのはどうにも気が進まなくてね」

未完了の問題とはタリアをしとめることにほかならない。逃げだす方法を見つけられなければそうなる。「ドレックスはあなたのくだらないボタンのコレクションを知ってるわ。あなたの思考回路も。きっとミスター・シンの電話が策略だったと気づいて、わたしを追ってくる」

ジャスパーが哀れむように唇をゆがめた。「愛しい人よ、きみを軽んずるわけではないが、彼が追ってくるのはわたしだよ。彼は長年、わたしを追いつづけてきたんだろう？」

「十九のときから。その歳で母親を殺したのはあなただと知ったから」

ジャスパーがはっとした。「母親？」

「リンジー・カミングス」

「おやおや。これは驚いた」彼は笑った。「彼がリンジーの息子か？　リンジーは前夫と息子の存在をうまく隠しているつもりだったようだが、わたしが知らないわけがない。きみの卵子が冷凍保存されていることを知っているのと同じように」

ショックを隠せないタリアを見て、彼はしたり顔で笑った。「母親が死んだら、使われなかった卵子はどうなるんだろう？　ふむ」彼は手を振ってその考えを払った。「それはともかく、リンジーを処分したのち、わたしは数カ月かけて前夫と息子の行方を追った。復讐に燃えるカミングス家の男たちにびくびくしながら生きるのはいやだったのでね」

「ドレックスの父親は見つからないように、正式に名前を変えていた」

「そうなのか？　ふむ。ドレックスの名前に心あたりがないわけだ。いずれにせよ、わたしは彼らを探すことに飽きてしまった」

「あなたは飽きたんじゃない、ジャスパー。失敗したのよ。それに引き替えドレックスは粘り強かった。追いつづけてついにあなたを見つけた」

「そんなことをしてもやつがいかに惨めで役立たずな存在かを際立たせるだけだ。自分を捨てた母親の復讐のために人生を棒に振ったわけだろう？」彼は首を振って、舌打ちした。

「なにが哀れかって？　やつにとってははじまりにすぎないということだ」

「なにが言いたいの？」

「つまりだね、タリア、やつが心の底からわたしの血を渇望するようになるのは、わたしがきみを殺したあとだからだ」

それきりなんの警告もなく、ジャスパーが飛びかかってきた。

タリアは本能的に彼に背を向けて、鍵をかけて閉じこもることができるバスルームに逃げ込もうとした。だがすぐに、背中を向けた愚を悟った。背後から両腕ごと抱え込まれて首が無防備になり、そこに彼の腕が巻きついてきた。

「タリアを離せ、さもなければ殺す」

ドレックスの声だ！

ジャスパーは抱えたタリアを引きずってふり返った。

ドレックスは叫んだわけではなかった。落ち着いて確固たる事実を述べていた。容赦のない厳しさがその姿勢から見て取れた。トラのような瞳をジャスパーに据えて、伸ばした両手には拳銃が握られている。銃口が向けられているのはタリアの後ろの少し上、ジャスパーの額だった。

ジャスパーが言った。「タリアの首をへし折るぞ」

「弾のほうが速い」

「わたしを殺すつもりはないんだろう」

「そう思うか？」

「きみは行動規範に縛られている。ＦＢＩの規則——法と秩序に」

「もしおまえがタリアを放さなければ、規範だろうが規則だろうが法だろうが、おれを縛るものはなにもない。おまえの頭を撃ち抜く」

「そんなことをすれば、母親が埋められている場所は一生わからないぞ」

ドレックスが顔をしかめた。

ジャスパーが笑った。「ああ、きみを板挟みにさせてしまったね。タリアを救いたい。とてつもなくロマンティックな行為だ。だからといって、わたしを殺せば、母親が眠る場所は永遠にわからなくなる」

「そうだな」ドレックスが答え、拳銃を下げた。「なら脚を撃っとくか」

ドレックスが引き金を引いた。ジャスパーの体ががくんと揺れ、彼は大声で叫んだ。脚から力が抜け、タリアもろとも床に倒れた。タリアは力が弱まったわずかな隙を衝いてジャスパーから離れようとした。

ジャスパーが彼女の髪をつかんで、引き戻そうとする。

ただちに銃声が鳴り響いた。

髪をつかんでいた手がいきなり離れたので、タリアは前につんのめり、膝を床に強打して苦しげにあえいだ。連射される発砲音で耳が聞こえなくなった。

気づくとドレックスが隣に膝をついていた。彼はタリアの肩をつかんでそっと起こし、彼女を座らせた。まだ音がくぐもってよく聞こえないが、ドレックスの唇が動いて、だいじょうぶかとくり返し尋ねていた。

タリアは無言でうなずいた。

彼はタリアの額にキスをし、反対の側に片膝をついていたメヌンデスに彼女を託した。開いたドアのところに制服警官が大挙して押し寄せている。ロックが手を動かして警官たちを追いやり、部屋に入れないようにしていた。

そうした全体を視界におさめつつも、タリアはドレックスの姿を追った。彼は倒れているジャスパーに近づいた。ジャスパーはぐったりとクローゼットのドアにもたれかかり、その体はおかしな角度に傾いていた。胸と腹の多数の傷から血が流れていた。

ドレックスが彼の前にしゃがんだ。

冷徹な客観性を保ちつつドレックスは自分が負わせた傷を確認した。腿に命中した一発だけは、射撃の技術を要するものだった。タリアを傷つけないように撃たなければならなかったからだ。

そのほかは体の中心を狙った。致命傷を与えるのに狙い澄ます必要はない。

少しでも後悔を感じるようなら、人間的な魂がわずかにも光ったことのない、底知れなく暗いジャスパーの目をのぞくだけでよかった。考えるのは、苦しみながら亡くなり、屈辱的な埋葬場所に捨てられた女たちのことだけでいい。

ドレックスは言った。「おまえは死んだも同然だ。残された時間はせいぜい数分だぞ、ウエストン」

ジャスパーの口が開き、独善的な笑みを作った。「おまえの母親はわたしの名前が好きだった。わたしを好きだったから、好きなわたしといっしょにいたいがために、おまえを捨てた」ごろごろと喉から音を立てて笑う。「これでおまえは一生、母親を見つけられなくなった」

「だろうな。だがおれの心からの望みはそんなことじゃない。これだ」

ドレックスは手を伸ばし、ブレザーのボタンを引きちぎった。ぷつんと糸が切れて、ボタンが取れた。ドレックスはそれを手のひらではずませた。「おまえのコレクションもここまでだ」

ジャスパーの口に血があふれてべっとりと歯を濡らしたので、笑顔がグロテスクになった。弱々しく息をつくごとにぜいぜいと苦しげな音を立て、血の泡を噴きだしているが、それでも彼は苦労して言葉を押しだした。

「わたしの頭は開かれて、脳が調べられるんだろうな、ドクター・イーストン？　なぜわたしが唾棄すべき人間になったか知りたいだろう？　わたしを題材にして学術書が書けるかもしれないぞ」彼は口から血を跳ね飛ばしながら笑いまがいの声を漏らした。「脳みそをつつきまわし、そいだり刻んだり、おまえが死ぬ日まで徹底的に調べるといい。だがおまえの母親の居所は永遠にわからない」

ドレックスは少しジャスパーに身を寄せた。「おまえの脳に価値なんかあるかよ。焼却炉で焼かれて灰になるんだ、ウェストン。解剖も分析もされない。誰もおまえを題材にして本なんか書かない。どうしてだかわかるか?」唇をジャスパーの耳に寄せた。「あまりに凡庸だからだ」

その数秒後、ドレックスが見つめるなかウェストン・グレアムは恥ずべき死を迎え、とどめの侮蔑の言葉を道連れに地獄に堕ちた。

タリアは、マイクが生きていると聞くとほっとして泣きだした。

ドレックスは彼女を慰めたかったが、マウントプレザント市警察の事情聴取を受けるあいだ、ふたりは引き離されていた。ドレックスの順番が来ると、ロックから話はできるだけ自分に任せろと助言された。ドレックスは喜んで従った。すさまじいアドレナリンの高ぶりのあとで、気力が萎えていた。

ロックとメヌンデスが、フォード家へ急行した理由を説明した。「危機的状況の疑いがあると、おたくの署に連絡した」ロックが言った。「ただ、こちらが先に動きだしてたんで、どこより先に到着した」

ジャスパーが小口径の拳銃で撃たれるにいたった経緯は、メヌンデスが説明した。「自分の足首のホルスターに予備の拳銃があったんです。家に突入する前にそれをイーストンに渡しました」

事情聴取にあたっていた警官たちがそろって疑わしげにドレックスを見た。ひとりがメヌンデスに尋ねた。「彼は今日逮捕されたんだぞ。武器を渡すことにためらいはなかったのか？」

「ためらうとしたら、彼から銃を取りあげるほうでした」メヌンデスが答えた。

ロックが続けた。「われわれは裏のポーチから入り、キッチンの床にうつぶせに倒れたマロリーを発見しました。意識はなかったが死んではいなかった」

実際、ドレックスが指でぶ厚い顎の下の脂肪をかきわけて脈を探ろうとしていると、マイクのまぶたがぴくぴく動いて目を開いたのだ。マイクはドレックスを片手で押しのけて、反対の手で上階を指し示した。

ロックが話していた。「わたしは残ってマロリーのために救急車を呼び、おたくの署員たちに事情を伝えました。目立たないように接近せよと要請したんです。イーストンとメヌンデスは上階へ行きました」

「上階のようすはどうだった？」この質問はドレックスに向けられた。

「ふたりの声が聞こえたんで、慎重に近づいた。メヌンデスにおれがなかに入ると合図した直後、タリアを殺すというジャスパーの声が聞こえた。おれがドアから入ったときには、やつはタリアの首を抱えて締めつけていた。おれは説得して放させようとした。やつは聞き入れなかった。それで脚を撃った」

「むずかしい一発だった」警官が言った。「どこかで狙撃の特訓を受けたんだろうね」

「アラスカで。学生時代の仲間から」

「ハンターか？」

「ギャングだ」

そのあと、制服警官がロックを連れ去った。ドレックスとメヌンデスが引きつづき事情聴取を受けているうちに、ロックが戻ってきて、地元のモーテルで女性の死体が発見されたと険しい顔で告げた。「少なくとも死後十二時間は経過してる。死因は、首を折られたことだ。ワンピースからボタンがひとつなくなっていた」

その知らせによって、重苦しかったその場の雰囲気がさらに暗く沈んだ。検視官が到着し、そして出ていった。ジャスパーの死体が運びだされたが、搬出される前に、カーゴパンツのポケットからベルベットの巾着袋が発見され、証拠袋に入れられた。ドレックスはそこに引きちぎった真鍮のボタンを加えた。

すでに無用な関係者は追い払われていたが、まだ警官や捜査員が残って部屋を行き来し、各自の職務を果たしていた。ドレックスはリビングでロックと話しているタリアを見つけた。「外でひと息つこう」ドレックスは許可を待たずにソファのタリアを手招きして、腕を取った。

ロックも反対はしなかったが、去っていく背中に言った。「遠くへは行くなよ」

ふたりは、メヌンデスがコーヒーマシンを使っていたキッチンを抜けた。芝生を横切ってガレージ兼アパートへ行き、外階段の下の段にならんで腰をおろした。このところの天候のせいで木が湿っているが、雨はやんでいた。空に雲がないのは数日ぶりだ。オークの枝間から射し込む月明かりで影が落ちている。

しばらく無言で抱きあった。そのうちにタリアがドレックスから体を離して言った。「マイクはだいじょうぶなのよね？」

「三十分くらい前に電話でやつと話した。看護師は鬼軍曹、医師はまぬけな思春期の若造で、ゼリーをよこして食事だとぬかす、だそうだ。さらに、おれぐらい太ると素手では窒息させられない、半分でも脳みそがあれば、それくらい誰でもわかるはずだ、と息巻いてた。これ以上なく不機嫌な状態だ。つまり、快復してるよ」

「ギフは知ってるの？」

「ギフとも話した。すべて伝えたよ」

「なにか言ってた？」

ドレックスは彼女がなにを聞きたいのかわかっていたが、こう答えた。「ギフも、何度マイクの首を絞めてやりたいと思ったかわからないそうだ」

タリアが笑顔になり、彼は笑い返したが、その後危機的な状況の名残がふたりを同時に呑み込んだ。ふたりはむさぼるようにキスをし、しかと抱きあい、まちがいなくここに無傷で生きていることを確かめあった。

ドレックスは頬にタリアの涙を感じた。いや、泣いているのはおれか？　彼女の顔を両手で包み込んだ。「ここにいたるまで、おれは数えきれないほど死んだ。あのときぎみの声を聞いて――」

「ええ、わかるわ」タリアは泣きながら笑っていた。「あなたの声を聞いたとき、わたしも同じだったの。命を救ってくれてありがとう」

「タリア、おれはきみの目の前であの男を撃った。きみは……きみにどんな影響があるかわからないのに」

「ああ、ドレックス」タリアが体をすり寄せてきた。「片がついたことに心の底から感謝して、ほっとしてるわ。彼のことはこれでおしまい。わたしはそう感じてる」

ドレックスは顔を近づけて彼女の頭頂にキスをした。

「あそこにいたぞ」

すぐにふたりは体を離し、家のほうを見た。もったいぶった足取りでラドコフスキーが近づいてきた。ロック、メヌンデス、それからもうひとり見知らぬ男を引き連れている。

「やれやれ」ドレックスは立ちあがり、ラドコフスキーに言った。「いまじゃなくてもいいだろうに」

「贅沢言える立場か？」ラドコフスキーはドレックスから一メートルほどの距離まで近づくと、脇によけて、ドレックスの知らない男に合図した。「権利を読みあげてやれ」

男が前に出てドレックスに後ろを向かせ、手首にプラスチック手錠をかけてミランダ権利を読みあげた。

「なにをしているの？」タリアが見知らぬ人物を押しのけて、ラドコフスキーに向きあった。「どうかしてるわ」彼女は両手でラドコフスキーの胸を突いた。「ジャスパーのせいで、ああするしかなかったのよ。ジャスパーはわたしを殺そうとしていて、ドレックスがなにもしなければ、実際殺されていたわ。メヌンデス、言ってやって。あなたとドレックスが来なければ――」

「そんなことはすべて承知してる」ラドコフスキーはいやみたっぷりに言った。「わたしは司法妨害でこいつを逮捕するんだ。証拠の――」

「なんなの、冗談でしょう！」

「――改竄および連邦捜査官になりすました官名詐称罪だ」

「ばかばかしい。彼が辞職したのはたんに――」

「辞職などしてない」ラドコフスキーが言った。「芝居気たっぷりにバッジを手放すのを見せられて、こいつの自己犠牲に感銘を受けたんだろうが、あのバッジは偽物だ。裁判では証拠として提出される」

「偽物？」

「おや、知らなかったとでも言うのかね？」軽蔑もあらわにラドコフスキーが言った。

タリアがふり返ってドレックスを見た。「なんの話なの？」

ドレックスが口を開く前に、ラドコフスキーが甲高い声で言った。「こいつはペテン師なんだ。こいつも陽気な仲間たちも詐欺師ってことだ。ＦＢＩ捜査官のふりをしていただけ、それらしいところで偽のバッジをちらつかせていただけだ」

タリアはラドコフスキーと向きあい、それからロックとメヌンデスを見た。

ロックが咳払いをした。「あの、そう、わたしたちも信じ込まされていてね。ラドコフスキーからちがうと聞かされるまで」

ラドコフスキーが言った。「あんたは知ってると思ってた、ミセス・フォード。だから、きつくあたった。やつが犯罪者なのを承知で共謀してるんだとばかり。女ってのはそういうもんだからな」

「〝犯罪者〟は言いすぎでは?」ロックが言った。

「だったら法律違反者はどうだ?」ラドコフスキーが言った。「どんな呼び方をしようと、実体は変わらない。こいつは罪を犯した。再犯者で、すでに同罪で服役してるから、今回はそう簡単には出られない。わたしは上限いっぱいの刑期を求めるつもりだ」

タリアは身じろぎもせずにラドコフスキーを見つめていたが、やがてゆっくりとふり返ってドレックスを見た。ドレックスには永遠のように思えるほど長い時間をかけて。そして彼の顔を見るや、そこに刻まれた真実を読み取った。彼女の幻滅をまのあたりにして、ドレックスは心臓を締めつけられた。

ドレックスは低い声で言った。「五年前、ＦＢＩ捜査官を詐称した罪で懲役二年の判決を受け、連邦刑務所で八カ月服役した。マイクとギフには執行猶予がついた」

タリアが喉元を押さえた。ジャスパーに押さえつけられた場所に痣《あざ》が浮いてきている。ドレックスはそれと同じくらい自分が深く彼女を傷つけたことを意識した。

「とんでもない詐欺を働いたもんだ」ラドコフスキーが言った。

彼には目もくれずにドレックスは言った。「おれはバッジを使い、捜査官のふりをした。だが、自分の利益のためじゃない。ウェストン・グレアムを捕まえる手段として利用しただけだ」

消え入りそうな声でタリアが言った。「あなたはＦＢＩに在籍したことはないの？」

「マイクとギフはいた……」ドレックスは顎でラドコフスキーを示した。「ＦＢＩにいたふたりに、おれは助けを求めた」

「金で抱き込めたからだ」ラドコフスキーが言った。

「ふたりには特別な技能があった」ドレックスは言った。「ふたりがおれに協力してくれたのは――」

「こっそり違法にな」

「――おれのやってることを信じてくれたからだ。おれが釈放されたあと、ふたりはＦＢＩを辞めておれと組んでくれた」

「共犯者として」ラドコフスキーが言った。「ちなみに、ＦＢＩとしては連中がいなくなってせいせいした」

「いいかげん黙ったらどうですか？」メヌンデスがぼそっとつぶやいた。

タリアの目にはほかの誰も入っていないようだった。彼女は傷ついた目でただドレックスを見ていた。「博士号も嘘なの？」

「いいや」

「だったらどうしてそれを生かしてＦＢＩに入らなかったの？」

「手順だとか官僚主義やらで、足枷をはめられたくなかった」

「ふりをすることのほうがたやすかったってこと？」タリアが言った。

「たやすいからではないさ。より有効だったんだ」

「有効」タリアは苦々しげに笑った。「便利な言葉ね。作家の言葉。おめでたいわたしはみごとにだまされた。作家のドレックス。連邦捜査官のドレックス。いいやつのドレックス」最後は声がかすれていた。

「おれはおれだ、変わらないよ、タリア」

「変わることなく一貫して詐欺師だ」ラドコフスキーが言った。「行くぞ」

捜査官と思われる、表情のない見知らぬ男がドレックスを押した。ドレックスはあらがうことなく歩きだしたが、タリアの隣まで来ると、足を止めた。「タリア？」

「あなたがなにを言おうと聞くつもりはないわ。これ以上、あなたの嘘は聞きたくない」タリアは、ドレックスに背中を向けた。

エピローグ

ドレックスはオフィスのドアに掲げられたさりげない表札を確認すると、勇気をふり絞ってドアを押し開いた。タリアがデスクでパソコンの画面をのぞいていた。彼女は座ったまま、あいさつしようと訪問者へ笑顔を向けた。ドレックスを見て、その笑みが消えた。

彼はオフィスに入りドアを閉めた。

洗練されているが居心地のよい空間だった。旅行をモチーフにしたアールデコのビンテージポスターは艶消しの黒い額に入れられ、明るいグレーの壁にモダンな色彩を与えていた。ほぼ壁全体を占めているパラディオ様式の窓から見える美しい中庭は、ツタにおおわれたレンガの壁に囲まれ、その中央には水音を立てる噴水がある。シックでいて懐かしさも感じるこの雰囲気は、いかにもタリアらしかった。

タリアは飾り気のない白いシャツを着ていたが、彼女が着ると、その飾り気のなさがすてきに見えた。窓から入る日射しが背後から髪を照らし、赤と金色の光輪を浮かびあがらせている。

立ちあがって歓迎はされなかったものの、いまのところはデスクに置かれたクリスタルのオブジェも飛んできていないので、ドレックスは言った。「旅行を計画したいんだが」

「特別なお客さまのご依頼しか受けないの」

「きみを強く推薦する人がいてね」

「誰？」

「イレイン・コナー」

彼女は表情を曇らせ、わずかに視線を下げた。

ドレックスはパンツのポケットに手を突っ込んでポスターの一枚に近づき、美術品のなめらかな線をじっくりと眺めながら言った。「きみが彼女の亡骸《なきがら》をデラウェアまで移送したと聞いた」

「あちらにある夫の墓の隣に埋葬されたいと遺言書に書いてあったの」

「彼女の遺産がさまざまな慈善事業に渡るよう、きみが手配したそうだね」

「少し前に、彼女から遺言執行者になってくれと頼まれていたから。もちろん、引き受けたときはこんなこと……」

タリアが言い淀むと、ドレックスは言った。「彼女の安らかな眠りを祈ろう」

黙って祈りを捧げたあと、タリアはそっけなく話題を変えた。「あなたは罪を認めたそうね」

彼はポスターから顔をそむけてタリアを見た。「誰から聞いた？」

「ギフ」

「すっかり快復した。生まれ変わったみたいにぴんぴんしてる」

「ええ、知ってるわ。レキシントンに戻る前に会いに来てくれたのよ」

「へえ？　再会を楽しんだのか？」

「ええ、とても。謝ってくれて」

「なにを？」

タリアが険悪な目でにらみつけた。半端な男だったら尻尾を巻いて逃げだすところだが、ドレックスは踏みとどまった。

タリアのデスクは天板がグレーのガラスで、鉄のフレームで支えられていた。その黒い鉄の骨組みと同じ色のハイヒールが、椅子の下で腹立たしげに上下して床を叩いている。椅子に座って脚を組んでいるので、細身の黒いスカートの裾の十五センチほど奥まで腿が見えた。

「どこへ旅するの？」

質問されたドレックスは、デスクの下の景色から視線を上げて、怒りの渦巻く彼女の目を見た。「いまなんて？」

「どこへ旅するためにここへ来て、わたしの時間を無駄にしているの？」

「きみの時間を無駄にする？」彼は親指でドアを指した。「営業時間中なんだろ」

「特別なお客さまのためのね」

「さっきもそう言ってたな」

タリアは腕時計を見た。華奢な手首に金色のそばかすが散っている。「まもなく特別なお客さまが奥さまとごいっしょにアフリカへの冒険旅行の打ち合わせに来られる予定なの」

「まだ出発してなかったのか?」

「やむをえず延期してたのよ」

「へえ」

「だから用件を言って」

「言ったじゃないか。旅の計画を――」

「旅行なんか行けないくせに!」タリアが大声を出し、ガラスのテーブルを叩いた。「今日、判決を言い渡されたはずよ。ギフから聞いて――」

「ギフと話したのは一度じゃないのか?」

「ギフに聞いたわよ。あなた、ラドコフスキーがギフとマイクに累を及ぼさないなら罪を認めると言ったそうね」

ドレックスは肩をすくめた。「おれが悪影響を与えてたんだ。おれさえいなければ、ふたりが法に違反することはなかった」

「ラドコフスキーはふたりには手を出さないとしぶしぶ受け入れた代わりに、あなたにはさらにいくつか罪を追加した。くそみたいなでたらめ、とマイクは言っていたわ」

「マイクとも話したのか?」

「追加で起訴されると、最長五年食らうかもしれないって」

「二年だった」

「まあ」タリアは息を呑んだ。堅苦しさが抜けて、目を伏せた。

「執行猶予がついた」

タリアがさっと顔を上げた。「え?」

「おれも意外だった。ラドコフスキーは大爆発だ。裁判官は判決を読みあげ、情状酌量により執行猶予をつけた」

「どんな情状?」

「ラドコフスキーが役立たずの大まぬけだということさ。裁判官の代わりにおれの言葉で表現したが、要はそういうことだ。加えて、おれの問題行動を弁護してくれる人が大勢いた」

「ロックとメヌンデスはまちがいないわね」

「そのふたり。チャールストン市警察の署長。さらにコロンビアの支局長。レキシントンの同僚たちも好意的な証言をしてくれた」ドレックスはデスクへ近づき、クリスタルのオブジェを手に取ってためつすがめつし、角度を変えるたびに映る虹色を鑑賞した。「これはなんだ?」

「なんでもないわ。元に戻して。それで、裁判官はそのままあなたを放免したの?」

「ああ。なにより有利に働き、裁判官が説得力があると判断したのが、きみが録画して裁判所に送った宣誓供述だった」

突然タリアは立ちあがり、彼の手からオブジェを取りあげると、断固とした態度で音を立ててデスクに置いた。「あなたに知らせるつもりはなかったのに！　マイクが約束して、絶対に――」

「マイクは約束を守った。ギフから聞いたんだ。あのおせっかい焼きふたりと、雁首そろえて何度、相談した？　いったいなにを話したんだ？」

「たとえば、あなたの仕事についてよ」

「仕事？」

「わたしがばかだった。あなたが起訴されたから、仕事を首になるのを心配していたの。金銭的に裁判費用をまかなえないかもしれないと思って。そしたら、心配する必要などまったくなかった」

「どっちのおしゃべりから聞いたんだ？」

「あなたは二十歳で特許を売ったそうね。二十歳にして？　しかも数百万ドル？」

「おれがなにかしたわけじゃない。膝の上に転がり込んできたんだ。おやじの死後、遺品の整理で引き出しをひっくり返したら、機械の設計図がぞろぞろ出てきた。なんなのかさえわからなかったから、人に尋ねなきゃならなかった。おやじはなにやら設計してて、それが機械の性能を向上させる、なんとかいうものになった」

「アラスカのパイプラインの建設とメンテナンスに欠かせない機械。ほかにも数多くの産業に使われているわ。海運業、林業、土木産業」

「特許を申請したときにはわからなかった。長く暗い夜のあいだおやじが自室にこもってずっとなにをしていたのか、おれはまったく知らなかった。おやじはエンジニアだったが、おれはちがう。おれはその機械のプロトタイプすら作ったことがない」

「必要なかったものね」

「そうだ。まだミズーラにいたころ、製造業界の複数の会社から、特許を買いたいと連絡が来るようになった。それで何カ月も交渉して、最高値をつけた会社に売った。いまだに、そのなんとかいう機械がなにをするものなのかさっぱりわからない」彼は両手を上げた。「興味のない分野だった。おれはやりたいことを続けて博士号を取り、いま勤めてる警備会社で働くことになった」

「さまざまな巨大複合企業に、横領犯や略奪者やスパイなどを雇わないですむように、採用候補者の選別方法を指導してるのよね」

「犯罪者は日々、新たな手で潜り込んでこようとする。学ぶべきことは絶え間なく続く。おれは無法者を出し抜くべく努力をすることで金をもらってる。いい腰掛け仕事だ。気に入ってる」

「腰掛け仕事ね」タリアは腰に両手をあてた。「なんてったってあなたは、全国に八つの支社を持つ会社の大株主だものね」

マイクとギフのやつ、殺してやる。「おれは毎日、職場へ行き、社内のカフェテリアでランチを食い、ほかのみんなと同じように、二週間の休暇をとる」

「一度に二週間。一年に約六回」

「ほかの職員もみな――」

「やめて、ドレックス」タリアはいらついたようすで息を吐いた。「『さらにどれぐらい自分のことを不出来な能なしと感じることやら』」彼女はふたりが出会った日のドレックスの言葉を引用した。「しかもあなたのことを気の毒だと思ったのよ。あんなぼろぼろの部屋で暮らし、作家として成功しようと奮闘してるんだもの」

「なんだな、気休めになるかどうかわからないが、レキシントンの部屋もあの程度にぼろい。この十五年、二十年、ほかのことに没頭してたから」

タリアは明らかに困惑して、頰の内側を嚙んでいた。「なぜ若い成功者のあなたに関する情報がなにも見つからなかったのかしら。インターネットで」

「有限責任会社の名前で特許申請したからだ。売却後に会社を解散した。ほかの事業も同じように隠してきた。名前を流布させたくなかったのは、ウェストン・グレアムの耳に入るのを恐れたからだ」

タリアは理解し、その答えで納得したようだった。「いまだに連邦捜査官のふりをする趣味があるの？」

「裁判官にきっぱりやめるよう厳しく訓戒された。どのみちもう終わりさ。あの男は死に、すべて片がついた。きみの言葉だよ、タリア」

「あと、あなたについてわたしが知らないことは？　びっくり仰天させられることを、まだまだ溜めこんでるの？」

タリアには怒る資格がある。自分にはない。ただ、ときにはささいなことでも腹を立てるのが男というものだ。「ない」ドレックスは答えた。「それにしても、きみは事情通だな。最後に会ったときは、おれがなにを言おうと聞くつもりはないと言ったくせに。以来、電話には出ず、メールにも携帯電話のメッセージにも返信しなかった。一度もだ！」最後にはどなっていた。

　タリアが同じ調子で答えた。「連絡がついてたら、なにを言うつもりだったの？」

「許してくれと言うつもりだった」

「絶対に許さない！」

「いいさ！　許さなきゃいい。おれと寝るか？」

　タリアの唇が開いた。小さな息がそこから漏れた。

　彼は引きさがり、声量を落とした。「すまない。もっとロマンティックに進めるべきだった。でも、それにはいま以上の忍耐力がいる」彼はクリスタルのオブジェをどかして、彼女のほうに身を乗りだした。

「おれには頼む権利がない。そんなもんはあった例《ためし》がない。きみは既婚者だったし、おれは行動でも言葉でもきみをすっかりだましてた。だが、最初にあのヨットのハッチをのぼってきた姿を目にしたときから、きみに近づくたびに自分のものにしたくてたまらない……ああそうとも、原始的なほどに。正直言って、いつまでここに突っ立ってきみを見ていられるかわからない。いつ衝動に屈してもおかしくないんだ」

　ふたりはのちのち、どちらが先にデスクをまわって相手に近づこうとしたかをめぐって、言い争うことになる。短くも激しいキスをくり返したのち、お互い取っ組みあうようにしてシャツの裾を引きだしたり、スカートの脇のボタンを外したり、結んだままのネクタイを頭をくぐらせて取ったり、ブラの留め金を外したりした。それから壁にもたれ、先を争って半裸の素肌をまさぐりあった。

「中庭は人の往来があるのか？」ドレックスは尋ねた。

タリアは右手をいっぱいに伸ばして小さなテーブルの上を手探りし、リモコンをつかんでボタンを押すと、リモコンを床に落とした。

ドレックスはふり向き、窓のシェードが静かにおりるのを見て、言った。「うちにもああいうのが欲しい」

タリアが両手で彼の髪をつかんで、引き戻す。ドレックスは口を開いて彼女の首をたどり、胸を通って乳房に口づけした。先端をついばみながら尋ねた。「来客の予定は何時だ？」

「嘘つきはあなただけじゃないのよ。誰も来ない。でもドアには鍵をかけたほうがいいわね。招かれざる客がいつなんどき来るかわからないもの」

「きみはここにいて」

さっとドアまで行って戻り、ドレックスはズボンのボタンを外してファスナーを下げた。タリアは前かがみになり、身をよじらせてスカートを脱いだ。体を起こしたタリアを見て、ドレックスは絶句した。股間のV字型の布地が透けるほど薄くて肌と同じ色なので、その下にあるものを隠せずにいる。

「まいったな」

さっきタリアを自分のものにしたくてたまらないと言った。肉体的には、言うまでもない。だがそれと同じくらい、同意のもとに誓いを結び、所有権を神聖なものにしたかった。いますぐに。

ドレックスはタリアに近づき、自分の上に持ちあげた。たちまちふたりの体が完全に結びつき、奔放かつもどかしげに愛撫しあった。互いに体を押しつけたり引いたりをくり返した。そして同時にその時を迎え、愉悦のうめきとため息で言葉を介することなく多くを伝えあった。

最後は魂を溶かす熱い濃厚なキスで誓いを封印した。

ドレックスは壁に背中をつけて床に座り、タリアはその膝の上に横たわっていた。彼女が無精ひげの生えた顎や頬を軽くひっかく。「『モンテ・クリスト伯』を再読しているのよ」

ドレックスは彼女のパンティの布端を腰骨から腰骨まで指先でたどり、じらすように両方の骨を撫でた。「ここがものすごく好きだって、言ったことあったっけ?」

「十回は。ねえ、話をそらさないで」

「こいつに完全に心を奪われてる」彼の指先が薄い布きれに手すさびに模様を描いている。

ドレックスの気を惹こうと、彼女が起きあがって彼の下唇を噛んだ。「あなたを殺してやりたかった」

「ひしひしと伝わってきたよ」

「でも、すごく会いたかった。わたしのことを全部、話したかった。あなたのことを全部、知りたかった」

「その時間はたっぷりある。お互い話さなきゃならないことがたくさんあるし、全部話そう。つまりその、おれときみで〝一組〟になりたい、ときみが思うなら」

「この数分、その気持ちを表してたはずなんだけど。それとも、わたしはただのふしだらな女なのかしら」

「ふしだらなきみはすばらしい。たとえば、このパンティとも呼べないしろものを見ろよ」

「度しがたい人ね」いくらタリアが非難しても無駄だ。その顔には千ワットの笑みが浮かんでいる。

タリアはジャスパーの影響下から抜けだして、生き生きとした面を取り戻しつつある。そんな彼女がドレックスには愛しかった。あの男が死んでいなければ、彼女は自分のなかにあるいろんな顔が夫に抑えつけられてきたことに気づきもしなかっただろう。

タリアがあの家を完全に引き払って売りに出していることは、マイクとギフから聞いていた。ふたりによると、彼女はジャスパーの過去が暴かれたことによって引き起こされた津波のようなマスコミ報道も、驚くべき冷静さで堪えきった。親身な顧客や友人が彼女を囲んで守り、揺らぐことなく支援しつづけた。そうこうするうちに騒動はおさまっていった。それをいま持ちだす理由はない。彼女のほうから口にするのを待てばいい。

代わりに、いまどこで暮らしているのかを尋ねた。

「腰を落ち着けられる場所が見つかるまでのつなぎに、タウンハウスを借りてるの。でも、仕事場が必要だから、このオフィスを借りたのよ」

「タウンハウスの合鍵はあるかい？」

「手に入るかどうか訊いてみるわ」タリアが身を寄せてきて、鼻を胸毛にこすりつけた。「それで、どこへ旅するつもりなの？」

「アラスカ」

タリアが頭を引いて彼を見あげた。

ドレックスはタリアの髪に触れた。「あのボタンのおかげで、すべての未解決事件が再捜査されてる。ボタンのひとつが母と結びつく日が来るかもしれない。そうなって、ボタンがおれに返却されたら、密封容器に入れてアラスカへ運び、おやじの隣に埋めるつもりだ」

「お父さまは喜ぶでしょうね」感極まって、タリアの声がかすれている。

「それが実現する前に向こうへ行って、木を植えるか、墓石を立てるかしたい。おれにとって締めくくりとなるなにかを」

「あなたの誓いが成就するのね」

「ずいぶん高尚に聞こえるな。けど、まあ、そういうことだ。きみにいっしょに来てもらえたらうれしい」

タリアは自分の指先にキスをして、その指で彼の唇に触れた。「それがあなたの望みなら」

彼はタリアの髪に指を差し入れて地肌をマッサージしながら、もう一方の手をふたつの乳房のあいだでさまよわせた。「おれが立候補したい」

「なにに？」

「きみがあの卵子を解凍するとき、精子のドナーになりたい」

タリアはドレックスの胸筋に頬をすり寄せた。「すでにそうなってるわ」

彼の両手の動きがぴたりと止まった。「え？」

「採取されなかった卵子のひとつが、採取したものよりずっと元気だったのよ」

ドレックスのまなざしがさっき彼を夢中にさせた女性らしい場所まで下り、ふたたび上に戻ってきてタリアと目を合わせた。

タリアが恥ずかしそうに言った。「あの夜はふたりとも少し原始的すぎたわね」ドレックスは黙って彼女を見つめた。しばらくして彼女が尋ねた。「いつになったらまばたきするの？」

ドレックスはまばたきをした。

彼はタリアを引き寄せて抱きしめ、これまでにしたことのないことをした。ふたりでいっしょに笑ったのだ。大きな笑い声が長く尾を引いた。

解説

池上冬樹

いやあ、面白い。ぐいぐい読ませる。読み始めたらやめられなくなる。

サンドラ・ブラウンというとロマンス小説の作家というイメージがあり、翻訳が次々に上梓されても、ミステリではないだろうと勝手に決めて（また本の売り方もミステリファンではなくロマンス小説の愛読者向きであったから）視野に入れていなかったのだが、たまたま『偽りの襲撃者』を読んだら面白くて夢中になった。世界でのべ八千万部以上を売り上げているのもよくわかって、以後、毎年十二月に翻訳される作品（『壊された夜に』『赤い衝動』『凍える霧』）をフォローしてきたのだが、二〇二一年は『欺きの仮面』である。これもいい。

物語の主人公は、ＦＢＩ捜査官のドレックスで、盗聴される心配のないホテルに仕事仲間のマイクとギフを呼び出して、目指す敵の情報を得る場面から始まる。

ドレックスが追っていた男にはいくつもの名前があり、顔があった。身分を偽り、裕福な女性たちに近づき、財産を巻き上げていた。財産を巻き上げられた女たちはみな行方知れず。ドレックスは男が殺したと考えていたが、死体もあがらず、男は指紋ひとつ残さずに消えていた。

マイクの功績で、出会い系サイトから一人の男をあぶりだす。男の現在の名はジャスパー・フォード、現住所はチャールストン郊外の高級住宅地マウントプレザント、いまの妻が次のターゲットと思われた。

ドレックスはフォード家の隣家を借りて監視をすることにしたが、引っ越しの日、ジャスパーのほうから近づいてきて、夕食に招き、ドレックスのことを聞くのだった。ドレックスは作家という偽りの身分を伝え、浮気がもとで離婚したので結婚はこりごりだと打ち明ける。ジャスパーは、最初の妻は苦しみ抜いて死んだ、三十年ぶりにいまの妻タリアと結婚した、妻は出張中だと言う。

ドレックスはやがてジャスパーからヨットでのクルーズに誘われる。ドレックスはそこではじめてタリアと出会い、ときめきを覚えてしまう。

このあと、ドレックスの天敵ともいうべきFBIのラドコフスキー捜査官が登場して、ドレックスたちの捜査を妨害してでっちあげの容疑で逮捕も辞さない構えをとるし、過去の被害者の死体も発見されるし、もちろん殺人事件も起き、犯人とおぼしき男との虚々実々の駆け引きが繰り広げられる。意外性とサスペンスがたっぷりだ。一言でいうなら、いまだ全貌を知ることの出来ない連続殺人鬼を追い詰めるサスペンス&ロマンス小説となるが、興味深いのは、この作品には海外ミステリの現在に顕著な特徴と、エンターテインメントの創作の上で重要な要素が網羅されている点だろう。

個人的なことになるが、一年中本を読み、書評を書き、創作について大学で教え、新人賞の下読みに励み、小説家講座で受講生の生原稿を読んで話をしていると、見えてくるのは、小説の現在である。

本書『欺きの仮面』をゲラで読んだのは十一月上旬で、その前に読んだのは、共同通信の国産ミステリコラム用に城山真一の警察小説『ダブルバインド』（双葉社）と伊坂幸太郎の『ペッパーズ・ゴースト』（朝日新聞出版）、週刊文春の海外ミステリ書評コラム用にスチュアート・マクブライドの『獣たちの葬列』（ハーパーBOOKS）とM・W・クレイヴンの『ブラックサマーの殺人』（ハヤカワ文庫）。もちろん全部新作だが、面白いことにみな同じ共通点をもつ。つまり城山真一も、伊坂幸太郎も、マクブライドも、クレイヴンもみな同じようなことを主人公にさせている。チームワークである。主人公が友人・同僚たちとチームを組み、事件に対処していく。特に驚くのは、英国を舞台にしたマクブライドもクレイヴンもはみ出し刑事の物語のようで、敵対する上司や悪党がいても、主人公は仲間に受けが良くて助けてもらえることだろう。そして必ず勝利する。敗北などありえないのである。一九六〇年代後半から八〇年代前半まではアメリカン・ニューシネマ全盛で（日本では任侠映画またはやくざ映画が人気を博して）、主人公の死亡率または敗北率が異常に高かったが（それはアメリカでは公民権運動やベトナム戦争反対、日本では学生・労働運動など反体制運動の頓挫や挫折などが多かったからだが）、いまはもう社会へもの申すことをせず、現状追認へと流れて、蹉跌そのものを避けようとする。

数年前、大沢在昌の『ライアー』（新潮文庫）の解説を担当したときに、映画『ボーン・アイデンティティー』、リー・チャイルドの元軍人ジャック・リーチャー・シリーズ（『キリング・フロアー』）、マーク・グリーニーの暗殺者グレイマン・シリーズ（『暗殺者グレイマン』）に言及して、個人の精神と肉体をとことん追求した活劇ものが二〇〇〇年代に小説や映画で注目を集めたことを書いたのだが（『ライアー』もまた一人のヒロインの孤軍奮闘を冷徹に描ききった傑作だった）、二十年たったいま、一個人の精神と肉体が軋みをあげるようなアクションものよりも、映画『アベンジャーズ』（二〇一二年）に代表されるようなヒーロー・チームが勝利を収める作品が求められるようになった。

本書でも、ドレックスは、肥満体でコンピュータが得意のマイク、人の行動パターンを読み調整役が得意のギフたちとチームを組んで、いくつもの危険を乗り越えていく。マイクやギフのほかにロックやメヌンデスなどチャールストン市警の刑事たちもドレックスの熱意にほだされて、ラドコフスキー捜査官の〝壁〟になってくれる。

というと、主人公は恵まれていて緊張感がないのではないかと思えてしまうが、そうではない。さきほども書いたが、本書にはエンターテインメントの創作の上で重要な要素が網羅されている。言葉を変えていうなら、ベストセラー作家の極意を摑むことができるのである。

まず、①主人公に負荷をかけるという点があげられるだろう。主人公が苦しめば苦しむほど読者の喜びとなるのがエンターテインメントの法則で、主人公が安全地帯でのんびりしていては面白くないし、読者は読み続けないだろう。横山秀夫は、主人公に負荷をかけろ、危機にたたせて社会的な死（職業的な死）を招くようなぎりぎりのところで語り続けろと書いているが（日本推理作家協会編『ミステリーの書き方』〈幻冬舎文庫〉所収「作品に緊張感を持たせる方法」）、ドレックスもまた天敵に追われながら何とかしてジャスパーを捕まえようとする。ジャスパーの追及のみならずラドコフスキーとの確執でも次々に窮地にたたされるのが、作品に緊張感をもたせているゆえんだろう。

次に、②魅力的な悪役の創造があげられるだろう。主人公を際立たせて、事件の特異性や異常性をみせるには、やはり悪役が魅力的でなくてはいけない。主人公側がチームを組む場合は、数人の善側に匹敵するほど一人の悪役は巨大でなくてはいけない。不気味、冷酷、残虐で、冷徹な知能がそなわっていないとバランスがとれない。いやむしろ、①の状況を作り出して読者を昂奮させるには、主人公を少し上回るほど悪党は策略に富まないといけない。その点、本書のジャスパーは十二分に厚みがあり、悪役として抜け目なく、善と悪の対立が実にスリリングである。

①と②に関係するのだが、主人公には③バックストーリーも必要だろう。バックストーリーとは物語が始まる前にすでに用意されている主人公の過去と因縁のストーリーである。ドレックスが何故ジャスパーを追跡するのかには、彼自身の両親の問題が関係している。興をそいではいけないので曖昧に書くが、前面に出てくる母親の問題もさることながら、終盤に至ると冷淡な父親のイメージが変わってくるあたりがとても印象的だ。

この③と関わるのが、④主人公の動機の明確化、⑤結末の明確化である。物語を引っ張るのは主人公であり、主人公がどんな感情を抱き、どんな目標をもって突き進んでいくのかが曖昧だと物語は迷走するし、途中で失速もする。サンドラ・ブラウンの小説がいいのは、この動機と結末の明確化が優れている点であり、読者が求めるカタルシスをしかと与えることだろう。本書も例外ではない。

カタルシスと関係するが、現代のミステリでは⑥ひねりとどんでん返しは必須である。さきほどあげた国産・海外の計四作にはみなそれが含まれているし、もちろんサンドラ・ブラウンも考え抜いている。事件が終わったあとの状況説明には驚くが、それでもきちんとエピローグにつながり、後味のいいラストシーンになるし、実はそこにもう一つ驚きが用意されていて、読まれた方ならニヤリとされただろう。

この満足感というかニヤリとするのは、連続殺人鬼を追い詰めるというメイン・ストーリーに、ドレックスとタリアとの関係の進展というサブ・プロットが並行していくことと大きな関係がある。この⑦サブ・プロットの発展こそがメイン・ストーリーを裏側から支えており、二人の精神的な距離の接近が物語を大いにもりあげているのである（想像してほしい。もしも本書に恋愛関係がなければ、何一つ読者の感情は高まらなかっただろう）。

そして、この精神的な距離の接近には、⑧性的関係の構築がどうしても必要になる。ロマンス小説であり読者が必要とするからではなく、愛の深さと信頼の具体的な行為として性的な行為が描かれなくてはいけない。日本人の若い読者は性描写が濃いと思うかもしれないが、ここに描かれてあるのは欲情ではなく愛情であり、相手を深く知りたいという切実な思いの発露である。

さらには、⑨重要な情報の隠蔽と開示（発見）というのもある。悪役が最も大事にしているものは何で、どのようにして見出されるのか（読者に開示されるのか）という点も、読者に大いなる驚きと昂奮を与えるだろうし、それが読者に伝えられる段階で、いちだんと物語は加速度を増すことになる。

ほかにもあるのだが、以上の九点にとどめておこう。詳しく語ると読者の興趣を奪ってしまうことになるので、この辺にしたいと思う。ともかく本書では、エンターテインメントの創作の重要なポイントがきちんと押さえられているので、小説を書きたい人は必読だろう。

（いけがみ・ふゆき　文芸評論家）

凍える霧

サンドラ・ブラウン　林 啓恵・訳

凄腕パイロットの運び屋ライは、濃霧の中、危険を冒して黒い箱を運ぶが、着陸を妨害され不時着。受け取りに現れた女医のブリンは、箱の正体を話さない。さらに物騒な連中が箱を狙って動いて――。驚愕のサスペンス。

集英社文庫・海外シリーズ

First published in the United States of America by Grand Central Publishing
Japanese translation published by arrangement with Maria Carvainis Agency, Inc
through The English Agency (Japan) Ltd.

集英社文庫

欺《あざむ》きの仮面《かめん》

2021年12月25日　第1刷　　定価はカバーに表示してあります。

著　者　サンドラ・ブラウン
訳　者　林《はやし》　啓恵《ひろえ》
編　集　株式会社　集英社クリエイティブ
東京都千代田区神田神保町2-23-1　〒101-0051
電話　03-3239-3811
発行者　徳永　真
発行所　株式会社　集英社
東京都千代田区一ツ橋2-5-10　〒101-8050
電話　【編集部】03-3230-6095
【読者係】03-3230-6080
【販売部】03-3230-6393（書店専用）
印　刷　中央精版印刷株式会社　株式会社美松堂
製　本　中央精版印刷株式会社

フォーマットデザイン　アリヤマデザインストア　　マークデザイン　居山浩二

造本には十分注意しておりますが、印刷・製本など製造上の不備がありましたら、お手数ですが集英社「読者係」までご連絡下さい。古書店、フリマアプリ、オークションサイト等で入手されたものは対応いたしかねますのでご了承下さい。

ISBN978-4-08-760776-5 C0197